KB160176

지루하면
죽는다

지루하면 죽는다

MYSTERY

조나 레러 지음
이은선 옮김

비밀이 많은 콘텐츠를 만들 것

윌북

이 책에 대한 찬사

많은 인터뷰에서 밝혔듯, 미스터리 작가로서 글을 쓸 때 최우선 순위로 삼는 것은 '재미'다. 이야기 속 주인공을 통해 스릴 넘치는 경험을 제공하는 소설에 재미가 빠진다면 독자는 책을 내려놓을 것이다. 그런데 도대체 '재미'는 어떻게 만들어낼 수 있을까? 쉬운 방법을 알아낼 수만 있다면 영혼이라도 팔겠다는 생각을 해왔다. 그런데 그 방법을 알려주는 책이 나왔다. 『지루하면 죽는다』는 보통의 작법서와는 다르다. 어떻게 하면 이야기를 읽는 독자의 마음을 사로잡고 점령할 수 있는지 심리학과 뇌과학을 바탕으로 명쾌히 풀어낸다. 책을 다 보고 나니 제목이 새롭게 다가온다. 작가로서 살아남고 싶다면 이 책을 펼쳐보자. 이 책을 읽고도 지루한 글을 쓸 수는 없을 것이다.

정해연 소설가 · 『홍학의 자리』 저자

인류는 수풀 너머의 존재가 사자인가, 토끼인가를 고민하며 생존해 왔다. 깊은 밤이 오면 흡혈귀나 늑대인간, 도깨비, 구미호 같은 존재를 논했다. 바다 끝은 절벽이고 하늘에는 신전이 있으리라 믿었다. 지구는 인간에게 거대한 미스터리 박스다. 우리는 이 둥근 미스터리 박스 속에서 끊임없이 무언가를 예측하며 짜릿함을 즐겼다. 그리고 과학의 발달로 지구의 절반을 설명할 수 있게 되었을 때 인간은 또 다른 미스터리, '이야기'로 눈을 돌렸다. 이 책은 인간이 얼마나 미스터리를 사랑하는지, 미스터리에 왜 빠져들고야 마는지 그 이유를 '미스터리하게' 풀어냈다. 독자를 붙잡고 싶은가? 그렇다면 가장 먼저, 당신은 이 책을 읽어야 한다.

천선란 소설가 · 『천 개의 파랑』 저자

지금 당장 도파민 수혈이 시급하다. 1초짜리 영상도 콘텐츠가 되는 세상, 지루한 콘텐츠는 곧바로 죽는다. 사람들에게 선택받으려면, 그들의 마음과 도파민 신경계를 사로잡으려면 어떤 이야기를 만들어야 할까. PD로서 늘 하는 고민에 대한 답이 이 책에 들어있다. 매혹적인 이야기를 만드는 전략과 인상적인 사례 또한 가득하다. 콘텐츠 포화 시장에서 차별점을 찾고, 살아남고 싶은 창작자에게 추천한다.

홍민지 PD · SBS 디지털뉴스랩 〈문명특급〉 연출

정밀하고도 매력적인 책. 인간이 왜 미스터리에 매혹되고 마는지, 미스터리를 활용할 전략은 무엇인지 안내한다.

요한 하리 작가 · 『도둑맞은 집중력』 저자

뇌과학과 예술, 문학의 흥미로운 삼중주. 경이롭고 빛나는 통찰을 선사한다.

엘렌 랭어 하버드대학교 심리학 교수 · 『마음챙김』 저자

나는 이 책을 사랑한다. 모든 페이지에서 무언갈 배웠다.

말콤 글래드웰 작가 · 『아웃라이어』 저자

우리 가족에게 바친다

일러두기

· 하단의 주석은 모두 저자의 것이다.
· 단행본 도서는 겹낫표(『 』), 단편소설, 시, 논문 등의 짧은 글은 홑낫표(「 」), TV 프로그램 및 영화, 그림, 노래 등은 홑화살괄호(〈 〉), 잡지나 신문 같은 간행물은 겹화살괄호(《 》)로 표시했다.

오, 모두가 아는 미지의 세계여!
그곳에서 내 존재는 귀한 정수를 흡수하나니…….

존 키츠 『엔디미온』

온갖 것들로 어지러운 와중에도
주의를 집중시키는 것이 예술의 일이다.

솔 벨로

사람들이 절대 잊지 않는 것, 그것은 풀리지 않은 수수께끼다.
미스터리만큼 수명이 긴 것도 없다.

존 파울즈 『수수께끼』

목차

프롤로그

우리는 알 수 없는 것에 끌린다

우리가 경험할 수 있는 가장 큰 아름다움은 불가해함이다.
이는 모든 진정한 예술과 과학의 근원이다.
감정이라는 것이 낯선 자, 놀라움에 걸음을 멈춰 서서
경외감에 사로잡히지 않은 자는 죽은 것이나 다름없다.
그의 눈은 감겨 있으므로.

알베르트 아인슈타인

작가 실종 사건

1926년 12월 3일 밤, 애거사 크리스티는 어린 딸을 재운 뒤 모피 코트와 트렁크를 챙겨 회색 모리스 카울리를 몰고 저택을 나섰다. 하인에게는 드라이브를 하러 간다고 했다.

다음 날 아침, 석회를 캐는 구덩이 근처에서 애거사의 차가 발견됐다. 울퉁불퉁한 흙길을 달려가다가 도로에서 벗어나 풀이 무성한 비탈길로 진입한 상태였다. 전조등은 켜져 있었고 브레이크를 밟은 흔적은 없었다.[1] 《뉴욕 타임스》에 따르면 모리스 카울리는 "앞바퀴 두 개가 사실상 구덩이를 타고 넘은 상태로 발견됐다. 차량이 경로를 이탈한 것이 확실하며 빽빽한 산울타리가 없었다면 구덩이 안으로 떨어졌을 것"이다.[2]

애거사는 사라졌다.

당시 애거사 크리스티는 무명에 가까운 미스터리 작가였다. 그는 그해 봄에 에르퀼 푸아로 탐정이 등장하는 세 번째 장편소설 『애크로이드 살인 사건』을 출간했다. 이 작품은 구성이 기발했지만(화자가 범인으로 밝혀졌다) 몇천 부밖에 팔리지 않았다.✡ 화려한 생활(하인이 3명이었다)을 영위하기 위해 돈이 필요하던 애거사는 적잖이 실망했다.[3] 엎친 데 덮친 격으로 남편 아치는 젊은 여자와 눈이 맞아 계속 이혼을 요구하고 있었다.

경찰은 처음부터 자살을 의심했다. 애거사는 며칠 전 약국을 찾아가 고통 없는 죽음을 선사하는 가장 좋은 약에 대해 약사와 무시무시한 대화를 나누었다고 했다.[4] 경찰은 박살 난 차량 근처에서 뚜껑이 열린 '유독성 납과 아편' 병을 발견했다. 간단한 비극인 것 같았다. 버림받은 아내가 스스로 목숨을 끊은 것이었다.

하지만 애거사가 자살한 거라면 시신은 어디로 갔을까? 경찰은 잠수부를 부르고 인근 연못의 물을 뺐다. 사냥개를 동원해 서리 다운즈Surrey Downs를 샅샅이 뒤졌다. 당국에서는 자원봉사자들에게 지원을 요청했고 수천 명의 아마추어 탐정이 실종된 작가를 찾으러 나섰다. 하지만 아무도 애거사의 발자국조차 찾지 못했다. 애거사는 온데간데없이 증발해버린 듯했다.

수사를 진두지휘한 켄워드 부청장은 애거사가 살해당했을 수 있다는 의혹을 제기했다. 켄워드는 애거사가 자기 작품에 등장시키고 싶어 할 만한 탐정이었다. 추론의 대가였고 난해한 살인 사건을 여

✡ 애거사의 실종 사건이 맨 처음 보도됐을 때 신문에서는 그를 '여류 작가'로 지칭했고 작품명도 『누가 애크로이드를 살해했나?』로 잘못 소개했다.

러 번 해결해 킹스 폴리스 훈장을 받기도 했다. 콧수염은 깔끔하게 손질했고 불룩 나온 배에 페도라를 즐겨 썼다.

켄워드는 애거사가 뒷좌석에 놔둔 모피 코트에 주목했다.[5] 애거사가 사라진 날에는 축축한 북동풍이 불어왔고 자정 기온은 2도였다. 그런데 왜 애거사는 코트를 두고 내렸을까? 자살하려는 사람이라도 추운 건 질색일 텐데.

켄워드는 차량이 박살 난 것에도 의구심을 가졌다. 차량이 언덕을 타고 내려오기는 했으나, 흙 위에 스키드마크가 없었다. 왜 브레이크를 밟지 않았을까? 차체에는 긁힌 자국 하나 없었고 캔버스 지붕도 떨어져 나가지 않았다. 마치 누군가가 차량을 낭떠러지 앞까지 조심스럽게 몰고 간 것 같았다.[6]

그리고 아치 문제도 있었다. 켄워드는 아치가 이혼을 원했다는 걸 알았다. 하인들의 전언에 따르면 그는 애거사가 실종되기 전날 아내와 심하게 싸웠다고 했다. 켄워드가 아치에게 애거사가 실종되던 날 밤의 행방을 묻자 그는 애인과 함께 친구의 집에 있었다고 실토했다. 하지만 무엇보다 수상한 부분은 아치가 애거사가 남긴 편지를 태워버렸다는 점이었다. 아치는 경찰에게 사적인 문제였다고 설명했다. 켄워드가 느끼기에 아치의 태도는 '애매하고 방어적'이었다.[7]

하지만 아치에게는 확실한 알리바이가 있었다.[8] 아치의 친구가 밤새도록 그와 함께 있었다고 맹세했다(차는 차고에 주차했고 그 차를 썼다면 개 짖는 소리가 들렸을 것이었다). 그리고 설령 아치가 몰래 빠져나갔다 한들 해가 뜨기 전에 돌아올 방법이 없었다. 걸어가기에는 너무 먼 거리였고 다른 차량의 흔적은 없었다. 그리고 애거사가 살해당한 거라면, 범인은 대체 왜 독극물을 두고 갔을까?

여러 날이 지났다. 100파운드의 현상금이 내걸렸지만 엉뚱한 목격담만 양산됐다. 애거사가 남장을 하고 런던에서 버스를 탔다, 배터시 인근을 배회하고 있다, 포츠머스행 열차를 타는 걸 봤다는 식이었다. 수사를 하면 할수록 사건은 점점 더 불가사의해졌다. 모든 단서가 막다른 골목으로 이어졌다.

언론에서 시끄럽게 떠들어대자 아치는 겁에 질렸다. 애거사가 실종되고 6일째 되던 날 그는 《데일리 메일》과 인터뷰를 진행하며, 이 모든 게 애거사의 자작극일지 모른다는 의견을 내놓았다. 범죄가 아니라 소설 속 상황을 모의했다는 것이었다.[9] "사실 얼마 전 아내가 자기 언니에게 '나는 마음만 먹으면 아주 제대로 사라질 수 있다'고 말하는 걸 들었어요. 신문에 실린 기사를 두고 논의를 하던 중으로 기억합니다. 애거사가 작품을 위해 실종 자작극을 꾸몄을 가능성도 있어요."[10]

대중은 그의 말을 믿지 않았지만, 결과적으론 아치의 짐작이 맞았다. 애거사는 납치나 살해를 당한 게 아니었다. 그는 제 발로 사라졌다. 전기작가 로라 톰슨의 지적에 따르면 애거사의 실종 사건은 가히 그의 '최고 걸작'이었다. 애거사는 교묘하게 배치한 단서로 대중을 매료하며 자신의 삶을 매혹적인 탐정소설로 각색했다. 《타임스》는 이를 두고 "영국 신문의 지면을 장식했던 실종 사건들 가운데 가장 선풍적인 사건"이라고 선포했다.[11]

실종되기 전만 해도 대중은 애거사가 누군지 몰랐다. 그들이 관심을 보인 이유는 오로지 그의 행방이 묘연했기 때문이었다.

12월 14일, 애거사의 실종 신고가 접수되고 11일이 지났을 때, 해러게이트에 있는 스완 온천 호텔에서 밴조를 연주하는 한 뮤지션이 실종됐다는 작가와 아주 비슷하게 생긴 여자가 무도장에서 춤을 추고 있는 걸 발견했다. 그는 경찰에 신고했고 경찰은 아치에게 알렸다.

아치가 호텔에 도착하자 경찰은 그를 로비에서 기다리게 했다. 호텔 매니저가 말하길 애거사가 저녁 예약을 했으며, 곧 내려온다는 것이었다. 과연 얼마 지나지 않아 분홍색 조젯으로 만든 이브닝 드레스를 입고 춤을 추러 계단을 내려오는 애거사가 아치의 눈에 들어왔다. 애거사는 그와 시선을 마주치고도 조금도 동요하지 않았고, 라운지의 벽난로 옆에 자리를 잡고 앉았다. 잠시 어색한 침묵이 흐른 뒤 이들 부부는 저녁 식사를 하러 호텔 식당으로 들어갔다.[12]

아치는 함구하길 원했지만, 기자들이 벌 떼처럼 달려들어 답변을 요구했다. 애거사의 실종 사건은 계속 신문의 1면을 장식했다. 아치는 언론을 달래기 위해 《요크셔 포스트》에 성명을 발표했다. "애거사의 신원에는 의심의 여지가 없습니다. 제 아내가 맞습니다. 애거사는 현재 완전한 기억 상실과 정체성 상실을 겪고 있습니다. 그래서 자신이 누군지 모릅니다. 제가 누군지도 모릅니다……. 조용히 휴식을 취하면서 건강을 되찾을 수 있길 바랄 따름입니다."

아치는 이렇게 설명하면 야단법석이 종료되고 자신은 조만간 골프와 내연녀에게 돌아갈 수 있을 줄 알았다. 하지만 톰슨이 지적했다시피 아치는 이로써 "전후 상황을 전혀 파악하지 못했고 자신이 어떤 사태에 말려들었는지도 전혀 몰랐다"는 것만 밝힌 셈이었다.[13] 애거사의 소설을 좀 읽었더라면 이 훌륭한 추리소설적 설정의 진가를 알았을 텐데.

두말하면 잔소리지만 애거사는 전후 상황을 정확히 파악하고 있었다. 그는 추리소설 작가답게 미스터리의 매력을 알았다. 훌륭한 추리소설은 독자들에게 작은 단서를 찔끔찔끔 흘리며 해답은 최대한 늦게 공개한다. "탐정소설의 묘미는 추격전이다." 애거사는 훗날 이렇게 선포했다.[14] 체포가 아니라 **추격전**. 그리고 그는 완벽한 추격전을 연출한 셈이었다.☼

아치는 실종 사건이 발생한 이유가 애거사의 기억 상실증 때문이라고 주장했지만, 애거사는 며칠 만에 집필을 재개했다. 그는 실종되기 전까지 차기작을 마무리하지 못해 끙끙대던 중이었다. 끝까지 묘수가 떠오르지 않을 거라는 생각이 든 게 하루 이틀이 아니었다(애거사의 시어머니가 《데일리 메일》에 밝힌 바에 따르면 그는 "아! 망할 플롯! 이 죽일 놈의 플롯!"[16]이라고 중얼거리며 집 안을 계속 서성였다고 한다). 사소하지만 중요한 디테일을 적절하게 배치하고 반전은 꼭꼭 숨기며 이야기를 써 내려가는 일은 애거사 크리스티에게도 만만치 않은 작업이었던 것이다.

하지만 애거사는 해러게이트에서 돌아온 뒤 뭔가가 달라졌다.

☼ 범죄소설 작가 도로시 L. 세이어스는 이 사건의 단서를 살펴보고는 '자발적인 실종'일 가능성이 크다는 결론을 내렸다. "어쩌면 아주 기발하게 고안한 연출일 수도 있겠다. 특히나 상대는 아주 솜씨 좋은 탐정소설 작가가 아닌가."[15] 세이어스는 훌륭한 설정을 알아본 셈이다. 어쩌면 과하게 훌륭한 설정이었다.

"그때를 기점으로 나는 아마추어에서 프로로 변신했다." 회고록에서 애거사는 이렇게 말했다.[17] 그는 자신의 실종 사건에서 터득한 교훈을 작품에 적용했다. 미스터리에는 묘한 힘이 있다. 우리는 풀지 못하는 수수께끼의 마수에서 헤어나오지 못하고, 계속 궁금증을 유발하는 사건과 플롯에 매력을 느낀다. 이렇게 강력한 힘을 지닌 '추리소설'은 그렇다면 언제부터 존재했을까? 누가 처음으로 창시한 걸까?

굴뚝의 시체

때는 1841년 봄. 당시 서른두 살이던 에드거 앨런 포는 새로운 유형의 단편소설을 써보기로 마음먹었다. 당시 포는 어느 잡지에 글을 연재하고 있었는데, 독자들이 보내온 도저히 풀 수 없을 것 같은 복잡한 암호를 해독하는 코너였다. 전국 각지에서 그에게 100개에 육박하는 비밀 메시지를 보내왔다. 포는 하나만 빼고 모두 풀었다. 풀지 못한 메시지는 '야바위', 그러니까 '아무 맥락도 없이 마구잡이로 기호를 갖다 붙인' 뒤죽박죽 암호였다.[18]

그렇지만 그 코너는 고료가 한 페이지 당 몇 달러밖에 되지 않았다. 안타깝게도 담당 편집자의 말처럼 "포와 같은 수준의 지적 능력은 수요가 많지 않았"기 때문이다. 포는 경제적으로 절박했고 방값과 술값을 해결할 수 있을 만한 소설을 써야했다. 그는 첫 작품에 『모르그가의 살인』이라는 자극적인 제목을 붙이고 C. 오귀스트 뒤팽이라는 흥미로운 주인공을 등장시켰다. 뒤팽은 파리에 사는 젊은 독신남이었고 역시 아주 난해한 암호를 풀 줄 알았다.

이야기는 어느 여름날, 석간신문에 실린 기이한 이중 살인 사건 기사로 시작된다. 정원에서 '목이 완전히 절단돼 시신을 들어 올리려고 하자 머리가 떨어져 저만큼 굴러가는' 한 어머니의 시신이 발견됐고, 딸은 처참하게 살해당해 굴뚝에 쑤셔 넣어져 있었다. 처음에 경찰은 강도의 소행으로 추정하지만 사라진 귀중품이 없었다. 그들은 길고 소득 없는 수사를 벌인 끝에 '모든 면에서 너무나 기이하고 당혹스러운, 파리에서 지금까지 자행된 바 없는 살인 사건'이라고 결론을 내린다.

뒤팽은 이 사건에 흥미를 느낀다. 그는 소설의 화자인 '나'에게 범죄 현장을 찾아가 보자고 제안한다. 남들은 못 보고 지나친 단서를 찾을 수 있을지 모르고, 설령 그러지 못하더라도 "수사 자체만으로 재미있을" 거라면서.

피투성이 아파트를 한참 동안 살피고 동네 주민들과 면담을 하고 나자 '나'는 전보다 더 혼란스러워진다. 그리고 '해결할 수 없는' 사건이라는 결론을 내린다. 하지만 뒤팽은 탄식을 터뜨리며 이 특이한 사건의 해답을 체계적으로 설명한다.

뒤팽은 먼저 사건의 가장 당혹스러운 측면을 요약한다. 불필요하게 피해자의 목을 벤 것, 딸을 굴뚝에 쑤셔 넣은 것, 뚜렷한 동기가 없는 것이 그것이다. 경찰에서는 미친 사람의 소행으로 간주하지만, 뒤팽은 범인이 인간이 아니라는 결론을 내린다. 그가 지목한 것은 오랑우탄이었다. 이미 뒤팽은 도망친 유인원을 보호하고 있다는 광고를 신문에 실어놓은 뒤였다. 몇 페이지를 더 넘기면, 한 선원이 끔찍한 범행을 저지른, 자신이 기르는 동물을 찾기 위해 나타난다.

포의 작품은 출간되자마자 선풍적인 인기를 누렸다. 섬뜩한 범죄와 걸출한 탐정이 독자들의 마음을 사로잡은 것이다. 이로써 포는 돈도 벌 수 있었다. 잡지사에서 고료로 56달러를 보내줬다. 하지만 그는 이런 성과를 별거 아닌 것으로 취급했다. 그는 친구에게 보낸 편지에서 이렇게 말했다. "사람들은 탐정소설이 실제보다 더 기발하다고 생각해. (중략) 예를 들어 『모르그가의 살인』만 해도 그래. 실타래를 풀어 수수께끼를 해결하는 일이 뭐가 그리 기발하단 말인가?"[19] 그는 만약 자신이 이 대중소설에 자부심을 느낀다면, 드디어 '새로운 스타일의 무언가'를 창조해냈기 때문이라고 썼다.[20]

그렇다. 포는 탐정소설을 창조했다.✲ 포의 공식은 다음과 같았다. 먼저 난감한 사건이 벌어지고 경찰은 우왕좌왕한다. 사건은 해결될 가망이 없어 보인다. 그때 우리의 걸출한 탐정이 등장한다. 그는 등한시됐던 몇 가지 단서를 심사숙고하고 이리저리 흩어져 있던 점들을 연결해 놀라운 해답을 제시한다. 마지막 장면에서 범인의 정체가 드러나고 처벌을 받으면서 도덕적 질서가 회복된다.

이후 이 공식은 현대 문화사상 가장 성공적인 장르로 이어졌다. 애거사 크리스티부터 레이먼드 챈들러(하드보일드 탐정소설의 시조

✲ 『미스터리와 추리 백과사전Encyclopedia of Mystery and Detection』의 공저자 오토 펜즐러는 포를 가리켜 이렇게 말했다. "그는 순수 탐정소설의 창시자였다. (중략) 예컨대 윌리엄 레깃의 『소총The Rifle』처럼 탐정소설의 요소를 갖춘 작품들은 기존에도 있었지만 그 모든 걸 압축하고 종합한 최초의 인물은 포였다."[21]

로 꼽히는 미국의 작가—옮긴이)까지, 마이클 코넬리(스릴러 소설가. 『링컨 차를 타는 변호사』의 변호사 '미키 할러' 시리즈로 유명하다—옮긴이)부터 〈로 앤 오더〉(미국 NBC에서 20년 동안 방영된 범죄 수사 드라마—옮긴이)에 이르기까지, 요즘도 이 장르는 에드거 앨런 포가 젊은 시절에 창안한 수사와 전통을 따르고 있다. 아서 코넌 도일은 뒤팽이 셜록의 원조라고 인정했다. 포는 '후대의 범죄·추리 소설가를 무수히 양산한' 공로자로 인정받을 자격이 있었다.

1948년, 포가 요절하고 거의 1세기가 지났을 때, 시인 W. H. 오든은 《하퍼스 바자》에 기고한 글에서 탐정소설의 인기가 식을 줄 모르는 이유를 설명했다.[22] "많은 사람에게 그러하듯 내게도 탐정소설은 담배나 술처럼 중독성이 있는 무엇이다. 중독 증상은 다음과 같다. 첫째, 강렬한 욕구. 해야 할 일이 있을 때는 탐정소설을 집어 들지 말아야 한다. 일단 시작하면 다 읽을 때까지 일을 하지도 잠을 자지도 못하기 때문이다." 오든은 '대부분의 탐정소설은 싸구려 통속소설'이라고 폄하하면서도, "탐정소설을 면밀히 연구하면 예술의 작동법을 설명할 수 있을 것"이라고 덧붙였다.

오든은 논리를 전개하기에 앞서 비극의 역사를 짧게 소개했다. "그리스 비극에서 관객은 진실을 알고 있다." 즉, 결말이 밝혀진 상태에서 시작하는 것이다. 예컨대 『오이디푸스 왕』은 왕을 살해한 범인을 추적하는 남자의 이야기다. 난해한 범죄극으로 포장되어 있지만 누구나 이야기의 결말을 안다. 오이디푸스가 찾는 범인은 자기 자신이라는 것을 말이다.

포는 천재적인 면모를 발휘해 이 고전적인 공식을 뒤집고 이야기의 결말을 비밀에 부쳤다('미스터리'라는 영어 단어의 어원은 그리스어 '뮈오muo'로, '눈을 감다' 또는 '숨기다'라는 뜻이다). 전통적으로 소설은 예측 가능한 흐름으로 전개됐던 반면 포는 허를 찌르는 요소를 중심으로 작품을 구축했다. 오이디푸스 이래 서사의 특징이 된 '단서 찾기'의 즐거움을 추구하되 예측할 수 없는 결말을 첨가한 것이다(오든의 말처럼 탐정소설의 핵심은 '관객은 진실을 전혀 모른다'는 것이다). 이로써 독자는 단서를 찾아다니는 책 속의 또 한 명의 형사가 된다.

포는 사람들이 살인 자체에는 별로 관심이 없다는 사실을 간파했다. 범행은 사건을 유발하는 장치에 불과했다. 사람들의 진정한 관심사는 미스터리였다.

미스터리라는 지루함의 해독제

에드거 앨런 포는 탐정소설을 발명하며 인간의 마음을 낚는 새로운 방식을 발견했다. 인기가 식을 줄 모르는 포의 공식은 궁금증을 자아낸다. 사람들은 왜 이토록 이 공식을 좋아할까? 우리가 실종된 작가와 해결할 수 없는 범죄에 집착하는 이유는 뭘까? 미스터리는 왜 심리적 가려움증을 유발하는 걸까?

동물의 뇌 연구에서 유구한 역사를 자랑하는 도파민의 특징부터 살펴보자. 도파민은 '섹스, 약물, 로큰롤의 화학물질'이라는 별명답게 쾌락주의와 한데 뭉뚱그려 이야기될 때가 많다. 도파민의 가장 중요한 기능 중 하나는 우리의 관심을 관장하는 것이다. 요컨대 도파민은 우리가 세상을 살피고 가장 재밌는 것이 무엇인지 파악할 때 통용되는 신경 물질이다. 즐겁다는 느낌은 뇌가 우리에게 저길 보라고, 이걸 눈에 담으라고, 저기에 집중하라고 지시를 전달하는 도구다.

그렇다면 도파민을 가장 크게 자극하는 것은 무엇일까? 예상이 가능한 뻔한 정보는 결코 아니다. 그보다는 미스터리한 느낌을 주는 재미, 혹은 신경과학자들이 '예측 오류'라고 이름 붙인 재미다.[23] 연구실의 과학자들은 보상 패턴(레버를 눌러 간식을 받는)을 구축한 뒤 그것과 상관없이 불쑥 달콤한 초콜릿을 내미는 식으로 예측 오류를 유발하곤 한다(시끄러운 소리나 번쩍이는 불빛처럼 그다지 유쾌하지 않은 자극으로도 엄청난 도파민을 유발할 수 있다). 뇌세포가 뜻밖의 사건에 민감한 이유는 그것이 뭔가를 배울 수 있는 아주 어마어마한 기회이기 때문이다. 영장류, 쥐, 심지어는 초파리의 내부 기관에도 이와 똑같은 기발한 프로그래밍이 존재한다.[24]

이와 같은 정신적인 소프트웨어의 역사는 수백만 년보다 더 오래된 것이다. 하지만 인간의 두뇌는 이 해묵은 코드를 새롭게 활용할 방편을 찾아냈다. 열량 높은 음식과 섹스뿐 아니라 **발상과 서사**에서 즐거움을 느낄 수 있게 된 것이 결정적인 계기였다. 불가사의한 실종 사건을 다룬 신문 기사가 됐건 에드거 앨런 포의 탐정소설이 됐건 간에 이런 글은 도파민계를 계속 흥분시키고, 따라서 우리는 원시적인 보상 없이도 계속 주의를 기울이게 된다.[*] 인류학자 클리퍼드 기어츠는 이런 유명한 말을 남겼다. "인간은 자신이 자아낸 의미의 거미줄에 매달려 있는 동물이다."25

도파민계에는 묘한 특징이 있다. 인간의 뇌는 항상 문제 해결과 향후 예측을 시도하며 패턴을 만드는 기계지만, 우리의 관심을 사로잡는 것은 정확한 예측이 아니라 예측 오류, 즉 예상하지 못했던 보상과 뜻밖의 사실이다. 훌륭한 예술작품은 전제를 설정한 뒤 미묘하게 우리의 기대를 깨뜨린다. 해답 공개를 최대한 늦추며 몰입하게 한다. 우리의 호기심을 계속 자극하는 것, 그것은 바로 궁금증이기 때문이다. 스티븐 손드하임(뮤지컬 〈웨스트 사이드 스토리〉로 유명한 세계적 뮤지컬 작곡가이자 기획자—옮긴이)은 자신의 미학을 다음과 같이 요약했다. "예술작품에는 뜻밖의 놀라움이 필요하다. 그렇지 않으면 관객의 시선을 붙잡아놓을 수 없다."26

그러나 관객의 눈을 붙드는 예측 오류는 미스터리가 선사하는 신경 작용의 일부일 뿐이다. 이야기가 잘 전달된다면, 미스터리는 관객에게 놀라움보다 더 거대한, 인간만이 느낄 수 있는 감정(경이로움, 경외감, 경탄, 무엇이라 불러도 좋은)을 선사하게 될 것이다. 관객은 답을 찾는 걸 멈추고, 결코 이해하지 못할 무언가에 몰입하며 미스터리의 파도를 타기 시작한다. 그리고 그 밑바탕에는 수수께끼를 향한 즐거움이 있다. 거의 모든 동물은 어둠을 두려워한다. 하지만 인간은 그 안에서 가장 위대한 의미를 찾아낸다.

시대와 취향을 초월해 사랑받는 작품에는 가장 매혹적인 미스터리가 숨겨져 있다. 이 책에서 우리는 그 미스터리들을 해체할 것이

✲ 이것이 자연선택의 아이러니다. 우리가 아무리 숭고한 이상을 품더라도 금세 다시 설탕과 오르가슴의 문제로 귀결되고 마는 것이다.

다. 예술가, 마술사, 음악가, 작가, 교육자 들을 만나 그들이 어떻게 우리의 마음을 송두리째 사로잡았는지 살펴볼 것이다. 우리 모두는 푹 빠진 소설이나 드라마에 몰입할 때, 혹은 설명하기 어려운 시를 읽고 벅차오를 때 미스터리를 향한 희열과 갈망을 경험한 바 있다. 그런 경험을 설계하는 법, 나아가 그런 경험이 우리의 인생에 중요한 이유를 이론적으로 명쾌히 풀어내는 게 이 책의 목표다.

논의의 출발점은 가장 단순한 형태의 미스터리, 즉 '미스터리 박스'다. 미스터리 박스는 살인범의 정체나 슬롯머신의 결과 등 결정적인 정보를 감추며 관심을 유발한다. 예측 오류의 짜릿함을 선사하는 것이다. 그 이면의 전략을 터득하면 눈을 뗄 수 없는 흡인력을 지닌 플롯 설계의 비밀을, 야구 경기와 L.O.L. 서프라이즈 인형(겹겹이 포장된 동그란 캡슐 안에 인형이 랜덤으로 들어 있는 장난감)이 지닌 매력의 비결을 이해할 수 있게 된다. 이런 전략을 효과적으로 활용한 대표적인 인물은 스티브 잡스와 조지 루카스다. 미스터리 박스는 우리의 관심을 끝없이 자극한다. 그 안에 뭐가 들었는지 궁금하기 때문이다.

하지만 미스터리 박스가 관객을 사로잡는 유일한 방법은 아니다. 우리가 알아볼 두 번째 미스터리 전략은 '상상력 증폭시키기'다. 때로 우리는 창작 과정 자체가 너무도 궁금해지는 작품을 만난다. 예컨대 마술을 생각해보자. 눈앞에서 물체가 사라지고, 여자가 톱에 썰려 반으로 나뉜다. 이게 어떻게 가능하지? 하는 생각을 절로 끌어낸다. 이는 마술사는 물론 건축가, 화가, 영화감독 들의 전략이기도 하다. 이들은 제작 방식을 설명할 수 없는 작품을 만드는 걸 좋아한다.

그다음 차례로 살펴볼 전략은 '규칙 깨부수기'다. 지금 우리가 사는 세상은 사용자의 입맛을 맞추는 데 급급한 문화 콘텐츠로 포화 상태다. 하지만 많은 이에게 선택받고 사랑받으며 오래도록 살아남는 건 살짝 어려운 콘텐츠, 낯설지만 매력적인 형식과 감각으로 우리를 자극하는 콘텐츠다. 카니예 웨스트의 힙합부터 바흐의 선율, 에밀리 디킨슨의 시, 전복적이며 위트있는 스타일로 한 기업을 위기에서 구해낸 광고까지. 이들이 여전히 우리를 매혹하는 이유를 살펴볼 것이다.

네 번째로 살펴볼 것은 '마성의 캐릭터' 전략이다. 셰익스피어의 햄릿, 레오나르도 다빈치의 모나리자, 심지어는 성서 속 하느님에 이르기까지, 우리는 미묘하고 모순으로 똘똘 뭉친 주인공에게 매료된다. 이들은 파악하기 어려우며, 복잡하고 흥미롭다. 우리가 이렇게 입체적인 캐릭터에 빠져드는 이유는 무엇이며, 그 창작의 비결은 무엇일까? 나는 작가들이 어떻게 주인공을 만들고 이야기를 써 내려가는지 알아내기 위해 천재 추리소설 작가를 만나 인터뷰를 진행했다. 이 이야기는 뒤에서 자세히 공개하겠다.

게다가 이러한 마성의 캐릭터는 우리의 삶에 뜻밖의 쓸모를 선사한다. 연구에 따르면 입체적인 캐릭터가 등장하는 훌륭한 문학작품을 읽는 일은 우리가 인간관계에서 맞닥뜨리는 미스터리(저 사람은 대체 왜 저럴까?)를 해결하는 데 큰 도움이 된다. 이 흥미로운 연구 결과 또한 4장에서 만나보자.

마지막으로 살펴볼 전략은 '의도적인 모호함'이다. 밀란 쿤데라는 이렇게 썼다. "더 모호할수록, 더 흥미로워진다." 모든 선명한 것들은 유용하며, 때로 지루하다. 우리는 전 세계 과학자들과 역사학자들은 물론 수많은 사람을 매혹한 중세시대 고문서부터 비틀스의 노래 가사, J. D. 샐린저의 미학이 가장 빛나는 단편소설까지, 절묘한 모호함으로 우리를 사로잡은 작품들을 살펴볼 것이다.

이 다섯 가지 전략은 미스터리의 각기 다른 매력을 보여준다. 전략은 수없이 많은 형태로 변주될 수 있지만, 목표는 하나다. 예측 오류를 몰입감 넘치는 오락으로 바꾸고, 미지의 매력으로 관객을 사로잡는 것.

탁월한 콘텐츠는 이 전략들을 한데 모아 다양한 매력으로 커다란 경외감을 선사한다. 미스터리 박스로 출발해 입체적인 캐릭터와 모호한 설정을 활용하고, 상상력을 증폭시키는 동시에 매력적인 난해함을 동원할 수도 있다. 이렇게 되면 그 콘텐츠는 금세 이해하고 소비할 수 있는 무언가를 넘어서 무한한 게임이 되고, 몇 번이고 다시 찾게 되는 작품이 된다.

호기심을 갖는 것, 나아가 미스터리와 씨름하는 능력은 인간의 필수 능력이다. 빼어난 창작자들은 거의 모두 탁월한 추리 능력을 갖추고 있다. 이 책에서 우리는 그들처럼 열렬한 호기심을 기르는 방법과 창의력을 발휘할 방법을 알아볼 것이다. 21세기에 중요한 것은 무엇을 아는가가 아니다. 내가 무엇을 모르는지 파악하는 것이다.

낭만주의 시인 존 키츠는 셰익스피어가 '소극적 수용력Negative Capability'을 갖춘 위대한 예술가라고 말했다. 소극적 수용력이란 성급하게 사실을 증명하려 들거나 논리를 찾으려 애쓰지 않고, 불확실하거나 이해할 수 없고 의심스러운 것을 수용할 수 있는 능력이다.[27] 셰익스피어는 단순한 사실에는 전혀 관심이 없었다. 작품의 줄거리는 난해했고 등장인물들의 행동은 돌발적이었지만, 조금도 걱정하지 않았다. 오히려 비밀을 절대 밝히지 않으며, 캐릭터의 동기와 심리에 관한 설명을 과감히 생략했다. 도무지 해결할 길 없는 난제를 제시해 독자들의 호기심을 자극했다. 그것이 이야기를 끌고 가는 강력한 동인이자 서스펜스로 작용한다는 걸 알았기 때문이다. 키츠에 따르면 셰익스피어는 작품 안에서 '미스터리의 부담'을 포용한 작가였다. 바로 이것이 그의 작품이 독자의 뇌리에 강렬한 인상을 남기는 이유이며, 우리가 오늘날까지 셰익스피어를 사랑하는 이유다. 이 같은 예술작품은 일종의 거울 역할을 한다. 우리의 욕구를 충족시키는 동시에 우리의 본질을 드러내 보인다. 온 우주를 통틀어 이해하지 못하는 것을 만들어내고 좋아하는 존재는 인간뿐일지 모른다.

1장

미스터리 전략 1

예측 오류의 짜릿함 선사하기

ㅇ

뜨거운 의구심만큼 지성을 자극하는 것도,
구불구불 어둠 속으로 이어지는 오솔길만큼
아직 덜 여문 인간의 능력을 발전시키는 것도 없다.[1]

슈테판 츠바이크

어디든 통하는 미스터리 박스

라이언은 세 살 때부터 장난감을 소개하는 유튜버였다. 영상은 예상의 범주를 조금도 비껴가지 않는다. 장난감 가게에 간 라이언은 레고 듀플로 기차를 고른다. 상자를 열고 플라스틱 블록을 맞춘다. 기차를 카펫 위에 놓고 앞뒤로 움직인다. 그러다 쓰러뜨린다. 4분 정도 뒤 라이언이 지루해하기 시작하면 영상은 끝이 난다.

〈라이언 토이스리뷰Ryan ToysReview〉의 초창기 영상은 어린아이들의 변덕스러움을 잘 보여주는 콘텐츠다. 토마스 기관차가 등장하기도 하고, 라이언이 플레이도우를 가지고 지저분하게 놀기도 하고, 픽사의 여러 캐릭터가 욕조에 둥둥 떠다니기도 한다. 화면은 흔들리고, 편집도 거의 없고, 라이언이 열어보기 직전까지 무척 열광했던 새로운 장난감의 비극적인 몰락 말고는 아무런 서사도 없다.

여기서 멈추었다면 라이언은 모르는 사람들 앞에서 장난감을 개봉하는 또 한 명의 어린이가 됐을 것이다(유튜브에는 수많은 '장난감 리뷰' 채널이 있다). 하지만 라이언의 부모님이 아이의 노는 모습을 촬영하기 시작한 지 4개월이 지났을 무렵 탄생한 32번째 영상에서, 모든 것이 달라졌다. 이 영상에서 라이언의 어머니는 조금 색다른 시도를 감행했다. 영상은 침대에서 자는 라이언의 모습으로 시작한다. 엄마는 라이언을 깨워 디즈니 스티커를 덕지덕지 붙인 거대한 종이 반죽 달걀을 보여준다. 라이언은 달걀 포장을 뜯고 그 안에 든 이런저런 장난감을 닥치는 대로 끄집어낸다. 피셔 프라이스 주차장도 나오고, 조그만 자동차는 수십 개나 나온다. 큼지막한 노란색 덤프트럭도 한 대 있다. 라이언은 거의 7분에 걸쳐 달걀 안에 든 장난감을 모두 꺼내 공개하고 방바닥에서 자동차를 잠깐 가지고 논다. 가히 과소비의 최고봉이라 할 수 있다.

그런데 이 짧은 영상에 대한 사람들의 반응은 폭발적이었다. 2015년 7월 1일에 올라온 이 유튜브 영상은 조회 수가 10억이 넘는다. 아직 어린 우리 아들도 어찌나 마르고 닳도록 보는지 달걀에서 꺼낸 장난감을 처음부터 끝까지 순서대로 외울 지경에 이르렀다("다음은 맥퀸 트럭이야"). 라이언의 부모님은 그들의 채널이 이렇게까지 성공할 수 있었던 계기가 된 게 바로 이 영상이었다고 했다. 〈라이언 토이스리뷰〉는 현재 미국에서 가장 사랑받는 유튜브 채널로 구독자는 거의 3550만 명에 달하고 조회 수는 550억 뷰가 넘는다. 2017년에 이 채널이 거둔 수익은 2600만 달러로 추정된다.[2] 이들은 나아가 '라이언스 월드'라는 브랜드를 만들어 서프라이스 에

그 장난감을 기획했고, 현재 미국의 대표적인 대형마트인 월마트와 타깃에서 판매 중이다.*

성공은 모방을 낳는다. 장난감이 든 서프라이즈 에그는 유튜브 키즈계의 선도적인 카테고리가 되었다. 이제는 〈디즈니 토이스리뷰〉의 '초대형 프린세스 서프라이즈 에그'도 있고(2억 9700만 뷰), 〈토이푸딩ToyPudding〉 채널의 '트럭 장난감 자동차 서프라이즈 에그'(9900만 뷰)와 '초대형 마이 리틀 포니 서프라이즈 에그 컴필레이션 플레이 도우'도 있다(1억 2100만 뷰). 각 영상에는 가장 최근에 출시된 장난감이 등장한다는 것 외에도, 허술한 장치를 바탕으로 한다는 공통점이 있다. 바로 선물이 달걀 안에 감추어져 있다는 것. 어떤 장난감이 나올지 아무도 모른다는 사실이다.

아이들 사이에서 이 영상들이 이토록 선풍적인 인기를 끄는 이유는 뭘까? 역시 미스터리의 매력으로 설명할 수 있다. 서프라이즈 에그는 예측 오류를 유도하는 수단에 불과하다. 라이언이 다음에는 라이트닝 맥퀸을 꺼낼까? 왜 자동차 장난감 핫휠 사이에 비행기가 끼어있지?

할리우드에서는 이걸 '미스터리 박스' 기법이라고 부른다. TV 시

* 최근 '시크릿 장난감'은 장난감 가게의 필수품이 되었다. 일곱 겹의 포장 안에 인형이 숨겨져 있는 L.O.L. 서프라이즈 인형부터 불투명한 비닐로 수축 포장된 상자 안에 액션 피겨가 담겨 있는 디즈니 '미스터리 팩'에 이르기까지. 이런 장난감은 우리 안에 내재한 호기심을 자극한다. 그 안에 뭐가 들었는지 열어보고 싶은 마음에 지갑을 열게 되는 것이다. 소비자는 자기가 원하는 걸 선택할 수도 없고, 같은 걸 뽑는 경우도 부지기수다. 즉 시크릿 장난감의 경제적인 효용성은 상당히 떨어진다고 할 수 있다. 하지만 인간은 기대와 놀라움, 즐거움을 위해 그런 것쯤은 얼마든지 포기한다.

리즈 〈로스트〉를 제작하고 〈스타트렉〉과 〈스타워즈〉의 후속편을 만든 작가 겸 감독 J. J. 에이브럼스의 정의에 따르면, 미스터리 박스란 이야기를 끌고 나가는 작품 속 비밀을 말한다. 영화 〈시민 케인〉에서는 로즈버드의 의미이고, 영화 〈행오버〉에서는 신랑의 행방이다. 〈죠스〉에서는 대형 백상어의 모습이고(관객들은 영화가 시작되고 80분이 지난 다음에서야 그 해양생명체를 온전히 볼 수 있다),[✲] 〈유주얼 서스펙트〉에서는 카이저 소제의 정체다. 에이브럼스가 가장 좋아하는 미스터리 박스의 예시는 〈스타워즈 에피소드 4: 새로운 희망〉이다. "두 안드로이드가 정체 모를 여자와 헤어져요. 그 여자는 누구일까요? 관객들은 알 수 없죠. 미스터리 박스입니다. 그리고 잠시 후에 루크 스카이워커가 등장해요. 그가 드로이드를 입수하자 홀로그램 영상이 나오죠. 그러면 관객들은 알게 됩니다. 아! 메시지로구나. 여자는 오비완 케노비를 찾으려고 해요. 오비완이 자기의 유일한 희망이라면서요. 아니 그럼 도대체 오비완 케노비는 누구지? 다시 미스터리 박스인 거죠!"[3] 에이브럼스의 말처럼 〈스타워즈〉는 서스펜스를 위해 정보를 아주 조금씩만 흘리며, 미지의 세계에서 또 다른 미지의 세계로 이동하는 이야기를 풀어낸다. 덕분에 영화에는 흥미진진한 긴장감이 넘쳐 흐른다.

✲ 때로 최고의 미스터리 박스는 우연한 기회로 탄생하기도 한다. 예컨대 〈죠스〉의 상어가 그렇게 한참 동안 모습을 감추고 있었던 이유는 상어 로봇이 계속 오작동을 일으켰기 때문이다. 촬영이 걸핏하면 지연되는 바람에 제작진들은 이 영화를 죠스가 아닌 (결함을 뜻하는) '플로스Flaws'라고 부를 지경이었다. 하지만 스필버그는 인간이 보지 못하는 것을 가장 무서워한다는 사실을 간파하고, 고장 난 대형 상어를 아주 무시무시한 미스터리 박스로 둔갑시켰다.

에이브럼스는 어린 시절 할아버지에게 선물 받은 타넨스 마법 미스터리 박스를 통해 미스터리의 힘을 처음 깨달았다. "마법 미스터리 박스의 기본 전제는 이거였어요. 15달러를 내면 50달러어치의 마법을 살 수 있다." 에이브럼스는 테드 강연에서 이렇게 회상했다. "그러니까 남는 장사죠." 하지만 에이브럼스는 미스터리 박스를 개봉하지 않았다. 원래 포장된 그대로 자신의 산타모니카 사무실 책꽂이에 모셔두었다.

왜 열어 보지 않았을까? 그가 미스터리 박스의 매력을 알았기 때문이다. 에이브럼스는 이렇게 말했다. "열지 않은 상자는 무한한 가능성을 의미하죠. 희망과 잠재력을 뜻하기도 하고요. 미스터리 박스를 좋아하는 이유, 그리고 일을 하면서 깨달은 사실은 내가 무한한 가능성에 끌린다는 거예요."

스티브 잡스라면 이 말을 즉각 이해했을 것이다. 그는 '가능성'을 영업 기술로 활용한 홍보의 귀재이니 말이다. 2007년 잡스는 최초의 아이폰을 선보였다. 커다랗고 근사한 신제품 사진과 함께 기조연설을 시작할 수도 있었겠지만, 잡스는 새로 출시된 세 가지 장치를 소개하겠다며 특유의 알쏭달쏭한 말로 포문을 열었다. 그가 말한 세 가지란 와이드스크린 아이팟, 휴대전화 그리고 혁신적인 인터넷 인터페이스였다. 핵심은 이 세 가지가 하나의 기기 안에 다 담겨 있다는 것이었다. 잡스는 이렇게 말했다. "오늘, 애플에서 선보이려는 완전히 새로운 휴대전화가 바로 여기 있습니다."[4]

하지만 새로운 휴대전화는 거기 없었다. 잡스는 아직 미스터리 박스를 열 생각이 없었다. "사실은 여기 있습니다." 잡스는 무대 위에 서서 반짝이는 아이폰을 (마치 부끄러운 듯이) 살짝 보여주고는 바로 자기 주머니에 넣었다. "잠깐 여기 넣어두려고 합니다." 그는 이렇게 말하곤 휴대전화 시장에 대해 자세하게 설명하기 시작했다. 가장 궁금한 것을 감춤으로써 기대감을 고조시키는 전형적인 지연 작전이었다. 몇 분 뒤에 잡스가 드디어 아이폰의 사진을 공개하자 사람들은 장난감이 가득 담긴 서프라이즈 에그를 뜯는 아이들처럼 즐겁게 환호를 터뜨렸다.

도파민 기폭제

미스터리 박스의 심오한 매력은 인간의 기본적인 소프트웨어에 새겨져 있다. 2개월짜리 신생아에게 여러 물건을 보여주면 아이들은 익숙하지 않은 것에 훨씬 지대한 관심을 보이며, 처음 보는 물건에서 눈을 떼지 못한다. 이러한 참신함에의 추구는 곧 정체를 알 수 없는 모든 것에 대한 전반적인 관심으로 발전한다. 어느 연구에서 심리학자 프랭크 로리머는 며칠 동안 네 살짜리 남자아이를 따라다니며 아이가 '왜'라고 물은 걸 모두 기록했다.[5] 아이의 질문 목록은 여러 장에 걸쳐 이어졌고 대부분 두서가 없었다. 이런 식이었다. 왜 병아리는 껍질 안에서 자라요? 어떤 물뿌리개는 왜 손잡이가 두 개예요? 엄마는 왜 수염이 없어요?*

부모들은 지칠 줄 모르는 아이들의 호기심에 때로 피곤해지기도 할 것이다(어디선가 한숨 소리가 들리는 것 같다). 하지만 아이들의 엄청난 호기심은 우리의 지적인 출발점이 어디인지, 우리를 인간으로 규정하는 초기 본능이 무엇인지 생각하게 하는 중요한 대목이다. 아이들은 세상을 볼 때 자기들이 아는 것에 초점을 맞추지 않는다. 모르는 것에 주목한다. 따라서 계속 왜? 왜? 왜 그런 건데? 하고 질문한다. 그렇게 이 미스터리 박스에서 저 미스터리 박스로 폴짝폴짝 점프하며 생각하는 능력을 키운다.

이는 아주 중요한 능력이다. 미스터리에 많은 관심을 보이는 아이들은 학교에서도 훨씬 좋은 성적을 거둔다. 미시간대학교 연구팀은 어린 학생 62명을 대상으로 오랜 기간 연구를 진행했다.[7] 연구팀은 아이들을 생후 9개월 때부터 수차례 측정하고 그들의 부모를 면담했는데, 그 결과 미지의 대상에 대한 호기심은 학업 성취도와 밀접한 연관이 있는 것으로 밝혀졌다. 수업 집중력 같은 다른 심리적인 변수를 통제한 후에도 결과는 마찬가지였다. 저소득층 가정의 아이들일수록 이 상관관계는 더욱 두드러졌다. 저소득층 학생들은 전반적으로 고소득층 아이들보다 성적이 낮았지만, 호기심이 많은 저소득 가정의 학생들은 이런 격차가 없었다.

이런 현상은 어떻게 설명할 수 있을까? 하나의 가설은 미스터리가 경제력이 높은 가정에 주어지는 주요한 혜택이라는 것이다. 경제적으로 여유가 있다면 부모는 아이에게 피아노를 배우게 하거나 박물관 관람 등을 시켜주며 아이의 호기심을 자극할 것이다. 또는 새로운 미스터리 박스를 원 없이 사줄 수도 있다. 시간이 지나면 이

✲ 최근에 이루어진 미셸 쉬나르와 그의 동료들의 연구에 따르면, 아이들은 양육자에게 한 시간당 평균 76.8개의 정보를 질문했다고 한다.[6]

같은 호기심 함양은 학업의 성과로 이어질 수 있고(아이는 학습법을 학습한다), 따라서 고소득층 가정의 아이들이 종종 좋은 성적을 얻는다. 하지만 저소득층 가정의 아이들이 호기심의 격차를 메울 수 있다면, 고질적인 성적 격차도 사라진다. 그러므로 아이들에게 미스터리를 즐기도록 가르치는 것은 근사한 호사가 아니라 없어서는 안 되는 교육의 일부다.

뇌과학을 통해서도 이런 일련의 작용을 시각적으로 확인할 수 있다. 최근 UC 데이비스대학교의 과학자들은 '호기심의 강도에 따라 달라지는 학습 방식의 변화'를 주제로 연구를 진행했다.[8] 연구원들은 피험자를 fMRI 기계 안에 넣고 역사("엉클 샘(미국을 상징하는 마스코트)이 수염을 길렀을 때 미국 대통령은 누구였을까?")와 언어("영어 단어 공룡dinosaur의 실제 뜻은 무엇일까?") 등 다양한 주제로 소소한 질문을 던졌다. 연구진은 이어서 피험자들의 호기심 등급을 매기고 그들과 연관 없는 사람의 얼굴 사진을 언뜻 보여주었다. 그런 다음 질문의 정답을 알려주었다(프랭클린 피어스, 무시무시한 도마뱀). 연구진은 스캐닝을 끝낸 후 피험자들이 질문과 정답을 얼마나 잘 기억하는지, 처음 보았던 얼굴들을 얼마나 잘 가려내는지 테스트했다.

드러난 양상은 뚜렷했다. 피험자들은 호기심을 자극하는 질문을 훨씬 잘 기억했다. 이건 그다지 놀라운 일은 아니다. 예상치 못한 대목은 피험자들이 호기심이 고조된 상태에서 본 얼굴을 훨씬 더 잘 기억했다는 것이다. fMRI 데이터가 이유를 설명해준다. 호기심을 더 자극하는 질문을 들었을 때 피험자의 중뇌에서는 도파민 회로 활동량이 증가했다. 보상을 처리하고 예측 오류에 반응하는 이 영역이 가지각색의 미스터리 박스에 자극을 받은 것이다. 하지만 가장 흥미로운 부분은 따로 있다. 호기심으로 도파민이 분출되자 학습과 기억에 결정적인 역할을 하는 해마의 활동도 급증한 것이다.[9] 윌리엄 제임스는 인간의 호기심이 "불협화음을 감지하듯 지식의 틀 안에서 모순이나 구멍을 느낄 때" 시작된다고 주장했다.[10] 이 새로운 연구 결과에 따르면 이와 같은 모순이나 구멍은 우리의 학습 메커니즘에 기폭제 역할을 한다. 우리는 새로운 정보에 단순히 관심을 기울이기만 하는 게 아니라 하드 드라이브에 저장한다. 우리의 기억에 남는 장난감은 달걀 안에 숨겨져 있던 장난감인 것이다.

여러 면에서 미스터리 박스는 미스터리를 창출하는 가장 간단한 방법이다. 미스터리 박스는 결정적인 정보를 안에 감춘다. 때로 정보는 커다란 달걀 안에 숨겨져 있기도 하고 공주와 안드로이드가 등장하는 이야기 플롯 사이에 있기도 있다. 방법은 다를지 몰라도 목적은 하나다. 우리가 찾는 비밀을 숨기며 인식의 긴장감을 만들어내는 것.

하지만 모든 미스터리 박스가 똑같진 않다. 인간의 욕망을 정확히 파악하고, 결과에 상관없이 잔혹할 정도로 밀어붙일 수 있다면, 도저히 뿌리칠 수 없을 만큼 중독적인 미스터리 박스를 고안할 수도 있다. 사람들은 전 재산을 다 바쳐서라도 그 박스를 열려고 들 것이다.

계획된 중독

1982년 잉에 텔네스라는 노르웨이 수학자는 게임 산업을 완전히 뒤바꿔놓을 특허를 출원했다.[11] 텔네스는 지극히 평범한 학자였고, 딱히 게임 산업에 변혁을 일으키겠다는 원대한 목적으로 특허를 출원한 것은 아니었다. 그는 슬롯머신의 잭폿 금액이 너무 작다는 카지노업계의 마케팅 문제를 해결하기 위해 고심하던 중이었다. 문제의 근원은 세 개의 릴과 열두 개의 그림(숫자 7, 체리, 기타 등등)으로 이루어진 슬롯머신의 기계 설계였다. 슬롯머신의 당첨금은 그림 개수에 제한을 받았다. 즉 20개의 그림과 세 개의 릴이 있는 베팅 액수 1달러짜리 도박기기가 감당할 수 있는 잭폿은 최대 8000달러였다.[12] 그 금액을 넘어서면 카지노의 손해였다.✲ 하지만 안타깝게도 이런 소액의 잭폿은 도박꾼들에게 별로 매력적이지 않았다. 룰렛 테이블에서 훨씬 푸짐한 상품을 받을 수 있는데 뭐하러 슬롯머신을 하겠는가?

카지노에서는 이런 한계를 극복하기 위해 그림을 더 추가한 대규모 슬롯머신을 시범 도입했다. 흔히 볼 수 있는 과일이나 숫자 7뿐만 아니라 편자, 다이아몬드, 달러 표시도 등장했다. 하지만 그림이 많아지면 돈을 딸 확률은 낮아졌다. 도박꾼들은 이 사실을 바로 간파했다.

텔네스는 도박의 무대를 가상의 세계로 옮긴다는 기발한 해결책

✲ 계산은 간단하다. 20×20×20=8000. 당시 카지노에서는 세금과 운영비를 감안해 대게 최대 배당금의 2~15퍼센트로 배당금을 설정해야 했다.

을 제시했다. 전통적인 슬롯머신은 기계의 홈에 맞물린 레버를 잡아당기는 방식(진짜로 기어가 돌아가는 소리가 들렸다)으로 작동했지만, 텔네스는 이를 무작위로 숫자를 생성하는 미스터리 박스로 대체했다. 빠른 속도로 돌아가는 릴과 체리 그림은 여전히 존재했지만, 이는 마이크로칩이 무작위로 뱉어낸 결과를 보여주는 것에 불과했다(이제는 마우스 클릭 소리가 배경음이었다). 게임 전문가 존 로빈슨이 말했듯 잭폿은 "더 이상 윙윙거리는 기계의 제약을 받지 않았고, 더불어 슬롯머신의 레버를 당기고 그 결과가 나오기까지 숨죽여 기다리는 '중간 단계'가 생겼다." 로빈슨은 "우리는 그 중간 단계를 환상적으로 활용할 수 있다"고 썼다.[13]

탐욕스러운 카지노의 관점에서 그 '환상적'인 일은 바로 엄청난 금액의 잭폿을 내세워 슬롯머신을 홍보하는 것이었다. 이제 카지노는 릴의 개수라는 제약에서 벗어나 숫자가 무작위로 생성되도록 프로그램을 조정했다. 슬롯머신은 수백만 개의 결과를 도출할 수 있었고 각각의 결과는 특정 세트의 그림으로 표시됐다. 예를 들어 베팅 액수 1달러에 당첨금이 100만 달러인 슬롯머신이 있다고 가정해보자. 그 잭폿은 하나의 릴(예를 들면 숫자 7 세 개)과 연결되어 있고, 정확히 그 당첨 번호가 생성되었을 때만 당첨금을 탈 수 있다. 다른 수백만 개의 숫자 조합에서는 잭폿이 터지지 않으므로 카지노는 상당한 수익을 올릴 수 있는 한편, 거액의 잭폿을 홍보할 수도 있으니 일거양득이었다.[*] 이렇듯 새로운 설정이 가미되자 슬롯머신의 매력은 훨씬 배가됐다. 수백 개의 가상 릴을 갖춘 슬롯머신에서 잭폿을 터뜨릴 확률은 1대 137,000,000으로 매우 낮았지만, 이 시스템에서는 어쩐지 돈을 따는 게 훨씬 쉽게 느껴졌다. (초기에 가상 릴 슬롯머신을 연구한 결과에 따르면 플레이어 측에서 체감하는 것보다 실제 배당 액수가 훨씬 낮은 것으로 드러났다.) 따라서 사람들은 절대 받을 수 없는 보상을 노리며 미스터리 박스에 계속 동전과 칩을 넣었다.

카지노는 가상 릴 슬롯머신으로 얼마나 많은 돈을 벌 수 있는지 금세 알아차렸다. 슬롯머신의 역사를 연구한 인류학자 나타샤 다우쉴의 책 『계획된 중독Addiction by Design』에 따르면 1990년대 중반을 기준으로 가상 릴을 쓰는 슬롯머신의 비율은 80퍼센트를 웃돌았다.[15]

카지노들은 이내 가상 릴을 한층 효과적으로 활용할 수 있는 방법까지 발견했다. 바로 딸 수 있는 돈뿐 아니라 잃은 돈에 대한 **인식을 조작**하는 것이었다. 빠르게 돌아가던 릴을 잭폿 그림 바로 앞에 멈추게 해서, 돈을 거의 딸 뻔했다는 착각을 유발하는 일명 '아까운 실패near misses' 작전이었다. 일례로 슬롯머신 업계의 사악한 천재라고 할 수 있는 유니버설에서는 버튼을 누를 때마다 2단계 과정이 펼쳐지도록 개발했다. 1단계에서는 돈을 땄는지 아닌지를 보여준다. 돈을 따지 못한 것으로 판가름이 나면(물론 이게 대다수 경우다),

☼ 이런 수법에는 누가 봐도 기만적인 측면이 있다. 슬롯머신 제작하는 대규모 업체인 밸리Bally도 이러한 가상의 릴 조합이 사람들에게 오해를 불러일으킬 소지가 너무 많다고 우려를 표명했다. 1983년 밸리의 회장은 네바다 게임관리위원회 앞에서 이렇게 증언했다. "릴이 돌아가는 슬롯머신은 핸들을 몇 번 당기는 동안 돌아가는 릴 위의 그림을 눈으로 확인할 수 있었죠. (중략) 기계로 작동하는 슬롯머신의 경우 릴에 있는 숫자 7 네 개가 마치 한 개밖에 없는 것처럼 보이면서 사람들에게 착시를 일으킬 것 같습니다."[14]

2단계 '아까운 실패' 작전으로 넘어가 마치 엄청난 대박을 터뜨리기 직전이었던 것처럼 연출한다. 즉 당첨 라인에 숫자 7을 두 개 띄우고 마지막 세 번째 숫자 7은 바로 아랫줄에 띄우는 식이었다. 카지노는 이 작전으로 아무것도 손해 보지 않았지만, 사람들은 이 게임에서 헤어나오지 못했다.

기대감을 고조하는 메커니즘

'아까운 실패'의 유혹이 이다지도 큰 이유는 무엇일까. 케임브리지대학교의 과학자들이 최근 《뉴런》에 기고한 논문에 따르면 슬롯머신에 입력된 아까운 실패는 도파민이 풍부한 뇌 영역에 혈류량을 증가시키며 실제로 돈을 땄을 때와 똑같은 보상 회로를 활성화한다고 한다.[16]

인간은 왜 이렇게 이상하게 프로그램되어 있을까? 한 가지 가설은 우리가 '아까운 실패'에서 느끼는 쾌감이 어려운 기술을 새로 습득하려 할 때 원동력이 된다는 주장이다. 예컨대 우리가 농구 3점 슛을 연습 중이라고 치자. 처음에는 에어볼이 난무하고 중구난방으로 튀는 공을 잡기 바쁘다. 하지만 서서히 실력이 쌓이면 공은 점점 골대와 가까워지고, 슛을 넣기도 할 것이다. 우리는 짜릿함을 느끼고, '아까운 실패'를 원동력 삼아 기량을 발전시켜나갈 수 있다. 만약 우리가 정확히 슛을 넣었을 때만 신이 난다면 금세 포기하게 될 것이다. 따라서 우리의 뇌에는 점진적인 발전을 즐기는 메커니즘이 필요하다.

그렇지만 안타깝게도 도박 기계는 이처럼 유용한 우리의 소프트웨어를 잔인하게 악용한다. 이 미스터리 박스는 시도하고 또 시도해도 아무런 능력치도 생겨나지 않는다. 레버를 계속 당겨도 어떤 기량도 쌓이지 않는다. 그럼에도 '아까운 실패'로 활성화된 도파민 신경 세포(뇌에서 기운이 넘치는 치어리더 역할을 맡고 있다)는 거의 다 왔다며, 포기하지 말고 계속해보라고 우리를 독려한다. 그런다 한들 잃은 돈의 액수만 점점 불어날 뿐인데도 말이다.

슬롯머신이 우리에게 남기는 더 큰 교훈은 문화가 계속해서 변화한다는 것이다. 문화는 인간의 사고방식에 발맞춰 끊임없이 진화한다. 슬롯머신은 시간이 지나면서 엄청난 힘을 갖춘 미스터리 박스로 발전했다.

이 힘의 비결은 사람들을 계속 감질나게 만드는 '용의주도한 무작위'에 있다. 사람들은 진짜 무작위에는 금세 싫증을 낸다. 하지만 슬롯머신의 가상 릴은 내부의 무질서를 감추고 미묘한 패턴이 있는 것처럼 속인다. '아까운 실패'가 이렇게 잦은 걸 보면 성공에 점점 가까워지고 있으며, 계속하다 보면 일렬로 배치된 숫자 7이 곧 나올 거라고 말이다. 슬롯머신의 유혹이 이토록 비극적으로 강렬한 이유는 우리가 진전을 이루고 있다는 착각, 언젠가는 미스터리 박스를 열어볼 수 있을 거라는 기대감 때문이다.

슬롯머신이 가진 엄청난 힘을 설명한 이유는 이 기계를 옹호하기 위해서가 아니다. 카지노가 우리에게 제공하는 건 의미 없이 분출되는 화학적 쾌감뿐이다. 다만 이제 우리는 도박 기기의 매력이 서프라이즈 에그 장난감이나 〈스타워즈〉의 바탕이 되는 기본적인 심리 기제와 같은 맥락에 있다는 것을 알게 되었다. (미국과 라스베이거스를 예리하게 관찰한 평론가 데이브 히키가 썼듯이 "라스베이거스에서는 다른 곳에는 감춰져 있는 것들을 쉽게 볼 수 있다.")[17]

인간은 깜짝 반전과 긴장감을 좋아하지만, 질서와 마침표를 갈망하기도 한다. 미스터리 박스의 묘미는 균형에 있다. 너무 많이 보여주면 지루해지고, 너무 적게 보여주면 갈피를 잡을 수 없어서 마음을 접는다. 심리학자 대니얼 벌린은 바로 이 지점에서 '호기심은 U자를 뒤집은 곡선을 그린다'는 이론을 펼쳤다. 벌린은 1960년대 후반에 고전적인 심리학 연구들을 진행했다.[18] 사람들에게 크기가 같은 사각형이나 선으로 그린 태양 등 여러 단순한 도안을 보여주고, 그다음에는 비대칭적이거나 불규칙한, 혹은 복잡한 그림을 보여주었다. 무작위성과 부수적인 디테일을 살짝 추가한 그림들이었다.

그런 다음 벌린은 피험자들에게 각 그림의 만족도와 흥미를 평가하고, '아주 보기 좋다'부터 '아주 보기 싫다'로 등급이 나뉜 쾌락적 가치의 정도를 표시하게 했다. 또한 피험자들이 각 도안을 바라보는 시간까지 측정했다. 이 실험의 결과, U자를 거꾸로 뒤집은 모양의 그래프가 완성되었다.

실험 결과 사람들은 단순하고 익숙한 형태에 금세 싫증을 느꼈다. 직선 몇 개를 계속 보고 싶어 하는 이는 없었다. 그렇지만 너무 무작위적이고 엉뚱한 형태도 좋아하지 않았다. 쾌락에 적극적으로 반응하는 우리의 관심 버튼은 '확실히는 모르겠지만 너무 모르지는 않을 때' 작동했다. 벌린의 공식에 따르면 사람들의 관심을 끄는 대상은

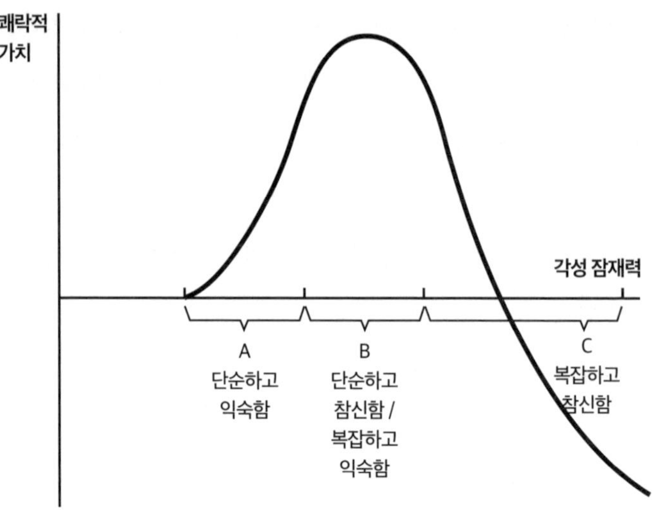

단순하면서 참신하거나, 혹은 복잡하면서 익숙하거나 둘 중 하나였다.[19] 즉 인간은 미스터리(시각적으로 새로운 형태)를 좋아하지만 해독할 수 있는 (혹은 해독할 수 있을 것 같은) 미스터리를 좋아한다.☼

이제 세계적 엔터테인먼트의 사업 비결로 눈을 돌려보자. 이곳이야말로 어느 정도의 미스터리가 더도 말고 덜도 말고 딱 좋을지 파악하고, 그걸 적합한 상자 안에 감추는 전략이 필수적인 곳이니까.

☼ 산업 디자이너 레이먼드 로위는 이를 가리켜 마야MAYA의 법칙이라고 했다. 즉, 가장 진보적이되 받아들일 수 있을 만큼Most Advanced Yet Acceptable이어야 한다는 것이다. 로위는 그레이하운드 버스, 스튜드베이커 아반티 자동차, 럭키 스트라이크 담배 로고 등 20세기 중반의 아이콘이 된 수많은 디자인을 창조했다. 로위는 혁신적으로 새롭되 너무 위협적일 정도는 아닌 디자인을 끊임없이 고안했다. 그는 이렇게 말했다. "낯선 것에 대한 거부감이 충격과 구매에 대한 거부감으로 넘어가기 직전에 다다르면 문제의 디자인은 MAYA 단계에 접어들었다고 볼 수 있다."[20]

세상에 야구 팬이 이토록 많은 이유

화성의 인류학자가 지구인의 문화를 연구한다면 사람들의 스포츠에 대한 집착을 의아하게 생각할 것이다. 최근 조사에 따르면 1년 동안 미국에서 TV로 생방송 된 프로그램 가운데 시청률이 가장 높은 100편 중 93편이 스포츠 관련 프로그램이었다.[21] 아카데미상, 에미상, 그래미상, 골든글로브상, 토니상 시상식 시청자를 모두 합한 것보다 슈퍼볼 시청자 수가 더 많았다.

화성의 인류학자도 곧 간파하겠지만, 응원하는 팀이 이긴다고 해서 팬들이 실질적인 이득을 얻는 것은 아니다. 팀의 성패에 따라 인생이 달라지지도 않는다. 그럼에도 우리는 몸 좋은 선수들이 작은 공을 가지고 벌이는 경기에 지대한 관심을 기울인다. 몇만 명이 들어가는 거대한 경기장을 짓고 표를 구하는 데 거액을 쏟아붓는다. 경기를 보며 환호하고 소리를 지르고 때로는 울분과 감격의 눈물을 흘린다.

이런 인간의 행동을 이해하기 위해 외계인 인류학자가 과학 문헌을 탐색한다고 가정해보자. 다양하고 그럴듯한 자료를 찾아볼 수 있을 것이다. 부족 이론(팀을 응원하는 일이 인간의 신석기 시대 사회적 본능을 자극한다는 논리)을 발견할 수도 있고, 우리가 스포츠 경기를 즐길 때 뇌에서 선수들의 완벽한 신체 움직임을 따라 하며 대리만족을 느낀다는 거울 뉴런 가설을 발견할 수도 있을 것이다.[22]

이 주장들은 모두 논리적이며 훌륭하다. 하지만 일부 스포츠가 다른 스포츠에 비해 훨씬 인기가 많은 이유를 설명하지는 못한다.

황금 시간대에 전국으로 방송되며 수많은 열성 팬을 거느리는 스포츠 경기는 몇 개 되지 않는다. 몇몇 스포츠가 이처럼 어마어마한 인기를 누리는 이유는 무엇일까?

해답을 찾던 화성의 인류학자는 캘리포니아대학교 샌디에이고 분교의 심리학과 교수였던 니콜러스 크리스틴펠드가 쓴, 지금은 거의 잊힌 한 논문을 맞닥뜨리게 된다.[23] 강단 있는 체구에 선 굵은 얼굴, 초조해하는 손과 냉소적인 유머 감각이 특징인 크리스틴펠드는 현대 과학자 중에서는 보기 드물게 관심 분야를 좁히지 않는 사람이다. 그는 "음ums…"과 "어uhs…"에 얽힌 심리학[24](화학자보다 미술사학자가 이 '잠시 멈추는 말'을 더 많이 쓴다)☼과 사람들이 공중화장실을 이용할 때 갖는 편견[25]에 관해(우리 내면 깊숙한 곳에는 가장자리에 대한 혐오가 자리 잡고 있다. 따라서 무의식적으로 가운데 칸을 선택하는 경우가 훨씬 많다) 연구했다. 그런가 하면 반려견이 자기 주인을 닮는지(닮는다)[26], 사람이 아닌 로봇이 간질여도 간지러운지(간지럽다)[27], 이름이 수명에 어떤 영향을 미치는지(이름에 PIG나 DIE처럼 '부정적인' 의미의 단어가 있는 사람들은 그렇지 않은 경우보다 수명이 2.8년 짧았다)[28]에 대해서도 알아보았다. 크리스틴펠드는 이렇게 말했다. "제 연구를 굳이 하나의 범주에 넣는다면 일상의 사회심리학이라고 분류할 수 있겠죠. 하지만 저는 기본적으로 모든 사람이

☼ 인문학자들이 과학자들보다 잠시 멈추는 말을 더 자주 쓰는 이유는 그들이 쓰는 기술적 용어의 정확도 차이 때문이다. 우리는 가장 적절한 단어를 찾느라 망설일 때 "음"이라고 하게 된다. 크리스틴펠드는 이렇게 말했다. "화학자들은 이런 문제를 겪는 경우가 별로 없다. '분자'는 아주 구체적인 의미이지 않나."

궁금해하는 특이한 사안에 관심이 있을 뿐이에요. 내가 기르는 강아지가 나를 닮는지 아닌지 다들 한 번쯤 궁금해하지 않나요?"

크리스틴펠드가 스포츠에 관심을 두게 된 계기는 (역시나) 조금 특별했다. 『캐치-22Catch-22』를 쓴 미국의 작가 조지프 헬러에 대해 궁금해진 것이다. 더 구체적으로 말하자면, 헬러가 걸작을 딱 한 편밖에 남기지 못한 이유를 알아내고 싶었다. "물론 헬러는 다른 작품들도 남겼지만, 다들 『캐치-22』보다는 못하다고 생각하죠. 어쩌면 헬러가 쓸 수 있는 걸작은 딱 한 편뿐이었을지 몰라요." 하지만 왜 그랬을까? 한 편의 걸작을 쓸 수 있었다면 두 편도 쓸 수 있었어야 하는 것 아닐까?

크리스틴펠드는 이러한 궁금증에서 출발해 인간의 업적에 관한 신뢰성 연구로 주제를 확장했다. 헬러가 딱 한 편의 걸작을 남긴 이유는 어쩌면 창의성이 행운이나 우연과 복잡하게 얽혀 있기 때문일지 몰랐다. 셰익스피어의 희곡 중에도 평범한 작품이 있지 않던가. 크리스틴펠드는 이렇게 설명한다. "어쩌면 헬러의 탓이 아닐지 몰라요. 그저 헬러에게 운이 따라주지 않았던 걸지도 모르죠."

크리스틴펠드는 창의적인 작업에 우연이 어떤 영향을 미치는지 탐구하기 위해 다른 분야의 '원 히트 원더one-hit wonder'를 찾아보기 시작했다. 딱 하나의 히트곡을 남긴 뮤지션들(라이트 세드 프레드Right Said Fred, 바닐라 아이스Vanilla Ice, QED 등)도 있고, 딱 한 번의 중대한 발견으로 평생을 버틴 과학자도 많았다. 그렇다고 해서 그런 학자들이 지적 능력이 부족한 건 아니었다. 그보다는 학계에서 또 한 번의 잭폿을 터뜨릴 만큼 운이 따라주지 않았을 뿐이다.

하지만 예술계와 과학계에서의 성공은 다양한 교란 변수로 점철되기 때문에 이런 식의 설명에는 한계가 있다. 피카소는 '그저 그런' 스케치도 여럿 남겼지만 그래도 '피카소의 그림'이기 때문에 그 작품은 미술관에 걸려 있다(그의 명성이 우리의 판단력을 흐린다). 크리스틴펠드도 이렇게 설명했다. "한번 히트작을 내놓으면, 두 번째 히트작을 내는 게 훨씬 쉬워지기도 합니다. 별개의 문제가 아니니까요."

크리스틴펠드는 이 주제를 더 명확하게 연구하기 위해 성공의 척도가 훨씬 객관적인 스포츠 경기를 살펴보기로 했다. 먼저 단거리 달리기부터 시작했다. "우사인 볼트를 예로 들어봅시다. 볼트는 100미터와 200미터 경기에서 세계 기록을 보유하고 있어요. 세상에서 가장 빠른 남자인 거죠. 그러면 이 사람의 경기 편차는 어떨까요? 그러니까, 우리는 볼트가 거의 모든 경기에서 1위를 할 거라고 확신할 수 있을까요?"

답은 딱 잘라서 '그렇다'이다. 달리기 속도는 음악이나 과학, 문학에서 성공을 거둘 가능성보다 훨씬 쉽게 예측할 수 있다. 볼트는 10년의 전성기를 누리는 동안 주요 육상 대회에서 84퍼센트의 확률로 우승을 거머쥐었다. 뮤지션인 바닐라 아이스는 꿈도 못 꿀 확률이다.

크리스틴펠드의 호기심은 지칠 줄 몰랐다. 해답을 찾아갈수록 더 많은 궁금증이 생겼다. 그는 대학교 구내식당에서 파니니를 먹다 말고 내게 이렇게 말했다. "단거리 달리기의 예측 가능성을 생각하다 보니 이런 궁금증이 일었어요. 달리기 경주에서는 가장 빠른 사람이 맨 먼저 결승선을 통과하죠. 하지만 출전 선수가 누구인지 확인하는 순간 누가 1등을 할지 알 수 있다면 조금 재미없지 않을까요?" 사람들은 분명 실력 있는 선수가 보상을 받길 바라지만, 뜻밖의 반전이나 예상 밖의 승리가 주는 짜릿함을 갈망한다. "사람들은 흥미로운 긴장 관계를 원하니까요. 그래서 저는 스포츠 경기에도 '이상적인 예측 가능성'이 존재하는지, 있다면 어떻게 알아낼 수 있을지 생각하게 됐죠."

크리스틴펠드는 이렇게 해서 완벽한 스포츠를 찾는 레이스를 시작했다. 그는 야구, 하키, 축구, 농구, 미식축구 등 가장 인기 있는 스포츠 종목의 통계 신뢰성을 분석했다. 크리스틴펠드는 이 종목들의 인기가 우연이 아니라고 생각했다. 그는 각 종목의 시즌을 임의로 둘로 나눠 간단한 질문을 던졌다. 전반 시즌의 성공으로 후반 시즌의 성공을 어느 정도 예측할 수 있을까? 만약 그 스포츠가 통계적으로 신뢰할 수 있다면(즉 측정할 때마다 일관적인 결과가 나온다면) 예측 가능한 결과가 도출될 터였다. 다시 말해 실력이 나은 팀이 우사인 볼트의 경우처럼 거의 항상 이길 것이다. 반대로 스포츠의 통계 신뢰도가 떨어진다면 원 히트 원더처럼, 성적이 들쭉날쭉한 팀들이 가득할 것이다.

크리스틴펠드가 맨 먼저 알아낸 사실은 경기당 신뢰도가 매우 다르다는 것이었다. 예컨대 메이저리그 야구의 한 경기당 신뢰도는 NFL(미국 프로 미식축구 리그)보다 약 14배 떨어졌다. 그러니까 미식축구는 실력이 나은 팀이 거의 항상 승리를 거두지만, 야구는 실력이 더 좋은 팀일지라도 쉽사리 패배한다. 그렇다고 야구가 오로지

운과 우연에 좌우되는 건 아니다. 야구 한 경기에서 발생하는 무작위성은 1년에 162경기(NFL보다 10배나 많은 횟수)를 치르는 기나긴 정규 시즌 동안 균형이 맞춰진다. 크리스틴펠드가 분석한 모든 종목의 스포츠에서 이러한 패턴이 발견됐다. 각 스포츠의 시즌 길이는 한 경기당 신뢰도와 항상 반비례했다. 크리스틴펠드는 이렇게 설명했다. "한 번의 게임만으로 실력을 가늠할 수 있는 종목은 시즌이 짧고, 운에 많이 좌우되는 종목은 시즌이 깁니다. 따라서 종목별 신뢰도는 한 시즌 전체를 놓고 보면 거의 똑같습니다." 이는 각 스포츠 경기의 시즌 길이가 단순히 역사나 날씨, 다른 제약 조건에 따라 임의로 결정된 게 아니라는 뜻이다. 그보다는 '실력과 운의 알맞은 조화'를 원하는 팬들의 열망에서 비롯됐다.

크리스틴펠드는 앞서 언급한 가장 인기 있는 스포츠 종목들이 적어도 한 시즌 동안에는 비슷한 수준의 예측 불가능성을 공유한다는 걸 발견했다. 스포츠에 내재한 미스터리가 사람들이 그토록 그 종목에 열광하는 이유였다. 그는 이렇게 설명했다. "드라마에는 반드시 불확실성이 있어야 합니다. 다음에 무슨 일이 벌어질지 몰라야 해요."

따라서 인기 있는 스포츠 종목들은 미스터리를 최대한 유지하는 방향으로 진화했다. 이런 스포츠에는 선수의 실력을 의도적으로 제한하는 경기 규칙이 있다. "만약 스포츠가 단순히 실력 경쟁이라면 금세 유전자 토너먼트가 되겠죠. 하지만 그건 별로 재미없지 않나요? 결과가 너무 빤하잖아요."

팬들이 원하는 것은 이른바 '**최적의 모순**'이다. 대개는 실력이 더 나은 팀이 이기게 되겠지만, 스포츠 경기를 보는 재미는 알 수 없는 상호 작용으로 탄생하는 뜻밖의 반전에 있다.[29] 크리스틴펠드의 설명에 따르면, 스포츠 경기의 규칙은 가장 이상적인 균형점을 찾아 끊임없이 수정되어 왔다. 관객과 손님에게 딱 알맞은 양의 불확실성을 제공하도록 고안된 〈스타워즈〉나 슬롯머신처럼 말이다. "어느 한쪽이 너무 우세해지게 두면 안 됩니다. 그러면 '우사인 볼트가 항상 우승이야'가 돼 버리거든요. 문제는 타당한 노력의 결과라 하더라도 예측할 수 있게 되면 지루해진다는 거예요."

예컨대 야구를 보자. 야구라는 스포츠의 미스터리는 이 운동경기의 기본적인 메커니즘에서 나온다. 타자가 방망이를 휘둘러 150킬로미터로 빠르게 날아오는 동그란 공을 때린다는 것. "야구가 어떤 식으로 잔인한가 하면, 고작 몇 밀리미터 차이로 1루타가 되기도 하고 병살타가 되기도 하죠. 그러니 실력이 뛰어난 선수들도 조절에 한계가 있어요."

야구의 역사는 이 미스터리를 사수하려는 노력의 역사였다고 봐도 무방하다. 1893년 미국 야구계는 당시 등장한 지 얼마 안 된 이 스포츠를 살리기 위해 대대적인 규칙 변경에 나섰다. 당시 야구에는 커다란 문제가 있었으니, 바로 '타자들이 공을 못 친다'는 것이었다. 1887년 이후 내셔널 리그 선수들의 타율은 0.269에서 0.245로 낮아졌고 각 팀의 삼진 기록은 41퍼센트 이상 증가했다. 가장 성적이 좋았던 보스턴 빈이터스 팀이 한 시즌 동안 친 홈런은 다 합해도 서른네 개밖에 되지 않았다.[30]

타자들이 추락한 이유는 투수들의 부상 때문이었다. 1890년대 초반 들어 투수들의 기량은 날로 향상됐다. 직구의 구속은 더 빨라졌고(뉴욕 자이언츠의 에이모스 루시는 160킬로미터에 육박하는 공을 던졌다✲), 새롭게 개발된 '스크루볼' 커브에 타자들은 속수무책이었다. 그 결과 예측 가능한 경기가 펼쳐졌다. 경기에서 의미 있는 움직임을 보이는 선수들은 공을 던지는 쪽뿐이었다. 훌륭한 투수가 마운드에 오르면 그 팀이 거의 100퍼센트 승리했다. 덕분에 게임은 지루해졌고, 이는 심각한 사업상의 문제로 이어졌다. 야구장을 찾는 관객의 숫자가 급감한 것이다.

영세한 팀들은 출혈이 심각했다. 이들은 도산을 막기 위해 1893년 시즌이 시작되기 전에 선수들의 연봉을 거의 40퍼센트 삭감했다.[32] 야구는 벼랑 끝에 선 것처럼 보였고, 얼마나 더 버틸지 가늠할 수 없었다. 그리하여 구단주들은 경기 관람객 수를 늘리기 위해 경기 규칙을 바꾸기로 했다. 전에는 투수들이 홈플레이트에서 17미터 떨어진 구간에서 공을 던졌다. 구단주들은 이 간격을 18.5미터로 늘리기로 했다. 논리는 간단했다. 타자들에게 공을 칠 시간이 조금이라도 늘어나면 신세대 에이스 투수들을 상대로 승산이 있을지 모른다는 것이었다.[33]

거의 모든 사람이 이 규칙 변경에 반발했다. 타자들은 직구 구속이 160킬로미터에 육박하는데 달랑 1.5미터 간격을 늘린들 무슨 차이가 있겠느냐며(게다가 스크루볼은 공의 속도와 상관없었다) 아무 의

✲ 메이저리그를 연구했던 역사학자 존 손John Thorn의 말에 따르면 1892년의 에이모스 루시Amos Rusie는 타석까지의 거리를 감안할 때 '타자의 관점에서' 역대 가장 빠른 공을 던지는 투수였을지 모른다.[31]

미도 없을 거라고 했다. 투수들은 타자들이 공을 못 치는 게 자기들 잘못은 아니지 않냐며 불공평하다고 목소리를 냈다. 전통주의자들은 야구라는 스포츠가 망가지고 있다고 조바심을 냈고 영세한 팀들은 투수들이 타자들에게 유리한 언더핸드로 볼을 던지던 시절로 돌아가기를 바랐다.

하지만 새로운 규칙은 효과가 있었다. 마운드와 홈플레이트 사이 간격을 18.5미터로 늘리자 실력과 운의 균형이 거의 완벽에 가까워졌다. 타자들은 이제 공을 맞힐 수 있었고, 그렇다고 공이 날아가는 방향까지 자유자재로 조절하지는 못했다. 1893년의 구단주들이 통계 변량까지 고려했을 것 같진 않지만(단순히 공격이 더 활발해지길 바랐을 것이다) 어쩌다 우연히 공과 방망이 사이의 '모순의 최적지'를 발견해낸 것이다.

통계를 보면 이를 확인할 수 있다. 규칙을 바꾼 뒤로 타자들의 삼진율은 37퍼센트 줄었고 타격 변동성도 극적으로 상승했다. 전보다 장타와 홈런(가장 짜릿한 안타)을 더 많이 쳤고, OPS(타자의 출루 기대치. 출루율과 장타율의 합을 말한다)는 채 2년도 안 돼서 26퍼센트 상승했다. 이런 추세는 지금까지 이어지고 있다. 내셔널 리그 타자들의 OPS는 지금도 규칙이 바뀌기 전보다 훨씬 높다.

정상급 투수들의 성적 또한 변수의 증가를 판단할 수 있는 기준이다. 1892년에는 평균자책점(9이닝당 실점 수. 투수의 능력을 측정하는 중요한 척도다)이 2.76 이하인 투수가 10명이었다. 이들이 리그를 장악했다. 하지만 1894년에는 그 정도로 낮은 평균자책점을 기록한 투수가 한 명도 없었다. 1.5미터를 늘렸다고 해서 야구가 타자의 경기로 바뀐 것은 아니었지만, 가장 뛰어난 투수들에게 제동이 걸린 것은 사실이었다. 그리고 실력에 제동이 걸리면, 미스터리가 생겨난다.

1893년의 규칙 변화가 근대 야구를 탄생하게 했다. 모순의 최적지를 찾은 덕분에 이제 막 등장한 신생 스포츠는 미국인들이 가장 좋아하는 오락으로 자리 잡을 수 있었다. 이후 야구 규칙은 상당히 안정적으로 유지됐다.✲ 이상적인 미스터리 박스의 조건을 찾아냈으니 바꿀 필요가 없지 않은가.✲✲

몇몇 스포츠가 열광적인 인기를 누리는 이유는 가장 실력 있는 선수를 선보이기 때문이 아니라, 그들을 제한하는 방법을 찾기 때문이다.[34] 이 스포츠들은 전 세계에서 가장 뛰어난 선수들끼리 서로 경쟁을 붙이되, 실력이 나은 선수가 항상 이기지는 않도록 경기에 미스터리 요소를 가미한다. 그 결과 이 스포츠는 팬들에게 그들이 무의식적으로 원하던 것을 선사했다. 확실한 승리가 아닌 '극적인 불확실성' 말이다.✲✲✲

✲ 1893년 이후의 최대 변화를 꼽자면 1921년에 스핏볼(공에 침을 묻혀 회전율을 높이는 변화구)이 금지된 것, 1969년에 마운드의 높이가 낮아진 것, 1973년부터 아메리칸 리그에 지명타자 제도가 도입된 것을 들 수 있겠다. 1893년에 바뀐 규칙과 마찬가지로 이런 조치 역시 투고타저(투수의 능력이 타자보다 높아 전반적인 득점 저하가 일어나는 현상)를 타개하기 위해 마련된 것이었다.

✲✲ 하지만 이제는 시속 160킬로미터를 찍는 구원투수가 많다. 직구 구속이 점차 증가하면서 투고타저가 다시 심화하고 있다는 우려가 늘었다. 2018년에는 처음으로 삼진이 안타의 개수를 추월하면서, 마운드와 홈플레이트의 간격을 더 넓혀야 한다는 주장이 나오고 있다. 2019년 애틀랜틱 리그는 홈플레이트와 마운드의 간격을 19미터로 넓히는 실험을 해보겠다고 선포했다.

프로 스포츠는 실력과 운 사이에서 '최적의 모순'을 찾을 때까지 조금씩 틀을 수정하며 긴 시간에 걸쳐 미스터리 박스를 개발해왔다. 하지만 모든 문화가 이렇게 천천히 진화할 사치를 부릴 수 있는 건 아니다. 삶의 많은 영역에서 데드라인은 이보다 훨씬 짧기 때문이다.

TV 역사상 최장수 드라마의 비결

NBC의 범죄 수사 드라마 〈로 앤 오더〉의 총괄 프로듀서 마이클 체르누친은 센트럴 공원의 이스트 드라이브를 걷다가 그 어느 때보다 훌륭한 아이디어를 떠올렸다. 그는 지금까지 같은 지점을 수백 번 달려서 지나쳤지만(예전에 마라톤을 뛰던 시절에는 공원을 한 바퀴 뛰곤 했다) 지금은 나이를 먹었고 체중도 전보다 23킬로그램 더 불었다. 그래서 요즘은 걷는다.[35]

"걷다 보면 이런저런 게 눈에 들어오죠." 마이클은 말했다. "문득 걷다가 고개를 돌렸는데 바위들이 보이더군요. 한 바위 위에는 청

✲✲✲ TV 시청률을 보면 불확실성의 영향력이 얼마나 큰지 알 수 있다. 일군의 경제학자들은 윔블던 테니스 경기를 보는 시청자들에게 뜻밖의 반전과 긴장감이 어떤 영향을 미치는지 조사한 적이 있었다. 어찌 보면 당연한 결과지만, 사람들의 마음을 쥐락펴락하는 변수가 많았던 경기(그리고 승부에서 뜻밖의 결과가 나온 경기)가 훨씬 높은 시청률을 기록했다. 사람들이 원하는 것은 훌륭한 테니스 시합이나 제2의 로저 페더러가 연승 가도를 달리는 게 아니다. 연장 경기와 약팀의 반란 등 뜻밖의 결과로 짜릿함을 안겨주는 경기다.

동 퓨마 조각상이 있었어요. 당장이라도 덤벼들 태세로 말이죠. 길에는 수많은 사람이 유아차를 밀거나 통화를 하며 걸어가고 있었는데, 아무도 퓨마가 그들을 노려보고 있다는 걸 모르더군요. 그걸 보자 이런 생각이 들었어요. '우리는 모두 먹잇감이구나.' 그 에피소드는 이 한 문장에서 탄생했습니다."

그 에피소드는 여느 〈로 앤 오더〉의 이야기처럼 피해자의 등장과 함께 시작된다. 피해자는 긴장성 분열증으로 미국 자연사 박물관 바닥에 쓰러져 있다가 그곳에 견학 온 6학년 학생들에게 발견된 로렐 린우드라는 중년의 여성이다. 초진 결과 성폭행의 증거가 발견되고, 로렐은 뉴욕 경찰청 성범죄 수사대로 이송된다. 형사의 질문에 로렐은 제대로 답을 하지 못한다. "범인을 결코 잡지 못할 거예요. 제가 아무것도 기억하지 못하니 말이에요." 기억을 잃은 피해자라니. 불가능한 범죄, 완벽한 미스터리 박스의 등장이다.

하지만 경찰은 끈질기게 기다리고, 피해자는 서서히 기억의 조각들을 회수한다. 범인에게 나던 올드 스파이스 애프터셰이브 냄새, 손목에 찼던 으리으리한 손목시계, 그리고 같이 술을 마셨던 장소. 수사대 형사들은 도시 전역으로 흩어져 증거를 더 샅샅이 수집한다. 미스터리 박스는 천천히 열린다. 에피소드가 시작한 지 18분이 지났을 때, 경찰은 용의자의 이름을 입수하고 그의 아파트로 달려간다. 마치 범죄 교과서에 나오는 사건 같다.

하지만 그게 다가 아니다. 마이클은 이렇게 말했다. "이 에피소드의 제목은 〈무슨 일이 있었던 걸까Something Happened〉예요. 이 문장은 우리 드라마의 본질이죠. 대체 무슨 일이 벌어졌을까? 우리가 이야기를 제대로 만든다면 시청자들은 41분 동안 답을 알 수 없어요." 이 드라마는 42분짜리다.

〈성범죄 수사대:SVU〉(〈로 앤 오더〉를 바탕으로 한 스핀오프 드라마) 같은 형사물은 종종 가볍거나 그저 그런 작품으로 무시당하곤 한다. 넷플릭스에서 제작하는 선명한 캐릭터 드라마와 비교하면 도식적이거나 밋밋하게 느껴질 수도 있다. 선한 사람들이 이기고 정의가 승리하며 오늘 밤중으로 사건이 해결된다니! 하지만 〈성범죄 수사대:SVU〉는 무려 1999년부터 지금까지 25년째 방영 중이다. 원작인 〈로 앤 오더〉의 기록은 예전에 넘어섰고, 2019년에는 미국 텔레비전 역사상 최장수 TV 드라마로 기록됐다. 앞서 이야기한 에피소드 〈무슨 일이 있었던 걸까〉의 시청 회수는 700만 회다. 이는 다른 채널에서 재방송된 것을 제외한 수치다. 〈로 앤 오더〉와 〈성범죄 수사대:SVU〉의 제작자 딕 울프는 지금 이 순간에도 세계 어딘가에서는 이 드라마들이 방영되고 있을 거라고 자랑스레 말하곤 한다.

〈성범죄 수사대:SVU〉의 인기 비결은 무엇일까? 이 시리즈는 어떻게 TV 드라마계의 터줏대감이 되었을까? 야구 경기와 에드거 앨런 포의 추리소설에 쓰이는 심리적 전략은 TV 드라마 제작에도 활용된다. 유일하게 다른 점은 〈성범죄 수사대:SVU〉에서는 뜻밖의 홈런이 터지는 게 아니라 예상치 못한 반전을 만나게 된다는 것이다. 우리는 미스터리 박스가 완전히 열릴 때까지 보는 걸 멈출 수 없다.

〈무슨 일이 있었던 걸까〉가 방영되고 몇 주 지났을 때 나는 로스앤젤레스 스튜디오시티의 한 레스토랑에서 마이클 체르누친을 만났다. 당시 마이클은 휴가를 맞아 여유롭게 망중한을 즐기고 있었다. 〈무슨 일이 있었던 걸까〉는 언론 반응도 좋았고 시청률도 높았지만(나중에 최우수 미스터리 드라마 부문 에드거 상 후보로 선정됐다) 마이클은 벌써 그다음 에피소드를 걱정하고 있었다. 그는 말했다. "케이블 드라마도 한 적 있는데, 공중파가 훨씬 힘들어요. 24~25개의 에피소드를 만드는데, 전부 기승전결을 갖춘 독립적인 내용이어야 하죠. 한 에피소드 안에서 사건이 시작되고 끝나야 하니까요."

마이클은 센트럴파크에서 청동 퓨마를 보고 떠올린 영감을 바탕으로 하나의 드라마를 만들기까지 기나긴 제작 과정을 이야기하는 동안 몇 번이고 시청자들의 주의 지속 시간을 강조했다.[✲] 마이클이 가장 좋아하는 작가는 레프 톨스토이와 윌리엄 포크너다. "저는 해마다 이들의 작품을 다시 읽죠. 그렇지만 TV 드라마는 『전쟁과 평화』보다 훨씬 훨씬 전개가 빨라야 하잖아요. 제가 후배 작가들에게 맨 처음 하는 말은 '지루하면 안 된다'는 거예요. 글로 썼을 때 그럴듯해 보이는 건 아무 소용없어요. 시청자들이 채널을 돌려버리면 그걸로 끝이죠."

✲ 마이클의 주의 지속 시간에 대한 집착은 20년이 넘는 세월 동안 방송업계에서 일하며 생긴, 상당히 실무적인 부작용이었다. 이는 응용심리학자였던 아버지 폴 체르누친에게 물려받은 인간 습성에 대한 깊은 관심의 발로이기도 했다. 폴 체르누친은 재소자들이 탈옥을 시도할 가능성을 예측하는 데 쓰는 '체르누친 픽토그래프'라는 테스트를 개발했다. 마이클은 말했다. "다섯 개의 사각형이 그려진 종이를 주고 거기에 그림을 그리게 하는 테스트에요. 네모 안에 그리는 사람도 있고 곳곳에 끼적여놓는 사람도 있죠. 아버지는 사각형 그림들을 대하는 태도에서 그 사람에 대한 재미있는 정보를 알 수 있다고 하셨어요." 폴은 나중에는 이 테스트를 기업 임원들을 위한 용도로 발전시켰다. 마이클은 어쩌면 '상자 밖에서 생각하기thinking outside the box' 같은 문구가 그 테스트를 통해 만들어졌을 거라고 했다.

〈성범죄 수사대:SVU〉는 하나가 아닌 여러 개의 미스터리 박스를 배치해 시청자들의 관심을 붙잡아놓는다. 첫 번째 상자는 오프닝 크레딧 전에 짧게 보여주는 티저 영상이다. 이 드라마의 구조상, 작가는 에피소드가 시작한 지 90초 안에 시청자들을 사로잡아야 한다. 한 장면으로 설명할 수 있는 사건이되, 여러 차례 반전을 거듭할 수 있는 이야기여야 한다. 작가들은 모든 곳에서 아이디어를 얻는다고 한다. 《뉴욕 포스트》 기사, 드라마 고문으로 섭외한 법의학 정신과 전문의, 지역 경찰, 카페에서 들은 사람들의 대화, 심지어 공원의 조각상까지 아이디어의 출발점이 된다.

사건을 정하면 작가들은 대본을 구상하기 시작한다. 그들은 대개 결말(범인이 공개되는 부분)을 먼저 생각하고 거기에서부터 거꾸로 거슬러 올라가며 정보를 최대한 늦게까지 공개하지 않을 방법을 찾는다. 마이클은 말했다. "기본적으로 중간 광고가 나가기 직전에 미스터리를 살짝 공개하는 게 좋아요.[✲] 관건은 언제나 하나죠. 어떻게 시청자가 결말을 예상하지 못하도록 만들 것인가."

플롯을 짤 때는 장면을 짤막하게 적은 인덱스 카드를 활용한다. '혈액 검사 결과가 나오는데, 용의자와 일치하지 않음' 또는 '카리시가 짐에게 말하자 짐이 꺼지라고 대답함' 등이 적힌 인덱스 카드를 판에 잔뜩 쌓아두고 스태프들에게 이야기의 전반적인 흐름을 파악

✲ TV 작가 입장에서는 중간 광고 때문에 일이 더 힘들어진다. 그냥 흥미롭기만 해서는 충분하지 않다. 총 18분에 달하는 광고(습진 치료제, 주택 보험, 자동차…)가 나와도 채널을 돌리지 않을 만큼 흡인력이 있어야 한다. 넷플릭스나 다른 스트리밍 서비스의 제작진은 이런 고민을 할 필요가 없다고 한다.

할 수 있게 한다. 나는 이 드라마의 공동 제작자 래리 캐플로를 만나기 위해 맨해튼 첼시 부두로 향했다. 그는 〈성범죄 수사대:SVU〉 세트장에 자리한 자기 사무실에서 곧 방송 예정인 에피소드를 차근차근 소개해주었다. "이 에피소드를 찍을 때는 두 번이나 플롯을 완전히 뒤엎었어요. 이렇게 오랫동안 했으니 지금쯤이면 노하우를 터득했을 것 같죠? 그런데 아니에요, **절대** 쉬워지지 않아요."

매력적인 백발의 래리는 대사 쓰는 일을 업으로 삼은 사람답게 재치가 넘쳤다. 그의 유머 감각은 니코틴 껌을 씹을 때 한층 업그레이드되는데, 그는 껌을 거의 종일 씹었다. 래리는 코르크판을 가리키며 이야기가 어떤 식으로 진화하는지 설명했다. 핵심은 크게 두 가지였다. 너무 많은 힌트를 주는 장면을 없앨 것. 그리고 착각을 유도하는 단서를 추가할 것. 래리는 말했다. "채널을 고정하게 만드는 건 결국 수사 과정이에요. 시청자들에게 새로운 정보를 계속해서 파악하게 하되, 진실이 너무 금세 들통나지 않도록 해야 해요. 그런가 하면 등장인물들이 비열한 수법이나 상식적으로 납득할 수 없는 수법을 써서는 안 되죠. 속았다는 느낌이 들거나 아무 이유도 없이 뭘 숨기는 걸 좋아할 사람은 없으니까요." 이 드라마 시리즈에는 일정한 틀이 있지만, 그 틀을 잘 감출 때 이야기는 흥미진진해진다.

마이클이 〈무슨 일이 있었던 걸까〉에서 시도하려 했던 것도 이것이었다. 그는 이 에피소드가 거의 심문으로만 구성되어야 한다고 생각했다. 즉 형사와 피해자가 방 안에 앉아 끔찍한 사건에 관해 대화를 나누는 것이 액션의 거의 전부이자 중심이었다. 따라서 이른바 CSI 수법은 쓸 수 없었다. 마이클은 말했다. "막판에 체모가 발견됐는데 피의자와 DNA가 완벽하게 일치했다고 선포하는 그런 수법 말이죠. 진부하게 그게 뭡니까?"

〈무슨 일이 있었던 걸까〉의 첫 번째 미스터리 박스는 '성폭행범을 찾아야 한다'로, 전형적인 수사물처럼 설정되어 있다. 그러나 경찰이 용의자의 아파트로 출동하자마자 두 번째 미스터리 박스가 배달된다. 경찰은 용의자를 체포할 수 없다. 그가 두개골에 가위가 박힌 채 침대 위에서 죽어 있기 때문이다. 이 섬뜩한 장면을 끝으로 광고가 시작된다.

형사들은 처음에 로렐이 자기방어 차원에서 성폭행범을 가위로 찔렀을 거라고 추정한다. 아무 죄 없는 피해자가 반격을 감행한 정당한 살인이었다고 말이다. 하지만 벤슨 형사는 심문을 이어가며 로렐에게 계속 그의 아버지 얘기를 한다. 로렐의 아버지도 로렐을 성폭행한 범인처럼 올드 스파이스 냄새를 풍겼고, 똑같이 근사한 시계를 찼다고 말이다. 이런 세부 사실이 드러나자 로렐은 벌컥 분노를 터뜨린다. 왜 그렇게 화를 내는 걸까? 그리고 로렐의 아버지는 성폭행과 무슨 상관이 있는 걸까? 이런 궁금증이 세 번째 미스터리 박스를 구성한다.

진실은 마지막 광고가 끝난 뒤에야 공개된다. 로렐의 아버지는 로렐의 언니를 성폭행한 적이 있었다. 벤슨 형사는 교묘한 심문 끝에 자백을 받아낸다. 로렐이 술집에서 만난 그 남자를 가위로 죽인 이유는 짐승 같았던 자기 아버지와 닮았기 때문이었다. "그 에피소드의 반응이 좋았던 이유는 보는 사람의 허를 찌르기 때문이죠. 처음에 주인공은 피해자예요. 마치 사자를 피해 도망치려는 사슴처럼 보이죠. 그런데 마지막 순간 사자는 바로 로렐이었다는 게 밝혀집니다. 공원에 숨어 있던 포식자! 대반전이죠."

나는 마이클과 이야기를 나눈 뒤 집으로 돌아가 〈무슨 일이 있었던 걸까〉를 다시 봤다. 이번에는 그가 시청자를 엉뚱한 방향으로 인도하기 위해, 그리고 예상치 못한 결말을 위해 어떤 식으로 길을 놓았는지가 눈에 들어왔다. 이 에피소드는 광고를 보며 이어질 드라마를 기다릴 수밖에 없도록 타이밍을 절묘하게 계산한, 소름 끼치는 미스터리의 향연이다. 결말은 감동적이며 만족스럽다.☼ 마이클은 이렇게 덧붙였다. "나는 시청자를 속이는 게 정말 재밌어요. 또 제대로만 하면, 속는 일이 얼마나 재밌는지 보여줄 수도 있죠. 사람들이 이런 드라마를 보는 이유는 그거거든요. '속고 싶은 마음'. 물론 결국엔 진실을 알게 될 테지만, '아직 모르는 상태'를 즐기기 때문에 눈을 뗄 수 없는 거예요."

☼ 폭력적인 드라마나 공포 영화, 재난 영화를 즐겨 보는 게 정신적으로 유익할 수 있다는 연구 결과가 있다. 시카고대학교의 콜턴 스크리브너가 주도한 연구에 따르면 암울한 작품을 즐겨보는 사람들은 코로나19가 전 세계적으로 유행한 기간에 정신적 스트레스를 덜 받았다고 한다. 어두운 미스터리에 노출되며 "현실에서 유용하게 쓸 수 있는 효과적인 대처법을 연습"할 수 있었던 게 아닌가 싶다. 때로 가상의 트라우마는 우리가 현실의 트라우마에 더 잘 대처하도록 돕는다.[36]

2장

미스터리 전략 2

상상력 증폭시키기

ㅇ

예술은 진짜라는 거짓말에서 파생된 마술이다.

테오도어 아도르노

나는 오직 경이로움을 바랐을 뿐이다.

랍비 아브라함 J. 헤셸

불가능한 마술의 매혹

"긁지 않고도 당첨 복권인지 아닌지 알 수 있대." 나는 모한 스리바스타바를 2010년에 처음 만났다. 친구의 친구에게서 그가 즉석 복권의 당첨 여부를 가려내는 법을 알아냈다는 이야기를 듣고 나서였다. 복권은 전문가들이 운영하는 무작위 시스템이다. 아마추어가 당첨 복권의 패턴을 간파할 방법은 없지 않나? 아니, 일정한 패턴이 있기는 한가?

모한과 나는 토론토 외곽의 중국 음식점에서 만났다. 그는 복권이 내 생각과는 전혀 다르다고 설명했다. "복권은 **무작위인 척만** 하는 거예요. 사실 복권 회사에서는 당첨되는 복권의 숫자를 아주 엄격하게 관리해야 하죠. 여기에 우연이 개입할 여지는 전혀 없어요." 모한은 희끗희끗한 머리칼에 턱수염은 깔끔하게 다듬었고, 학자답게 옷차림에는 무심했다. 그는 지질학 통계 전문가로, 전 세계 기업의 요청에 따라 지하에 묻힌 자산 가치를 평가하는 일을 했다. 여기저기 흩어진 데이터와 고대 지질학을 토대로 몽골사막 아래에 묻힌 금의 양이 얼마나 되는지, 알 수 없는 정보를 추론하는 일이었다. 모한은 앨리스 먼로(노벨문학상을 받은 캐나다의 소설가—옮긴이), 귀금속의 역사, 통계 등 좋아하는 주제에 관해 이야기할 때는 단어끼리 서로 부딪칠 정도로 말이 빨라진다. 생각의 속도가 말보다 훨씬 빠른 듯했다.

모한의 사연은 2003년 6월 스쿼시를 같이 치던 친구에게 복권 몇 장을 선물 받으며 시작된다. 그는 복권을 긁어 나온 그 숫자들 이면의 알고리즘에 매료됐다. 각기 다른 복권을 수백만 장 만들어내면서 무슨 수로 당첨금의 비율을 정확하게 유지하는 걸까? (복권 사업은 엄격한 규제를 받으며, 대개 판매 금액의 최소 50퍼센트를 당첨금으로 할당해야 한다.) 모한은 통계 문제를 앞에 두고 잠시 끙끙대다가, 이내 그럴듯한 해답을 얻었다. 그는 복권이라는 소프트웨어의 작동 방식을 정확히 파악했다고 생각했다. 이튿날 아침 모한은 복권에 대해서는 까맣게 잊고 평소처럼 직장으로 출근했다. 하지만 그날 저녁 퇴근길에 희한한 일이 벌어졌다.

"내가 무슨 목소리를 듣고 그러는 사람이 전혀 아니거든요." 모한이 말했다. "그런데 그날 저녁에 갑자기 머릿속 깊은 곳에서 조그만 목소리가 들렸어요. 그 목소리가 한 말은 절대 잊지 못할 거예요. '그렇게 하면, 그 알고리즘대로 하면 오류가 드러날 거야. 게임의 오류가 드러날 거라고. 너는 암호를 풀어서 복권 당첨금을 싹쓸이할 수 있을 거야.'"

북아메리카에서 복권은 연간 830억 달러 규모의 사업이다.[1] 그 규모만으로도 모한은 그의 머릿속에서 들린 목소리가 헛소리일 거라고 확신할 수 있었다. "나도 내가 복권의 암호를 풀었을 리 없다고 생각했어요. 내가 퇴근길에 우연히 그런 거대한 오류를 발견했을 리 없다고 말이죠." 하지만 그 목소리는 잠잠해질 줄 몰랐다. 모한은 잠을 설치다 결국 자리에서 일어났다. 몇 시간 뒤에 그는 머릿속에서 들린 목소리가 맞았다는 사실을 깨달았다. 정말로 즉석 복권의 암호를 풀 수 있었다. 결정적인 정보는 복권에 적힌 숫자에 담겨 있었다. 은박 코팅을 긁을 필요 없이, 비밀 코드만 알면 당첨 복권인지 아닌지 바로 알 수 있었다.

비밀은 어처구니없을 만큼 간단했다. 하나의 복권에는 아홉 개의 숫자가 적힌 여덟 개의 판이 있고, 총 72개의 칸에는 1에서 39 사이의 숫자가 적혀 있다. 그러다 보니 일부 숫자는 중복된다. 17은 세 번 등장하고, 38은 두 번 등장하는 식이다. 하지만 딱 한 번만 쓰인 숫자도 있었는데, 바로 그 숫자가 당첨 복권을 가려내는 열쇠였다. "숫자들 자체는 그보다 더 무의미할 수 없었어요. 하지만 숫자의 반복에 모든 정보가 담겨 있었죠." 모한은 한 번만 쓰인 숫자의 은박 코팅 아래에는 거의 언제나 반복된 수가 등장한다는 사실을 발견했다. 한 번만 쓰인 숫자가 세 칸에 일렬로 적혀 있다면 당첨일 확률은 거의 100퍼센트였다.

다음날 모한은 출근길에 주유소에 들러 복권을 몇 장 더 샀다. 이 복권들 역시 당첨 여부를 폭로하는 패턴을 지니고 있었다. 다음 날

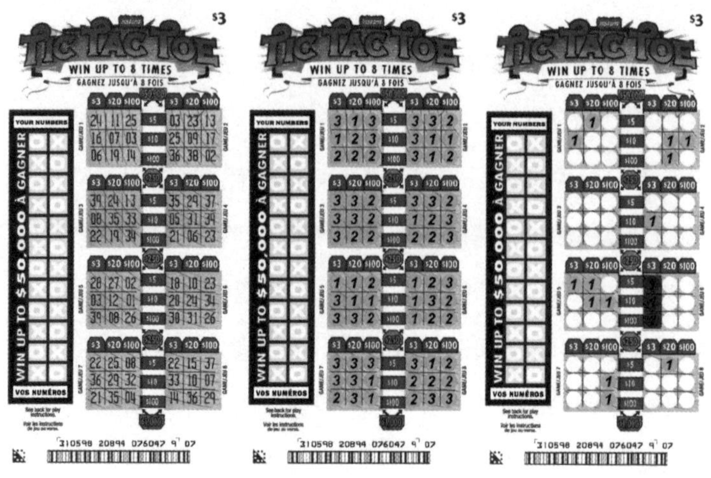

위의 복권을 보면 한 번만 등장하는 숫자의 비밀이 어떤 식인지 알 수 있다.[2] 왼쪽은 실제 판매되는 복권이다. 가운데 복권은 각 숫자가 등장한 빈도를 적은 것이다. 오른쪽 복권에는 복권에 딱 한 번만 등장하는 세 개의 수(18, 20, 30)가 한 줄로 나란히 있는 칸이 검게 표시돼 있다. 이 복권은 당첨권일 확률이 아주 높다.

그는 여러 가게에서 즉석 복권을 더 많이 사서 암호를 풀어보았다. 그 결과 약 90퍼센트의 확률로 당첨권을 가려낼 수 있었다.

모한은 이 위험한 정보로 무엇을 했을까? 처음에는 당첨금을 긁어모을까 하는 유혹도 느꼈다. 하지만 그러기 위해서는 종일 이 편의점, 저 편의점을 돌아다니며 복권을 일일이 확인해야 했다. 그는 원래 하던 일이 더 마음에 들었다. 게다가 그건 당첨을 기대하며 복권을 사는 다른 사람들에게 불공평한 일이었다. 결국 그는 온타리오 복권사업부의 고문으로 일하며 문제를 해결하는 쪽을 선택했다. 모한은 그 후 콜로라도 즉석 복권, 슈퍼 빙고 게임 등 다른 복권들의 비밀도 알아냈다. 그가 끝내 암호를 풀지 못한 복권도 있었지만, 그래도 통계 분석을 활용하면 당첨될 확률을 높일 수 있었다(나는 모한에 대한 이야기를 《와이어드》지에 게재했었다).[3]

모한은 즉석 복권에 얽힌 이야기들에 촉을 세운다. 그는 셜록을 닮은 추론의 귀재다. 다만 그의 관심사는 살인이 아닌 일상의 수수께끼다. 모한은 매력적인 퍼즐을 만나면 병적으로 빠져들곤 한다. 관련 도서를 모조리 사들이고 온라인 채팅방을 샅샅이 뒤지며 밤늦게까지 해답을 고민한다. 모한은 말했다. "이제 좀 그만두고 자고 싶을 때도 있어요. 하지만 어떤 문제든 꽂히면 해결을 해야 직성이 풀리거든요."

그러던 어느 날 모한의 촉을 곤두서게 하는 순간이 다시금 찾아왔다. 2014년 7월 2일, 어린 아들 라비와 함께 보러 갔던 독일의 유명한 마술사 얀 루펜의 라스베이거스 공연에서였다. 으리으리한 소품과 자욱한 안개, 쿵쾅거리는 요란한 음악이 주를 이루는 전형적인 라스베이거스 스타일의 공연이었다. "훌륭한 공연이었죠. 하지만 대부분 어떤 트릭을 쓰는지 알겠더라고요. 기본 원리를 알면 쉽게 간파할 수 있거든요." 하지만 앙코르 공연은 달랐다. 루펜은 마지막 무대에 혼자 등장했다. 소품이라고는 판에 담긴 큼지막한 나무 직소퍼즐뿐이었다. 모한은 허리를 똑바로 세우고 앉았다. 한 번도 본 적 없는 마술이 피날레에 등장할 줄은 몰랐다. 루펜은 거창한 소개와 함께 마술을 시작했다. "저는 여러분에게 인생에 관한 이야기를 들려드리고 싶습니다. 무엇이 인생을 결정하는지에 대해. 우리 자신에 대해." 그는 이어서 나무 퍼즐이 무엇을 상징하는지 설명했다. "이 나무 판이 퍼즐의 모든 조각을 감싸고 있는 것처럼, 우리를 정의하는 모든 요소는 우리 안에 완벽하게 담겨 있습니다. 다른 게 들어올 공간은 조금도 없이 말이죠." 마술사는 객석에 지원자를 요청했고, 한 명의 관객이 손을 들었다. 루펜은 잘 맞춰져 있던 퍼즐을 판에서 분리해 관객에게 그 판을 건넸다. 그러고는 자신에게 가장 소중한 기억으로 남아 있는 순간들을 이야기했다. 첫 키스, 처음으로 자전거를 탔던 날, 자기만의 트릭을 처음 개발했던 날… 그는 퍼즐 조각을 들어 양손에 담았다. 하나의 조각이 하나의 기억을 상징한다고 했다. 최고의 마술은 천천히 전개된다. 느릿느릿한 속도로 기대감을 고조시킨다. 루펜이 인생에 대해 진부한 설명을 늘어놓은 앙코르 공연의 초반 몇 분 동안 관객들은 과연 어떤 마술을 보게 될지 감도 잡지 못했다.

루펜은 말을 끝낸 뒤 해체된 퍼즐 조각을 다시 맞추기 시작했다. 그는 오묘한 미소를 지었다. 마치 앞으로 어떤 일이 벌어질지 잘 보라는 것처럼. 퍼즐을 완성한 그는 조그만 검은색 가방에서 퍼즐을 한 조각 더 꺼냈다. 원래 퍼즐에는 없던 조각이었다. 그는 틈새 하나 없이 완벽하게 맞춰진 퍼즐 옆에 가방에서 꺼낸 조각을 놓았다. 자를 대고 그린 듯한 반듯한 직사각형 퍼즐에는 끼어들 틈이라곤 없었다. 루펜은 퍼즐을 다시 해체해 휘리릭 섞더니 한 번 더 퍼즐을 맞추기 시작했다. 10초 만에 다시 완성된 퍼즐에는 아까의 그 새로운 조각이 포함돼 있었다. 루펜은 관객들이 마술을 알아차릴 수 있도록 잠깐 뜸을 들였다. 새로 추가한 나무 조각을 넣어서 완벽히 같은 모양의 퍼즐을 완성한 것이었다.

루펜은 만족스러운 표정을 지었다. "절대로, 무엇이든, 당연하게 생각하지 마세요." 그는 이렇게 경고하더니 검은색 가방에서 아까보다 더 커다란 퍼즐 조각 하나를 꺼냈다. 이번에도 그는 그 큼지막한 조각을 완성된 퍼즐 옆에 놓았다. 이번에도 루펜은 퍼즐 조각들을 와르르 쏟아 양손에 담은 뒤 이리저리 움직였고, 뒤이어 추가된 조각을 포함해 다시 빈틈없이 완벽한 직사각형을 만들어냈다.

관객들은 루펜이 전체 퍼즐의 크기를 키웠을 거라고 추론했을 것이다. '재미있는 트릭이네, 그래도 완벽한 마술은 아니지.' 루펜은 다시 인생의 여정에 대해 이런저런 얘기를 하며 관객들이 나름의 추측을 펼치도록 잠시 시간을 끌었다. 관객들이 공연이 마무리됐나 보다고 생각할 때쯤, 루펜은 처음에 판을 건넸던 관객을 다시 무대로 불렀다. **설마**? 퍼즐을 판에 다시 맞추는 건 불가능하다. 조금 전에 저 마술사가 큼지막한 조각을 두 개나 더 추가하는 걸 다들 보았지 않은가. 하지만 그다음에 어떤 일이 벌어졌는지는 짐작할 수 있을 것이다. 마술사는 조심스럽게 퍼즐 위로 나무 판을 갖다 댔다. 퍼즐은 판에 완벽히 들어맞는다.

"그 마술이 그토록 인상적이었던 이유는 너무나 간단하다는 거였어요. 소품이라고는 나무 퍼즐 조각과 판뿐이니, 어디에 속임수를 숨겼는지 파악하기가 쉽지 않았죠." 모한이 말했다.

공연을 보고 나온 모한과 라비는 차를 몰고 모하비 사막을 달리면서 마술의 비밀이 무엇일지 논의했다. 가장 의심스러운 용의자는 판이었다. 혹시 판을 늘린 건 아니었을까? 하지만 자원한 관객이 판을 처음부터 끝까지 들고 있었다. 관객이 공범이었거나 루펜이 판을 퍼즐 위로 옮기는 동안 늘린 게 아니라면 트릭을 설명할 방법이 없었다. 맨 처음 퍼즐에 벌어진 부분이 있었을 수도 있었다. 가장자리에 숨겨둔 공간이 있어서 조각 두 개가 추가돼도 맞출 수 있었던 것 아닐까? 하지만 이것도 회의적인 것이, 중간에 추가한 퍼즐 조각들의 크기가 작지 않았다. "저랑 라비는 계속 대화를 나누었어요. 열심히 머리를 굴려 가며 루펜이 어떤 수법을 썼을지 알아내려고 했죠." 마술은 바로 이런 식으로 작동한다. 미스터리로 우리를 유혹하고 설명할 수 없는 공연을 선보인다. 조각의 숫자가 늘어나도 판에 딱 맞는 퍼즐. 반으로 썰려도 멀쩡한 여자. 눈앞에서 사라지는 자유의 여신상. 마술은 세상을 해석하는 기본 전제를 뒤틀어놓는 예측 오류의 결정판이다. 마술사 마이크 클로즈의 말처럼 훌륭한 마술은 우리에게 "신발 속 돌멩이를 선물한다."

마술의 트릭은 우리가 살펴볼 미스터리의 두 번째 후크 포인트다. 미스터리 박스의 핵심이 정보를 감추는 거라면, 마술사는 자신의 수법을 감추며 미스터리를 창조한다. 중요한 건 불확실한 결말이 아니라 과정, 즉 미스터리를 만들어낸 방법이다. 마술사는 상자 안에 뭐가 들어 있는지 보여준다. 우리는 그게 무슨 수로 거기 들어갔는지 모르기에 매료된다.

우리가 마술에 끌리는 이유는 뇌에서 찾을 수 있다. 최근 독일의 신경과학자들은 피험자들을 fMRI 기계에 연결한 뒤 짧은 마술 영상을 보여주는 실험을 진행했다.[4] 영상 속 마술사는 머그잔에 물을 붓는다. 물이 담긴 머그잔 위에서 손을 흔든 뒤 테이블에 대고 머그잔을 거꾸로 들자 물이 얼음으로 바뀌어 나온다. 다른 영상에서는 마술사가 허공으로 던진 오렌지가 난데없이 사과로 바뀐다. 동전이 사라지고 카드가 바뀌고 달걀이 튀어 오르고 공이 공중부양을 한다. 연구자들은 마술이 어떻게 신경계의 변화를 유도하는지 관찰하기 위해 경험 많은 마술사에게도 이 영상들을 보여주었다. 그 결과 중요한 두 가지 사실이 밝혀졌다. 첫 번째는 뇌에서 인지 충돌과 오류 감지를 관장하는 전전두엽 피질과 전두회가 활성화됐다는 것이다. 이 부위는 예상하지 못했던 반전이나 허공으로 사라진 동전에 관한 생각을 처리하는 데 관여하는 가장 중요한 신경으로, 신경과학자들은 때로 이 부위를 '헉 미친!Oh, shit! 회로'라고 부른다.[5]

하지만 단순히 예측을 깨는 것이 최고의 마술은 아니다. fMRI 데이터에 따르면 마술을 보는 동안 사람들의 뇌에서는 미상핵이라는 영역도 계속 활성화됐다. 미상핵은 도파민계에서 결정적인 역할을 한다. 이 영역 덕분에 우리는 마술을 속임수나 사기가 아닌 놀라움으로 받아들이며, 단순한 공연 그 이상으로 느낀다. 반면 마술사들은 마술 영상을 보아도 미상핵의 움직임에 변화가 없었다. 따라서 연구진은 미상핵이 보통 사람들이 경외감을 느낄 때, 물이 얼음이 되거나 모자 안으로 들어간 토끼가 사라지는 등 설명할 수 없는 일이 벌어지는 걸 목격하는 순간에 작동되는 영역이라고 추론했다.[6] 마술사들은 마술 영상을 보고 놀랄 게 없었다. 직접 해봤던 것들이었으니까.

'헉 미친! 회로'와 미상핵이 동시에 활성화된다는 사실은 사람을 홀리는 것이 마술의 본질임을 증명한다. 우리는 세계의 법칙에 어긋나는 명백한 오류를 목격하지만, 그 부조화를 억누르려 하지 않는다. 오히려 미스터리에 적극적으로 관심을 기울인다.[7] 신경과학자 구스타프 쿤은 이렇게 주장했다. "마술 체험의 중심에는 인지 충돌이 자리 잡고 있고, 체험이 강렬할수록 충돌도 강해진다. 누가 봐도 불가능한 사건을 인식하는 데서 오는 경외감을 체험하는 게 마술이다."[8] 여기서 미스터리는 행위자의 정체가 아니다. 그가 도대체, 어떤 수로, 그 일을 해냈는가다.

하지만 여기서 더 큰 질문을 제기할 수 있다. 마술을 해독하기 어려운 이유는 뭘까? 고작 몇 가지 기술로 구성되는 마술의 수법을 왜 간파하기 어려운 걸까? 가장 큰 이유는 기능적 고착이라는 우리의 **인지 편향** 때문이다. 즉, 우리는 하나의 물건이 우리에게 익숙한 방식으로만 쓰일 거라 가정한다.[9] 모자는 머리에 쓰는 물건이다. 안에 토끼가 들어갈 만한 공간이 숨겨져 있을 리 없다. 관에 비밀의 문이, 신발에 자석이 달려 있을 리 없다. 이런 물건들은 너무나 일상적이기 때문에 다르게 쓰거나 특이한 방식으로 변형할 방법을 떠올리기가 쉽지 않다. 마술사는 이와 같은 맹점을 이용한다.* 찰스 모릿은 19세기 후반에 가장 위대한 마술사로 손꼽혔던 사람이다. 모릿은 처음에 독심술로 마술을 시작했다. 모릿의 누이 릴리안이 안대를 끼고 무대에 앉아 있으면, 모릿은 객석을 이리저리 옮겨 다니며 사람들에게 주머니나 핸드백에 든 물건을 보여달라고 했다. 그러면 릴리안이 그가 무엇을 보고 있는지 알아맞혔다. 기존의 마술사들은

* 마술에서 가장 흔히 쓰이는 수법 중 하나가 '사전 점검'이다. 마술사는 관객을 무대 위로 올라오게 해 소품을 살펴보라고 한다. 그러면 관객은 모자를 머리에 써본다든지 하는 식으로 해당 소품의 전형적인 기능을 검토한다. 관객들은 이 모습을 지켜보며 소품을 평범한 물건으로 인식하게 되고, 이를 통해 기능적 고착은 더욱 강화된다.

누가 들어도 뻔한 암호를 썼다. 객석으로 나가 사람들과 주고받는 농담을 통해 답을 알려준 것이다. 하지만 모릿과 릴리안은 쓸데없는 대화를 모두 없앴다. 그렇다면 릴리안은 무슨 수로 모릿이 뭘 보고 있는지 알아낼 수 있었을까? 모릿은 관객의 소지품을 하나 고른 뒤, 발로 바닥을 치는 식으로 또렷한 소리를 냈다. 그건 모릿과 릴리안 사이의 신호였다. 둘은 동시에 속으로 숫자를 세다가 또 다른 소리 신호와 함께 세기를 멈추었다. 아마 모릿이 기침을 하거나 "고맙습니다"라는 말과 함께 주인에게 소지품을 돌려주었을 것이다. 릴리안은 두 신호 사이에 흐른 시간을 근거로 그가 어떤 물건을 들고 있었는지 파악했다. 4초면 지갑, 12초면 은시계, 이런 식이었다. 일말의 실수도 있어선 안 됐다. 한 박자만 어긋나도 목걸이가 담뱃갑으로 바뀌었으니까. 이들의 마술은 기능적 고착 덕분에 가능했다. 관객들은 정적이 암호라는 걸 상상조차 하지 못했다.

모릿의 가장 유명한 기술은 증발 마술이었다. 이 마술은 광대 옷을 입은 조수가 솔로몬이라는 회색 노새의 목줄을 잡고 등장하며 시작한다. 조수는 솔로몬을 큰 나무 상자에 들어가게 하고 (이때 솔로몬은 들어가기 싫다는 듯 반항을 하는데, 이건 사실 관객들을 웃기기 위해 훈련한 행동이었다) 문을 잠근다. 모릿은 상자에 비밀 문이 없다는 걸 강조하기 위해 상자를 바닥에서 살짝 들어 올려 고정해두었다. 몇 초 뒤에 모릿이 문을 열고 상자 안을 보여준다. 노새는 사라지고 없다. 하지만 솔로몬은 잠깐 감추어진 것일 뿐 계속 상자 안에 있었다. 그건 평범한 상자가 아니었다. 모릿은 상자의 외부 벽을 거울로 만들고, 뒤의 빈 공간을 비추도록 각도를 정확하게 계산해 배치했다. 노새를 상자 안에 들여보내고 문을 잠그면, 무대 아래에 있던 사람들이 밧줄을 당겨 상자 뒤편에 달린 사다리꼴 상자를 열었다(유명한 마술 디자이너 짐 스타인마이어가 모릿이 어떻게 노새를 사라지게 했는지 간파했다). 그러면 훈련을 잘 받은 노새는 바닥에 흩뿌려진 먹이를 즐겁게 먹으며 그 안으로 들어갔다.

이것 역시 기능적 고착을 기반으로 하는 트릭이다. 우리가 거울을 쓰는 이유는 거기에 비친 모습을 보기 위해서다. 거울은 우리에게 무언가를 보여준다. 모릿은 천재적으로 이 기능을 역이용했다. 마술의 수법이 공개되면 상당히 시시하게 느껴진다. 하지만 우리는 거울에 여러 가지 용도가 있을 수 있다는 생각, 반짝이는 표면을 이용해 노새처럼 커다란 동물을 숨길 수 있다는 생각은 하지 못한다. 고정관념 때문에 해답을 상상하지 못한다. 그 결과 불가능해 보이는 속임수, 해리 후디니나 데이비드 카퍼필드와 같은 위대한 스턴트 마술의 선조가 탄생했다.✲

신기하게도 어린아이들은 대개 기능적 고착의 영향을 받지 않는다.[10] 다섯 살짜리에게 일상적인 물건을 쥐어주면 원래 용도가 아닌 다른 용도에 관심을 보일 가능성이 크다. 마술사에게는 어른보

✲ 이 불가사의한 트릭은 당장 해리 후디니의 호기심을 자극했다. 후디니는 목숨을 건 탈출 마술로 유명했지만, 좀도둑처럼 열쇠를 따는 데 염증을 느끼던 참이었다. 그는 제대로 된 마술사로서 입지를 다지고 싶었기 때문에 따라 할 만한 트릭을 수소문하고 '입이 무거운 마술 디자이너'를 찾아다녔다. 그러던 와중에 노새가 사라지는 모릿의 마술을 알게 되자 그는 돈을 주고 비법을 알아내기로 마음먹었다. 모릿은 거래에 응하며 후디니에게 생각의 반경을 넓히라고 충고했다. "마술로 세간의 화제가 되고 싶으면 시시한 트릭이나 토끼나 비둘기를 숨기는 데 안주하지 말고 코끼리가 사라지는 마술을 보여줘!"[11]

다 아이를 상대하는 게 더 까다로운 일이다. 아이들은 모자나 거울 등 사물에 대한 고정관념에 물들지 않았기 때문에 감탄을 유발하기가 훨씬 어렵다. 기능적 고착에서 탈출하는 비결이 바로 그런 어린아이 같은 상태로 돌아가는 것이다. 가장 평범한 것들에도 미지의 영역이 존재할 수 있음을 기억해야 한다. 마술의 성공은 상상의 실패에 달려 있다. 마술은 도처에 존재하는 가능성을 포착하지 못하는 지점에서 미스터리를 이끌어낸다.

다시 우리의 현대판 셜록, 모한의 이야기로 돌아가자. 모한은 이 모든 걸 알고 있었다. 아마추어 마술사답게 상상력의 한계와 마술사들이 이용하는 정신적인 약점을 잘 알고 있었다. 그럼에도 그는 루펜의 앙코르 공연을 간파할 수가 없었다. 모한은 말했다. "그토록 간단한 마술이라니! 그냥 나무 블록 한 뭉치로 끝이잖아요. 라비와 그 수수께끼에 관해 한참을 얘기했지만, 답을 알아내지 못했어요. 하지만 포기하지 않을 참이었죠." 모한은 토론토로 돌아가 마술사 친구들에게 그 마술의 내막을 알겠느냐고 물었고, 비슷한 원리를 활용한 마술이 있는지 검색했다. 하지만 아무 성과도 없었다. 모한은 벽에 부딪혔다. "그 마술사가 기하의 법칙을 초월했을 리는 없거든요. 아무리 머리를 쥐어짜도 모르겠을 때가 있죠. 그렇지만 결국에는 '흠, 어쩌면……' 하는 생각이 드는 순간이 찾아와요." 훌륭한 마술이란 우리에게 불가능한 것을 보여주는 데 그치지 않고, 그게 가능하다고 믿게 만든다. "이렇게 읊조렸던 기억이 나요. '그런 마술이라면 정말로 기발한 트릭이 숨어 있을 거야. 정말 아무도 예상하지 못한 무언가가.'"

호크니의 가설과 대가들의 소묘법

모든 마술은 실시간으로 진행되는 심리 실험이다. 마술사와 관객 간의 심리전이자 마술사의 트릭이 감추어진 공중 곡예다. 마술사는 속임수가 펼쳐지고 있다는 걸 아는 우리를 속여야 한다.

즉 마술은 트릭을 숨겨야 관심을 유지할 수 있는 예술 장르 중에서도 최극단에 있다. 철학자 테오도어 아도르노는 이렇게 표현했다. "예술은 진짜라는 거짓말에서 파생된 마술이다."[12] 영화를 예로 들어보자. 우리가 원하는 것은 약 두 시간 동안 불신을 기꺼이 유예하고 ("저건 플라스틱 코스튬을 입은 로버트 다우니 주니어가 아니라 아이언맨이야!") 몰입할 수 있는 작품이다. 하지만 이야기가 진부하거나 배우의 연기가 설득력이 떨어진다면 한순간 영화의 주술은 사라지고 어두컴컴한 극장에서 그저 화면을 쳐다보고 있는 현실을 자각하게 된다. 마치 〈오즈의 마법사〉의 무대 뒤편에 와 있는 것처럼 말이다. 몰입의 마법이라는 게 이렇듯 아슬아슬하다.

그림은 또 어떤가. 심리학자 스티븐 캐플런은 어떤 작품이 예술적으로 인정을 받을 수 있을지 예측하는 가장 훌륭한 지표 중 하나가 미스터리한 분위기를 풍기는지 아닌지의 여부라고 했다.[13] 그렇다면 이런 분위기는 어떻게 연출하는 걸까? 확실한 방법 하나는 작품이 만들어진 창작 과정에 대한 궁금증을 유발하는 것이다. 전통적으로 미술 작품들은 핍진성을 통해 이런 목표를 달성했다. 실물과 빼다 박은 그림을 그리는 것으로 말이다. 설령 작품의 소재가 평범하더라도(성모마리아, 과일을 그린 정물화, 귀족의 초상화) 사람들은 인간의 손으로 어쩌면 저렇게 실물과 똑같이 묘사할 수 있는지 놀라워했다. 이런 관점에서 보면 과거의 미술 작품은 모자에서 토끼를 꺼내는 마술과 같았을 것이다. 캔버스는 비밀을 알려주지 않는다.

르네상스 건축 양식의 창시자, 산타마리아 델 피오레 대성당을 건축한 이탈리아의 건축가 필리포 브루넬레스키는 일찌감치 그런 방면에서 솜씨를 발휘한 인물이었다. 그는 1412년경 피렌체의 산 조반니 세례당 앞에 서 있었다.[14] 붓으로 놀라운 마술을 선보이기 위해서였다. 그는 먼저 세례당을 그린 그림 가운데에 점을 찍었다. 그런 다음 이 점에서부터 출발해 점점 멀어지는 격자를 그렸다. 이것이 그림의 입체 그리드가 되었다. 그런 다음 하늘을 표현하기 위해 그림에 반짝이는 은 조각을 잘라 붙여 지나가는 구름과 빛이 담기도록 했다. 부르넬레스키는 착시를 위해 그림의 중심점에 조그만 구멍을 뚫었다. 그러고는 관객에게 진짜 세례당 앞에 서서 가까운 손에는 그 그림을, 멀리 둔 손에는 거울을 들게 한 뒤 그림의 가운데 구멍으로 거울에 비친 세례당 그림을 보게 했다. 이제 관람객은 브루넬레스키의 그림을 거울로 볼 수 있었고, 거울을 살짝 치우면 진짜 세례당이 보였다. 이때 신비로운 현상이 벌어졌다. 세례당 그림과 진짜 세례당이 놀랍도록 똑같아 보였던 것이다. 이 근사한 날조에 관객들은 매료됐다.

이건 무슨 수로 가능했을까? 그의 그림이 정확할 수 있었던 것은 원근법, 즉 중심점에서 뻗어 나온 그 격자 덕분이었다. 브루넬레스키는 고대 로마 그림의 원근법(대플리니우스는 그 기법을 '사선 묘사'라고 표현했다)이 틀렸다는 것을 간파했다. 르네상스 예술에 지대한 영향을 미친 철학 사조의 변화도 그에게 영향을 미쳤다. 이제 예술의 최우선 과제는 종교가 아니었다. 고대 로마 이후 화가들은 처음으로 사람을 위해 그림을 그리고 사람의 관심을 얻기 위해 경쟁을 벌였다. 중앙의 소실점은 이와 같은 '인간적' 관점에 기반을 두고 있다. 이는 캔버스를 바라보는, 신과 달리 완벽하지 않은 인간들을 속이기 위해 만들어진 트릭이다. 존 버거가 『다른 방식으로 보기』에서 말한 것처럼 원근법은 "보는 사람의 눈이 모든 것의 중심이다…… 예전에는 온 우주가 신을 위해 배치되었다고 여겼던 것처럼 이제 가시적인 세계는 보는 사람을 위해 배치된다."[15] 이런 관점에서 보면 브루넬레스키의 트릭은 휴머니즘의 연장선에 있었다. 인간이 인간을 위해 펼칠 수 있는 마술이 어떤 건지 착시 현상을 통해 보여준 셈이었다.

하지만 세상엔 언제나 지금보다 더 실물에 가깝게 대상을 묘사할 수 있는 대안이 등장했다. 시간이 흐르면서 관객들은 투시법을 당연하게 여기게 됐다. 경외감이 사라지면서 이 미술 기법은 반으로 잘린 사람과 다를 바 없는 것이 되어버렸다. 비결은 정확히 모르지만 더 이상 신기할 게 없다는 점에서 말이다. 화가들은 먹고살기 위해 새로운 트릭을 개발해 사람들이 창작 과정을 가늠하지 못하는 작품을 만들어야 했다.

때는 1999년. 화가 데이비드 호크니는 런던 국립 미술관에서 열린 프랑스의 신고전주의 화가 장 오귀스트 도미니크 앵그르의 회화와 소묘 전시회를 관람하고 있었다. 관람객들이 앵그르의 유명한 초상화 주변에 모여 있는 동안 호크니는 소묘로 가득한 옆방으로 갔다. 메모지에 목탄 연필로 대충 그린 것 같은 소묘 작품들은 언뜻 보면 듬성듬성하고 보잘것없게 느껴졌다. 하지만 그 작품들을 마주한 호크니는 충격을 받았다. "나는 오랜 세월 동안 초상화를 수도 없이 그려왔죠. 그래서 앵그르처럼 그리려면 굉장히 오랜 시간이 걸린다는 걸 알 수 있었어요." 호크니는 훗날 이렇게 회상했다.[16] 그건 대충 분위기만 잡은 데생이 아니었다. 선과 명암은 섬세했으며 '섬뜩할 정도로 정확'했다. 하지만 한편으론 반나절 만에 완성하기라도 한 듯 편안해 보였다. 전시회장을 나선 호크니는 앵그르의 화법에 집착하게 되었다. 그의 비법을 알아내고야 말겠다고 결심했다. 호크니는 먼저 앵그르의 작품을 복사기로 확대해 연필 자국을 자세히 연구했다. "어느 날 확대한 작품을 들여다보는데 이런 생각이 들더군요. '잠깐, 전에도 이런 선을 본 적이 있는데.'" 호크니는 로런스 웨슐러에게 물었다. "내가 이 선을 어디서 봤을까?" 그러다 문득 깨달음이 찾아왔다. '이거 앤디 워홀의 선이잖아.'[17]

뜻밖의 발견이었다. 호크니는 워홀이 환등기로 상을 띄워놓고 그걸 종이에 따라 그린 소묘 작품이 많다는 걸 알고 있었다. 이런 '편법'을 쓰면 소재와 그 그림자가 하나의 선으로 연결되며 누가 봐도 알 수 있는 증거가 남았다(이런 식으로 도구를 쓰지 않을 때는 대개 형체를 잡은 뒤에 그림자를 개별적으로 그린다). 호크니는 앵그르의 소묘가 워홀의 따라 그린 그림과 비슷한 특징이 많다는 걸 알아차렸다. "모든 선이 한 호흡에 시작하고 끝났다고 추측할 수 있을 만큼 빠른 속도로 그린 그림이었다." 호크니는 앵그르의 소묘도 워홀의 방식처럼 무언가를 따라 그린 그림이라고 생각할 수밖에 없었다.

하지만 무엇으로, 어떻게 따라 그린 걸까? 워홀은 환등기에 전등을 달았지만, 앵그르가 활동하던 시기는 촛불이 마지막으로 쓰이던 19세기 초반이었다. 호크니는 당시 활용하던 기술을 조사한 결과 앵그르가 카메라 루시다를 썼을 거라고 결론 내렸다. 카메라 루시다는 금속 막대 끝에 프리즘을 매단 도구였다. 그리려는 대상 앞에 그걸 두면 프리즘이 아래 종이에 거울 이미지를 투영했다(이런 원리를 근거로 사진기가 발명됐다). 호크니도 지적했다시피 카메라 루시다는 사용하기가 쉽지 않다. 대상이 움직이거나 종이가 미끄러지면 따라 그린 선은 무용지물이 된다. 하지만 노하우를 익히면 빠르게, 아주 신기하게 느껴질 정도로 정확하게 스케치를 할 수 있다.

이런 사례는 앵그르뿐만이 아니었다. 호크니는 과거의 대가들 역시 대부분 광학기술을 활용해 작품 안에서 미스터리를 발생시켰다는 결론을 내렸다. 이탈리아 초기 바로크의 대표적 화가인 카라바조를 예로 들어보자. 호크니가 카라바조에 흥미를 느낀 이유는 그의 획기적인 테크닉 때문이었다. 카라바조 이전에는 실질적인 활동(먹기, 말하기, 참수)을 하는 사람들을 그 정도로 정확하게 묘사한 화가가 없었다. 평론가 로버트 휴스의 말처럼 "카라바조 이전과 이후의 미술은 완전히 다르다."[18]

호크니는 카라바조 작품의 디테일에서 단서를 찾았다. 일례로 〈엠마오에서의 저녁 식사〉(1601)는 마치 사진처럼 선명한 작품이다. 윤기가 흐르는 포도, 원근법으로 표현된 예수와 사도들의 팔, 질감이 살아 있는 식탁보 위로 얼룩덜룩 드리운 그림자. "어떤 소묘 화가라도 눈대중으로 그렇게 그리는 건 사실상 불가능해요." 호크니는 이렇게 말했다. "현역 종사자들만 알 수 있는 사실일 수도 있겠어요. 요즘 미술사학자들은 그림을 그리지 않으니 말이죠."[19]

하지만 작품의 구성은 기본적으로 오류투성이다. 글로바의 양손은 크기가 서로 다르다. 예수는 다른 인물들과 높이가 다르다. 과일들은 맛있어 보이지만 묘하게 평면적이다. 호크니가 보기에 이와 같은 오류들은 마술이나 소설 속 미스디렉션(관객과 독자의 시선을 돌리거나 착각을 유도하는 모든 장치—옮긴이)과 같다. 그들의 존재 자체가 내막을 드러내는 단서다.[☼]

호크니는 세부 사실들로 미루어 짐작건대 카라바조가 광학 장치를 동원해 그림을 그렸을 거라고 확신했다. 볼록 렌즈와 거울이 달린 허술한 카메라 옵스큐라로 암실 벽에 이미지를 띄웠을 가능성이 가장 크다. 카라바조는 모델을 하나씩 세워놓은 다음 개별적인 스냅샷을 한데 모아 장면을 완성했을 것이다. 호크니는 말했다. "당시 사람들에게는 그런 그림이 영화였겠죠. 시선으로 그림을 따라가며 펼쳐지는 이야기를 보았을 테니까요."[20] 카라바조가 광원이 하나뿐인 지하에서 작업하기를 좋아했던 이유도 이런 관점에서 설명할 수 있을 것이다. 그의 원시적인 카메라를 활용하기에 이상적인 환경이었던 것이다.

☼ 그런가 하면 정황증거도 있다. 당시 다른 화가들은 카라바조의 모델 의존도가 너무 높다며 비웃었다. 모델이 없으면 그림을 그리지 못한다고 말이다. 초기에 카라바조를 후원했던 프란체스코 델 몬테 추기경은 갈릴레오 지지파였고 최신 렌즈 전문가였다. 그리고 카라바조가 '유리'를 들고 다녔다는 기록도 곳곳에 남아 있다.

호크니는 이런 도구를 썼다고 해서 화가들의 천재성이 훼손되는 건 아니라고 단언한다. "명작을 남긴 건 광학 장치가 아니에요. 주체는 화가의 손이죠."[21] 호크니의 가설을 들어보면 화가들이 물질 세계를 (거의 신비로울 만큼) 극사실적으로 표현하기 위해 얼마나 치열한 노력을 기울였는지 알 수 있다. 우리는 앵그르가 연필로 완벽하게 그린 입술과 놀라운 원근법을 자랑하는 카라바조의 〈류트 연주자〉 속 류트를 보며, 페르메이르의 선명한 빛과 프란스 할스가 그린 초상화 속 인물의 반짝이는 눈을 보며 감탄한다. 이 고정된 이미지들은 마치 마술처럼 느껴져 우리의 시선을 사로잡는다. 작품들은 불가능한 아름다움을 뽐낸다. 심지어 그림이 어떻게 탄생할 수 있었는지 알게 되어도 작품이 지닌 매력은 사라지지 않는다. 우리는 이것이 구현되었다는 데 여전히 놀라워한다.

어느 암호해독가의 비밀

빌 텃과 그의 아내 도로시아는 거의 평생을 미국 웨스트 몬트로즈의 그랜드 리버에 있는 소박한 집에서 살았다. 텃은 코가 납작하고 몸집이 큰 반려견 디그비와 함께 숲속을 한참 산책하는 것과 오후에 따뜻한 코코아 한 잔을 옆에 두고 체스를 두는 것을 좋아했

☼ 내가 맨 처음 빌 텃의 사연을 알게 된 것은 모한 스리바스타바를 통해서였다. 모한은 빌, 도로시아 부부와 한동네에 살았다. 모한은 주말이면 빌과 체스를 두었고 함께 코코아를 마셨다.

다.[*] 그는 체스를 두다가 이기는 상황이 되면 "미안하지만 체크메이트인 것 같은데" 하고 점잖게 사과하는 그런 사람이었다. 텃은 여름이 되면 그가 좋아하는 야생화들이 잘 자랄 수 있게 강둑의 잡초를 뽑았다. 하지만 빌 텃은 주로 일에 매진했다. 그는 워털루대학교의 수학 교수이자 그래프 이론의 전문가였고 '4색 지도 문제'에 학자 인생 대부분을 바쳤다. '4색 지도 문제'를 아주 간단하게 설명하자면 지도상의 모든 나라를 색칠할 때 인접한 나라끼리 색이 겹치지 않게 하려면 최소 몇 가지 색이 필요한지를 따지는 문제다. 텃은 수십 년 동안 정답이 4라는 걸 증명하기 위해 애썼다(1970년대 중반에 슈퍼컴퓨터로 그의 주장이 맞다는 게 밝혀졌다).

사실 텃에게는 아무에게도 말하지 못한 비밀이 있었다. 그가 겨우 스물네 살 때 거둔 성과를 평생 뛰어넘지 못할 수도 있다는 두려움이었다. 당시 전 세계는 전쟁 중이었고 텃은 나치의 가장 어려운 암호를 해독하는 임무를 맡았다. 텃은 암호 해독에 재능이 있었다. 그가 전시에 워낙 값진 활약을 보였기에 영국 정부에서는 그의 활동을 최상급에 해당하는 '최고 비밀'보다 한 단계 더 높은 '울트라'로 분류했고 수십 년 동안 등급을 바꾸지 않았다. 텃은 자기 활약상의 작은 일부조차도 가족이나 친구들에게 알릴 수 없었다. 입만 뻥긋해도 반역죄로 끌려갈 수 있었기 때문이다. 따라서 동료 학자들도 이 숫기 없는 수학자가 역사의 흐름을 바꾸어놓은 주인공이라는 걸 알지 못했다.

텃은 런던에서 북쪽으로 약 110킬로미터 거리에 있는 뉴마켓이라는 조그만 마을에서 태어났다. 그의 부모님은 오솔길 끝에 자리한 소박한 돌집에서 살았다. 아버지와 어머니는 두 분 다 경주마 훈련소에서 일했다. 빌은 어렸을 때부터 숫자에 재능을 보였고 장학금을 받고 케임브리지대학교 트리니티 칼리지에 입학했다.[22] 전공은 화학이었지만(그것이 현실적인 선택인 듯했다) 삶의 낙은 수학 퍼즐이었다.[☼]

퍼즐의 귀재로 명성이 자자해진 텃은 1940년에 다른 나라의 암호 해독을 전담하는 영국 첩보기관의 암호 연구소GC&CS에서 면접을 봤다. 우수한 평가를 받은 그는 영국 정부의 암호 해독 센터 역할을 했던 블레츨리 파크의 부름을 받았다. 블레츨리에는 경력 많은 수학자뿐 아니라 크로스워드 낱말 퀴즈의 귀재, 전국 체스 챔피언, 이집트학자, 고전학자, 사전 편집자, 기업 간부, 심지어 소설가까지 있었다. 윈스턴 처칠은 이 각양각색의 어중이떠중이 암호 분석가들을 만난 뒤 정보국장에게 이렇게 말했다고 한다. "내 비록 전국 방방곡곡을 뒤져서 인원을 선발하라고 했지만 그걸 곧이곧대로 실천에 옮길 줄은 몰랐네."[23] 텃에게 그곳은 안성맞춤이었다.

텃은 블레츨리 파크의 '물고기' 팀에 배속됐다. 입력된 평문을 암호문으로 출력하는 로터rotor 기계로 만든 독일 암호를 해독하는 것이 그들의 임무였다. 같은 암호 해독 기계라도 모델에 따라 복잡도가 달랐고, 로터가 많을수록 트릭을 역으로 돌려 암호문과 평문의 연관성을 파악하기가 더 어려웠다. 텃에게는 히틀러와 고위 장성들

☼ 텃은 다른 학부생 세 명과 함께 '정사각형을 정사각형으로 나누기'라는 오랜 역사를 자랑하는 문제를 해결한 적도 있었다. 그는 전기 회로도의 원리를 통해 정사각형을 서로 크기가 다른 복수의 정사각형으로 나눌 수 있음을 증명해 보였다.

만 썼던 로렌츠 암호를 해독하는 임무가 맡겨졌다. 암호 분석가들은 이 암호를 '참치'를 뜻하는 '튜니'라고 불렀다.

독일 정부는 누구도 로렌츠 암호를 해독할 수 없다고 믿었다. 로렌츠 SZ40은 열두 개의 서로 다른 로터를 사용했기에 평문을 160조 개가 넘는 암호문으로 바꿀 수 있었다(앨런 튜링이 해독한 이니그마 암호는 로터 세 개를 쓰는 기계로 만든 것이었다). 1940년대 초반에는 로렌츠 암호의 해독 방법을 상상할 수조차 없었다. 메시지를 보낼 때마다 로터의 초기 세팅이 달라졌기 때문인데, 마치 마술사가 똑같은 마술을 공연하되 할 때마다 방법을 바꾸는 것과 같았다.✲

블레츨리 파크에 전달된 튜니는 출력된 종이 위로 점과 X가 끝도 없이 줄줄이 이어진 형태였다. 각 '5비트'로 이루어진 줄이 한 글자에 해당했다. 예를 들어 A는 X 두 개와 점 세 개, 키릴 문자 Ж는 점 한 개와 X 네 개, 이런 식이었다. 게다가 한 글자가 2행으로 되어 있어서, 분석가들은 해독한 글자를 어떤 식으로 묶어야 평문으로 만들 수 있을지 파악하느라 골머리를 앓았다. 안타깝게도 블레츨리 파크의 암호 분석가들은 암호키가 뭔지, 메시지가 만들어지는 동안 로터가 어떤 식으로 바뀌는지, 심지어 기계에 몇 개의 로터가 달렸는지조차 알아낼 수 없었다. 튜니의 방식은 지금까지도 미스터리로 남아 있다. 거의 무한대로 겹겹이 쌓인, 기계로 빚은 무질서 뒤에 숨겨진 히틀러의 비밀이다.

✲ 설상가상으로 당시 연합국은 로렌츠 기계를 보유하지 못했다. 심지어 그 기계가 어떻게 생겼는지도 몰랐다. 반면 이니그마 기계는 1941년에 고장 난 독일 잠수함에서 코드북과 함께 입수됐다.

그러던 1941년 8월 30일, 연합국에 결정적인 돌파구가 찾아왔다. 독일군 무전병이 아테네에서 약 4000개의 부호로 이루어진 메시지를 오스트리아 잘츠부르크로 보냈다. 그런데 전송상의 문제가 발생해 잘츠부르크에서 재전송을 요청했다. 이때 아테네에 주둔 중이던 무전병이 두 가지 치명적인 실수를 저질렀다. 첫째, 메시지를 다시 발송할 때도 첫 번째와 똑같은 12자의 암호키(HQIBPEXEZMUG)를 썼다. 블레츨리 암호 분석팀은 해석 불가능한 메시지를 두 번 입수한 것에 불과했을 테니 이것 자체로는 아무 단서도 되지 않았을 것이다. 그런데 무전병은 재전송한 메시지를 살짝 편집해 몇몇 단어를 약자로 줄이고 구두점을 고쳤다. 키를 몇 번 더 누르는 수고를 덜기 위해 그랬을 것이다. 이런 차이 덕분에 블레츨리 팀은 메시지를 비교하고 다양한 대체 암호를 테스트하는 데 필요한 맥락을 얻을 수 있었다. 10일 동안 각고의 노력을 기울인 끝에 존 틸트먼 대령이 아테네에서 오스트리아로 전송된 메시지의 내용을 알아내는 데 성공했다. 튜니 암호가 처음으로 해독된 순간이었다. 하지만 성공의 기쁨은 순간에 그쳤다. 무전병의 실수가 낳은 한 번의 행운으로 암호를 해독하긴 했지만, 로렌츠 기계의 작동 원리는 여전히 오리무중이었다. 암호 해독 과정이 어떤 식으로 진행됐는지, 젊은 시절 블레츨리에서 분석가로 활약했고 훗날 영국의 유명 정치인으로 부상하게 된 로이 젠킨스의 설명을 들어보자. "열두어 개 되는 메시지를 가지고 끙끙대다 모조리 처참하게 실패하고 우울하게 아침을 먹으러 갔죠. 정신적인 충격으로 거의 머리가 아플 지경이었으니 내 평생 그렇게 엄청난 좌절은 처음이었어요."[24]

1941년 11월 말, 대학생 빌 텃은 몇 개의 튜니 메시지를 숙제로 받았다. 그의 상관들은 성공 가능성을 낙관하지 않았다. 텃은 상관들이 '자포자기하는 심정으로' 그에게 메시지를 주었다고 했다.[25] 일개 개인이 무슨 수로 경우의 수가 1000조가 넘는 암호를 해독할 수 있을까? 튜니는 완벽한 마술 트릭이었다. 하지만 그 당시 텃에게 이점이 있었다면, 아무것도 모른다는 점이었다. 그는 스물네 살의 화학과 학생이었다. 암호 해독에 대해 별로 아는 게 없었으니, 자신이 얼마나 가망 없는 상황인지도 몰랐다. 그래서 텃은 다른 수학 퍼즐을 풀 때처럼 다양한 전략을 시도하고 진척이 있는지 살폈다. "자신 있었다고 말하면 거짓말이죠." 텃은 1998년 연설에서 이렇게 말했다. "하지만 바쁜 척하는 게 좋겠다고 생각했어요."[26]

텃은 물고기 팀의 몇몇 팀원과 조그만 사무실을 같이 썼다. 아무것도 없는 벽을 따라 나무 책상 몇 개가 줄줄이 놓여 있는 휑하고 수수한 방이었다. 블레츨리에 사치품은 없었다. 차라도 한잔하고 싶으면 각자 배급받은 것을 마셔야 했다.[27] 텃과 같은 방을 쓴 암호 분석가 제리 로버츠는 텃의 작업 방식을 놀라워했다. "거의 석 달 동안 연필을 빙빙 돌리고 종이에 숫자를 수도 없이 적으면서 한참을 허공만 보더군요. 저렇게 해서 도대체 무슨 성과를 거둘 수 있을지 궁금했죠."

하지만 텃은 많은 성과를 거두었다. 그는 수많은 주기와 수치를 대입해가며 튜니 메시지를 이리저리 테스트하다 1942년 초에 결정적인 진전을 만들었다. 그가 실시한 테스트는 이런 식이었다. 먼저 길이가 다른 튜니 암호를 여러 장의 종이에 줄줄이 적었다. 그런 다음 X와 점으로 가득한 이 광활한 스프레드시트에서 짧은 주기로 반복되는 구간이 있는지 살폈다. 짧은 주기로 반복되는 거라면 자주 쓰이는 글자일 수 있기 때문이었다. 575를 주기로(이는 '직감'으로 튜니 암호에서 가능한 키를 임의로 곱해서 나온 수였다) 테스트해보니 결과가 신통치 않았다. 하지만 대각선상으로 반복되는 부분이 더 많은 걸 발견했고, 574를 주기로 다시 테스트를 시도했다. 스프레드시트를 처음부터 다시 작성해보았더니 다섯 개에서 여섯 글자로 이루어진 단어를 가리키는 점과 X로 이루어진 패턴을 '만족스러울 정도로 많이' 입수할 수 있었다. 그가 튜니 암호의 체계를 처음으로 이해하게 된 순간이었다.

하지만 또 다른 문제가 있었다. 주기가 574라면 로렌츠 로터가 574개의 다른 시작점을 가지고 있다는 뜻이었다. 독일 기계가 아무리 정교하다 한들 그건 불가능해 보였다. 그래서 텃은 574의 소인수를 살펴보기로 했고 (이유는 이번에도 몰랐다. 그의 직감이었다) 그러다 41이라는 숫자에 다다랐다. 텃이 41을 기준으로 튜니 암호를 분석해보니 결과물이 확실히 좋아졌다. 반복 패턴이 진짜였던 것이다. 텃은 튜니 암호를 작성하는데 사용된 로터 중 하나의 시작점이 41개라는 결론을 내렸다. 그는 같은 방법(우연의 일치가 아닌 반복 구간을 찾는 것)을 동원해 두 번째 로터의 시작점은 몇 개인지 파악하기 시작했다. 그리고 다른 팀원들과 함께 계속해서 남은 열 개 로터의 세부 사항을 알아냈다. 본 적도 없는 로렌츠 기계의 메커니즘을 파악한 것이었다. 이는 제2차 세계대전의 첩보전에서 거둔 가장 위대한 업적 가운데 하나였다.[28]

텃은 어떻게 이런 성과를 거둘 수 있었을까? 블레츨리에서 함께 일했던 동료들의 증언에 따르면 그에게는 '요령'이, 즉 직감으로 암호를 간파하는 묘한 재주가 있었다. 블레츨리의 다른 암호 분석가들은 대부분 기존의 전략을 고수한 반면(전송 과정에서 발생한 다른 실수를 파고들었으니 마술사가 실수하길 기다리는 것과 비슷했다) 텃은 패턴을 기가 막히게 잘 찾아내는 자신의 두뇌를 활용했다. 그는 로렌츠 기계의 로터 세팅에 특이점이 있다는 것, 그래서 처음 두 회차를 제대로 알아맞히면 점으로 된 암호를 해독할 확률이 55퍼센트로 뛴다는 사실을 간파했다. 암호키를 이리저리 바꿔가며 튜니의 암호문과 대조하면 됐다.

블레츨리 파크의 일부 인사들은 그가 거둔 업적을 '어쩌다 주어진 행운'으로 간주했다. 하지만 텃은 그들의 주장을 일축하며, 패턴을 감지하는 일 자체가 일종의 '분석적인 추론'이라고 말했다.[29] 그는 패턴을 설명할 수 없었을지 몰라도(기계 전체를 파악하는 데 몇 개월이 걸렸다) 패턴의 존재는 파악해냈다. 기계의 메커니즘을 드러내 보이는 미묘한 단서를 감지했던 것이다.

튜니 해독은 전쟁의 전환점이 됐다. 연합군은 독일의 전략을 들여다볼 수 있는 소중한 창구를 확보했다. 이를 바탕으로 계획한 덕분에 ('튜니에 따르면 나치는 연합군이 훨씬 멀리 떨어진 북쪽에 상륙할 것으로 예상하고 있다') 연합군은 가장 방어가 잘 된 해안을 피할 수 있었다. "그야말로 금싸라기 같은 정보였다." 제리 로버츠는 이렇게 표현했다. "그건 탈도 많고 신뢰도도 떨어졌던 첩보원을 통해 입수한 정보가 아니었다. 히틀러가 로렌츠 암호를 통해 우리에게 독일어 원문으로 직접 전달해준 것이나 다름없지 않은가."[30]

어쩌면 튜니가 가장 유용하게 쓰였던 곳은 동부 전선이었을지 모른다. 1943년 여름에 약 77만 5000명의 나치 병사들이 3000대의 장갑차를 몰고 모스크바에서 남서쪽으로 약 480킬로미터 거리에 있는 쿠르스크 인근에 집결하기 시작했다. 러시아를 측면 공격해 전선의 가장 중요한 돌출부를 분리하려는 것이 독일군의 목표였다. 당시 장군들 사이에서 의견이 엇갈리며 교신이 폭증했고 덕분에 텃과 그의 팀원들은 독일군의 위치를 상세하게 파악할 수 있었다. 영국은 쿠르스크의 중요성을 잘 알았다. 이 전투에서 러시아가 패하면 모스크바가 함락될 수도 있었다. 영국은 암호를 분석해 습득한 정보를 러시아 장성들에게 전달했다(러시아의 사령관 주코프 장군이 독일군 최고위층에 영국의 첩자가 있다고 생각했을 만큼 엄청난 보고서였다). 러시아는 이를 통해 독일군의 동향을 파악하고 공격이 예상되는 지점에 치열한 방어선을 구축할 수 있었다. 30만 명이 넘는 민간인을 파견해 지뢰를 연결하고, 땅을 파서 대전차구를 만들고, 콘크리트로 기관총 벙커를 건설하게 했다. 쿠르스크 주변으로 30킬로미터도 넘는 '방어선'도 구축했다.

1943년 7월 4일 독일군은 동부전선의 모든 기갑부대를 러시아 전선으로 보내 공격을 감행했다. 그들은 산발적인 저항을 예상했으나, 뜻밖에도 죽음의 덫을 맞닥뜨렸다. 전투가 시작되고 9일이 지난 7월 13일 히틀러는 공격을 중단했다. 전쟁 중에 나치의 공격이 실패한 것은 그때가 처음이었고 러시아의 반격은 2년 뒤 베를린에서 끝이 났다. 러시아군은 쿠르스크 전투를 국면 전환의 기점으로 여겼다. 암호 분석가 제리 로버츠는 텃의 위업으로 수집된 군사 정보가 전례가 없는 수준이었다고 설명했다. "전쟁에서 상대의 계획과 생각과 판단을 그토록 지속적으로 상세하게 파악한 경우는 아마 전무후무할 것이다." 로버츠는 이어서 이렇게 썼다. "로렌츠 암호를 해독하지 못했다면 유럽에서는 전쟁이 훨씬 오랫동안 이어졌을 것이다. 한 해 인명 피해가 수천만 명에 달했던 그 비극이."[31]

전쟁이 끝나고 몇 달 뒤 텃은 독일을 여행했다. 이때 만난 독일 정보국 고위 장교가 그에게 로렌츠 기계를 보여주며, 로터들이 어떤 식으로 복잡하게 상호 작용을 해 해독할 수 없는 암호를 생성했는지 설명해주었다. 독일 장교의 설명이 끝나자 텃은 어깨를 으쓱하며 말했다. "그 암호는 아무도 풀 수 없겠네요." 텃은 자기가 이미 암호를 풀었다는 얘기는 하지 못했다.[32] 텃이 로렌츠 암호를 해독했다는 사실이 50년 넘도록 비밀로 유지된 이유는 아무도 모른다(앨런 튜링이 이니그마를 해독한 사실은 1970년대에 공개됐다).[33] 러시아가 독일에서 압수한 로렌츠 기계를 냉전 시기 초반에 사용했기 때문에 영국이 암호를 풀 수 있다는 걸 알리고 싶지 않아 했다는 설도 있다.[34]

텃은 1980년대 초반에 은퇴했고 그는 그 무렵 그래프 이론, 특히 4색 정리에 혁혁하게 공헌한 저명한 학자였다. 텃이 끝까지 비밀을 지키며 은퇴한 다음에야 영국 정부는 그가 블레츨리 파크에서 거둔 업적을 공개했다. 텃은 캐나다 연방 훈장을 받았고 뉴마켓의 생가에는 그의 전시 업적을 기리는 기념비가 건립됐다. 말년에 그는 동료들로부터 새로이 찬사를 받았고, 암호 해독 컨퍼런스에서 수십

권의 노트와 연필로 로렌츠 암호를 풀던 시절을 회상했다. 그는 마지막까지 겸손한 자세로 공은 나누고 자신의 역할은 낮췄다. 그의 유골이 안치된 웨스트 몬트로즈의 공동묘지에는 이름과 생몰연도만이 적힌 조그맣고 반질반질한 비석이 세워져 있다. 업적을 비석에 새기지 않았으니, 묘지를 찾은 방문객은 도로시아 텃과 나란히 누워 있는 윌리엄 텃이 누구인지 알 수 없을 것이다. 열렬한 호기심으로 궁극의 암호를 해독하고 그것으로 많은 생명을 살린 이가 거기 누워 있다는 사실을 아는 사람은 거의 없을 것이다.

트릭을 밝히다

마술을 다룬 모든 저작물은 트릭의 비밀을 절대 밝히면 안 된다는 마술의 제1원칙에서 벗어날 수 없다. 그 옛날 거리에서 공연하던 예술가들이 길 가던 사람들을 매료하여 동전을 받아낸 이래 마술사들은 비밀 유지를 철칙으로 삼고 그들의 비법이나 원리나 도구를 폭로하는 사람은 누가 됐든 추방했다.

이와 같은 자기 규제에는 여러 가지 이유가 있다. 마술의 트릭이 짜릿한 이유는 설명할 수 없기 때문이다. 뇌 스캔 검사를 통해 입증됐다시피 미스터리는 경이로움에서 비롯된다. 하지만 비밀 단속에는 또 다른 이유가 있으니 그것은 바로 대부분의 트릭이 알고 보면 가슴 아플 정도로 시시하기 때문이다. 데이비드 카퍼필드가 우리의 눈앞에서 자유의 여신상을 사라지게 한 비결은 조명과 무대 장치의 조절에 있었다. 사라진 당나귀는 비스듬히 설치한 거울 뒤편에 숨어 있다. 카드 마술의 비밀은 잽싼 손놀림이다. 초자연적인 능력이 전혀 아니다. 지루한 연습을 수천 시간 반복한 결과일 따름이다.

기나긴 겨울이 막바지로 접어든 어느 날, 나는 복권의 비밀을 밝힌 지질 통계 전문가 모한을 만나기 위해 토론토로 향했다. 모한은 얀 루펜의 퍼즐 트릭 비결을 정말로 알고 싶으냐고 물었다. 알고 나면 실망할 거라고, 차라리 모르는 게 나을 거라고 경고했다. 하지만 발을 빼기에는 이미 너무 늦었다. 나는 알아야 했다.[35]

모한은 그의 애인 집 거실에 무대를 설치했다. 그가 퍼즐을 맞추는 동안 우리는 치즈와 크래커를 먹었다. 그는 어린 시절의 추억을 늘어놓으며 루펜의 공연을 재현했다. 퍼즐을 분해했다가 한 조각씩 다시 맞췄고, 조각 두 개를 추가한 뒤 다시 맞춘 퍼즐을 판에 끼웠다. 퍼즐은 판에 정확히 맞았다. 현대 마술의 창시자 찰스 모릿이 무슨 수로 당나귀를 사라지게 했는지 간파한 짐 스타인마이어는 이렇게 말했다. “훌륭한 마술이라면 박수가 터져 나오기 직전, 즉 관객들이 마술을 목격하고 함께 진심으로 감탄하는 그 찰나의 순간에 잠시 정적이 흐른다.” 모한이 판 위로 퍼즐을 맞추었을 때 나는 ‘헉’ 하고 감탄을 토했다.

잠시 후 모한은 내게 마술에 쓰인 도구를 살펴보라고 했다. 나는 나무 판을 들어보고 나무 퍼즐 조각들을 살펴보았다. 판과 조각들은 모두 더할 나위 없이 평범한 고체처럼 보였다. 살짝 거친 느낌이 있긴 했지만, 전문 목수가 아닌 아마추어 마술사이자 지질 통계 전문가가 만든 것이니 당연했다.

"포기할래요?" 모한이 물었다. 내가 고개를 끄덕이자 모한은 자신이 알아낸 해답을 설명했다. "나는 루펜의 공연을 되새김질하던 도중에 관객들이 모든 퍼즐 조각을 보지 못하는 순간이 딱 한 번 있다는 사실을 깨달았어요." 마술사가 자기 손에 나무 조각을 올려 하나씩 쌓는 순간을 두고 한 얘기였다. 이때 루펜은 이런저런 이야기를 천연덕스럽게 늘어놓았지만(각각의 조각이 잊을 수 없는 자신의 추억을 상징한다고 했다) 모한은 그게 다 관객의 관심을 다른 데로 돌리기 위한 수법이라는 걸 간파했다.

루펜의 진짜 의도는 뭐였을까? 아마 퍼즐 조각들을 쥐고 있다가 그중 하나를 슬그머니 '버려서' 나중에 추가할 조각의 자리를 만드는 것이었을 것이다. 하지만 나무 조각이 워낙 커서 그런 전형적인 방법으로는 목적을 달성할 수 없었다. "그게 이 트릭의 기발한 부분이에요." 모한은 말했다. "루펜이 그보다 작은 조각을 썼다면 소매에 한두 개 숨겼을 거라고 생각하기 쉽거든요. 그런데 큰 조각을 써서 그런 생각을 하지 못하게 유도한 거죠."

모한은 벽에 부딪혔지만 루펜이 해체한 퍼즐을 손에 쥐고 있던 순간을 계속해서 떠올렸다. 그때 어떤 트릭이 벌어졌다는 걸 직감할 수 있었다. 그게 뭔지를 모를 따름이었다. "마술이 성공할 수 있는 이유는 마술사들이 우리의 생리를 간파하기 때문이에요. 그들은 우리가 어딜 쳐다볼지 정확히 알아요." 모한이 말했다. 그는 관객들의 시선이 향하지 않았던 데에 추리의 초점을 맞추었다. 거기에 트릭이 숨어 있을 가능성이 컸다. "블록 안에 다른 블록을 감춘다는 생각을 누가 할 수 있겠어요. 그런데 마술사가 어떤 식으로 퍼즐 조각을 들고 있었는지 생각해보니까(퍼즐 조각을 쌓아서 두 팔로 안았다), 한 조각을 다른 조각 안으로 얼른 밀어 넣었을 수 있겠더라고요." 이야말로 기능적 고착을 기발하게 활용한 트릭이었다. 블록은 뭔가를 만드는 데 쓰인다. 단단하고 튼튼하다. 그 안에 뭔가를 숨길 수 있다는 생각은 하지 못한다.

여기까지 생각한 모한은 목공방으로 쓰는 차고 한쪽 구석의 어수선한 공간으로 향했다. 몇 주가 걸리긴 했지만, 그는 작은 조각을 삼킬 수 있도록 안을 비운 큼지막한 조각을 만드는 데 성공했다. 각 블록에는 초강력 네오디뮴 자석을 부착했다. 자석 덕분에 작은 블록은 큰 블록 안으로 순식간에 사라졌다. 두 블록이 서로 가까워지기만 하면 보이지 않는 힘이 알아서 처리해주었다. 모한은 초강력 자석의 위력을 설명하며 미소를 지었다. "일부러 블록을 투박하게 만들었어요. '허접하다'는 인상을 풍기기 위해서요. 블록 안에 희토류로 만든 최첨단 자석이 내장돼 있을 거라는 상상은 아예 할 수 없도록." 훌륭한 마술사는 사람들의 잠재의식까지 활용한다.

나는 토론토에 다녀온 뒤에 얀 루펜의 퍼즐 마술 동영상을 찾아보았다. 하지만 기대했던 것과는 달리 자료가 많지 않았다. 볼 수 있는 것은 딱 하나, 2014년에 동물 보호소 설립을 위해 마련된 자선 행사장에서 촬영된 오래된 영상뿐이었다. 알고 보니 루펜은 2016년 3월에 아동 성착취물 소지죄로 체포돼 지금까지 수감 생활을 하고 있었다. 그는 9천 개 이상의 아동 성착취물을 소지한 죄로 20년 형을 받았다. 나는 한숨을 쉬며 어쨌든 그 마술 영상을 틀었다. 루펜은 2분이 되기 직전에 블록을 감춘다. 어디를 봐야 하는지 아는 사람은 이걸 볼 수 있지만(카메라 앵글 때문에 없어지는 게 보인다) 어딜 봐야 하는지 아무도 모른다는 것, 그게 핵심이다.[36]☼ 마술을 통해 얻을 수 있는 교훈이란 이것이다. 우리가 아는 게 얼마나 적은지, 우리가 이해하는 건 그보다 얼마나 더 적은지 알게 한다. 인간의 뇌는 모든 것을 보지 못한다. 그러기에는 세상이 너무 크고 너무 가득하며 너무 낯설다. 그렇기에 뇌는 사고의 지름길을 선택한다.

'셰퍼드 테이블'로 알려진 착시 현상을 예로 들어보자. 다음 쪽의 그림을 보고 입구가 좁은 방에 들여놓기에 더 적절한 테이블을 선택해보자. 거의 모든 사람이 왼쪽 테이블을 선택할 것이다. 하지만 두 테이블은 치수가 똑같다(우리의 거리 감각이 원근에 따라 크기를 가늠하기 때문에 착시 현상으로 달라 보인다). 이 착시 현상의 묘미는 테이블의 치수가 같다는 걸 알고 난 뒤에도 다르게 보인다는 점이다. 신경과학자 구스타프 쿤에 따르면 단순한 선으로 그린 그림이 인식론적인 미스터리로 둔갑하게 되는 이유가 바로 이런 긴장 때문이다. 그는 말했다. "착시 현상이 존재한다는 걸 알더라도 현실과의 부조화가 사라지지는 않는다."[37]

☼ 몇 년 전 크리스 에인절이라는 유명 마술사가 얀 루펜의 것과 상당히 흡사하다는 평가를 받은 '죽음의 침대' 마술을 선보였으나 실패했다. 장전된 권총만 없을 뿐 기본 설정은 러시안룰렛과 똑같은 이 마술에서 마술사는 다섯 개의 칼을 밧줄에 매달고 그 아래 테이블에 누워 자신의 몸을 묶었다. 칼 중 하나는 그의 심장을 정확하게 겨냥하고 있었고, 객석에서 관객이 나와 밧줄을 임의로 잡아당겨 칼을 떨어지게 했다. (어떤 밧줄을 선택하든 심장을 겨눈 칼이 아닌 다른 칼이 떨어지는 게 마술의 핵심 트릭이었다.) 그러나 마술사가 마지막 칼을 밧줄에서 풀려고 할 때 칼이 꿈쩍도 하지 않았고, 이로써 그 칼만 다른 장치에 연결되어 있어서 관객이 어떤 밧줄을 고르든 떨어질 수 없었다는 사실이 드러나고 말았다.

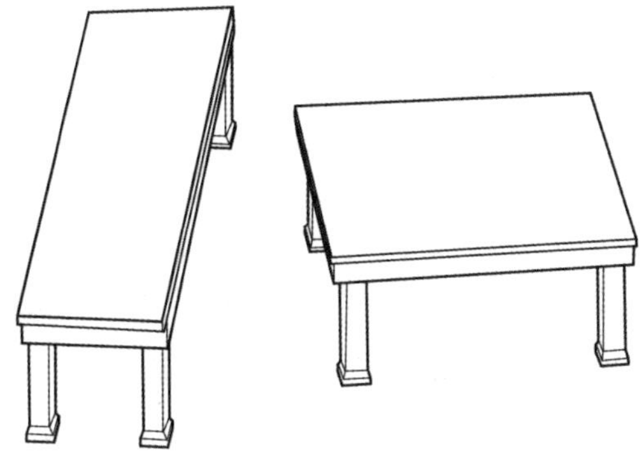

마술도 이와 비슷하다. 훌륭한 마술은 트릭의 비밀이 공개되더라도 매력이 사라지지 않는다. 코미디 마술 듀오 펜 앤드 텔러는 '컵 앤드 볼' 마술을 하곤 했다. 컵 앤드 볼은 고대 이집트의 마술사들이 선보였다는 고전적인 손재주 트릭으로, '사라지게 하기'와 '자리 바꾸기'를 통해 안이 보이지 않는 컵에 든 공을 등장시켰다 사라지게 만드는 마술이다. 텔러는 여기서 컵을 투명한 유리컵으로 바꾸는 획기적이고 기발한 시도를 했다. 이제 관객들은 텔러가 공을 손으로 덮고 이 잔에서 저 잔으로 옮기는 걸 눈으로 좇을 수 있게 됐지만 그럼에도 여전히 트릭을 간파하지 못했다. 텔러의 설명에 따르면 "눈으로는 손의 움직임을 보지만 뇌로는 그걸 이해하지 못하기 때문"이다.[38]

렌즈와 거울 몇 개를 가지고 경이로운 시각 현상을 창조한 과거의 대가들에 대해서도 이 말을 똑같이 적용할 수 있을 것이다. **위대한 아티스트가 되려면 마술사가 되어야 한다.** 설명할 수 없는 일을 아주 쉬운 일처럼 보이게 만드는 데 평생을 바쳐야 한다. 아무도 알아차리지 못해야 성공할 수 있는 트릭을 몇 년 동안 연습해야 한다는 말이다. 제대로 해낸다면, 그 수법은 수법처럼 느껴지지 않을 것이다. 다만 객석에서 조용히 탄성이 터지고 오랜 여운을 남기게 될 것이다.

우리는 탄성을 갈망한다. 마술사 조슈아 제이와 심리학자 리사 그림, 니컬러스 스파놀라는 한 실험에서 피험자에게 공중부양 같은 인상적인 마술쇼가 담긴 동영상을 연달아 보여주었다. 그런 다음 피험자에게 트릭의 비밀을 들을지, 다른 마술쇼를 추가로 볼지 선택하게 했다. 거의 모두가 다른 마술쇼를 보는 걸 선택했다. 미스터리를 체험하는 것이 그 해답을 알아내는 것보다 훨씬 재미있기 때문이다.

3장

미스터리 전략 3

규칙 깨부수기

ㅇ

중요한 건 어디서 뭘 가져왔는가가 아니다.
그걸 어디로 가져가는가다.

카니예 웨스트, 트위터에서

차별화되는 것을 믿어라.

라이너 마리아 릴케, 『젊은 시인에게 보내는 편지』

장르 영화의 역사를 새로 쓰다

"영화들이 너무 뻔해졌어요. 전에 100만 번쯤 봤던 느낌이라 이야기가 어떻게 전개될지 미리 알 수 있을 정도예요."[1] 1990년대 초 센트럴 플로리다대학교의 영화과 학생이던 댄 마이릭은 한심할 지경인 미국 공포영화의 현주소에 대해 불만을 토로했다. 그가 보기에 문제는 간단했다. 공포영화가 더 이상 무섭지 않았다. 그 어느 때보다 유혈은 낭자했지만(〈나이트메어〉 시리즈 6편 〈프레디 죽다〉에는 엄청난 양의 빨간색 옥수수 시럽이 동원됐다) 폭력은 시시하고 황당했다. 프레디 크루거(〈나이트메어〉 시리즈의 주인공—옮긴이)는 클리셰의 대명사가 됐다.

댄은 비평만 하는 일에서 멈추지 않았다. 그는 같이 영화를 공부하던 친구 에두아르도 산체스와 함께 새로운 장르를 표방하는 공포영화의 플롯을 짜기 시작했다. "맥주 좀 마시고 담배도 좀 피우면서 그냥 각자 만들고 싶은 영화에 대해 이런저런 이야기를 나눴어요." 댄은 나와 만난 자리에서 이렇게 말했다. 알고 보니 그 둘은 1970년대 말에 방영됐던 TV 시리즈 〈…를 찾아서In search of…〉를 무척 좋아했다. 〈…를 찾아서〉는 빅풋(서부 개척시대부터 목격담이 전해져 내려온 전설의 동물—옮긴이)부터 고대의 외계인에 이르기까지 초자연적인 미스터리를 파헤치는 프로그램이었다. "우리의 마음을 건드렸던 건 해답을 향한 진정 어린 탐색이었어요. 그 프로그램은 미스터리를 진지하게 다뤘고, 그래서 웬만한 쓰레기 같은 공포영화보다 더 섬뜩했죠." 댄이 말했다.

댄과 에두아르도의 원대한 계획은 〈…를 찾아서〉의 한 에피소드처럼 주인공들이 오래된 수수께끼를 파헤치는 공포영화를 만드는 것이었다. 그들은 숲속을 무대 삼기로 했다("넓고 시커먼 숲속에서 길을 잃는 것보다 더 무서운 일이 세상에 어디 있겠어요?"). 그리고 이 프로젝트에 '숲속 영화'라는 이름을 붙였다.

이제 필요한 건 플롯, 주인공들이 금단의 숲속에서 해결해야 할 미스터리였다. 두 영화학도는 '메릴랜드주 중북부에 있는 조그만 마을 버킷츠빌에 떠도는 저주'라는 장황한 전설을 하나 만들어냈다. 한 마녀가 지독한 겨울 폭풍이 불던 때 추방돼 죽고 난 후 저주가 시작됐다는 설정이었다. 처음에는 마녀를 쫓아낸 사람들이 하나둘씩 사라졌고, 수십 년이 지나도록 실종자는 계속 이어졌다. 이어서 1994년으로 장면이 바뀌면 그 지역에서 대학을 다니는 세 학생이 실종된 사람들을 주제로 다큐멘터리를 제작하기로 한다. 그들은 숲속으로 들어가고, 그 길로 영영 사라진다. 1년 뒤 어느 인류학자가 아무도 살지 않는 통나무집에서 그 학생들의 비디오테이프가 담긴 더플백을 발견한다. 인류학자가 발견한 그 테이프를 영화로 보여주자는 게 댄과 에두아르도의 아이디어였다. "영화가 픽션이 아닌 다큐멘터리처럼 느껴지면, 관객은 느닷없이 안전장치가 사라진 것처럼 오싹함을 느낄거라는 걸 깨달았죠." 댄이 말했다. "그러면 꼭 깔끔하게 결말을 맺을 필요도 없고, 착한 사람들이 살아남아야 할 이유도 없어요. 구태의연한 스토리텔링으로부터 자유로우니까 무슨 일이든 벌어져도 돼요."

이들이 추구한 새로운 스타일의 스토리텔링은 신기술의 등장으로 가능했다. 당시에는 핸드헬드 카메라가 점점 자리를 잡아가고 있었다. 사람들은 홈비디오를 찍을 때도 이 카메라를 썼고, TV 케이블 뉴스와 〈리얼 월드〉나 〈캅스〉 같은 리얼리티 예능에도 흔들리는 화면이 등장했다. "핸드헬드 카메라로 찍은 흔들리는 화면은 더 진짜처럼 느껴지죠." 댄이 말했다. "너무 아마추어 같으니까 '이걸 꾸며냈을 리 없어', 이렇게 생각하게 되는 거예요."

하지만 흔들리는 카메라만으로는 부족했다. 공포영화의 빤한 장치(망측한 사운드트랙, 시시한 일격, 예측 가능한 죽음)를 피하려면 제작 스타일도 새로이 개척해야 했다. 댄과 에두아르도는 몇 주에 걸쳐 전통적인 대본 대신(이런 대본이 있다면 너무 짜 맞춘 느낌이 날 것이었다) 대강의 줄거리와 영화 속 모든 장면을 설명하는 35쪽짜리 비트 시트를 작성했다. 대사는 배우들에게 일임했다. "한순간이라도 이들이 배우로 느껴지면, 그러니까 영화가 영화로 느껴지면 그걸로 끝이라는 걸 알았거든요." 2016년 《바이스》와 진행한 인터뷰에서 에두아르도는 이렇게 말했다. "따라서 배우들이 즉흥적으로 임하되 오버하지 않고, 창의적으로 연기하는 게 관건이었죠."[2]

캐스팅에는 거의 1년이 걸렸다. 장소 섭외에 또 한 달이 걸렸다. 이후에는 카메라를 조달하고(서킷 시티에서 Hi8 캠코더를 대여했다) 숲속에서 8일 동안 지내기 위한 캠핑용품도 준비했다. 댄과 에두아르도는 배우들과 직접 작업하는 대신 그날그날 찾아가야 하는 아지트의 위치가 입력된 GPS 장치를 나눠주었다. 배우들은 지시사항에 따라 비를 맞으며 하이킹을 하고 질척질척한 텐트에서 캠핑을 해야 했다. 심지어 두 감독은 촬영 동안 배우의 식사량을 서서히 줄였다. 배우들에게는 시그널이 있었다. 못 견디겠다 싶으면 '불도저'라고 말하면 됐다. 하지만 배우들은 대부분 캐릭터를 유지했다. 그들은 숲속에서 겁에 질린 아이들을 연기하는, 실제로 숲속에서 겁에 질린 아이들이었다.

촬영을 시작할 무렵까지도 댄과 에두아르도는 '인류학자가 발견한 영상'이 그들이 만드는 가짜 다큐멘터리의 일부분이 되겠거니 생각했다. "우리는 전문가 인터뷰, 저주에 대한 자료, 그 영상이 발견된 경로, 뭐 이런 걸 넣으려고 했어요." 댄은 말했다. "배우들과 찍은 영상은 20분 정도면 모를까, 그 이상 넣는 건 무리라고 생각했죠."

숲속에서 촬영한 무편집본 영상은 처음에 좋은 평가를 받지 못했다. "제가 그때까지 극장에서 본 어떤 작품보다 더 거칠었어요. 영화학교에서 배운 모든 원칙에도 어긋났고요." 댄은 말했다. 카메라가 너무 흔들려서 화면을 보고 있기가 힘들 정도였다. 특히 배우들이 밤에 자기들끼리 촬영한 부분은 두서도 없고 대사는 종종 뭉개져서 알아들을 수 없었다. 말 그대로 체계가 전혀 없었다. "사람들이 대본을 쓰는 데에는 다 이유가 있죠." 댄이 너털웃음을 지으며 말했다. "배우들에게 카메라를 들고 촬영을 시키지 않는 데에도 이유가 있고요."

하지만 댄과 에두아르도는 이런 의도적 '결함'들이 섬뜩한 공포영화에는 안성맞춤이라고 생각했다. 그들은 이내 인터뷰며 자료를 보여주는 설명적인 영상은 모두 빼고, 숲속에서 찍은 것만으로 영화를 만들기로 결심했다. "번드르르한 조명을 밝힌 숲속에 귀신을 등장시키는 것보다 이런 접근이 훨씬 무섭더라고요. 아무도 이런 공포영화는 접한 적이 없잖아요. 관객은 앞으로 누가 살고 누가 죽을지, 또 어떤 일이 벌어질지 전혀 알 수 없죠."

이들은 새로운 장르의 공포영화를 만들겠다는 욕심으로 마지막 장면을 찍었다. 영화의 오리지널 컷에서 주인공 둘은 사라진 친구를 구하려고 아무도 살지 않는 통나무집으로 질주한다. 친구의 비명이 들려오는 가운데 둘은 카메라를 켜고 계단을 달려 내려간다. 내려간 지하에는 악령도 비명을 지르던 친구도 보이지 않는다. 그러다 한쪽 구석에 누군가 서 있는 게 보인다. 카메라는 바닥으로 떨어지고, 마지막 장면은 옆으로 기운다. 무시무시한 살인 장면이 아닌, 그 직전의 섬뜩한 순간이 이 영화의 마지막이다.

영화사에서는 이 엔딩을 두고 너무 모호하다고 했다. 댄과 에두아르도는 숲으로 돌아가 몇 장면을 더 촬영했다. 전부 전보다 더 확실하고 섬뜩했다. 올가미가 등장하기도 하고, 피 묻은 상처가 등장하기도 하고, 한 학생이 목각 인형에 못 박혀 있는 장면도 새로 찍었다. "전부 끔찍이 싫었어요." 댄은 말했다. "하나같이 진부하게 느껴졌거든요." 영화사 간부들은 그런 식의 불확실한 결말로는 관객을 모으지 못할 것이며 수백만 달러의 적자를 볼 거라고 경고했다. 그러나 젊은 감독들은 모호한 처음의 결말을 고집했다.

1999년 7월 14일에 그들은 〈블레어 위치 프로젝트〉라는 제목으로 '숲속 영화'를 개봉했다. 영화는 엄청난 인기를 끌었고 전 세계에서 거의 2억 5000만 달러에 달하는 수익을 올렸다. 제작비가 약 2만 5000달러였으니 수익률이 어마어마했다. 미스터리한 분위기의 마케팅도 주효했다. 이 저예산 영화에 별 기대가 없던 배급사가 TV 광고에 투자하는 걸 꺼렸기 때문에 댄과 에두아르도는 따로 홈페이지를 만들었다. 거기에 영화 속의 저주와 전설을 소개하고 사라진 학생들에 대한 정보를 곁들였다. 현장 사진과 실종자 전단, 정교한 연표 등도 게시했다. 그 결과 영화는 도무지 가짜처럼 느껴지지 않았다. 진짜 같은 픽션이 탄생한 것이다. 영화가 개봉하자 배우들의 가족은 관객들에게 조문 카드를 받았다.

이후 〈블레어 위치〉는 두 편의 후속작과 수많은 아류작을 낳았다. '우연히 발견된 녹화 테이프'라는 설정은 〈파라노말 액티비티〉 시리즈에서 〈클로버필드〉에 이르기까지 공포 장르의 단골 소재가 되었다. "이 스타일이 선풍적인 인기를 얻게 되다니 아이러니하죠. 우리는 돈도 없었고 무서운 영화들이 더 이상 무섭지 않아서 내린 어쩔 수 없는 선택이었는데 말이에요. 우리의 비전문가적인 접근이 이제는 전통이 되었네요." 댄이 말했다. 이것은 성공적인 예술작품의 운

명이다. 클리셰가 될 때까지 모방되는 것 말이다.

지금 우리가 사는 세상은 보는 이의 비위를 맞추려 애쓰는 콘텐츠로 가득하다. 물론 그런 콘텐츠는 우리에게 재미와 오락을 선사하지만, 휘발되기에 십상이다. 반면 세상을 뒤흔드는 작품은 법칙을 깨부수고, 판을 뒤집는 전복적인 매력을 지닌다. 그런 예술은 X를 예상하도록 훈련된 우리에게 Y와 Z를 보여준다. 이런 전략이 〈블레어 위치 프로젝트〉처럼 혼란스럽고 매력적인 작품을 탄생하게 한다.

이 장의 주제는 **전복적인 매력**이다. 규칙이란 규칙은 죄다 벗어나 우리의 주의를 자극하고 사고를 발전시키는, '어려운 예술'이 주는 뜻밖의 효과에 관해 이야기해보려 한다. 이런 매력은 처음에는 불편하게 느껴질지 모른다. 프레디 크루거가 등장하고 예측 가능한 결말을 맞이하는, 좀 더 평범한 이야기가 그리울 수도 있다. 하지만 불편한 감정은 실패의 징조가 아니다. 미스터리한 매력이 효과를 발휘하고 있다는 증거다.

매끄럽지 않음의 매력

당신은 이 문장을 기억하게 될 것이다.

왜냐고? 그 이유를 파악하기에 앞서 심리학자 대니얼 오펜하이머의 연구를 살펴보자. 지금으로부터 10년 전 그는 오하이오주 체스터랜드의 공립 고등학교에서 실험을 실시했다.[3] 연구팀은 교사들에게 요청해 파워포인트나 워크시트처럼 수업시간에 쓰는 서면 자료를 받았다. 그런 다음 자료의 서체를 '모노타이프 코르시바 *Monotype Corsiva*'나 이탤릭체로 쓴 '코믹 산스*Comic Sans*' 같은 이른바 매끄럽지 않은 서체로 바꿨다. 이런 서체가 매끄럽지 않게 느껴지는 이유는 쓰이는 빈도가 낮기 때문이다. 코믹 산스 서체로 출간된 책을 읽은 게 언제였는지 기억을 더듬어보라. 실험은 어려움 없이 흘러갔다. 연구에 참여한 교사 전원이 같은 반에 속한 두 그룹 이상의 학생들을 가르쳤기 때문에 대조 실험을 진행할 수 있었다. 교사들은 한 그룹의 학생들에게는 매끄럽지 않은 서체로 출력한 자료를, 다른 그룹의 학생들에게는 '헬베티카'나 '에리얼'처럼 훨씬 익숙하고 일반적인 서체로 출력한 자료를 나눠주었다. 학생들은 몇 주 동안 그 자료로 공부한 뒤 배운 내용을 얼마나 잘 기억하는지 테스트를 받았다. 그 결과 거의 모든 반에서 매끄럽지 않은 서체 자료로 수업을 들은 그룹이 유의미한 차이로 우수한 성적을 거두었다. 코믹 산스가 높은 점수로 연결됐다. 비뚤비뚤한 서체가 기억력을 향상한 것이었다.

매끄럽지 않은 서체의 이같은 특징은 여러 영역에 적용할 수 있다. 최근 뉴욕대학교의 심리학자 애덤 올터가 오펜하이머와의 공조 아래 실시한 일련의 실험을 살펴보자. 실험에서 올터는 CRT라고 불리는 인지 반응 검사를 동원했다.[4] CRT는 피험자에게 순간적인 짐작만으로는 틀리기 쉬운 까다로운 질문을 던져 그가 얼마나 직감이나 정신적 지름길에 의존하는지 알아보는 짧은 검사다. CRT의 전형적인 질문을 소개하자면 다음과 같다. "기계 다섯 대로 어떤 장치를 5분에 다섯 개씩 만들 수 있다면 100대로는 장치 100개를 만드는 데 얼마큼의 시간이 걸릴까?" 언뜻 생각하면 100분이 걸릴 것 같다. 하지만 오답이다. 실험 결과 매끄럽지 않은 서체를 사용한 CRT(옅은 회색의 작은 글자를 썼다)에서는 피험자의 오답률이 훨씬 낮았다. 흔히 볼 수 있는 깔끔한 서체를 쓴 CRT에 응한 피험자들은 90퍼센트가 문제를 하나 이상 틀렸지만 매끄럽지 않은 서체로 적힌 문제를 푼 그룹은 35퍼센트만이 문제를 하나 이상 틀렸다. 주의 깊게 글자를 읽어내느라 더욱 의식적으로 생각하게 된 것이다.

이 실험에 담긴 묘한 함의를 잠깐 생각해보자. 타이포그래피의 1차 목표는 '가독성 높이기'다. 디지털 시대에는 더욱 그러하다. 예컨대 아마존은 자사의 킨들용 맞춤 서체 '부컬리'가 "눈의 피로는 줄이고 읽는 속도는 높이기 때문에" 더 편안한 독서를 유도한다고 홍보한다. 많은 브랜드가 로고 디자인에서 매끄러움의 극대화를 추구한다. 아메리칸 항공사, 지프, 타깃, 네슬레, 도요타는 모두 로고에 헬베티카 서체를 쓴다. 하지만 아이러니하게도 실험 결과에 따르면 정보 처리가 수월할수록 관심 유도와 기억 유지에는 불리하다. 쉽게 들어오면 쉽게 빠져나간다는 얘기다.

매끄럽지 않은 것을 대할 때 생각이 촉진되고 더 많은 걸 배우게 되는 이유는 뭘까? 먼저 최소한으로 생각하며 에너지 소모를 최대한 줄이려 하는, 천성적으로 게으른 인간의 뇌부터 들여다보자. 뇌가 하루에 의식을 유지하는 데에 필요한 열량은 약 300칼로리밖에 되지 않는다.[5] 이는 겨우 초코바 한 개 분량이다. 효율을 추구하는 우리의 뇌는 어떤 가능성을 엉터리로 짐작할 때나 타인을 즉각적으로 판단할 때 정신적인 지름길에 의지하곤 한다. 하지만 지름길을 택하는 건 사실 생각의 속도를 높이는 게 아니다. 생각의 단계를 건너뛰는 것이다. 여기서 다시 삐뚤빼뚤한 서체 문제를 생각해볼 수 있다. 형태가 낯설고 가독성이 떨어지는 코믹 산스 서체의 **가벼운 떨림**은 우리의 의식을 깨운다. 혹은 적어도 평소와 똑같은 사고 패턴을 밟지는 못하게 한다. 올터는 "복잡한 서체는 알람과 같은 역할을 한다"고 설명했다. "정신적인 능력을 추가로 동원해 그 어려움을 극복하도록" 우리에게 신호를 보내는 것이다.[6]

이 같은 뇌의 추가적인 활약은 눈으로 확인할 수 있다. 파리에 있는 콜레주 드 프랑스의 신경과학자 스타니슬라스 드앤은 신경 해부학적인 관점에서 읽기라는 행위를 조명한 바 있다.[7] 글을 읽고 쓸 줄 아는 인간의 뇌에는 단어를 파악하는 두 개의 뚜렷한 경로가 있다. 그중 '복측 경로ventral route'는 빠르고 효율적이다. 글자가 보이면 그걸 단어로 전환해 의미를 파악한다. 드앤의 설명에 따르면 이와 같은 복측 경로는 '익숙한 서체'로 적힌 글을 볼 때 활성화되며, 대뇌 피질 중에서도 '시각 단어 형태 영역Visual Word Form Area(VWFA)'에 의지한다. 단순한 문장을 읽을 때 우리는 이 빠른 고속도로를 이용할 가능성이 크다.[8] 그 결과 글을 읽는 일은 힘들지 않고 수월하게 느껴진다. 적혀 있는 상징들에 대해 고민할 필요가 없다.

하지만 이해가 어려운 단어나 낯선 서체 때문에 문장에 주의를 기울여야 할 때는 두 번째 경로인 '배측 경로dorsal stream'가 동원된다.[9] 실험에서 드앤은 글자의 방향을 거꾸로 하거나 엉뚱한 데 쉼표와 세미콜론을 찍는 등 다양한 방식으로 피험자들의 배측 경로를 활성화시켰다. 기존의 과학자들은 글을 능숙하게 읽을 줄 알게 되면 배측 경로는 더 이상 활성화되지 않는다고 생각했지만, 드앤의 연구 결과에 따르면 매끄럽지 않고 낯선 글을 대할 때 우리가 글을 읽는 방식은 달라지는 것으로 밝혀졌다. 갑자기 눈앞에 적힌 단어를 고도로 의식하며 문맥을 이해하기 위해 좀 더 노력을 기울이게 되는 것이다. 어려움이 관심을 쏟게 한다.

1917년, 러시아의 형식주의자 빅토르 스클로브스키는 매끄럽지 않음이 선사하는 미학적 이점을 주제로 영향력 있는 논문을 발표했다. 그는 천성적으로 게을러 뭔가를 잘 알아차리지 못하는 인간의 뇌를 언급하며, 현실을 낯설게 만듦으로써 이런 성향을 뛰어넘게 하고, 주의력을 되찾게 하는 것이 예술의 역할이라고 썼다. 스클로브스키의 주장을 들어보자. “예술은 삶의 감각이 회복될 때 존재한다. 예술은 인간에게 무언가를 느끼게 하기 위해, 돌을 돌로 인식하도록 하기 위해 존재한다. 대상을 ‘낯설게’ 하는 것, 형태를 어렵게 만들어 인식의 난도와 길이를 높이는 것이 예술의 기술이다.”[10]

매끄럽지 않음과 낯설게 하기를 기반으로 하는 예술인 시를 예로 들어보자. 시는 종종 글쓰기의 일반적인 법칙에서 자유롭다. 시가 지켜야 할 요건이 있다면 언어가 다르게 느껴져야 한다는 것뿐이다. 시인 겸 평론가인 허쉬필드의 말처럼 시는 우리에게 ‘**쓸모없는 것들의 쓸모**’를 되새기게 한다.[11] 시는 언제나 그랬다.

오랜 역사를 자랑하는 문학 작품 『오디세이아』는 6보격(시의 리듬을 만드는 규칙적인 강세의 배열 형식)으로 쓰인 서사시이며, 운율을 엄격하게 따른다는 점에서 일상어와 다르다. 『오디세이아』는 또

한 기이하고 특이한 단어들로 가득하다. 번역가 에밀리 윌슨은 이렇게 썼다. "시 안에 서로 다른 시기에 쓰였던 단어와 그리스 여러 지역의 방언이 묘하게 섞여 있다. 구문은 비교적 단순하지만, 단어와 구절의 조합은 그 어떤 일상어와도 다르다."[12]

이런 낯섦은 시를 추상적이고 어렵게 느끼도록 만든다. 이렇게 매끄럽지 않은 예술에 누가 시간을 할애하려 할까? 하지만 잘 쓰인 시는 묵은 단어들을 새로운 방식으로 바라보게 하고, 그로써 우리의 무관심으로부터 언어를 구원한다. 메리앤 무어는 「시poetry」에서 이렇게 썼다.

나 역시, 싫다. 얼마나 많은가
이 모든 유희보다
훨씬 중요한 일들이.
하지만 철저히 멸시하며
읽어나가면,
그는 결국,
깨닫게 된다
그 안에 진짜를 위한 공간이 있음을.

무어는 '진짜'를 향한 우리의 끈질긴 시선이 예술의 조작과 밀접한 연관이 있다고 일깨운다. 시는 호락호락하지 않기에 독자는 배측 경로를 동원해 몰입하여 글을 읽을 수밖에 없다. 기괴한 단어들이 우리의 읽는 속도를 늦춰 평소라면 그냥 지나쳤을 '진짜'를 알아볼 수 있게 한다.

아마 에밀리 디킨슨만큼 매끄럽지 않음의 자극을 잘 활용한 시인은 없을 것이다. 디킨슨의 시대는 철저한 운율과 형식에 따라 시를 쓰던 때였지만 그는 모든 구조와 전통을 거부했다.✲ 문법적인 관례에 반항했고(길쭉한 바(—)를 쉼표처럼, 더하기 부호를 생략 부호처럼 썼다) 가장 예상하지 못한 방식으로 단어와 비유를 배치했다. 그의 가장 유명한 시구 중 하나인 "고통에는 여백의 요소가 있다Pain has an element of blank" 같은 문장을 예로 들 수 있겠다.

이런 낯섦은 그의 인기에 유리하게 작용하지 않았다. 디킨슨은 살아생전에 딱 10편의 시만을 모두 익명으로 발표했다. 1866년 2월 《스프링필드 데일리 리퍼블리컨》에 시가 실렸을 때 디킨슨은 편집자들이 매끄럽지 않은 부분들을 없애고 대시와 수학 기호를 삭제하며 작품을 망쳐놓았다고 불만을 토로했다. 이런 과정을 거쳐 실린 시는 디킨슨의 표현에 따르면 "내게서 빼앗아간—마침표로 패배당한" 작품이었다.[13] 그가 시를 '출간하지 않는' 이유를 다시금 되새기게 하는 편집이었다. 시집을 출간하려면 순응해야 했으나, 그는 순응을 거부했다.

✲ 디킨슨의 대표작과 19세기 미국을 대표하는 시인 헨리 워즈워스 롱펠로의 「하루가 끝나고The Day Is Done」의 도입부를 비교해보자.

> "하루가 끝나고 어둠이
> 밤의 날개에서 내려온다.
> 독수리가 날다가
> 한들한들 떨어뜨린 깃털처럼."

롱펠로는 당시 가장 많이 활용하던 구조를 따라 단순한 약강격 운율과 동요의 압운형식(ABCB)을 썼다. 따라서 작품을 한눈에 이해할 수 있다.

쓰고 버린 종잇조각에 단상을 끼적인 '편지봉투 시'들을 보면 디킨슨의 작품이 어떤 식으로 특이했는지 알 수 있다. 디킨슨은 얼마든지 줄 쳐진 원고용 종이를 쓸 수 있었음에도 편지봉투에 초고를 작성하는 걸 좋아했다. 「A316」이라는 작품의 일부 구절을 보자.[14]

오 천금 같은
순간
천천히 가주렴
내가
흡족하게 바라볼 수 있도록
너를—
그러면 결코
전과 같지 않겠지
굶주리더라도
이제 나는 넘치도록
보았으니[15]

찰나 같은 인생을 주제로 쓴 짧은 시다. 화자는 속도를 늦추고 순간을 '흡족하게 바라보고' 싶지만 시간은 속절없이 계속 흘러만 간다. 시인의 천재성은 바로 이 지점에서 빛난다. 디킨슨은 매끄럽지 않은 시를 통해 단어가 주는 '천금 같은 순간'을 음미하는 해법을 제시한다. 낯선 형식의 시로 우리에게 '흡족히 바라보는' 법과 주의를 기울여 읽는 법, 지면의 부호를 염두에 두는 법을 제시한다. 디킨슨은 그만의 넘치는 충만함을 창조했다. 전에 본 적 없는 스타일로

이 모든 것을 이뤘다.

디킨슨은 낯섦을 찬양했다. 그가 매끄럽게 읽히지 않는 시를 쓴 것은 단순히 심미적인 선택이 아니라, 그것이 그의 웅장한 주제를 반영하기 때문이었다. 디킨슨이 시가 어렵길 바랐던 것은 이 세상이 이해하기 어려운 곳이기 때문이었다. 그의 시가 신비하고 수수께끼 같다면 세상 모든 것이 신비하고 수수께끼 같기 때문이었다. 적어도 우리가 제대로 바라보았을 때 말이다. 우리는 삶의 수수께끼들을 무시하고 살아가게 되지만 (너무 바빠서 감탄하고 있을 겨를이 없으므로) 시인은 우리가 그것들을 돌아보길 원했다. 가장 많은 찬양을 받은 시「What mystery pervades a well!(우물에 어떤 신비가 깃드는가!」에서 디킨슨은 이렇게 말했다.

하지만 자연은 여전히 이방인;
그녀를 가장 자주 인용하는 사람들도
그녀의 흉가 곁으로는 절대 걷지 않고
그녀의 유령도 이해 못 하지.

디킨슨이 시대를 잘못 타고 난 작가라고 말하는 이들도 있다. 그는 남북 전쟁 동안 모더니즘 시를 쓰며, 이후 50년 동안 굳건하게 유지될 시적 전통을 깬 시인이었다. 우리는 여전히 디킨슨이 편지 봉투와 초콜릿 포장지와 공책에 드문드문 적어놓은 구절을 번역하고 이해하기 위해 열심을 부리고 있다. 디킨슨이 자연의 미스터리를 두고 했던 말은 그의 작품에도 그대로 적용된다.

그녀를 아는 자들에게 그녀는,
가까이 다가갈수록 알 수 없는 존재.

굿 나잇, 노바디

1934년 10월 거트루드 스타인은 미국 37개 도시 순방에 나섰다. 그는 첫 번째 베스트셀러가 될 『앨리스 B. 토클라스 자서전』을 얼마 전에 출간한 참이었고, 열혈 독자들은 해외에서 온 이 지성인을 먼발치에서나마 만나고 싶어 했다. 타임스 광장의 전광판이 스타인이 증기선을 타고 도착했음을 알렸다.[16] 기자들은 소리 높여 인터뷰를 요청했다. 《타임스》에서는 그의 차림새를 두고 "거의 수녀에 가까울 정도로 소박하다"고 표현했다.[17]

브루클린 음악학교에서 열린 스타인의 공개 강연은 순식간에 표가 매진됐다. 그날 객석에는 마거릿 브라운이라는 젊은 작가가 있었다. 지저분한 곱슬머리를 틀어 올리고 톰보이 같은 매력을 지닌 브라운은 문법과 구두점에 대한 지식이 작품을 진정으로 이해하는 데 전혀 도움이 되지 않는다고 비판하는 스타인의 강연에 매료됐다.[✲] 브라운은 문법 때문에 대학교 영어 작문 시간에 고생한 전적이 있었다.[18] 스타인은 자신의 작품을 통해 모든 저술의 한계를 드러내길 원했고 독자들에게 언어의 답답한 관행에 주목할 것을 촉

✲ 스타인은 이렇게 말했다. "질문을 읽고도 질문인 줄 모르는 독자가 물음표를 보면 그게 질문이라는 걸 알까?"

작가들을 위한 사전 시리즈

트라우마 사전

작가를 위한 캐릭터 창조 가이드

안젤라 애커만, 베카 푸글리시 지음 | 임상훈 옮김

딜레마 사전

작가를 위한 갈등 설정 가이드

안젤라 애커만, 베카 푸글리시 지음 | 임상훈 옮김

트러블 사전

작가를 위한 플롯 설계 가이드

안젤라 애커만, 베카 푸글리시 지음 | 오수원 옮김

캐릭터 직업 사전

작가를 위한 인물 창작 가이드

안젤라 애커만, 베카 푸글리시 지음 | 최세민, 김흥준, 박규원, 서연주, 이두경, 이학미, 최윤영 옮김

디테일 사전 도시편 ⊗ 시골편

작가를 위한 배경 연출 가이드

안젤라 애커만, 베카 푸글리시 지음 | 최세희, 성문영, 노이재 옮김

구했다. 덕분에 그의 작품은 난해하고 통렬해졌으며, 나아가 예술의 지평을 넓혔다. 스타인은 『앨리스 B. 토클라스 자서전』에서 이렇게 썼다. "뭔가를 (처음으로) 창조할 때는 그 과정이 워낙 까다롭기 때문에 결과물이 형편없을 수밖에 없다. 그러나 당신 다음으로 그걸 만드는 사람은 과정에 대해 걱정할 필요가 없기에 예쁘게 만들 수 있다. 따라서 그들이 만든 작품은 만인에게 사랑받는다."

마거릿 브라운은 차세대 거트루드 스타인이 되겠다는 꿈을 안고 있었으나, 안타깝게도 이내 포기하는 수밖에 없었다. 몇 년 동안 단편소설을 썼음에도 단 한 편도 출간 계약을 맺지 못했던 것이다. 결국 그는 롱아일랜드에서 교외 생활을 즐기다 맨해튼으로 거처를 옮겨 뱅크 스트리트에 취업했다. 뱅크 스트리트는 루시 스프라그 미첼이 설립한 진보적 성격의 교육대학이었고, 존 듀이의 철학을 본보기 삼아 새로운 형태의 교육을 창조하는 것을 사명으로 삼았다. 전통적인 교육학은 기계적인 암기를 강조했지만, 듀이는 행위를 통해 진정한 배움이 가능하며, 교실은 동사verb의 중추가 되어야 한다고 주장했다. 즉 화학을 배우는 가장 좋은 방법은 점심을 직접 요리하는 것이었다. 기하학은 목공 수업을 통해 배울 수 있었다. 시민의 기본 권리와 의무, 정부 역할과 구성 등을 배우는 공민학은 학생 투표로 배울 수 있었다. 교사들은 기존 지식을 고정적인 사실로 간주하기보다 탐험과 실험정신을 강조해야 했다. 브라운은 이런 교육철학을 우러러보았지만 (전통에 대한 그의 회의를 부채질했다) 학생들을 관리하는 데는 애를 먹었다. 어떤 평가자는 그가 학생들에게 혼란을 야기한다며 비난했다. 또 다른 이는 그가 미술용품 보관

함을 관리하는 태도를 비판했다. 브라운이 풀 두 통을 쏟아놓고 치우는 걸 깜빡했던 것이다.[19]

하지만 뱅크 스트리트의 설립자 루시 스프라그 미첼은 오히려 브라운에게 다시 글을 쓰되 어린이 책에 집중해보는 게 어떻겠냐고 제안했다. 미첼은 아름답기만 한 동화가 지긋지긋했고, 브라운에게 평범한 세상이 지닌 놀라운 면을 보여주는 책을 써보라고 했다. "어른들이 익숙한 것에서 재미를 찾아내지 못하는 이유는 제대로 보지 못하기 때문이다." 미첼은 저서에서 이렇게 밝혔다. "그리하여 어른들은 낯설고 괴상하며 비현실적인 무언가로 어린이들에게 재미를 선사하겠다는 안타까운 결정을 내린다."

브라운은 처음으로 어린이 책을 쓰기 시작했고, 가장 좋아하던 작가, 거트루드 스타인에게 영감을 얻고자 했다. 자신의 문학적 영웅처럼 장르의 케케묵은 관습을 깨고 싶었다. 스타인은 "다들 똑같은 얘기를 끊임없이 변주해가며 반복하고 또 반복한다"고 일갈한 바 있었다. 브라운이 볼 때 예측 가능한 동화와 교훈적인 노래로 이루어진 어린이 문학은 특히 더 그랬다. 그는 생각했다. '아무리 아장아장 걷는 어린아이라도 약간의 아방가르드를 누릴 자격이 있지.'

브라운은 1946년의 어느 하루아침에 걸작을 완성했다. 이 작품에는 스타인의 영향이 도드라진다. 브라운은 꿈속에서 작품의 힌트를 얻었다. '꼬마 여자아이가 초록색 방에서 잠을 자려 하고 있다. 아이는 밤의 소리 때문에 무서워지지만 좋아하는 것들에서 마음의 안정을 찾는다.' 브라운은 잠에서 깨어나자마자 이 아이디어를 적어놓았다. 『잘 자요, 달님』이라는 제목의 이 작품은 '커다란 초록색 방' 안에 있는 모든 걸 소개하며 시작된다. 방에는 빨간색 풍선, 새끼 고양이, 털장갑, 그리고 "쉿!"하고 나지막이 속삭이는 할머니 토끼가 있다. 다정한 부모님은 아이에게 세상의 모든 사물에 이름 붙이는 법을 가르쳐준다. 이러한 부드러운 도입부에 이어 책은 다시 처음으로 돌아가 방 안의 모든 것에게 잘 자라고 인사한다. 잘 자요, 초록 방. 잘 자요, 빨간 풍선. 잘 자요, 달을 뛰어넘는 암소.

만약 브라운이 전형적인 어린이 책을 썼다면 '잘 자요'를 반복하며 책의 전반부 내용을 다시 훑었을 것이다(반복은 어린이 책의 기본적인 수사다. 잠에 드는 것도 마찬가지다). 하지만 그 대신 이 책은 우리에게 '진짜 달'이라는 새로운 캐릭터를 소개한다. 그림 속의 초승달이라면 모를까, 진짜 달은 여기서 처음 등장한다. 그런 다음 기존의 패턴으로 돌아가, 달을 뛰어넘는 암소를 비롯해 우리가 이미 본 것들에게 잘 자라고 인사한다. 다음에는 우리가 모르는 스탠드 조명과 의자에 잘 자라고 인사하며 한 번 더 틀을 깨고, 다시 앞서 보았던 새끼 고양이와 털장갑과 곰들에게 인사한다.

여기서 핵심은 브라운이 직선적인 반복으로 이루어진, 예상 가능한 틀을 리듬감 있게 해체한다는 것이다. 작가는 새로운 사물을 섞으며 계속 주의를 기울이게 한다. 이로써 우리는 그 텍스트와 리듬을 당연시할 수 없게 된다. 이처럼 아는 것과 모르는 것, 익숙한 것과 낯선 것을 끊임없이 오가기 때문에 매력적이다. 모든 장이 나름의 조그만 미스터리가 된다. 책은 뒤로 갈수록 점점 이상해진다. 브라운은 빗에 잘 자라고 인사한 뒤에 백지를 한 장 두고 '아무나 nobody'에게 인사를 건넨다. 그런가 하면 할머니에게 인사한 직후에는 초록 방 너머, 창문 너머의 넓은 세상으로 날아간다. 잘 자요, 별님. 잘 자요, 먼지. 잘 자요, 모든 곳의 소음들.

그리고 이렇게 책은 끝이 난다. 할머니의 '쉿' 하는 속삭임이 아니라 (이것이 예측 가능한 범주 안에 있는 선택이다) 밤의 모든 소음에 바치는 송가로. 작가 에이미 벤더는 브라운을 비평한 글에서 이렇게 밝혔다. "이 책은 이런 엔딩으로 끝을 맺는 게 당연했다. 브라운은 과감하고 자신감 있게 자기가 옳다고 느낀 음들을 소화했다. 독자는 마지막 페이지의 여운을 느끼며 그것을 받아들인다. 음악의 말미를 장식할 만한 명백한 결말도 아니었고 완전하게 화음을 맞춘 장조 코드도 아니었다. 하지만 브라운은 그것을 믿었다."[20]

모두가 브라운의 전복적인 이야기를 좋아한 건 아니었다. 뉴욕 공립도서관 어린이 도서실의 수석 사서는 『잘 자요, 달님』의 구매를 거부했다. 비현실적인 삽화가 마음에 들지 않으며 내부 검토 결과 '참을 수 없이 감상적'[21]이라는 결론을 내렸다고 했다. 하지만 브라운은 신경 쓰지 않았다. 그는 거트루드 스타인을 통해, 약간의 어려움이 좋을 수 있다는 사실을 배웠다. 우리의 관심을 자극하는 건 빤한 반복이 아니라 예측을 넘어서는 것, 그리고 새로운 것과 오래된 것의 충돌이다. 섬세한 불협화음은 아이들에게 문화적인 교훈이 되기도 한다. 브라운은 아이들에게 훌륭한 예술의 기본 틀을 가르친다. 패턴을 떠올리게 한 뒤 우리의 기대와 예상을 뒤엎어 그 패턴을 허물 방법을 찾게 한다.[✲]

『잘 자요, 달님』은 처음 몇 년 동안 거의 팔리지 않았다. 아무도 모더니스트에게 영감을 받은 어린이 책을 어떻게 받아들여야 할지 몰랐다. 하지만 이 예상치 못한 단어들로 구성된 작품에는 거부할 수 없는 신비로운 매력이 있었다. 시간이 지나며 『잘 자요, 달님』은 점점 입소문이 나기 시작했다. 1970년 한 해에만 2만 부가 팔렸고, 이후 『잘 자요, 달님』은 시대를 초월해 가장 인기 있는 어린이 책으로 자리 잡았다. 이 책의 판매 누계는 대략 5000만 부에 달한다. 안타깝게도 브라운은 성공의 기쁨을 만끽하지 못했다. 『잘 자요, 달님』이 고전의 반열에 오르기 한참 전인 1952년에 혈전으로 세상을 떠났기 때문이다. 하지만 이 책은 그에게 규칙을 타파할 수 있다는 자신감을 심어주었다. 브라운은 출판사에 원고를 전달한 뒤에 자기 방을 초록색으로 칠했다.

폭스바겐과 레몬

1947년 5월 그레이 광고회사의 크리에이티브 디렉터 빌 번바크는 광고업계에 일대 혁명을 불러일으킬 사명 선언문을 작성했다.

✲ 그렇다고 아무 체계도 없이 무모하게 깨뜨려도 된다는 말이 아니다. 『잘 자요, 달님』은 브라운과 뛰어난 일러스트레이터 클레멘트 허드가 고안한 용의주도한 디테일로 가득하다. 책의 도입부에서 꼬마 토끼는 이미 침대에 누워 있다. 당장이라도 잠을 잘 분위기다. 시계는 7시를 가리키고 있다. 하지만 부모라면 누구나 알다시피 아이가 잠에 들기까지는 시간이 걸린다. 꼬마 토끼가 세상의 모든 소음들에 잘 자라고 인사할 즈음에는 시계가 8시 10분을 가리키고 있고, 달이 창문 너머로 고개를 내밀고 있다. 이와 같은 정확성이 브라운식 접근 방식의 상징이다. 그의 가장 단순한 작품조차 다층 구조를 이루고 있다.

하지만 당시에는 그것을 자살 행위로 간주하는 사람들이 많았다. 상사들에게 보낸 이 글에서 번바크는 뉴욕 광고업계가 창의력의 말살을 향해 가고 있다며 업계의 사업 관행을 공격했다. "우리 회사의 규모는 점점 커지고 있습니다. 그건 기뻐해야 할 일이죠. 하지만 감히 말씀드리건대 저는 몹시 걱정이 됩니다."[22]

그가 걱정한 이유는 규모가 커지면 다른 사람들이 만든 규칙을 따라야 하고, 광고를 번드르르한 과학으로 둔갑시키려는 자신만만한 마케팅 '전문가들'의 말을 들어야 하기 때문이었다. "그들은 광고 문구가 이만큼 짧거나 길어야 한다고 참견할지 모릅니다. 팩트에 팩트에 팩트를 늘어놓을지 모릅니다." 번바크는 그런 팩트들이 숨통을 조여 '단조로움과 정신적 피로, 시시한 아이디어'를 야기할 거라고 믿었다. 훗날 번바크는 이렇게 말했다. "아티스트는 규칙을 깨뜨리는 사람이라야 한다. 기억에 남을 만한 작품은 결코 공식에 맞춰 만들어지지 않는다."[23] 번바크는 아티스트가 되고자 했다.

당연하게도 그레이 광고회사의 경영진은 진심 어린 그의 호소를 대수롭지 않게 간주했다(그들은 그 '전문가들' 덕분에 떼돈을 벌고 있었다). 그로부터 얼마 안 가 번바크는 같은 회사 동료 네드 도일과 독립해서 회사를 차리기로 했다. 1949년 두 사람은 매디슨 애비뉴의 사업가 맥스웰 데인과 손을 잡았고, 이렇게 '도일 데인 번바크'가 탄생했다. "우리 셋 사이에는 무엇도 낄 수 없다." 번바크는 이렇게 말했다. "심지어 구두점조차도."

초반에는 힘들었다. 대기업들은 도일 데인 번바크를 "유대인 둘과 아일랜드인 하나"라고[24] 부르며 일상적으로 무시했다. 그들의 규칙 파괴에 고객들은 관심을 보이지 않았다. 때는 전후 경제 호황기였고, 안정적인 전문가들을 선택하는 게 현명한 일처럼 보였다. 도일 데인 번바크는 합리적인 가격의 제품을 판매하는 체인 백화점 오바크스와 딱딱한 호밀 빵을 판매하는 레비스 베이커리 광고로 명맥을 유지했다. 광고 규모는 작았지만(레비스 베이커리는 예산이 겨우 5만 달러였다) 그들은 그들의 트레이드 마크인 과감하고 혁신적인 스타일을 구축해나갔다.

번바크가 추구하는 혁신에는 명확한 목적이 있었다. 그는 자신이 사람들에게 달갑지 않은 메시지를 전달해야 한다는 걸 알고 있었다. 사람들은 호밀 빵 광고가 빨리 지나가고 프로그램이 시작되길 기다렸다. 번바크는 곳곳에 창의적인 매력과 소소한 미스터리를 배치하지 않으면 결코 시선을 사로잡을 수 없다는 걸 알았다. "안전하게 가는 게 가장 위험한 접근이죠. 이미 본 걸 또 보여주면 강한 인상을 남길 수 있겠어요?" 번바크는 말했다. "광고업계에서 모방은 자살 행위나 마찬가지예요."25

번바크의 가장 효과적인 전략은 사진과 헤드라인 사이에 긴장감을 연출하는 것이었다. 다른 모든 지면 광고는 텍스트 메시지를 강조하는 이미지를 사용했지만 (대개 해당 제품을 쓰며 좋아하는 사람을 보여주었다) 번바크는 그런 빤한 균형을 깨는 '미스 매치'를 연출했다. 이미지를 보고 문구를 읽은 사람들은 그 둘의 부조화에 잠깐 당황스러워했다. 그의 광고는 분석을 요구했고 궁금증을 유발했다. 그리고 그 궁금증은 판매로 이어졌다.

도일 데인 번바크의 이 같은 '불협화음 스타일'은 폭스바겐 광고에서 정점을 찍었다. 1950년대 후반에 폭스바겐이 미국에서 판매한 자동차 모델은 비틀 하나뿐이었다. 비틀은 판매량이 꾸준히 늘고 있었으나 포드, 크라이슬러, 제너럴 모터스에서 새롭게 선보일 소형차 군단과의 피 말리는 경쟁을 앞두고 있었다. 업계의 거의 모두가 비틀의 참패를 예견했다. 힘센 엔진과 최신 전자 제어 장치, 세련된 디자인으로 무장한 그 신형 모델들이 출시되면 비틀은 사장될 거라고 내다본 것이다. 폭스바겐은 도일 데인 번바크에 그런 사태가 벌어지지 않도록 막아줄 광고를 의뢰했다.

당시 자동차 광고는 엄격한 틀을 고수했다. 멋지고 당당한 남성 운전자와 그 모습에 감탄하는 여성 동승자가 매우 세련된 차량에 타고 있는 사진에 이어 이 최신형 모델의 혁신적인 변화를 몇 단락으로 소개하는 식이었다. 번바크는 폭스바겐 광고는 다른 식으로 접근해야 한다는 걸 깨달았다. 자동차 광고에 흔히 쓰이는 문구(더 강해진 엔진! 더 편안해진 승차감!)는 겨우 40마력에 서스펜션도 구식인 비틀에 적용할 수 없었다. 그리고 예산의 한계도 있었다. 폭스바겐이 전체 광고에 집행한 예산은 80만 달러였다.[26] 이처럼 빡빡한 제약 아래 놓인 번바크와 그의 기발한 크리에이티브 팀(줄리언 커니그와 헬무트 크론이 팀장이었다)은 모든 원칙을 깨부수기로 했다. 그들은 강렬한 색상으로 번들거리는 자동차 사진 대신 아무것도 없는 배경과 (대담하게도) 흑백 모노톤을 선택했다. 실용적인 차에 걸맞은 실용적인 분위기였다.

하지만 가장 의미심장했던 돌파구는 텍스트였다. 폭스바겐에서는 3000명이 넘는 그들 제조사의 산업 안전 감독관 숫자를 강조해

달라고 요청했다. 전통적인 지면 광고였다면 공장 사진과 함께 몇 단락에 걸쳐 믿을 만한 차량임을 설명하는 글을 넣었겠지만 번바크의 팀은 보는 사람을 어리둥절하게 만드는 광고를 만들었다. 모델도 없이, 비틀만 있는 사진과 한 단어짜리 헤드 카피를 나란히 배치한 것이다. 그 단어는 '레몬'이었다(영어로 레몬은 '고물 차'를 지칭한다—옮긴이).[27]✲

이런 전복적인 광고로 (폭스바겐은 왜 자기네 차를 헐뜯고 있을까?) 잡지를 넘기던 독자들의 눈길을 끌겠다는 것이 번바크의 대담한 승부수였다. 번바크가 언급했다시피 "듣지 않는 사람에게는 아무것도 팔 수 없는 법"이었다. '레몬'이라는 카피는 사람들을 귀 기울이게 했다.

게다가 이 광고는 강렬한 인상을 남긴 덕분에 기억에도 잘 남았다. 우리는 2장에서 뇌에서 학습과 기억을 담당하는 해마의 활동이 호기심과 연관이 있다는 연구 결과를 보았다. 번바크의 광고가 딱 그랬다. 그는 광고를 접한 사람들에게 질문과 농담을 던짐으로써 광고 속 제품을 잊지 못하게 했다.

하지만 허를 찌르는 카피만으로는 충분하지 않았다. 번바크는 광고의 모든 부분이 다르게 느껴지길 바랐다. 그는 말했다. "사람들을 움직이는 건 광고가 전달하는 내용이 아닙니다. 중요한 건 그걸 전달하는 방식이에요."[28] 서체 디자인을 예로 들어보자. 번바크는 덜

✲ 비주얼과 텍스트의 아주 매끄러운 조화는 번바크가 카피라이터와 아트 디렉터의 공동 작업을 구성했기 때문에 가능했다. 다른 광고회사에서는 대개 헤드라인과 광고 문구를 먼저 쓴 다음 아트 디렉터에게 보내 디자인을 맡겼다.

프로페셔널하고 덜 세련돼 보이도록 광고를 조판할 때 외톨이 글자(문장 일부가 다른 줄로 넘어가 단어가 짧게 남은 것)를 일부러 그대로 남겨두었다. 심지어 폭스바겐 로고조차 특이하게도 두 번째 문단과 세 번째 문단 사이에 배치했다. 다른 자동차 회사들이 문장을 양끝맞춤으로 정렬하고 로고를 정중앙에 큼지막하게 배치한 것과 대조적이었다. 이런 식의 디테일은 예상의 범주를 넘어서는 것이었고, 묘하게 호기심을 자극했으며, 궁금해졌다.

이런 마케팅 전략이 얼마나 효과적인지는 최근 연구를 통해 입증되었다. 어배너-샴페인에 있는 일리노이대학교의 심리학자들은 일련의 실험을 통해 낯선 서체로 쓰인 문건이 편견을 배제하고 의식적인 사고를 유도하는 효과가 있음을 입증했다. 바로 이것이 번바크가 겨냥했던 바였다.[29] 그의 회사는 이른바 후발 주자(입지를 다진 경쟁사의 시장 점유율을 가져와야 하는 업체) 전문이었기 때문에 허를 찌르는 비주얼이 반드시 필요했다. 물론 비틀은 한물간 기술로 만든 '레몬'이 아니었다. 독일 공학 기술로 빚어낸 탄탄한 작품이었다.

번바크는 수수께끼 같은 메시지로 잡지 독자들의 관심을 유도한 다음, 산업 안전 감독관들에 대해 홍보했다. 천재 카피라이터 줄리언 커니그가 경쾌한 대화체로 문구를 작성했다. 글은 이렇게 시작한다. "이 폭스바겐은 때가 지났죠. 글러브 박스의 크롬 부분에 흠집이 나서 교체해야 하거든요." 이후 몇 단락에 걸쳐 독일의 제조 기술을 설명한 뒤 커니그는 완벽한 문구로 마지막을 장식한다. "레몬은 저희가 골라냈습니다. 당신은 자두(영어로 알짜배기를 뜻한다—옮긴이)를 가지세요."

어쩌면 어렵게 가는 게 안전한 길일지 모른다. 도일 데인 번바크의 크리에이티브 팀이 천재적인 이유는 아주 엄격한 규칙으로 가장 혁신적인 광고를 만들었다는 점에 있다. 그들은 수많은 원칙을 깨는 방향으로 나아갔지만 철저히 의도적이었고, 메시지는 강화됐다(번바크는 팀원들에게 이렇게 강조했다. "제품. 제품. 제품에 집중해"30). 강렬한 헤드 카피, 흑백 사진, 산세리프 서체, 줄 끝을 맞추지 않은 레이아웃. 이 모든 뜻밖의 선택이 비틀의 실용적인 장점을 강조했다. 번바크가 사명 선언문에서도 밝힌 것처럼 광고라는 예술을 정의하는 건 바로 이런 디테일이다. "새로운 길을 냅시다. 훌륭한 취향, 훌륭한 예술, 훌륭한 문구가 훌륭한 마케팅이 될 수 있다는 걸 세상에 보여줍시다."

그렇다면 우리의 비틀은 과연 피 말리는 경쟁에서 살아남았을까? 그랬다. 미국 자동차 업계의 빅3(포드, 크라이슬러, 제너럴 모터스)가 새로운 소형차 모델을 선보이고 3년이 지났을 때 수입차들의 판매 대수는 거의 50퍼센트 하락했다. 유일하게 비틀의 매출만 꾸준히 상승했다.

카니예 웨스트의 규칙 없음

카니예 웨스트는 도망쳐야 했다. 문제가 터진 것은 2009년 MTV 비디오 뮤직 시상식에서 그가 테일러 스위프트의 말을 자르면서부터였다. 스위프트가 최우수 여성 비디오상을 받고 소감을 발표하고 있을 때 카니예가 무대 위로 뛰어올라 마이크를 낚아챘다. "저기, 테일러, 당신이 상을 타서 정말 기쁘고 수상 소감도 마저 하세요. 하지만 누가 뭐래도 비욘세의 뮤직비디오야말로 역대 최고예요." 그는 외쳤다. "역대 최고!"

당연히 엄청난 후폭풍이 일었다. 테일러 스위프트가 무대 뒤편에서 울었다는 기사가 실렸다. 미국 대통령도 카니예를 가리켜 나쁜 놈이라고 했다. 비욘세도 그를 비난했다. 그와 레이디 가가가 함께 기획한 전 세계 투어 공연을 취소해야 할 정도로 분위기는 심각해졌다.

카니예는 파라다이스로 피신했다. 정확히 말하면 칼라니아나올 고속도로 바로 옆 교외 상점가에 있는 에이벡스 호놀룰루 스튜디오 녹음실로 피신했다(에이벡스는 그중에서도 안쪽, 약국 체인점 뒤편에 자리 잡고 있었다). 카니예는 에이벡스의 모든 녹음실을 최대한 오랫동안 잡아놓고 엔지니어들을 24시간 대기시켰다. 아침이면 호놀룰루 YMCA에서 팀의 래퍼, 프로듀서, 뮤지션 들과 돌아가며 농구를 하고 스튜디오로 돌아가 사운드를 만지작거렸다. 작업은 지지부진했다. 곡은 완성된 후에도 바뀌고 또 바뀌었다. 카니예는 곡 하나를 작업하다가도 몇 주 동안 흥미를 잃었고, 비트를 수정하고 가사를 다시 썼다. 그럼에도 딱 하나만은 달라지지 않았다.

"나는 카니예가 하와이에서 작업한 것 같은 식으로 일해본 적이 없어요." 큐팁은 《컴플렉스》와의 인터뷰에서 이렇게 말했다.[31] "모두의 의견이 소중하고 의미가 있었죠. 스튜디오로 뭘 배달하러 온 사람이 괜찮아 보이면 카니예는 그 친구한테 이런 식으로 말을 걸었어요. '이거 한번 들어보고 어떤지 얘기해줘요.' 모두에게 발언의 기회가 있었고 그는 진심으로 다른 사람들의 아이디어를 듣고 싶어 했어요. 좋은 게 됐건 나쁜 게 됐건."

카니예는 오아후에서 지낸 지 몇 개월이 지났을 때 〈런어웨이〉라는 새로운 곡을 만들기 시작했다. 프로듀서 에밀이 만든 비트에서 영감을 얻은 곡이었다. "어느 새벽에 에이벡스 스튜디오에서 노닥거리고 있을 때 카니예가 괜찮은 비트 있냐고 묻더군요." 에밀이 말했다. "그냥 비트 몇 개 가지고 놀다가 지나가는 말처럼, 대수롭지 않게 물은 거였어요." 하지만 이후에 벌어진 일은 힙합계의 전설이 되었다. 카니예는 새 비트를 잠깐 듣더니 엔지니어에게 말했다. "좋았어, 그거 프로 툴스(레코딩 시스템)에 넣어봐." 그러고는 마이크 앞으로 걸어가 일말의 망설임도 없이 〈런어웨이〉의 멜로디와 가사를 불렀다.[32]

〈런어웨이〉는 놀라운 전위를 기반으로 탄생한 곡이었다. 듣는 이를 유혹하려는 곡들이 팝 차트를 도배하고 있었지만 카니예는 그와 비슷한 무엇도 시도하지 않았다. 〈런어웨이〉에서 그는 자기 옆의 연인에게 너무 늦기 전에 도망치라고 경고하며 쫓아버리려 한다. 다음은 〈런어웨이〉의 가사다.

베이비, 내게 좋은 생각이 있어
최대한 빨리 도망쳐
나한테서 도망쳐, 베이비, 도망쳐.

이어서 그는 샴페인을 들어 쓰레기, 등신, 루저를 위해 건배한다. 자신이 바로 그들이기 때문이다. 힙합의 전형적인 '제멋에 살고 죽는' 태도도, 래퍼들이 주로 늘어놓는 성공담이나 정복도 없다. 〈런어웨이〉는 자기혐오에 바치는 송가다.

그의 체제 전복은 가사에만 국한되지 않는다.[*] 카니예는 〈런어웨이〉처럼 장르의 기본 패턴을 깨뜨리는 곡들을 무수히 만들었다. 〈런어웨이〉는 피아노의 높은 E음이 열다섯 번 나오며 시작된다. 리게티 죄르지의 〈무지카 리체르카타 2번〉으로 만든 리프인데, 원곡 역시 한 음이 여러 번 반복된다. 피아노 멜로디는 한 옥타브 떨어졌다가 다시 높은 E 플랫이 되고 낮은 E 플랫, 높은 C 샵, 낮은 C 샵으로 이어진다. 카니예는 거의 40초 동안 구슬프고 힘찬 건반 소리만으로 도입부를 끌고 간다. 이보다 더 라디오 방송에 어울리지 않는 도입부도 없을 것이다.

이 듬성듬성한 피아노 음에 적응이 될 무렵 고동치는 베이스라인이 등장하고 날카로운 스네어 드럼과 릭 제임스 라이브 공연의 루프가 이어진다. 하지만 카니예는 피아노와 리듬의 빤한 조합에 만족하지 않는다. 빤한 조합이라 하면 1박과 3박에 강세를 넣고, 2박과 4박은 약하게 쳐 이른바 '강한 비트strong beat'를 만드는 것이다. 사실상 모든 팝송이 이런 관습을 따른다. 그 노래들이 듣기도 편하고 리듬에 맞춰 춤을 추기 쉬운 이유도 이 때문이다. 카니예도 이걸 안다. 그는 우리가 무얼 예상하는지 예리하게 파악하고 있다. 그리고 그걸 비튼다. 피아노로 시작하는 〈런어웨이〉 도입부를 들으면 우리

☼ 카니예에게는 카니예 사운드라는 게 없다. 드레이크의 앨범은 모두 드레이크의 앨범 같지만, 카니예는 앨범을 발표할 때마다 다른 모습을 보여준다. 그래미 올해의 앨범 후보에 오른 2집 〈Late Registration〉은 칩멍크 소울이었지만, 4집 〈808s & Heartbreak〉에 이르면 차가운 일렉트로닉 미니멀리즘으로 바뀐다. '런어웨이'가 담긴 5집 〈My Beautiful Dark Twisted Fantasy〉에서는 풍성한 맥시멀리스트 사운드를 선보인다. 방식이라는 점 외에 이 앨범들에 반복되는 주제가 있다면 관습에 대한 회의다.

는 1박과 3박에 강세를 준 음악이 이어질 거라 (무의식적으로) 예감한다. 아직 리듬도 시작되지 않았건만, 카니예는 우리의 예감이 빈 곳을 채우고 있다는 걸 안다. 그러나 잠시 후 드럼이 등장하며 짐작은 어긋난다. 피아노는 강세를 주어야 할 1박과 3박이 아닌 2박과 4박에 들어간다. 뮤지션 콜 쿠치나는 〈런어웨이〉를 면밀하게 분석한 글에서 이렇게 말했다. "그 곡은 아무리 여러 번 들어도 드럼이 시작되는 부분에서 항상 강렬함을 느끼게 된다…… 예상을 빗겨가는 비트 덕분에 리듬 변화에 적응하는 데 시간이 걸린다." 시계 초침 같은 리듬들은 금방 익숙해진다. 쉽게 무시할 수도 있다. 하지만 〈런어웨이〉의 타격음은 우리의 기대를 무너뜨린다.[33] 예측 오류의 타이밍이 우리의 관심을 자극한다.

카니예의 비트, 그의 리듬은 타이밍이 엉뚱하다.☼ 그가 호놀룰루에서 만든 곡들은 샘플링(기존 음반의 음원을 그대로 따와서 쓰는 것)과 사운드가 겹겹이 쌓여 있다. 단순한 피아노 음으로 시작한 〈런어웨이〉는 복잡한 스타일의 드럼 샘플링과 푸샤 T의 감각적인 콜라

☼ 인간의 머리는 살짝 빈틈이 있는 리듬에 가장 자극을 느낀다. 동역학, 자기 조직화를 연구하는 막스 플랑크 연구소와 하버드대학교에서 최근 발표한 연구 결과에 따르면, 사람은 드럼을 칠 때 로봇처럼 똑딱거리는 메트로놈이나 드럼 머신과 달리 한 박자당 100분의 1초 내지는 2초씩(눈을 깜빡이는 것보다 짧은 시간이다) 빠르거나 느리게 치는 경향이 있다고 한다. 그렇지만 이는 실력이 부족해서가 아니다. 오히려 뛰어난 드러머일수록 '완벽한' 비트에서 일탈하려는 경향을 보인다. 하버드 대학교의 물리학자 홀거 헤니그는 《하버드 가제트》와의 인터뷰에서 말했다. "훌륭한 드러머들은 이런 식이죠. 30초 전만 해도 메트로놈보다 살짝 늦게 치더니 다시 30박자 연속으로 빨리 친다고 할까요. 하지만 그 연주가 묘하게 듣기 좋아요."[34] 한 마디로 우리는 박자가 전복적이되, 이해할 수 있는 범주 안에 있길 바란다. 모든 것에 미스터리가 살짝만 가미되길 원하는 것이다.

주로 디졸브된다. 카니예가 셀럽으로서 자신의 존재에 대해 한 말은 그의 음악에도 적용된다. "나는 셀비지 데님, 빈티지 에르메스 백이다. 뭐가 묻을수록 가치는 더 높아진다."[35]

〈런어웨이〉의 마지막 부분에는 '해체'의 정서가 담겨 있다. 카니예는 거의 6분 동안 자신의 한심함과 지질함을 늘어놓다가 다시 앞선 피아노 솔로로 돌아간다. 여기까지 들으면 전형적인 아우트로를 예상할 수 있다. 도입부의 멜로디를 반복하며, 어쩌면 그 높은 피아노 음과 함께 자연스럽게 페이드아웃하겠거니 짐작한다. 팝송은 이런 순환 구도를 따르게 되어 있으니까. 하지만 이 곡은 정반대로 간다. 카니예는 먼저 두 대의 첼로를 배경으로 알아들을 수 없는 소리를 중얼거린다. 어떤 사람들은 그가 "솔직해야 해"라고 중얼거린다고 주장한다. 다른 사람들은 "피아노 없이"라는 말이 들린다고 한다. 이렇게 들리는 이유는 오토튠으로 소리를 알아듣기 어렵게 만졌기 때문이다(오토튠은 원래 보컬의 아쉬운 점을 수정할 때 쓰는 프로그램이다. 오토튠을 쓰면 가수가 음을 정확하게 부른 것처럼 녹음된 노래의 피치를 바꿀 수 있다). 카니예는 오토튠을 사용해 목소리를 알아들을 수 없을 만큼 왜곡하고, 음정을 최대한 정확하게 맞춘 뒤 거기에 왜곡 필터와 퍼즈 박스(전자 기타의 음을 바꾸는 장치)까지 더했다. 그 결과 마치 전기 기타가 울부짖는 소리 같은 보컬 트랙이 탄생했다. 가사는 없고, 분출된 순도 100퍼센트의 감정이 한 번도 들어본 적 없는 소리로 모아진다. "목소리가 기타로 변하는 것처럼 들리는 〈런어웨이〉 마지막 부분을 녹음하는데 눈물이 핑 돌았어요." 카니예는 나중에 이렇게 말했다. "아무 음이나 흥얼거렸어요. 허밍으로 울부짖었죠. 의미없이 내뱉은 콧노래로 오히려 말보다 더 많은 걸 표현할 수 있었어요."

바흐의 음악이 전율을 선사하는 이유

아리스토텔레스에서부터 쇼펜하우어에 이르기까지, 인간은 늘 음악의 미스터리에 매료되었다. 음악과 같은 추상적인 예술이 어떻게 이토록 강렬한 감정을 불러일으킬 수 있는 걸까? 1950년대 후반 레너드 마이어라는 음악학자는 태곳적부터 이어진 음악의 미스터리를 파헤치기 시작했다. 마이어는 베토벤의 현악 4중주 제14번 op. 131부터 델타 블루스(미국 남부에서 처음 시작된 기타와 하모니카가 주로 쓰인 초창기 블루스—옮긴이)에 이르기까지 다양한 노래와 교향곡을 분석했다. 브람스의 피아노 소나타, 동아프리카 민속 음악의 리듬, 비파의 멜로디와 이탈리아 아리아도 들여다보았다. 마이어에 따르면 이 다양한 장르의 음악들에는 공통적인 요소가 있었다. 멜로디는 다를지 몰라도 모두 같은 방식으로 작동했다.

마이어는 1959년 「음악의 가치와 위대함에 대한 소견」이라는 겸손한 제목의 논문에 자신이 수집한 증거를 이해하기 쉽게 풀어놓았다.[36] 그는 요한 세바스찬 바흐의 푸가와 18세기의 무명 작곡가 프란체스코 제미니아니의 푸가를 비교했다. 양쪽의 기본적인 멜로디 구조는 같았다. G음으로 시작해 으뜸음으로 넘어갔다가 한 옥타브 점프한다. 마이어에 따르면 이 같은 점프는 "구조상의 구멍, 미완성의 느낌을 창출한다. 이런 식으로 윤곽을 드러내 빈 공간이 채워질 거라는 기대를 불러일으킨다."

문제는 그 빈 공간을 어떻게 채우는가다. 마이어도 지적했다시피 제미니아니는 가장 개연성 있게 들리는 음(B 다음은 E)을 써서 아주 예측 가능한 방식으로 구조상의 구멍을 채운다. "지체도 없고 우회도 없이 이렇게 빤한 후반부가 시작되면 노골적으로 진부해지고 상투적인 음악이 된다." 마이어는 이렇게 썼다. 제미니아니는 수수께끼를 만들었지만, 답이 다소 빤했다. 구멍이 열리자마자 어떤 식으로 닫힐지 예측이 되는 것이다.

반면 바흐는 훨씬 어려운 멜로디를 제시한다. 제미니아니가 얼른 구멍을 메우러 나선다면 바흐는 비슷한 화성으로 우회해가며 천천히 움직인다. 이런저런 해결책을 집적거리다 뒤로 물러난다. 지금쯤 으뜸음이 나오려나 싶지만 계속 감질만 낸다. 바흐는 리듬마저 바꿔가며 새로운 박자를 선보인 뒤에야 비로소 우리가 원하던 결말을 선물한다. 바흐의 곡은 훨씬 복잡한 동시에 훨씬 감동적이다. 이 작품의 매력은 스스로 제기한 문제에 '일시적으로 저항하는 데서' 기인한다. 마이어는 이렇게 썼다. "서스펜스와 긴장이 고조될수록 절정을 맞이하는 순간 더 큰 감정이 분출된다."[37] 분출은 미학적 쾌감을 불러온다. 그러나 불확실성이 없다면 분출도 있을 수 없다. 정해진 틀을 어떤 식으로 파괴하느냐에 따라 음악의 의미는 달라진다. 마이어는 주장을 입증하기 위해 응용 수학의 한 분야인 정보이론의 세계를 파고들었다. 수학자이자 철학자였던 노버트 위너는 이렇게 말했다. "메시지의 개연성이 높을수록 정보 전달력은 떨어진다. 진부한 클리셰는 위대한 시만큼 빛나는 깨달음을 주지 않는다."[38] 하나의 음 다음에는 수많은 음이 올 수 있다. 멜로디의 세계는 가능성이 무궁무진하다. 하지만 음이 계속 추가되고 음계와 테마가 틀을 갖춰나갈수록 선택지는 점점 줄어든다. 과거의 패턴으로 전개를 예측할 수 있으니 다음에 어떤 음이 올지 예측 가능성이 커진다. 정보 이론에 따르면, 제미니아니의 푸가나 이글스의 팝송처럼 곡이 어떻게 펼쳐질지 쉽게 예측할 수 있는 음악은 전달하는 정보가 매우 적다. 향방을 미리 알 수 있으므로 메시지는 대개 의미를 잃는다.

음악적 미스터리(우리가 알지 못하는 그것)야말로 예술에서 가장 주요한 정보의 원천이다. 뜻밖의 음은 정답에 대한 예측을 무너뜨리고, 다른 방식으로 구멍을 메우며 메시지 안에 담긴 온갖 미묘한 부분들을 주목하게 한다. 그렇게 더해진 추가적인 정보는 작품을 파악하는 걸 더 어렵게 만든다. 그 예술은 우리가 이해할 수 있는 범주를 넘어선다.✡ 우리는 바흐의 음악을 듣지만, 모든 부분을 명확히 이해하지는 못한다. 적어도 제미니아니의 음악을 들을 때보다는 그럴 것이다. 카니예는 해석이 안 되는 힙합을 만든다. 그러한 미스터리가 이들의 작품에 주의를 쏟게 만든다.

맥길대학교 연구진은 《네이처 뉴로사이언스》에 소개된 논문에

✡ 에드먼드 버크Edmund Burke는 논문 「장엄함과 아름다움에 대하여On the Sublime and Beautiful」에서 장엄을 결정하는 가장 중요한 요소가 '모호함'이라고 썼다. "명확성은 격정을 불러일으키는 데 거의 도움이 되지 않는다. 대상에 대해 무지할 때 우리는 찬사를 터뜨리게 된다."

서 음악을 들을 때 소름 또는 전율을 느끼는 사람들을 대상으로 연구를 진행했다.[39] 피험자들에게 좋아하는 노래의 목록을 건네받아(테크노부터 탱고에 이르기까지 사실상 모든 장르를 망라했다) 틀어준 뒤 fMRI와 PET 스캔으로 그들의 뇌 움직임을 관찰했다. 충분히 예상할 수 있듯 음악이 들리자 피험자들의 대뇌피질에 불이 들어왔고 많은 영역에서 도파민의 활발한 움직임이 감지됐다. 흥미로운 사실은 피험자들이 소름이 돋거나 전율을 느끼기 직전의 현상이었다. 피험자들은 전율을 경험하기에 앞서 미상핵의 활동이 지속적으로 증가하는 모습을 보였다. 현실의 법칙에 어긋나는 마술 트릭을 접했을 때 반응하는 곳도 바로 이 미상핵이다.

그렇다면 어떤 악절이 미상핵을 자극했을까? 연구진에 따르면 작곡가가 "예상을 깨거나 (예를 들면 뜻밖의 음을 끼워 넣거나 템포를 늦추는 식으로) 예측된 결론을 내리지 않고 뜸을 들이는" 구간을 맞닥뜨릴 때 예민하게 반응했다.[40] 게다가 예상과 달리 소름을 유도하는 구간은 화음이 잘 맞는 코러스나 절정을 향해 점점 고조되는 부분이 아니라 그 이전의 난해한 부분이었다.✲

✲ 웨슬리언대학교 연구진은 최근 「흥분, 소름, 전율 그리고 닭살Thrills, Chills, Frissons and Skin Orgasms」이라는 논문에서 음악을 들을 때 어떤 형태의 난해함이 전율과 가장 밀접한 관계가 있는지 분석을 시도했다. 그들이 가장 효과적인 방법이라고 소개한 건 '아포자투라appoggiatura', 즉 본 멜로디 앞에 불협화음을 넣어 멜로디를 더욱 강조하는 음악적 기교였다. 〈Someone Like You〉의 후렴구를 부르는 아델의 갈라지는 목소리나, 존 레논이 〈In My Life〉를 본래와 다른 음정으로 열창할 때가 그런 경우다. 〈I Will Always Love You〉 후렴구를 부르는 휘트니 휴스턴의 고음과 프랭크 오션이 내는 뜻밖의 가성도 마찬가지다. 예상치 못한 음의 출현으로 미스터리는 증폭되고 우리는 전율한다.

이것이 아름다운 예술 작품의 역설이다. 그들은 이해하기 쉽거나 매끄럽지 않다. 우리를 깊이 건드리는 것은 쉬운 콘텐츠가 아니다. 구두점이 없는 시, 전례가 없는 음악, 원칙을 깨는 동화, 기존의 장르적 클리셰를 거부하거나, 영리하게 비꼬아 활용하는 영화에 주목한다.

아름답다는 느낌은 본질적으로 주관적이다. 카니예는 자기가 만든 부조화를 듣고 눈물을 흘렸다지만, 누군가에게는 그저 소음처럼 들릴 수도 있다. 바흐의 장엄한 음악을 누군가는 그저 지루하다고 느낄 수 있다. 우리는 각기 다른 형태의 매끄럽지 않음과 부조화에 반응한다. 하지만 취향은 수없이 다양할 수 있어도 이것만은 확실하다. **아름다움은 노력을 필요로 한다**. 아름다운 작품을 제대로 감상하기 위해서는 고도로 몰입해야 하고, 이해를 허락하지 않는 대상과 씨름해야 한다. 존 키츠는 말했다. 아름다움이 진실이며, 진실이 아름다움이라고. 그러나 키츠가 틀렸을지도 모른다. 아름다움은 진실이 아니다. 아름다움은 모호한 진실로 잊을 수 없는 질문을 남기는 대상과 마주할 때 얻을 수 있는 위로다.

친숙함에 안주하면 편하다. 인간의 뇌는 태생적으로 게으르다. 하지만 가장 훌륭한 예술은 묘하고 불안한 느낌을 전달하며 좀 더 수수께끼 같은 길을 선택하라고 한다. 그러므로 예술은 몸부림이다. 향유하려는 몸부림, 설명하려는 몸부림이다. 덕분에 예술은 계속된다.

4장

미스터리 전략 4

마성의 캐릭터

ㅇ

어차피 산다는 것은 타인을 제대로 이해하는 일이 아니다.
타인을 오해하는 것, 그것이 삶이다.
오해하고, 오해하고, 오해하고, 그런 다음
조심스럽게 거듭 고민한 끝에 다시 오해한다.
오해가 바로 살아 있음의 방증이다.
어쩌면 타인을 이해하건 못하건 신경 쓰지 않고
그냥 살아가는 것이 제일 좋은 방법일지 모른다.

필립 로스, 『미국의 목가』

머글이나 '독심술' 운운하지.
마음은 책처럼 마음대로 펼쳐서 한가롭게
살필 수 있는 게 아니야.
아무나 들어와서 볼 수 있게
두개골 안쪽에 생각이 새겨져 있는 게 아니란 말이다.
마음은 복잡하고 다층적인 거란다, 포터.

J. K. 롤링, 『해리 포터와 불사조 기사단』

셰익스피어의 독특한 각색법

1590년대에 윌리엄 셰익스피어의 순회 극단은 치열한 매표 경쟁에 말려들었다. 새로운 극단이 템스강 건너편에 극장을 지었기 때문이었다. 그 극단이 선보인 가벼운 희극은, 셰익스피어가 등장인물의 입을 빌려 한탄했다시피 "대세가 되었다."[1] 셰익스피어는 분명 그의 극단이 조만간 문을 닫게 되는 건 아닌지 걱정이 됐을 것이다.

셰익스피어의 해결책은 새로운 소재였다. 작업 속도를 높이기 위해 그는 암레스라는 이름의 왕자가 등장하는 스칸디나비아의 오래된 전설을 각색하기로 했다.[2] 언뜻 생각하기로 안전한 선택이었다. 이 이야기는 이미 몇 년 전에 공연돼 좋은 반응을 얻었기 때문이다. 셰익스피어는 몇 년 전에 무대에 올랐던 이 공연을 거의 100퍼센트 보았을 것이다. 심지어 그가 배우로 출연했을지 모른다고 주장하는

학자들도 더러 있다.[3]

그 이야기는 왕이 권력에 굶주린 동생에게 살해당하는 것으로 시작된다. 왕의 아들은 복수를, 그것도 피의 복수를 원한다. 하지만 왕이 살해당한 것은 공공연한 사실이었고, 삼촌의 권력이 강력했으므로 암레스 왕자는 분노를 감춰야 했다. 그는 의심을 피하려 미치광이 행세를 한다. 삼촌이 그를 정신병자로 간주하고 방심하자 왕자는 왕궁에 불을 지르고 왕좌를 되찾는다. 복수심에 불타는 왕자 이야기는 수백 년 전부터 이런 식으로 이어져 왔다.[4] 하지만 셰익스피어는 각색을 하며 한 가지 결정적인 부분을 바꾸었다. 그의 작품에서는 왕이 살해당했다는 사실이 비밀이다(다들 선왕이 뱀에 물려서 죽은 줄 안다). 연극이 시작되는 시점에는 심지어 왕자조차 진실을 전혀 모르고 있다.

이런 각색은 일견 사소해 보일지 몰라도, 셰익스피어는 그 효과를 분명히 알았다. 이렇게 바꿈으로써 햄릿은 바라는 것이 복수뿐인 속이 뻔히 들여다보이는 암살자에서 걸어 다니는 수수께끼로 변신한다. 살인자 삼촌의 응징을 두려워 할 필요도 없는데 미치광이 행세를 하는 이유가 뭘까? 길고 긴 독백으로 시간을 계속 끄는 이유는? 왜 그냥 왕을 죽여버리지 않는 걸까? 이런 궁금증과 함께 이야기를 계속 따라가다 보면 왕자의 진짜 속내가 궁금해진다. 그의 이성이 얼마나 마비된 것인지, 어떤 계획을 세우고 있는지 알 수 없어지는 것이다(햄릿 자신도 모르는 눈치다). 셰익스피어는 이렇듯 가장 원초적인 본능으로 정의할 수 있는 인물을 이해하기 어려운 복잡한 인물로 변신시켰다.

이런 식의 전개는, 특히 상업적인 성공에 연연하는 극작가에겐 특이한 접근 방식이었다. 셰익스피어가 이 각본을 할리우드 영화사에 들고 갔다면 어떤 피드백을 받았을지 쉽게 상상할 수 있다. 너무 길고 복잡하다, 관객들이 스토리를 따라가지 못할 것이다, 자극적인 장치가 필요하다, 이런 말을 듣지 않았을까?

하지만 셰익스피어는 상황을 정확하게 파악하고 있었다. 등장인물을 만들 때 셰익스피어가 감행한 가장 위대한 혁신은 **생략**이었다. 이 위대한 극작가는 미스터리만 남을 때까지 정보를 제거했다. 문학평론가 스티븐 그린블랫은 이런 방식을 '**전략적 불투명성**'이라고 소개하며, 셰익스피어가 "이해하는 데 필요한 핵심 요소를 삭제하여 향후 펼쳐질 행동의 이유를 설명하는 논리적 근거, 동기, 도덕적인 원칙을 차단했다"고 설명했다.[5] 셰익스피어는 『햄릿』에서 이런 전략을 새로운 경지로 끌어올렸고, 모든 해설을 차단하는 드라마를 창조했다.

전략은 제대로 효과를 거뒀다. 『햄릿』은 런던의 글로브 극장에서 매진 사례를 기록하며 대성공을 거두었다. 그리고 『햄릿』을 기점으로 이후 셰익스피어의 작품은 미스터리가 가장 큰 특징이 되었다. 이전 작품에도 항상 특이하게 행동하는 주인공이 등장했지만, 이 정신 나간 캐릭터들은 대부분 사랑에 빠져 그러는 것 뿐이었다(로미오와 줄리엣은 욕망에 사로잡혔을 뿐, 복잡한 인물은 아니었다). 하지만 『햄릿』 이후부터 셰익스피어의 작품은 전례 없는 수준으로 불투명해진다. 셰익스피어는 여러 작품을 각색해 걸작을 탄생시켰다. 그린블랫에 따르면 셰익스피어는 "원작에서 소재를 취한 뒤 '완성도 높은' 작품에 반드시 포함되어야 할 것 같은 부분까지 과감히 발라내 버렸다." 『오셀로』에서는 이아고의 동기를 제거해 특별한 이유 없이 복수를 노리는 것처럼 느껴지게 하고, 『리어왕』에서는 왕의 비합리적인 초반부 행동을 이해하는 데 도움이 되는 플롯의 중요 포인트를 삭제했다. 셰익스피어가 각색한 『리어왕』에서는 늙은 왕이 딸들의 사랑을 시험하는 이유를 알 수 없다. 그 결과 캐릭터들은 '깊은 심리적 욕구'에서 비롯됐다고 밖에 볼 수 없는, 제멋대로에 종잡을 수 없는 행동을 한다. 셰익스피어는 불투명성의 매력을 발견한 후 관객의 심리에 관한 훨씬 더 중요한 사실을 깨달았다. 설명을 제거하고 보니 관객들은 빤한 인물에 관심을 보이지 않았다. 그들이 원하는 건 수수께끼, 알 수 없는 존재의 출연에서 느껴지는 전율이었다.

어려우신 하느님

몇천 년 전, 중동의 어느 소규모 유목 민족은 역사의 흐름을 바꿀 존재에 대해 기록하기 시작했다. 그는 인간의 세계관을 결정할 정도로 막강한 존재였다. 어떤 인류학자들은 새롭게 등장한 이 문헌상의 존재 덕분에 근대 사회가 탄생할 수 있었다고 본다. 규범과 신념을 공유함으로써 대도시 생활이 가능해졌다는 것이다.

당연히 알겠지만, 이 존재는 바로 유일신 하느님이다. 그는 사막을 유랑하는 동안 경전을 하나로 엮은 유대인들의 문헌을 통해 세간에 처음으로 소개됐다. 유대교의 하느님을 그 이전의 유일신들과 비교하기는 어렵지만(후자의 경우 경전이 대부분 유실됐다), 그는 종교에 대한 급진적인 시각을 상징했던 것으로 보인다. 무엇보다 유대인은 방랑 민족이었으니 조로아스터교의 찬송가부터 바빌론의 수메르 신화에 이르기까지 수많은 텍스트가 그들의 경전 안에 한데 뭉뚱그려졌을 가능성이 크다. 다른 종교에서 전해 내려오던 이야기들은 구약성서에 지대한 영향을 미쳤다. 구약에 소개된 수많은 사건에 영감을 주었을 뿐 아니라(예컨대 노아의 방주는 『길가메시 서사시』를 그대로 옮겨 놓았다) 더욱 중요하게는 유대인들이 그들의 새로운 신을 구현하는 방식에도 영향을 미쳤다. 대중들이 그를 '유일신'으로 정의하기 시작한 것이다. 하지만 이 하느님은 선명한 서사 구조를 갖춘 일관성 있는 캐릭터가 아니었다. 입에서 입으로 전해지는 이야기 조각을 덕지덕지 기워 붙인 콜라주였고, 그 조각들은 서로 앞뒤가 맞지 않았다. 그렇다. 그는 미스터리였다.

일례로 창세기는 자신을 엘로힘이라 칭하는 신이 자신의 형상을 따서 인간을 창조하는 이야기로 시작한다. 하지만 바로 다음 장에서 인간 창조의 두 번째 버전이 소개된다. 이번에는 자신을 야훼 엘로힘 혹은 여호와 하느님이라 칭하는 신이 그 일을 수행한다. 첫 번째 장에서는 인간에게 온 땅을 주지만, 두 번째 장에서는 에덴이라는 조그만 동산으로 공간이 제한되며, 선악을 인식하게 하는 나무 열매를 먹지 말라는 금기가 내려진다(1장에서는 따라야 하는 규율이 전혀 없다). 인간이 명령을 어기고 그 열매를 먹자 야훼 엘로힘은 분노하며 자녀들을 저주하고 인간의 태생을 전과 전혀 다르게 해석한다. 인간은 이제 그의 형상을 따라 지어진 피조물이 아니라 흙으로 빚어진 존재다. 구약성서는 이런 식의 모순으로 가득하다. 연구자인 잭 마일스의 주장에 따르면 하느님은 성서의 주인공이다. 그와 그의 피조물 사이의 진화하는 관계가 성서의 주제다. 이러니저러니 해도 하느님은 전지전능한 존재이니 그와 피조물 간의 관계는 직선적이지 않을까 싶겠지만, 오히려 격정적이고 변덕스럽다. 신은 인간에게 자유 의지를 주었다가 거두어간다. 인간의 죄를 용서하기도 하지만 때로는 분노하며 응징한다. 인간을 자식처럼 사랑하다가도 주저 없이 고통 속에 버려둔다. "신이 지닌 이 같은 까다로운 성격적 특성은 긴장을 유발한다. 그러나 동시에 그를 강력하고, 심지어 매력적이고 중독적인 존재로 만들기도 한다."[6] 마일스의 설명이다.

셰익스피어가 『햄릿』에 쓴 것도 이와 똑같은 전략이다. 그는 햄릿의 행동을 이해하는 데 도움이 될 만한 단서들을 제거해 '전략적으로 불투명한' 왕자 캐릭터를 창조했다. 이러한 불투명성으로 인해 캐릭터의 일관성은 사라졌지만, 관객들을 매료하는 데에는 성공했다. 구약성서의 하느님도 마치 햄릿처럼 속내를 투명하게 읽을 수 없다. 따라서 그는 계속 흥미로운 존재로 남는다.

성서에서 가장 이상한 장면 중 하나로 꼽히는 '이삭의 구속'을 살펴보자. 하느님은 사랑하는 종복 아브라함에게 아들을 제물로 바치라고 한다. "네 아들, 네가 가장 사랑하는 아들 이삭을 데리고…… 산에 올라 거기서 그를 번제(제물을 불에 태우는 희생의식) 드리라"고 한다. 이보다 잔인한 요구가 없다. 모든 것을 아시는 전지전능한 하느님이 왜 가장 신실한 종복의 믿음을 시험하는 걸까?

하지만 아브라함은 순종한다. 그는 아내와 아들에게 산으로 가 양을 제물로 바칠 거라고 거짓말을 한다. 키르케고르는 바로 이 거짓말이 단서라고 지적했다. 아브라함은 절대 실수하지 않는 하느님이 아주 비도덕적인 요구를 하고 있다는 것을 알기에 사실을 밝힐 수가 없다. 아무리 순종적인 그의 아내라도 이해하지 못할 것이기 때문이다. 문학 연구자 에리히 아우어바흐는 『미메시스』에서 성서 속 이 엽기적인 장면을 면밀히 분석했다.[7] 그가 관찰한 바에 따르면 히브리 민족의 하느님은 '무거운 침묵'과 '모호함'이 특징이다. 그의 행동이 묘사되기는 하지만 "행간의 설명은 존재하지 않으며…… 생각과 감정에 대한 언급은 없고 다만 침묵과 단편적인 발언으로 짐작할 수 있을 따름이다." 그 결과 아주 간단한 텍스트조차 해석을 요한다. 어떤 율법학자들은 오히려 아브라함이 하느님을 시험한 거라고, 야훼 엘로힘이 살인을 강요할 리 없음을 확인하기 위해 번제를 드리는 척한 거라고 주장하기도 한다. 하느님의 동기가 불분명한 순간조차 순종의 필요성을 강조하는 일화라는 주장도 있다. 하지만 확실한 건 아무도 모른다. 배후에 어떤 교훈이 있다 한들 그조차 미스터리다.

구약을 관통하는 중요한 흐름 중 하나는 자신의 불투명성에 대처하는 하느님의 태도다. 그는 전지적 존재일지 모르지만 자기 자신까지 전부 아는 건 아니다. 하느님은 히브리 성서의 후반부에 해당하는 이사야서에 이르러서야 자신의 불가사의한 측면을 인정한다. 전쟁에서 패하고 유배당한 유대인들이 그의 능력을 의심하기 시작하자 하느님은 "그(하느님)의 이해심은 헤아릴 수 없기" 때문에 그들의 의구심에 공감한다. 이사야서의 후반부에 이르러서는 자신을 "스스로 숨어 계시는 하나님"이라고 한다. 이렇듯 예측을 불허하는 행동으로 인해 그는 까다롭고 숭배하기 어려운 신으로 느껴지지만, 이것이 바로 성서가 지닌 문학적 소구력의 원천이기도 하다. 아우구스티누스가 말한 것처럼 "이해할 수 있겠다 싶은 신은 신이 아니다."[8]

세상에서 가장 신비로운 미소

1540년대에 조르조 바사리라는 중년의 건축가는 미술가의 삶을 주제로 책을 쓰기 시작했다. 그 당시 미술가는 단순한 실내 장식가로 여겨졌고, 귀족이나 상인, 성직자의 주문을 받아 일을 하는 미천한 신분이었기에 바사리의 기획은 가히 혁신적이었다.

하지만 바사리는 미술가의 삶에 문학적 가능성이, 그들의 육체노동에 낭만이 깃들어 있다고 보았다. 그의 『미술가 열전』은 보티첼리부터 티치아노에 이르기까지 르네상스 시대를 통틀어 가장 위대한 창작자들의 짧은 일대기를 한데 모은 역작이다. 그는 미술가에게 인간미를 부여함으로써 독자들에게 예술혼을 불러일으킬 수 있길 바랐다. 바사리는 이렇게 썼다. "시작은 미약했으나 가장 높은 경지에까지 오른 대가들의 삶을 소개함으로써 이 시대 미술가들에게 보탬이 되고 싶다."[9]

이 이례적인 저서의 파급 효과는 실로 어마어마했다. 오류와 낭설로 점철되긴 했지만, 『미술가 열전』은 세계 최초의 본격 미술사 기록이었고, 현재 우리가 '미술사'라고 부르는 것을 정의한 책이었다. 나아가 '창작의 고통에 시달리는 고독한 예술가'라는 전형적인 이미지(이 책에 소개된 전기에 따르면 미켈란젤로는 강박적으로 고독을 추구했다)와 '초인적 재능을 타고난 천재 예술가'라는 신화를 창조했다. 오늘날 우리가 토스카나 르네상스의 미술가들을 흠모하는 이유는 바사리가 그들을 신성시했던 영향도 있다.

바사리는 레오나르도 다빈치의 그림도 유명하게 만들었다(아무리 바사리라지만, 레오나르도 다빈치 파트에서는 미사여구가 함량을 초과하는 수준이다. "초인적으로 아름다운 외모와 기품과 재능이 한 사람 안에서 더할 나위 없이 완벽하게 구현되는 경우가 가끔 있는데, 온 인류가 목격한 바, 레오나르도 다빈치가 바로 그런 인물이다." 이런 식이다[10]). 바사리는 〈최후의 만찬〉이나 〈동방박사의 경배〉 같은 유명한 작품들을 언급한 후에 다빈치가 토스카나의 비단 상인 프란체스코 델 조콘도를 위해 그린 무명의 초상화를 소개한다. 프란체스코가 다빈치에게 의뢰한 어린 아내의 초상화였다(결혼 당시 신부는 열다섯 살이었다). 바사리는 대부분 작품에 대해 세세한 설명을 생략했지만(심지어 〈최후의 만찬〉도 몇 문장으로 끝이었다), 이 초상화에 대해서만큼은 집요하게 설명을 이어나갔다. 이 귀부인의 촉촉하게 빛나는 눈동자와 섬세한 속눈썹, 살결을 뚫고 나온 듯 생생한 털과 피부 위에 부드러운 곡선을 그리며 강렬한 리얼리즘을 보여주는 눈썹을 운운한다.[11]✲ 여인의 '예쁘장한 콧구멍'과 발그스레한 얼굴을 찬양하고, 심지어 목의 오목한 곳을 자세히 들여다보면 두근거리는

✲ 그런데 희한하게도 그림 속 여인은 눈썹이 없다.

맥박이 느껴진다고 썼다. 하지만 바사리가 '인간이 차마 바라볼 수 없을 만큼 신성한' 예술성이 느껴진다며 극찬한 것은 다름 아닌 여인의 미묘한 미소였다.

바사리가 이 초상화에 대해 기록했을 당시 그 그림은 완성된 지 거의 50년 흘러 이미 프랑스 왕의 개인 소장품이 되어 있었다. 그 작품을 감상한 사람은 거의 없었다. 프란체스코도 잊힌 인물이었다. 그럼에도 바사리는 그의 젊은 아내가 불멸의 존재가 될 거라고, 다빈치가 실제보다 '더 생동감 있는' 초상화를 창조했다고 믿었다. 그 그림은 〈모나리자〉였다.✲

바사리의 짐작은 정확했다. 그로부터 500년이 지난 지금까지도 (이제는 방탄유리로 덮인) 리자 부인의 얼굴을 보기 위해 루브르를 찾는 관람객의 행렬은 끝없이 이어진다. 루브르의 관람객은 한 해 평균 무려 천만 명이라고 한다. 하지만 이 작품의 인기에는 어처구니없는 측면이 있다. 〈모나리자〉는 포플러 화판에 그린 중세 토스카나 여인의 초상화일 뿐 기억에 남을 만한 행위도 고귀한 주제도 없다. 하지만 바사리도 지적했다시피 놀라운 기법을 보여주는 걸작이다. 그림에서는 실제로 생동감이 느껴진다. 빼어난 걸작으로 가득한 미술관에서도 우리를 마주 보는 〈모나리자〉의 시선은 왠지 모르게 묘하게 느껴진다.

〈모나리자〉의 비밀은 무엇일까? 이 초상화가 이토록 오랫동안 전 세계를 통틀어 가장 유명한 작품으로 거론되는 이유는 뭘까? 바사리는 여인의 이중성, 즉 애수와 명랑함이 절묘하게 어우러지는

✲ '모나'는 이탈리아어로 결혼한 여성의 앞에 붙는 명칭이다. 즉 '모나리자'는 '리자 부인'을 의미한다.

특유의 표정에 그 이유가 있다고 보았다(바사리에 따르면 다빈치는 그림을 그리는 동안 "연주자나 어릿광대를 동원해 모나리자의 지루함을 달랬다"고 한다). 그 결과 스푸마토 기법에 잘 어울리는 분위기가 연출되었다. 스푸마토는 일부러 흐릿하게 그리는 르네상스 시대의 기법으로, 다빈치는 이를 '선이나 경계 없이 연기처럼, 초점이 맞지 않는 것처럼' 그리는 것이라고 설명했다. 〈모나리자〉 매력의 미스터리는 인물의 감정 또한 초점이 맞지 않은 사진처럼 모호하다는 점에 있을 것이다.

미술 평론가들은 〈모나리자〉의 수수께끼 같은 미소의 매혹을 설명하기 위해 수많은 가설을 제시해왔지만, 알고 보니 여기엔 생물학적인 원인이 있었다. 하버드대학교의 신경과학자 마거릿 리빙스톤의 주장에 따르면 〈모나리자〉의 표정이 신비로워 보이는 이유는 이 그림이 빛을 처리하는 망막의 두 영역에 서로 다른 해석을 제공하며 우리의 시각체계를 교란하기 때문이라고 한다. 망막의 중앙에 있는 '중심와'는 디테일에 집중하는 역할을 한다. 그리고 중심와를 에워싼 주변부는 미명과 움직임을 감지한다.

우리는 맨 처음 〈모나리자〉를 보면 대개 눈에 초점을 맞춘다. 주변 시야로는 그의 입술을 본다. 하지만 주변 시각 세포는 디테일을 파악하는 데 적합하지 않기 때문에 리자 부인의 매혹적인 광대뼈 아래 드리운 그림자로 초점을 옮긴다. 이 그늘은 미소를 짓느라 얼굴이 일그러지며 생긴 것이다. 그는 지금 행복한 것이 틀림없다.

곧이어 우리의 시선은 입술로 움직인다. 이때 우리는 그가 사실 웃고 있지 않다는 것을 알아차린다. 입술은 일직선으로 굳게 다물어져 있다. 리빙스톤이 말했듯 〈모나리자〉의 미소는 "똑바로 바라보면 사라지는 어둑어둑한 별처럼 희미해진다."[12] 하지만 우리가 입술에서 다른 데로 시선을 옮기면 어슴푸레한 미소는 다시 등장한다. 이 그림은 모순 그 자체, 보는 이의 시선에 따라 미소가 나타났다가 사라지는 묘한 수수께끼다.

여기에 만화의 '칸 여백'과 유사점이 있다. 칸 여백은 컷과 컷 사이 빈 공간을 뜻하는데, 만화가 겸 만화 이론가 스콧 매클라우드에 따르면 바로 여기가 '만화의 마력과 미스터리가 만들어지는 곳'이다.[13] 칸 여백이야말로 '액션'이 펼쳐지는 무대이기 때문이다. 우리의 뇌는 만화의 연속되는 스케치를 보면서 캐릭터를 형상화하고, 그림과 그림 사이 빈 공간에서 '액션'을 상상한다. 따라서 훌륭한 그래픽노블 작가들은 칸 여백을 더욱 함축적으로 활용할 방법을 찾는다. 빈 곳을 상상으로 채우도록 독자들을 부추기는 것이다.

무언가에 대해 상상을 펼칠 수 있을 때 우리는 그것에 관심을 쏟는다. 우리는 모나리자의 감정을 파악할 수 없고 그러므로 그 얼굴을 계속 바라볼 수밖에 없다. 마찬가지로 칸의 틈새라는 미스터리가 만화에 동력을 부여한다. 카니예와 바흐가 예측할 수 없는 패턴으로 우리를 사로잡는 예술 작품을 만들어낸 것처럼, 우리가 파악할 수 없을 때 등장인물에 생동감이 생긴다. 당신이 작가라면, 인물에게 선명함만을 부여하지는 말자. 사람들이 그에 대해 모든 것을 다 알지는 못할 때, 캐릭터는 비로소 숨을 쉬며 매력을 풍길 수 있다. 햄릿이든 하느님이든 16세기 초상화 속 인물이든, 그들이 이토록 오랫동안 흥미진진한 주인공으로 남은 이유는 미스터리 덕분이다.

천재 추리소설 작가의 캐릭터 창작법

그렇다면 우리가 불투명한 캐릭터에 호기심을 갖는 이유는 뭘까? 이해할 수도, 만날 수도 없는 신의 존재에 매혹되는 이유는? 마음을 헤아리기 어려운 인물을 다룬 그림이나 연극을 더 좋아하는 이유는? 이에 대해서는 철학자 리처드 로티가 타당성 있는 설명을 제시한 바 있다. 학자 생활 말년에 로티는 문학의 교육적 효과에 점점 더 관심을 기울이게 됐다. 그 효과란 '이해하려고 노력할 가치가 없다고 생각되는 사람들에 대한 태도를 바꿔 타인의 심리상태를 이해하게 하는 일'이었다.[14] 로티는 이것을 예술의 '정서 교육'이라고 일컬었다.[15] 그에 따르면 훌륭한 소설은 유쾌한 오락물인 동시에 우리를 더 나은 인간으로 발전시키는 도구가 될 수 있었다.

이는 사실 허풍 섞인 가설이긴 하다. 고전을 읽은 개차반이 어디 한둘일까. 하지만 로티는 선견지명이 있었다. 문학작품을 읽으면 공감 능력이 향상된다는 증거가 점점 대두되고 있으니 말이다. 최근 실시된 연구 결과에 따르면 문학작품을 자주 접한 사람일수록 타인의 생각과 감정을 알아차리는 마음 이론 검사에서 훨씬 높은 점수를 기록했다. 성격에 따른 특성, 인구 통계, 학부 시절 전공 등 다수의 교란 변수를 통제한 이후에도 상관관계는 여전했다.[16] 같은 연구팀이 실시한 다른 실험에서는 더 직접적인 인과관계가 드러났다. 피험자들은 똑같은 공감능력 검사에서 소설을 읽기 전보다 읽은 후에 훨씬 높은 점수를 받았다.[17]

하지만 모든 소설이 심리 파악 면에서 똑같은 효과를 발휘하는 건 아니다. 『모리스』, 『하워즈 엔드』 등의 작품을 쓴 소설가 E. M. 포스터는 평면적인 캐릭터와 입체적인 캐릭터의 차이를 설명한 바 있다. 그에 따르면 평면적인 캐릭터는 하나의 개념이나 특징을 중심으로 구축된다.[18] 찰스 디킨스의 『데이비드 코퍼필드』 속 미코버 부인이 좋은 예다. "나는 미코버 씨 곁을 절대 떠나지 않을 거야." 그는 이 한 마디면 설명이 끝나는 캐릭터다. 포스터는 이렇게 말했다. "그는 미코버 씨 곁을 떠나지 않겠다 하고, 떠나지 않으며, 그것으로 끝이다." 그에게는 더 이상의 내적 자아가 없다. 미스터리도 없다. 평면 그 자체다.

반면 입체적인 캐릭터는 모순으로 꿈틀거린다. 속을 알 수 없이 괴로워하며 미쳐가던 햄릿, 아브라함에게 이삭을 죽이라고 한 하느님, 웃고 있지만 웃고 있지 않은 모나리자가 그렇다. 소시오패스 조직 폭력배이면서 가족들에게는 한없이 자상한 토니 소프라노(드라마 〈소프라노스〉의 주인공), 순진해보이는 화학교사지만 필로폰 제조의 대가인 월터 화이트(드라마 〈브레이킹 배드〉의 주인공)가 그렇다. 이들은 행동과 감정을 예측할 수 없다. 포스터는 이렇게 썼다. "입체적인 캐릭터는 설득력 있는 놀라움을 선사한다. 놀라움을 주지 못하면 평면적인 캐릭터다. 설득력이 떨어지면 입체적인 척하는 평면적 캐릭터다. 입체적인 캐릭터는 삶의 예측불허한 측면을 닮았다. 책 속에서 구현되는 인생이다."

포스터는 제인 오스틴의 소설 『맨스필드 파크』의 레이디 버트럼을 예로 든다. 그는 처음에는 게으르고 산만하며 아이들보다 강아지 퍼그를 더 걱정하는 인물로 묘사된다. 언뜻 평범하기 이를 데 없는 것 같은 이 인물에 작가는 점차 미묘한 색채를 덧입힌다. 레이디 버트럼은 자신의 두 딸이 가문의 이름에 먹칠을 하는 일을 벌인 것을 알게 된다. 큰딸은 불륜을 저질러 동네방네 소문이 나고 작은딸은 애인과 야반도주를 벌인다. 제인 오스틴은 이 틈에 아무도 예상치 못했던 인물의 복잡한 일면을 드러낸다. 독자들은 레이디 버트럼이 이 불편한 상황을 모르는 체하며 흐지부지 넘어갈 거라고 짐작한다. 그는 애초부터 가족에 관심이 없는 눈치였으니까.

그렇지만 예상은 뒤집힌다. 레이디 버트럼은 "이 엄청난 사건의 내막을 정확히 파악했고, 모든 중요한 부분을 제대로 고민했으며, 패니에게 조언을 들을 필요도 없었다. 안절부절못하지 않았고 죄책감과 손가락질을 대수롭지 않게 넘겼다." 이는 놀라운 장면이다. 얄팍한 캐릭터였던 레이디 버트럼은 가족의 실패 앞에서 그동안의 자신의 역할을 곰곰이 곱씹는다. 허영심으로 똘똘 뭉친 안주인이 소파에 앉아 코를 고는 퍼그를 쓰다듬으며 쓰라린 회한과 앞날에 대한 불안으로 수심에 잠기는 장면이 독자들의 뇌리에 새겨진다. 그의 변신은 뜻밖이지만, 설득력이 있다. 포스터는 이렇게 썼다. "작은 디테일이고 짧은 문장이지만, 위대한 소설가가 어떻게 한 인물에 섬세한 입체감을 부여하는지 볼 수 있는 대목이다."

나는 작가들이 어떤 식으로 캐릭터를 창조하는지 제대로 알아보기 위해 에드거 상을 두 번이나 수상한 작가 오토 펜즐러를 만났다. 그는 미스터리소설을 전문으로 다루는 매거진 《미스터리 프레스》와 《안락의자 탐정The Armchair Detective》을 오랫동안 편집하고 발행해 온 뉴욕의 명 편집자다. 또한 그는 뉴욕 트라이베카에 있는 세계에서 가장 크고 오래된 범죄 스릴러 전문서점 '미스터리어스 북숍'을 운영한다. 펜즐러는 1979년에 문을 연 이 고혹적인 서점의 창문 없는 지하 벙커에서 주로 글을 쓴다. 벙커 문 앞에는 가짜 폴리스라인을 붙여 놓았다. ("사장님 만나러 오셨다고요? 폴리스라인 안쪽으로 계단을 내려가서 우회전하세요.") 대단한 수집가로도 알려져 있는 펜즐러는 그 주에 희귀하기로 유명한 그의 범죄소설 컬렉션 중 한 권을 경매로 판매했다. 그레이엄 그린의 『브라이턴 록』 초판을 사전 예상가의 두 배에 해당하는 9만 3750달러에 판매하는 훌륭한 성적을 거둔 것이다. 그렇지만 펜즐러는 좋아하는 장난감을 잃어버린 어린애처럼 쓸쓸해 보였다. 그는 《트라이베카 시티즌》과의 인터뷰에서 이렇게 말했다. "우울해요. 영원히 죽지 않는 게 내 계획이었는데, 문득 하느님이 세워놓은 계획은 나하고 다를 수 있겠다는 생각이 들더라고요."[19]

1976년 펜즐러는 『미스터리와 추리 백과사전』을 공동 집필했다. 『미스터리와 추리 백과사전』은 탐정소설이 번듯한 문학 장르로 자리 잡는데 이바지한 참고문헌이었다. 그는 내게 이렇게 명쾌히 설명했다. "훌륭한 탐정소설은 다시 읽을 수 있지만 형편없는 탐정소설은 그럴 수 없어요. 캐릭터 때문이죠. 캐릭터가 좋지 않으면 훌륭한 소설이라고 할 수 없어요. 미스터리의 대가들이 먼저 캐릭터를 만든 다음 이야기에 살을 붙여 나가는 이유도 그 때문이죠."

펜즐러는 미국 범죄소설의 대부이자 하드보일드의 거장 엘모어 레너드와의 일화를 들려주었다. "더치(레너드의 별명)와 나는 아주 친했어요. 그 분은 글을 쓰는 동안 자기 작품에 대해 쉴 새 없이 얘기하지 않고는 못 배겼어요. 어떤 식이었냐 하면 나한테 전화해서 '오토, 오토, 문제가 생겼어' 그러죠." 펜즐러는 골초인 레너드의 쉰 목소리를 흉내내며 말했다. "그럼 나는 물었죠. '왜요, 더치? 무슨 문제가 있어요?'" 펜즐러는 다시 레너드의 흉내를 냈다. "'내 주인공이 어젯밤에 살해당했어.' 나는 당황해서 그게 무슨 소리냐고 물었죠. '아니 글쎄 내 주인공이 술집엘 갔는데, 어디선가 느닷없이 멕시코 출신의 한 남자가 등장해서 그의 머리를 쏴버렸지 뭔가. 이제 어쩌면 좋을지 모르겠어. 이제 겨우 130쪽인데 주인공이 죽어버리다니.' 나는 어떻게든 도움을 주려고 이렇게 말했죠. '더치, 그럼 그 장을 다시 쓰면 되지 않을까요?' 그럼 그는 나를 미친 사람 취급했어요. '무슨 소리야, 다시 쓰라니? 얘기했잖아, 그 친구는 이미 죽었다니까!'"

펜즐러가 보기엔 이런 점이야말로 엘모어 레너드의 천재성을 입증하는 일화였다. 그는 기계적인 플롯이 지배하는 장르소설 작가였지만 캐릭터에 미스터리를 부여할 방법을 찾았다. 자신이 창조했지만 통제하지는 않는, 예측을 불허하는 인물들로 그의 누아르 세계를 채웠다. 그러다 보니 가끔 주인공이 갑자기 죽어버리는 때도 있었다. 하지만 그가 골머리를 앓은 건 충분히 보람된 일이었다. 그의 이야기 속 악질 사채업자, 은행 강도, 냉소적인 경찰, 그리고 걸핏하면 총을 꺼내드는 경찰서장 캐릭터는 그의 작품을 빛낸 특징이자 다른 누구의 작품과도 비교할 수 없게 만든 차별점이 되었으니까.

이해할 수 없는 사람을 이해하는 법

이쯤에서 다시 입체적인 캐릭터를 갖춘 문학이 정신에 미치는 긍정적인 영향에 대해 알아보자. 입체적인 캐릭터는 독자들이 책을 읽는 방식뿐 아니라 생각과 감정까지 바꾸어놓는다. 인지심리학자 데이비드 키드와 에마누엘레 카스타노는 최근 발표한 논문에서 평면적인 캐릭터와 입체적인 캐릭터를 비교한 포스터의 이론을 근거로, 훌륭한 문학작품이 독자들에게 타인에 관한 관심을 북돋우는 이유를 설명했다.[20] 그들의 주장에 따르면 우리는 평면적인 캐릭터를 '카테고리에 기반한 인식'으로 이해한다. 이런 캐릭터는 개성이 있는 독립적인 인물이 아니라 하나의 '타입'이다. 우리는 이 캐릭터의 다음 행보를 이미 알고 있기에 그의 머릿속으로 들어갈 필요가 없다. 펄프 픽션(주로 잡지 한 귀퉁이에 연재되는 기승전결을 갖춘 짧은 소설)이나 여름용 액션 영화의 등장인물들이 여기에 해당한다. 우리는 그들이 행동하기 전부터 향방을 알고 있다. 따라서 등장인물들의 내면에 주안점을 두지 않는 장르 소설은 아무리 많이 읽어도 마음 이론 능력이 향상되지 않는다.

하지만 입체적인 캐릭터는 하나의 카테고리로 가둘 수 없다. 그들은 모든 캐리커처를 넘어선다. 햄릿도, 엘모어 레너드의 탐정도 마찬가지다. 독자들은 지면에 적힌 단어를 통해 이들의 심리 상태를 추론하고, 미묘한 감정적 단서에 주의를 기울여야 한다. 이 인물들을 읽어낼 때는 사고의 지름길을 적용할 수 없기에 골똘히 그들의 생각과 감정을 상상해야 한다. 따라서 입체적인 캐릭터가 등장하는 소설은 '마음 읽기 훈련'의 기회가 된다. 옥스퍼드대학교 심리학과 교수인 세실리아 헤이스는 '마음 읽기'를 '글 읽기'에 비유한다. 두 가지 능력 모두 우리가 선대로부터 물려받는 것이지만, 그렇다고 신생아의 대뇌피질에 내장된 본능은 아니다.[21] 글을 읽으려면 수년간 교육을 통해 글자와 발음을 배워야 한다. 마음 읽기도 비슷한 훈련을 거쳐야 한다. 헤이스가 지적한 것처럼 인간 아기가 정신적인 요인을 파악하는 능력은 침팬지 새끼와 다를 바가 없다. 이 둘의 차이가 있다면 인간 아기는 타인의 머릿속을 들여다볼 수 있게 하는 이야기로 가득한 환경에서 성장한다는 것이다. 이런 관점에서 보면 입체적인 소설 속 캐릭터야말로 우리의 타고난 능력을 보강하는 없어서는 안 될 장치라 하겠다.

하지만 연습만으로는 부족하다. 로티에 따르면 문학작품은 우리의 공감 능력을 자극할 뿐 아니라, 타인의 미스터리를 수용하지 못하는 데서 기인하는 인간 본연의 약점을 극복하는 데 도움을 준다. '근본적 귀인 오류'라고 불리는 흔한 실수에 대해 생각해보자. 오류 자체는 단순하다. 이는 우리가 타인의 행동을 평가할 때 모든 걸 그의 타고난 성격 탓으로 돌리는 걸 말한다. 누가 과속을 한다면 무모한 사람이다. 길을 가다가 넘어지면 칠칠치 못한 사람이다. 내가 보낸 문자에 얼른 답장하지 않으면 예의가 없는 사람이다. 이렇게 그들이 지닌 입체성을 무시한 채 몇 가지 예측 가능한 특징만을 갖춘 평면적인 인물로 간주한다. 그래야 더 쉽게 그들을 비난할 수 있기 때문이다

하지만 자신의 행동을 평가할 때는 훨씬 관대하다. 잘못을 저지

르고 싶지 않았으나 달리 방도가 없었다는 식이다. 내가 과속한 이유는 중요한 미팅이 있는데 늦었기 때문이다. 길을 걷다가 넘어진 건 바닥이 젖어 미끄러웠기 때문이다. 문자에 얼른 답장하지 않은 건 일에 몰두해 바빴기 때문이다. 우리의 행동에는 대부분 이유가 있다. 우리는 자신이 살짝 변덕스러운 성향과 감정의 기복이 있는 복잡한 존재라고 생각한다.

월터 미셸은 상황이 행동에 미치는 영향을 수십 년 동안 연구해온 심리학자다. 그는 실패를 통해 연구의 돌파구를 찾았다. 미셸은 1960년대 초에 평화봉사단에 지원한 자원봉사자를 선별하는 데 쓰일 성격 검사를 만드는 프로젝트에 참여했다.[22] 개발도상국의 곤궁한 생활에 적응하지 못하고 힘들어하는 미국의 젊은이들이 많았기 때문이다. 미셸은 최근 연구 결과를 근거로 전문가들을 동원해 자원봉사자들의 성향을 다각도로 측정했다. 그런 다음 그들이 나이지리아에서 교사로 생활하며 어떤 모습을 보이는지 후속 관찰했다. 그 결과 놀랍게도 "거금을 투자한 성격 검사가 통계적으로 유의미한 수준조차 거두지 못했"[23]다는 사실을 밝혀냈다. 사람들은 과학자들의 짐작보다 훨씬 예측 불가능했다. 인간의 성격은 계속 미스터리로 남았다.

미셸의 가장 유명한 연구 중 하나는 심리학자 유이치 쇼다와 함께 뉴햄프셔에서 열린 여름 캠프에 참가한 아이들을 조사한 것이다.[24] 당시 학계의 대세는 공격성을 고정적인 속성으로 간주했다. 그러니까 집에서 공격적인 아이는 학교나 다른 곳에서도 공격적이라는 거였다. 하지만 미셸과 쇼다의 관찰에 따르면 아이들의 행동은 맥락과 구체적인 정황에 따라 상당히 달라졌다. 연구를 위해 77명의 캠프 교사들이 화장실을 제외한 모든 공간에서 아이들이 어떤 식으로 행동하는지 기록했다. 어떤 아이들은 친구들과는 싸움을 벌였으나 교사들의 말은 잘 들었다. 반면 어른들의 지적에는 발끈하지만 친구들의 도발에는 침착하게 대처하는 아이도 있었다. 달라지는 건 공격성뿐만이 아니었다. 외향성, 친화성, 투정 부리기 같은 특성도 모두 마찬가지였다. 이 같은 성격 이론은 수천 년 동안 이어져 내려온 과학계의 정설과 정면으로 대치되는 것이었다. 고대 그리스인들이 4체액설을 정립한 이래 우리는 고정적이고 정적인 속성에 따라 타인을 해석해왔다. 인간은 황담즙과 외향성과 친화성에 따라 규정되는 평면적인 존재였다(쓰는 표현은 다를지 몰라도 MBTI의 기본 개념 역시 히포크라테스의 4체액설과 일맥상통한다). 그들은 이런 사람이니, 이렇게 행동할 것이라는 식이었다.

하지만 미셸과 다른 과학자들의 연구에 따르면 인간은 그보다 훨씬 수수께끼 같은 존재다. 교육신경과학 분야의 선구자이자 심리학자인 토드 로즈는 이렇게 말했다. "어떤 사람을 이해하려고 할 때 그들의 '대체적인' 성향이나 '기본 성격'을 감안하면 방향을 잃기 쉽다. 만약 당신이 오늘 전전긍긍하며 소심하게 운전을 했다면, 내일도 그렇게 운전할 가능성이 크다. 하지만 동네 술집에서 친한 친구들과 웃고 떠들며 좋아하는 곡을 노래할 때는 조금도 전전긍긍하지 않고 소심하게 굴지 않을 것이다.[25] 이렇게 우리는 다른 사람과 다른, 고유한 존재가 된다.

문학은 근본적 귀인 오류를 치료하는 데 효과 만점이다. 훌륭한 소설은 등장인물들을 전형적인 캐릭터로 그리지 않는다. 각기 다른 상황에서의 모습을 다각도로 보여주며 맥락 안에서 그들이 어떤 사람인지를 드러낸다. 여러 가정이 이어지고 뜻밖의 장면과 만남으로 가득하다. 이 지점에서 다시 로티가 말했던 정서 교육론이 대두된다. 그의 주장에 따르면 입체적인 캐릭터가 등장하는 문학은 교육적이기도 하다. 작품 속 수수께끼 같은 인물을 보며 우리는 자연스레 실제 삶에서 마주하는 사람들에 대해 곱씹어보게 된다. 책을 덮고 곰곰이 재고한 뒤, 그때는 이해하지 못했던 그 사람을 이해하기도 한다. 어쩌면 내 시야가 편협했고, 따라서 그에 대한 판단을 바꾸고 싶다는 생각에 다다를지도 모를 일이다. 인간은 복잡한 존재이며, 상황에 따라 인생이 전혀 예상치 못한 방향으로 흘러갈 수도 있다는 걸 깨닫게 되는 것이다.

이 사실을 알고 나면 우리가 서로 크게 다른 존재가 아니라는 사실도 인지하게 된다. 그러면 사람들의 바뀔 줄 모르는 성격을 비난하기보다, 나 자신을 이해하듯 그들도 이해할 수 있게 된다. 로티는 이렇게 썼다. "타인이 어떤 사람인지, 또 나는 어떤 사람인지 자세히 들여다보고 파악할 수 있다면, 그 과정에서 우리는 타인을 '그들'이 아닌 '우리'로 받아들이게 된다. 이것이 소설과 영화, TV 프로그램이 조금씩, 그렇지만 꾸준하게 설교와 전문서적을 대신해 도덕적인 변화와 발전을 주도하게 된 이유다."[26] 가상의 인물들을 통해 실제 인간관계에 대응하는 법을 배우게 된다는 것, 이것이 소설의 아이러니한 능력이다.

최고의 신입사원을 뽑는 법

필라델피아 이글스 풋볼팀은 파산한 '프랭크퍼드 옐로 재킷츠'의 후임으로 1933년에 창단했다. 전신인 프랭크퍼드는 노동자들이 많이 거주하는 필라델피아의 지역 이름이었다. 이글스의 수장인 버트 벨은 대학 풋볼팀 쿼터백 출신으로 파트타임 미식축구 코치였다. 그는 1250달러에 팀을 인수했다. 벨의 아버지는 주 검찰총장이었고 집안 대대로 부동산 재벌이었지만, 그는 가업에 관심이 없었다. '풋볼맨이 되고 싶은 생각뿐'[27]이었다.

이글스의 출발은 순조롭지 못했다. 그들은 폴로 그라운즈에서 자이언츠를 상대로 첫 경기를 치렀고 56대0이라는 놀라운 점수로 패했다. 그다음에는 홈구장에서 포츠머스 스파르탄스를 상대했고 이번에는 25대0으로 격파당했다. 존 아이젠버그의 증언에 따르면 팀 성적이 워낙 형편없다보니 벨은 이글스 경기 티켓을 사는 관객에게 무료 세차권이라도 줘야할 정도였다.[28] 그럼에도 경기장에는 관객이 거의 없었다. 1934년 시즌도 별반 다를 게 없어서 이글스는 처음 여섯 번 경기를 치르는 동안 내리 5패를 기록했다. 벨은 의기소침해졌지만 어떻게 하면 분위기를 반전할 수 있을지 몰랐다. 다른 팀들보다 높은 금액을 제시하며 잘나가는 유망주를 영입하려 해도 선수들이 이글스 같은 약팀과 계약을 하려고 하지 않았다. 벨이 내린 결론은 다음과 같았다. "사슬의 강도는 가장 약한 고리가 결정한다는 속담이 있는데, 우리 팀이 바로 그 가장 약한 고리였다. 부익부 빈익빈은 해마다 심해졌다."

벨이 생각해낸 해결책은 시스템 개조였다. 1935년 5월 벨은 풋볼 드래프트 제도를 창설하자고 제안했다. 이론상으로는 간단한 제도였다. 프로 입단을 희망하는 우수한 유망주를 한데 모아 리그에서 성적이 가장 낮은 팀에게 가장 먼저 선수를 선발할 기회를 준다. 즉 성적이 낮은 팀부터 차례대로 선수를 선발하자는 것이었다. 대등한 실력을 도모하는 것, 압도적인 뉴욕 자이언츠와 참담한 이글스의 간극을 최대한 줄이는 것이 드래프트 제도의 목적이었다. 성적이 나쁠수록 보상을 받으니 역방향 능력주의였다. 자이언츠 구단주인 팀 마라조차 드래프트 제도의 필요성을 이해했다. 이 제도는 그의 팀에 불리했지만 그건 "리그를 위해, 프로 풋볼을 위해, 프로 풋볼계의 모두를 위해 감수해야 하는 위험 부담"이었다. 마라는 말했다. "관객들이 원하는 건 경쟁이다."[29]

벨의 제안은 연간 수익이 150억 달러가 넘는 오늘날 NFL의 기틀이 되었다.[30] 드래프트는 1936년에는 구단주들이 호텔에 모여 신문 기사와 소문을 근거로 선수를 선발하는 비공식 행사였지만, 이내 가장 중요한 연례행사로 발돋움했다. 시즌 성적이 낮은 팀들에게는 어마어마한 혜택이 주어진다. 드래프트에서 어떤 선수를 뽑느냐가 향후 몇 년 동안의 성적을 좌우할 수도 있다. 선수를 잘 뽑으면, 이를테면 톰 브래디(슈퍼볼 최다 우승 선수이자 슈퍼볼 MVP 최다 수상자—옮긴이)나 패트릭 마홈스(캔자스시티 치프스의 쿼터백—옮긴이)나 라마 잭슨(볼티모어 레이븐스의 쿼터백—옮긴이) 같은 선수를 뽑으면 당연히 우승 트로피를 거머쥘 확률도 높아진다. 선수를 잘못 뽑으면 향후 몇 년 동안 계속 패배할 가능성이 크고, 패자 부활의 기

회를 제대로 살리지 못한 셈이 된다.[✲]

드래프트가 이렇게 중요하다보니 NFL 팀들은 드래프트 전문가에게 거금을 투자한다. 스카우트를 대거 동원해 대학팀 선수들을 개별적으로 관찰하고 데이터 분석가를 통해 통계를 탐독한다. 드래프트 기간에는 성격과 지능 검사를 통해 해당 선수가 프로 리그에 와서 얼마나 성공적일지 그 가능성을 최대한 가늠하려 한다.

하지만 이런 투자가 대개는 돈 낭비라는 충격적인 사실이 밝혀졌다. NFL은 80여 년 전부터 드래프트 제도를 운영하고 있지만, 가장 훌륭한 선수를 선발하는 믿을 만한 방법을 아직도 찾지 못했다. 경제학자 케이드 매시와 리처드 세일러가 최근 풋볼 드래프트를 분석한 자료에 따르면 선수 선발은 기본적으로 라스베이거스의 주사위 굴리기와 다를 바가 없는 **도박**이다.[31]

풋볼팀들은 드래프트에서 특정 선수를 영입하기 위해 다른 팀에 돈을 주고 우선권을 사들이곤 한다. 매시와 세일러는 1차로 선발된 선수가 다음 순번으로 선발된 같은 포지션의 선수보다 NFL에서 더 나은 성적을 거둘 가능성을 살펴보았다. 하지만 안타깝게도 풋볼팀들의 드래프트 선택이 합리적이라는 증거는 거의 또는 전혀 없었다. 1순위로 선발된 선수가 나중에 선발된 선수보다 더 좋은 성적을 거둔 비율은 52퍼센트에 불과했다. 두 경제학자의 연구에 따르면

✲ 1994년부터 하드 샐러리 캡(팀 연봉의 총액이 상한선을 절대 넘기면 안 되는 제도—옮긴이)이 실행된 이후 드래프트가 더욱 중요해졌다. NFL의 신인 선수들은 베테랑들에 비해 연봉이 훨씬 적다. 따라서 가성비 좋은 선수를 잘 선택하면 다른 실력 있는 베테랑 선수들에게 좀 더 많은 액수를 투자할 수 있다.

"라운드, 포지션, 연도에 상관없이 한 선수가 그다음 순번 선수보다 나은 성적을 거둘 확률은 동전 던지기와 비슷한 수준"이었다. 그런가 하면 모든 NFL 단장들에게 공포를 선사할 만한 통계자료도 있다. 1라운드 지명 선수들이 NFL 데뷔 후 5년 동안 단 한 번도 공격을 성공시키지 못하고 시즌을 마감할 확률(15.3퍼센트)이 올스타전에 선발될 확률(12.8퍼센트)보다 더 컸다.

NFL 팀들이 무지를 인정한다면 그에 걸맞게 작전을 수정할 수 있을 것이다. 스카우트들의 의견을 걸러서 듣고, 대학 시절의 성적은 NFL에서의 활약과 연관성이 미미하다는 걸 기억하면 된다. 하지만 NFL 팀들은 여전히 가장 훌륭한 선수를 가려낼 수 있다고 믿는지, 좀 더 높은 순위로 선수를 선발할 권리를 얻기 위해 주기적으로 '트레이드 업'을 한다. 원흉은 '정보로 증폭된 과신'이다. 각 구단은 유망주에 대해 자신들이 내린 판단이 정확하다고 생각한다. 특히 방대한 데이터와 분석이 축적된 경우 더욱 그렇다. 하지만 이런 정보들은 미래를 예측하는 데 별 효과가 없고, 일상생활에서 우리가 타인을 평가할 때 판단을 흐리게 만드는 편견과 맹점의 틀에 갇혀 있을 가능성이 거의 100퍼센트다. 매시와 세일러도 지적했다시피 "문제는 미래의 성적을 예측하기 어렵다는 게 아니라 의사 결정권자들이 그걸 예측하기가 얼마나 어려운지 잘 모른다는 것이다."

프로 스포츠에서 드래프트 정보의 한계는 심각한 수준이다. 연구 결과에 따르면 NBA나 MLB와 같은 여타의 프로 스포츠 리그도 유망한 신인을 가려내는 데 애를 먹고 있다고 한다.[32] 구단 측에서는 고도의 통계 분석 기법을 어지러울 정도로 동원해가며 신인들의 실력을 측정한다. 몇 년 동안 관찰하고 과학적으로 평가한다. 두 경제학자는 말했다. "풋볼 구단은 선수들의 실력을 예측하는 데 있어 신입사원을 뽑는 대부분의 다른 회사보다 확실히 유리하다." 그럼에도 불구하고 이토록 특수한 분야에서조차 인간이라는 수수께끼를 완전히 해결할 수는 없었다.

그래도 희망은 있다. 비결은 타인에 관한 한 우리는 기본적으로 아무것도 모른다는 사실을 잊지 않는 것이다. E. M. 포스터의 소설 이론을 빌려오자. 신인 선수들을 훌륭한 소설 속의 입체적인 캐릭터로 간주하고, 그들에게 우리가 모르는, 우리의 허를 찌르고 당혹감을 선사할 재주가 있음을 기억하는 것이다. 자신이 뭘 모르는지 아는 것이 훌륭한 풋볼 경영진의 가장 중요한 덕목이 아닐까 싶다. 뉴잉글랜드 패트리어츠의 빌 벨리칙 감독을 예로 들어보자. NFL 드래프트 판에서 벨리칙의 필살기는 트레이드 다운이다. 즉 높은 순위에서 선택할 수 있는 유망주 선수를 그보다는 전망이 좀 떨어진다고 평가받은 여러 명의 선수와 맞바꾸는 것이다. 구단이 신뢰할 만한 인재 판별력을 갖추었다면 이는 좋은 작전이 아닐 것이다. 미래의 슈퍼스타를 포기하겠다는 것 아닌가. 하지만 선수들의 실력을 예측하는 게 그토록 어렵다는 사실을 생각하면(슈퍼스타인 톰 브래디는 2000년도 드래프트에서 199순위였다), 좀 더 많은 선수를 확보하는 것이 오히려 영리한 작전이다. 벨리칙은 드래프트가 도박에 가깝다는 사실을 안다. 여기서 돈을 딸 수 있는 유일한 길은 최대한 베팅을 많이 하는 것이다. 그의 결정적 무기는 풋볼 선수들을 둘러싼 미스터리를 해결한 게 아니다. **미스터리가 존재한다는 사실**을 깨달은 것이다.

프로이트와 발기부전의 해결책

1912년 지그문트 프로이트는 발기부전을 주제로 난해한 논문을 발표했다. 그가 발기부전을 주제로 택한 이유는 이것이 아주 흔한 고통이기 때문이었다. '다양한 형태의 불안' 다음으로 가장 많은 환자가 치료받고 싶어 하는 증상이었다.[33] 이 환자들은 육체적으로 아무 문제가 없었으나 특정 상황에서 그들의 생식기가 협조를 거부했다. 문제는 심리적인 데 있었다.

프로이트는 이런 증상을 '심인성 발기부전'이라고 표현했다. 지금 그의 논문을 읽어보면 시대에 뒤떨어진 한물간 주장으로 느껴지지만(무의식의 근친상간적 고착을 걱정하는 데 너무 많은 지면을 할애한다) 그가 소개한 의학적 문제는 오늘날에도 여전히 지속되고 있다.[34] 매사추세츠주 남성 노화 연구에 따르면 40세 이상 70세 이하 남성의 52퍼센트가 발기부전을 앓고 있다.[35] 심지어 젊은 사람들도 예외는 아니다. 18세 이상 25세 이하의 스위스 남성 9000여 명을 조사한 바에 따르면 30퍼센트가 최소 한 번 이상 발기부전을 경험했다고 하니 말이다.[36]

이렇듯 발기부전이 흔한 이유는 뭘까? 프로이트는 증상이 심하지 않아서 발기는 할 수 있지만 성행위를 즐기는 정도까지 이르지는 못하던 환자들에 대해 고민하던 중 엄청난 깨달음을 얻었다. 프로이트에 따르면 그들이 그 순간을 즐길 수 없었던 이유는 파트너를 사랑하지 않아서가 아니었다. 그들은 대부분 파트너에게 깊은 애정을 느꼈다. 다만 그와 섹스를 하고 싶지 않을 따름이었다. 프로이트는 이렇게 썼다. “그들은 사랑하는 사람에게는 욕구를 느끼지 못하고 욕구를 느끼는 사람은 사랑하지 못한다.”

프로이트가 보기에 심인성 발기부전은 성인들 간의 관계를 관통하는 비극적 충돌의 표출이었다. 인간은 짜릿한 연애, 추파와 구애가 동반되는 강렬한 욕망을 갈망한다. 이 욕망의 근원은 미스터리다. 우리는 사랑에 빠진 파트너에 대해 계속 연구하고, 상대가 어떤 걸 좋아하고 지금 기분은 어떤지 살핀다. 이 모든 비밀이 기분 좋은 섹스에 도움이 된다. 운이 좋으면 초기의 초조하고 불안정한 관계는 단단한 애착으로 발전한다. 우리는 관계에 의지하게 되고, 플란넬 잠옷을 입고 소파에서 함께 넷플릭스를 보며 예측 가능한 편안함 안에서 안정감을 느낀다. 그러나 이러한 친밀감은 의도치 않은 결과로 이어질 수 있다. 낭만적이지 않은 습관과 관계를 위험에 빠뜨릴 수도 있는 루틴이 생성되는 것이다. 우리는 이내 화장실 문을 닫지 않고 볼일을 보기 시작한다.

프로이트는 사랑과 욕구의 충돌이 불가피한 삶의 현실이라고 보았다.[*] 식지 않는 열정은 이룰 수 없는 꿈이었다. 결혼은 곧 로맨스를 포기한다는 의미였다. 노이로제에 걸리거나 이혼을 당하지 않으면 다행이었다. 하지만 최근의 여러 정신분석가와 심리학자는 프로이트가 지나치게 비관적이었다는 결론을 내린다.[37] 수도 없이 섹스를 했어도 서로에게 여전히 성적 매력을 느끼는 커플이 많기 때문이다. 반복할수록 재미없고, 익숙한 걸 지겨워하는 인간의 신경 특성에 지배받지 않는 관계라 하겠다.

이 커플들은 어떻게 그럴 수 있을까? 정신분석가 스티븐 미첼은 발기부전을 다룬 프로이트의 논문을 다시 해석하며, 성관계는 본질적으로 사적인 영역이며 가장 속사정을 알 수 없는 쾌락이라는 데서 논의를 시작했다. "이것은 인간사에 있어 가장 흔한 경험이지만 제삼자의 성관계에 대해서는 아무도 알지 못한다. 인간의 상상력이 모든 것을 압도한다." 그러니까 성관계는 단순히 육체에 국한된 행위가 아니라 인간의 가장 신비로운 욕구와 밀접한 연관이 있다는 말이다. 미첼은 이렇게 주장한다. "따라서 자기 자신과 파트너의 성적인 취향 사이에는 늘 미지의, 이질적인 부분이 존재할 수밖에 없다. 성관계를 짜릿하고 아슬아슬하게 만드는 게 바로 이런 알 수 없는 면모들이다."[38]

미첼에 따르면 성관계의 미스터리 자체가 일부 커플들이 오랜 세월 동안 성욕을 유지하는 이유라고 한다. 관건은 배우자와의 섹스에도 뜻밖의 요소가 자리 잡을 수 있음을 기억하는 것이다. 파트너와 얼마나 익숙한 사이인지, 둘이서 지금까지 얼마나 많은 기저귀를 갈았고 얼마나 많은 섹스를 했는지는 상관없다. 미첼의 표현을 빌자면 섹스는 '타인이 지닌 타자성으로의 여행'이 되어야 한다. 알고 있다는 착각을 무너뜨리고 아직도 모르는 게 많다는 깨달음

✲ 프로이트에 따르면 불만족스러운 성생활은 보상을 필요로 했으니 우리 인간이 예술이나 과학에서 만족을 찾으려 하는 것도 그 때문이라고 한다. 그렇다면 장구한 예술과 문화가 시시한 오르가슴에서 시작됐다는 말이 된다.

을 줄 수 있을 만큼 알 수 없는 것이 섹스다.[39] 프로이트는 안정감이 욕구에 독이 된다는 이유를 들어 사랑을 욕구의 적으로 간주했지만, 미첼은 건전한 욕구가 사랑을 구제하고 우리를 습관이라는 수면 상태에서 깨울 수 있다고 주장한다. 이런 의미에서 섹스는 효과적인 관계 증진 치료법이 될 수 있다.

하지만 그것만으로는 역시 부족하다. 미첼도 지적했다시피 아무리 기발한 성생활을 즐기는 커플이라도 그 기발함이 침실 문지방을 넘지 않는다면 오랫동안 유지되지 않을 것이다. 건강한 커플은 자아 확장 욕구, 즉 새로운 방향으로 자신을 발전시키고 탐구하고 계발하고 싶은 인간의 근본적인 욕구를 서로 자극한다. 심리학자 아서 애런과 일레인 애런이 실시한 장기 추적 연구에 따르면 하이킹을 하거나 콘서트를 보러 가고, 새로운 취미 생활을 시작하며 자아 확장에 적극적인 커플은 관계의 질도 더 좋은 것으로 밝혀졌다. 결혼한 커플에게 볼룸댄스 수업 같은 직접 체험하는 활동과 영화 관람 같은 즐길 수 있는 활동 중 하나를 임의로 배정해준 뒤 10주 뒤에 관찰한 또 다른 연구 결과에 따르면 체험하는 활동을 함께 한 커플의 관계 만족도가 훨씬 향상됐다. 자아 확장을 함께 경험한 것이 관계를 유지할 확률을 더 높인 것이다.[40]

자아 확장의 경험은 더 잦은 성생활로 이어질 수 있다. 에이미 무스는 최근 연구에서 파트너가 있는 200명의 피험자들에게 자아 확장을 주제로 관계 일기를 작성하게 했다. 무스는 사람들에게 '파트너와 함께 있으면 자기 인식이 얼마큼 확대되는지'[41] 물었다. 피험자들은 스케이트보드를 배운 일, 난생처음 굴을 먹은 일 등 자아가 확장되는 기분을 느끼게 하는 활동을 할 때마다 일기장에 꼬박꼬박 적었다. 그리고 이와 함께 성욕과 성적인 행동도 기록했다. 상관관계는 분명했다. 커플들은 자아가 확장되는 기분을 느낀 날 성욕도 훨씬 많이 느꼈고 이로 인해 성적인 행동도 34퍼센트 증가했다(그런가 하면 성관계도 훨씬 재밌어졌다). 그뿐 아니라 욕구 증가가 지속적으로 유지되면서 관계 만족도가 꾸준히 높아졌다.

자아 확장의 긍정적인 효과는 미스터리에 뿌리를 두고 있다. 프로이트는 성욕 감소를 필연적인 현상으로 간주했지만, 최근 연구 결과들에 따르면 서로의 새로운 면모가 드러나는 활동을 함께한 커플은 성욕에 다시금 불이 붙었다. 새로운 활동을 통해 나 자신의 몰랐던 측면을 발견하고, 나의 파트너가 입체적인 존재라는 걸 깨닫게 된다. 그리하여 호기심이 유발되고 이로써 종종 리비도가 분출되는 것이다.

타인이 수수께끼 같은 존재라는 것을 인정하면 우리의 행동은 달라진다. 파트너의 요구 사항과 미묘한 뉘앙스의 차이에 좀 더 관심을 기울이는, 전보다 괜찮은 연인이 된다. 섹스 횟수도 늘어난다. 공감 능력이 발달하고 마음이 너그러워지며, 친구나 모르는 사람들을 판단할 때 나를 판단할 때와 같은 기준을 적용하게 된다. 인간은 복잡하다. 나 자신도 알 수 없는 존재다. 설령 예술을 통해 얻을 수 있는 깨달음이 이것뿐이라 하더라도, 이것만으로 충분하지 않을까.

5장

미스터리 전략 5

모호하게
흥미롭게

○

나 그대에게 마음을 다해 간청하노니,
마음속의 풀리지 않는 모든 문제에 대해 인내하길 바랍니다.
밀실처럼, 아주 낯선 언어로 쓰인 책처럼
그 문제들 자체를 사랑하려고 노력하길 바랍니다.

라이너 마리아 릴케, 『젊은 시인에게 보내는 편지』

아무도 풀지 못한 보이니치 필사본의 비밀

윌프리드 미하우 보이니치는 전 세계를 통틀어 가장 유명한 중세 필사본을 소유했던 뜻밖의 인물이었다. 약학을 전공한 보이니치는 폴란드 민족주의를 선동한 죄로 1885년에 시베리아 포로수용소에 갇혔다. 그곳에서 5년을 보낸 뒤 위조 여권을 들고 탈출한 그는 안경과 겨울용 외투를 팔아서 마련한 돈으로 영국행 배표를 샀다. 영국으로 건너간 뒤에는 대영박물관 열람실의 '인쇄물 책임자'였던 리처드 가넷과 가까워졌고 그의 권유로 희귀본 사업에 입문했다. 화끈한 성격에 카메라에 버금가는 기억력, 7개 국어를 구사하는 능력을 기반으로 런던에 고서적 전문점을 연 보이니치는 이내 성공을 거두었다.[1]

1912년 보이니치는 재고 확보를 위해 이탈리아로 건너갔다. 그

길 끝에 흘러 들어간 곳은 빌라 몬드라고네라는, 로마 외곽의 허물어져 가는 오래된 성이었다. 그는 거미줄과 먼지로 뒤덮인 다락방에서 방치된 나무상자를 헤집던 중에 삽화가 곁들여진 중세 필사본 더미를 발견했다. 가죽 피지로 만든 근사한 내지에는 멋진 그림과 우아한 필체가 곁들여져 있었고, 이탈리아에서 손꼽히는 명문가의 인장이 붉은 밀랍으로 찍혀 있었다. 필사본의 가치를 간파한 그는 나무상자를 통째로 매입했다.

보이니치는 영국으로 돌아가 이탈리아에서 입수한 고서적들을 경매로 처분했다. 하지만 한 권만큼은 팔지 않았다. 문제의 그 필사본은 다소 낡아 보였다. 세로는 25센티미터가 안 됐고, 식물 삽화와 초록색 웅덩이에서 멱을 감는 나신의 여인을 그린 묘한 그림들로 가득했다. 그 필사본을 본 몇 안 되는 학자들은 중세 약초 치료법을 특이한 형식으로 열거한, 사장된 의학서일 거라 추측했다.

보이니치는 그들의 설명에 동의하지 않았다. 그는 그 고문서를 컬렉션의 '미운 오리'로 간주했지만(아마로 된 책등은 갈라졌고 그림은 색이 바랬다), 필기체로 적힌 본문에 완전히 매료됐다. 특히나 어떤 내용이 적혀 있는지 아무도 모른다는 데 호기심을 느꼈다. 보이니치는 이 불가사의한 텍스트가 암호일지 모른다는 솔깃한 이론에 빠져들었다. 그는 홍보의 대가답게 《뉴욕 타임스》와의 인터뷰에서 이 조그만 필사본이 "중세 흑마술이 20세기 과학보다 훨씬 앞선 기술이었다는 증거가 될 것"이라고 선포했다.[2] 물론 두말하면 잔소리지만, 그 흑마술의 진가를 밝히려면 먼저 암호를 풀어야 했다.

아아, 그렇지만 보이니치의 초기 시도는 실패로 돌아갔다. 본문을 도저히 해독할 수 없었기 때문이다. 보이니치는 돌파구를 찾길 바라는 간절한 마음으로 미국 육군의 MI-8 암호 해독반에 필사본을 넘겼다. 그들이라면 본문을 그림과 매치하고 암호를 역설계해 금세 해독할 수 있겠거니 기대했다. 하지만 암호 해독 전문가들도 전혀 진전을 보이지 못했다(알고 보니 식물 삽화는 전부 가상의 산물이었다). 로런스와 낸시 골드스톤은 보이니치 문서를 다룬 책에서 이렇게 말했다. "암호 해독 전문가들이 들여다보면 볼수록 암호는 점점 더 난해해졌다."[3]

보이니치는 7년 동안 헛물만 켠 끝에 윌리엄 로메인 뉴볼드를 찾아갔다. 펜실베이니아대학교에서 고대 철학서를 전문으로 연구하는 저명한 학자였다. 마침내 뉴볼드는 마지막 페이지에서 돌파구를 찾았다. 거기서 세 줄의 희미한 라틴어를 발견한 것이다. 그는 이 라틴어가 나머지 부분을 해독할 수 있는 비밀 열쇠임이 분명하다는 결론을 내렸다.

1921년 4월 미국 철학학회 회원들이 다 같이 모인 자리에서 뉴볼드는 자신이 밝혀낸 놀라운 사실을 공개했다. 그 필사본의 작성자가 과학적 방법론의 선구자였던 13세기 영국의 대학자 로저 베이컨이라는 것이었다.✲ 뉴볼드에 따르면 베이컨은 이 필사본에서 망원경이나 증기 같은 공학계의 놀라운 발전을 예견했다. 정자의 영법과 머나먼 천체의 나선형 성운을 설명했다. 이 놀라운 사실을 근거

✲ 로저 베이컨은 가능한 한 "논리에 따라 제시된 가설은 감각 정보로 입증하고, 기구의 도움을 받고, 신뢰할 수 있는 증인에게 확인을 받아야 한다"고 주장했다.[4] 훌륭한 생각이었지만 정작 본인은 많은 시간을 연금술과 점성술 연구에 할애했다.

로 보이니치 고문서는 전 세계 학자들의 주목을 받았고, 과학계에서 가장 중요한 문서로 등극했다. 베이컨은 시대를 몇백 년 앞서간, 암흑시대에 갇혀 있던 과학계의 선지자였다.

그렇다면 암호는 어떻게 구성되어 있었을까? 뉴볼드에 따르면 베이컨은 어마어마하게 복잡한 세 종류의 암호를 동원했다. 모르긴 해도 비밀을 단단히 숨기고 싶었나보다. 어떤 부분에서는 라틴어 문자를 둘씩 짝을 맞춰 조합하면 문장이 완성됐다. 또 다른 부분에서는 100퍼센트 표음 문자가 쓰였다. 따라서 암호를 해독하려면 먼저 필적을 현미경으로 관찰해 미묘한 특징을 분석해야 했다. 문자 '분해'가 끝나면 분철(여러 형태소가 연결될 때 각각을 음절이나 성분 단위로 나누는 것—옮긴이), 치환, 도치 등 여러 규칙에 따라 축약된 문장을 풀어야 했다.[5] 뉴볼드는 이런 복잡한 과정을 통해 한 줄의 암호문을 여러 문단의 라틴어로 바꿀 수 있었다. 이 짧은 책은 실은 백과사전이었다.

몇몇 동료들이 의문을 제기했지만, 뉴볼드는 베이컨이 그가 살던 시기에는 알 수 없던 역사적인 사건과 자연 현상을 정확히 묘사하고 있으므로 자신의 해석이 옳다고 주장했다. 뉴볼드는 1926년 9월에 급성 소화불량으로 사망했다. 1930년에는 보이니치도 눈을 감았다. 그는 자신의 가장 소중한 필사본(과학사를 바꾼 '미운 오리')을 보존할 수 있게 공공 기관에 매각해달라는 유언을 남겼다.

하지만 이 필사본은 팔리지 않았다. 보이니치 암호가 끝까지 수수께끼로 남았기 때문이다. 뉴볼드는 자신이 미스터리를 해결했다고 확신했지만, 그건 착각이었다. 승자는 미스터리였다.

1913년 이름난 갑부인 조지 파비언은 시카고대학교의 영문학과 교수 존 매튜스 맨리에게 셰익스피어의 작품 안에 숨겨져 있다고 소문이 자자한 암호에 대해 조사를 의뢰했다.✲ 맨리는 암호를 좋아했고 셰익스피어도 좋아했기에 의뢰에 응했다. 맨리가 암호 같은 건 없다는 결론을 내리기까지는 6주가 소요됐다. 암호로 보였던 것들은 그저 우연의 일치였다.

몇 년 뒤 제1차 세계대전이 유럽을 강타하자 미국 정부는 암호 해독 전문가가 절실히 필요했다. 맨리는 미국 육군 산하 군사정보국에 차출돼 셰익스피어의 작품을 조사할 때 썼던 방법으로 독일군의 비밀 전보를 파헤치는 임무를 맡았다.[6] 전쟁이 끝나자 맨리는 다시 학교로 돌아왔다. 그러던 중 보이니치 필사본에 대한 정보를 입수하게 된다. 암호에 대한 호기심을 거둘 수 없던 그는 이내 이 엉뚱한 수수께끼에 흠뻑 빠져들었다. 1931년, 즉 뉴볼드가 암호를 해독했다고 공포한 지 거의 10년이 지나고, 뉴볼드가 사망한 후로부터 5년이 지났을 무렵 맨리는 이 중세 필사본을 주제로 46쪽 분량의 논문을 출간했다. 그의 논지는 분명했다. "내 생각에 뉴볼드의 주장은 근거가 전혀 없고 그러므로 전적으로 기각해야 한다."

그는 뉴볼드의 주장에 조목조목 철퇴를 가했다. 뉴볼드가 현미경으로 발견한 필적 상의 특징들은 사실 양피지에 적힌 잉크가 갈라지면서 생긴 현상이었다. 뉴볼드가 원문을 잘못 옮겨 적었으나 어찌어찌 뜻을 '정확히 때려 맞춘' 것도 있었다. 암호 해독 원칙이 귀

✲ 조지 파비언은 셰익스피어의 희곡이 실은 프랜시스 베이컨의 작품이라는, 이른바 '베이컨설'의 열렬한 지지자였다.

에 걸면 귀걸이, 코에 걸면 코걸이라 똑같은 라틴어 문장을 세 가지 버전으로 다르게 해석하기도 했다. 역사적 세부 사항이 맞아떨어지지 않는다든지, 기본적인 철자를 잘못 읽은 것도 있었다. 무엇보다 뉴볼드는 필사본에 기록된 과학적 사실과 역사적 사실에 대해 자신은 아는 게 없다고 주장했는데, 맨리는 그것이 자기기만이라며 이렇게 철퇴를 가했다. "뉴볼드가 해독한 암호는 로저 베이컨이 숨겨 놓은 비밀이 아니라 그의 열의와 기발한 무의식이 빚은 작품이었다."[7]

이제 와 되짚어보면 뉴볼드의 오류는 반론의 여지 없이 명백하다. 그럼에도 당시 보이니치 필사본은 과학사의 연대표 초반부를 일시적으로나마 완전히 바꾸어놓았고, 온갖 학술지와 《뉴욕 타임스》를 비롯한 언론에서는 뉴볼드의 업적을 절절히 칭송했다. 뉴볼드가 누굴 속이려고 작정한 것은 아니었다. 자기 자신을 속였을 뿐이다.

뉴볼드 이후 수많은 학자와 암호 해독 전문가, 아마추어 애호가들이 보이니치 필사본 해독에 도전했다(필사본은 1969년에 예일대학교에 기증됐다). 미국 국가안전보장국에서는 슈퍼컴퓨터를 동원해 양피지를 분석하기도 했다. 영국 킬대학교 지식 모델링 그룹의 수장 고든 러그는 최근 발표한 논문에서, 16세기 당시 암호 작성에 쓰인 간단한 '그리드grid'인 '카르다노 그릴cardan grille'을 적용하면 보이니치 필사본의 일부를 단시간에 똑같이 만들어 낼 수 있다고 밝혔다.[8] 그의 주장에 따르면 보이니치 필사본은 아무 의미 없는 단어를 카르다노 그릴에 넣고 돌려서 만들어낸 사기극일 가능성이 크다고 한다. 중세 시대의 부유한 귀족에게 연금술 입문서라고 속여서 팔아넘기려고 제작된 책이라는 것이다. 윌리엄 프리드먼을 비롯해 세계적으로 손꼽히는 암호 해독 전문가들도 본문에 어떤 언어가 쓰였는지조차 파악하지 못하고 그냥 '보이니치어'라고 부르는 이유도 이 때문일지 모른다.

그럼에도 이 멋진 사기극의 매력은 오늘날까지 사그라지지 않았다. 2019년 이후 발표된 보이니치 필사본 관련 학술 문헌은 200건이 넘는다. 게다가 수많은 소설과 영화와 텔레비전 드라마, 심지어 비디오 게임의 소재가 되었다. 이로써 의문이 제기된다. 이 뜻 모를 필사본 하나에 수백 년 동안 여러 나라의 국왕과 학자와 암호 분석 전문가가 매달려 온 이유는 뭘까? 이 횡설수설에 어떤 매력이 있길래 사람들은 끊임없이 관심을 보이는 걸까?

보이니치는 이 고문서를 발견했을 때 수수께끼 같다는 점에서 매력을 느꼈다. 정체를 모르는 문자로 쓰였고, 한 번도 들어본 적 없는 언어를 구사했으며, 존재하지 않는 식물의 삽화가 그려져 있었다. 그렇지만 상징에는 일관적인 면이 있었고 특정 부분이 반복되었으며 식물의 섬세한 디테일이 신빙성을 높였다. 마치 조금만 노력을 기울이면 비밀을 알아낼 수 있을 것처럼 느껴졌다. 보이니치에게 이 책은 단어마다 심오한 의미가 내포된, 종잡을 수는 없지만 어마어마한 작품이었다. 보이니치 고문서가 그토록 흥미진진했던 이유는 해석이 필요하기 때문이었다.

하지만 여기에 역설이 존재한다. 사람들은 종잡을 수 없는 중세 시대 필사본에는 매력을 느낄지 몰라도 현실에서는 종잡을 수 없는 상황을 최대한 피하려는 성향이 있다. 랜드RAND 연구소에서 핵 전쟁 전략을 분석하던 대니얼 엘스버그(그는 10년 뒤에 베트남 전쟁사가 담긴 1급 기밀서 '펜타곤 문서'를 폭로한다)는 1961년에 예측불가한 상황에 대처하는 인간의 반응을 주제로 아주 영향력 있는 논문을 발표했다.[9] 그는 이 논문에서 도박에 관한 흥미로운 실험을 소개했다. 실험에는 공 100개가 담긴 2개의 단지가 동원됐다. 첫 번째 단지에는 빨간색과 검은색 공이 알 수 없는 비율로 섞여 있었다. 두 번째 단지에는 빨간색과 검은색 공이 50개씩 담겨 있었다. 피험자는 단지에서 무작위로 꺼낸 공의 색을 알아맞히면 100달러의 보상을 받을 수 있고, 다만 먼저 두 단지 중 어디에서 공을 꺼낼지 선택해야 했다. 엘스버그가 예견했고 실험 결과가 입증했다시피 사람들 대부분은 공의 비율이 밝혀진 두 번째 단지를 선택했다.[✲] 수학적 확률은 똑같다고 할지라도 인간(성인)은 모호성 기피 성향으로 인해 지나치게 불확실한 도박은 피하려 한다. 최근 캘리포니아공과대학은 사람들이 모호한 상황에서 판단을 내려야 할 때 공포와 불안을 관장하는 편도체의 활동이 활발해진다는 실험 결과를 발표하기도 했다.[10]

확실하지 않은 상황을 꺼리는 이러한 경향은 심각한 결과를 초래할 수도 있다. 모호성 기피 성향으로 인해 사람들은 합리적이지 못한 선택을 내리게 된다. 예컨대 시장 상황이 불안해지면 크게 당황하여 극심한 손해를 보더라도 투매를 한다(내막을 알 수 없는 단지

✲ 신기하게도 아이들은 종잡을 수 없는 선택지에 반감을 보이지 않는다. 삼라만상의 불확실성을 있는 그대로 받아들인다.

에 목돈을 넣어두려는 사람이 어디 있을까).[11] 의학적 선택의 순간에도 영향을 미친다. 우리는 잠재적 이득이 감소하는데도 결과를 더 확실히 예측할 수 있는 치료법을 선택하는 경향이 있다. 한편 법학자들은 모호성 기피 성향으로 인해 피고가 자신에게 불리한 사법 거래를 하게 될 수도 있다고 설명한다. 결과를 알 수 없는 재판에 대한 공포를 이기지 못하고 사법 거래를 선택하게 되는 것이다.[12]

보이니치 필사본의 경우도 그렇다. 자칫 방심하면 모호성 기피 성향으로 인해 윌리엄 뉴볼드처럼 있지도 않은 해법을 단정하게 될 수도 있다. 모호성을 즐기기보다 암호를 풀었다고 주장하게 되는 것이다. 자기 자신을 속이기란 얼마나 쉬운가.

이번 장에서 우리는 훌륭한 예술작품이 어떻게 모호함을 작품의 동력으로 활용하는지, 그리하여 어떻게 끊임없이 변화하는 주제로 우리를 매료하는지 알아볼 것이다. 우리는 본능적으로 텍스트를 해독하길 원한다. 모호한 부분을 삭제하길 원한다. 확실하게 파악하길 원한다. 하지만 예술은 확답을 거부함으로써, 여러 갈래의 여지를 남기며 불확실성과 더불어 사는 법을 가르친다. 다른 말로 하자면, 인생을 사는 법을 알려주는 것이다.

J. D. 샐린저가 좋아한 선문답

1948년 겨울. 작가 J. D. 샐린저는 이혼을 한 뒤 코네티컷주 스탬퍼드 근교의 차고를 개조한 집에서 슈나우저 한 마리와 함께 지내고 있었다. 《뉴요커》와 《굿 하우스키핑》에 단편소설이 몇 번 실린 적 있었지만, 입에 풀칠하기도 버거운 형편이었다. 글을 쓰지 않는 시간에는 선종을 공부했다. 그가 불교에 끌린 가장 큰 이유는 명상이었다. 명상을 하면 제2차 세계대전 참전으로 생긴 충격과 상처를 조금이나마 덜 수 있었다(그는 공격 개시 예정일에 유타 해변에 상륙했고, 벌지 전투를 치렀고, 정보장교로 다하우의 참상을 기록했다). 하지만 샐린저가 진정으로 매료된 것은 역설과 모호성을 반추의 도구로 강조하는 선종의 묘미였다. 그는 종종 논리적인 이해를 거부하는 선문답을 인용했다. 샐린저는 선문답처럼 난해한 텍스트를 묵상하도록 유도하는 작품이야말로 최고의 작품이라고 생각했다. 최초이자 유일한 단편집인 『아홉 가지 이야기』를 출간했을 때 그는 책머리에 다음과 같은 선문답을 실었다. "우리는 두 손이 손뼉 칠 때 어떤 소리가 나는지 안다. 하지만 한 손으로 손뼉을 칠 때는 어떤 소리가 날까?"[13] 물론 이 질문의 핵심은 '아무도 모른다'는 것이다.

『아홉 가지 이야기』에서 선종의 영향을 가장 많이 받은 작품은 아서와 리, 두 친구의 통화 내용으로 이루어진 「예쁜 입과 초록빛 나의 눈동자」다. 때는 야심한 시각. 두 남자는 만취와 숙취의 중간 어디쯤 있다. 아서는 그날 밤 아내 조니와 함께 참석했던 파티에서 조니가 갑자기 사라졌다며 노발대발하고 횡설수설한다. 수화기 너머로 이 이야기를 듣는 리는 반면에 어떤 여자와 함께 침대에 누워 있다. 불확실성을 배경으로 대화는 계속 이어진다. 리 옆의 여자는 누구일까? 조니일까? 아서는 왜 이토록 미친 듯이 화가 난 걸까?

소설은 이런 질문들에 답을 주지 않는다. 샐린저는 리와 함께 누워 있는 이름 모를 여인이 조니가 아닌지 의심하도록 독자들을 유도한다. 그렇지만 이야기 말미에는 아서가 다시 전화해 조니가 방금 집에 돌아왔다는 소식을 전한다. 뜻밖의 반전, 하지만 그로써 상황이 명료해지는 건 아니다. 오히려 그 반대다. 인물들에 대해 알면 알수록 머릿속은 점점 더 복잡해진다. 마치 한 손으로 손뼉을 칠 때 나는 소리를 상상하는 것과 같다.

프린스턴대학교의 신경과학자 유리 해슨이 「예쁜 입과 초록빛 나의 눈동자」에 호기심을 갖게 된 것도 바로 이 모호함 때문이었다.[14] 해슨은 과거 몇 년 동안 이야기의 신경해부학을 연구하던 참이었다. 그는 뇌 스캐너에 사람들을 눕혀놓고 히치콕의 영화를 보여주었고, 세르조 레오네의 서부극을 볼 때 시선이 어떤 식으로 움직이는지 관찰했다. 소설 속 캐릭터의 발전 메커니즘을 분석했고(독자는 가상의 캐릭터를 머릿속에 그릴 때 현실의 사람을 생각할 때와 똑같은 방식으로 접근한다) 사람들이 자신이 살아온 이야기를 남에게 털어놓을 때 대뇌피질의 어느 부분이 동원되는지 파악했다.[15] 그는 샐린저의 작품을 통해 인간이 해석 불가능한 텍스트를 맞닥뜨렸을 때 어떤 식으로 대처하는지 알아내고자 했다. 해슨은 이렇게 말했다. "그 작품은 해석을 독려하는 동시에 그 해석이 틀렸을 가능성을 분명하게 밝힌다는 점에서 인상적이다. 샐린저는 한 가지 해석을 정답으로 만드는 문장들을 **생략**했다."[16]

인간의 뇌는 이와 같은 모호성을 맞닥뜨렸을 때 어떤 식으로 대처할까? 우리는 해결책을 찾으려 한다. 루트비히 비트겐슈타인은 『철학적 탐구』에서 모호성은 해석이라는 행위와 불가분의 관계라

Welche Thiere gleichen einander am meisten?

Kaninchen und Ente.

고 썼다.[17] 오리로도 보이고 토끼로도 보이는 위의 이 유명한 그림을 통해 그는 자기 주장을 입증했다.

어떤 사람의 눈에는 이 그림이 오리로 보인다. 또 어떤 사람의 눈에는 토끼로 보인다. 혹은 오리로 보였다가 토끼로 보일 수도 있다. 하지만 비트겐슈타인이 지적했다시피 이건 모두 부정확한 하나의 해석에 불과하다. 그의 주장에 따르면 이 그림은 '오리 토끼'라고 해야 한다. 우리는 한 번에 하나의 이미지만을 볼 수 있지만 다른 해석의 여지를 잊지 말아야 한다. 모호성은 정답을 얻는 과정에서 해결해야 하는 문제가 아니다. 모호성 자체가 답이다.✲

해슨은 피험자들의 뇌 스캐너를 살피며 텍스트 해석 과정이 어떻게 전개되는지 관찰해보기로 했다. 이는 '해석의 심리학'을 파헤치는 실험이 될 것이었다. 그는 「예쁜 입과 초록빛 나의 눈동자」를 두 버전으로 수정한 뒤 피험자들에게 보여주었다. '불륜' 버전에서는 도입부에서 아서 곁에 누워 있는 사람이 조니라는 사실을 명시했다. '피해망상' 버전에서는 처음 몇 문장을 수정해 아서가 망상증 환자인 듯한 뉘앙스를 흘렸다. 그런 다음 이런 수정이 작품의 나머지 부분을 해석하는 데 어떤 영향을 미치는지 관찰했다. 편집된 부분이 미치는 영향은 지대했다. 피험자 뇌에서 어떤 부분이 활성화되는지에 따라 그들이 어떤 버전을 읽고 있는지 알 수 있을 정도였다.

신기하게도 수정된 부분은 처음 네 문장뿐인데도 신경 반응의 차이는 끝까지 유지됐다. 나머지 뒷부분은 동일했는데도 각 그룹의 피험자들은 텍스트를 다르게 받아들였다. 해슨은 이렇게 얘기했다. "실험 결과를 통해 알 수 있다시피 뇌는 해석하는 기계다. 일단 프레임을 갖게 되면 모든 걸 그 틀을 통해 바라본다."

샐린저의 작품은 하나의 해석으로 가둘 수 없다는 데 그 매력이 있다. 끝까지 '오리 토끼'이길 고집하는 것이다. 그 결과 독자들은 조니가 불륜을 저지르고 있는지, 아니면 아서가 망상증 환자인지 갈피를 잡지 못하고 오락가락하게 된다. 문학 연구자들은 이를 가리켜 '해석학적 순환'이라고 한다. 작품의 모호함으로 인해 그 작품의 각 부분이 다른 부분과 어떤 관계를 맺고 있는지 추측하며 일부만을 이해할 수 있을 때 이런 순환이 발생한다. 물론 작품의 의미는 개별적인 부분의 해석에 따라 달라진다(오리 토끼 그림으로 말하자

☼ 역사학자 에른스트 H. 곰브리치도 이야기했다시피 우리는 "오리를 보는 동안 토끼를 기억할 수는 있다. 하지만 유심히 들여다보면 볼수록 양쪽 해석을 동시에 체험할 수 없다는 사실이 점점 더 분명해질 것이다."

면, 어떤 동물로 보려 하느냐에 따라 디테일한 부분이 달리 보인다). 따라서 우리는 순식간에 지나가는 패턴과 미묘한 주제를 파악하며, 부분과 전체 사이를 계속 오가며 의미를 구축해야 하는 무한 루프에 갇힌다.

해슨은 이렇게 설명한다. "샐린저의 이 작품을 읽다 보면 대화의 맥락을 파악하기 위해 애를 쓰게 된다. 계속 헷갈리기 때문에 계속 읽게 되기도 한다." 즉답이 나오지 않으면 우리는 텍스트를 더 유심히 들여다보게 된다. 조니가 리와 바람을 피우고 있나? 다시 들여다본다. 아닌가? 해슨은 덧붙인다. "모호함 때문에 머리가 피곤해지지만, 더욱 흥미진진해진다. 아무리 마음이 굴뚝같아도, 몇 번을 다시 읽어도 하나의 해석을 확립할 수 없다. 끝이 나지 않는다."

아름다운 소네트의 어두운 진실

평론가 윌리엄 엠프슨은 1930년에 출간한 고전 『일곱 가지 유형의 모호함』에서 시의 호소력은 모호함에 따라 달라진다고 썼다. 그는 모호함을 가리켜 "완전한 오독 없이…… 새로운 관점을 유도할 수 있는 원동력"이라고 정의했다. 엠프슨에 따르면 우리는 운문의 모호함에 매료된다. 말의 힘을 결정하는 건 거기 담긴 동시적simultaneous 진실이다.[18]

엠프슨은 셰익스피어의 「소네트 83」을 예로 든다.[19] 이 시는 칭송으로 시작한다.

그대에게 치장이 필요하다 생각한 적 없어
그대의 아름다움에 치장을 한 적 없나니
I never saw that you did painting need,
And therefore to your fair no painting set;

여기까지는 아주 빤하다. 소네트의 대상은 말로 다 표현할 수 없을 만큼 사랑스럽다. 소네트는 원래 찬사의 시, 사랑하는 사람에게 바치는 운율이다. 하지만 셰익스피어는 단순한 칭송에 금세 싫증을 낸다. 제이 Z가 말한 것처럼 소네트는 엄격한 구조를 통해 "대상의 구석구석을 탈탈 털고…… 빤한 내용을 새롭게 표현할 말을 만들어 내도록" 작가를 압박하는 '허세 랩의 선조'다.[20] 따라서 시격 자체가 은유가 된다. 제이Z는 이렇게 말했다. "자기가 얼마나 쿨한 인간인지 아주 독창적이고, 기발하고, 파워풀하게 얘기할 수 있다면 그 자체로 그 말이 사실임을 입증하는 증거가 된다."

「소네트 83」에서 셰익스피어는 일반적인 소네트의 클리셰를 깨뜨림으로써 능력을 과시한다. 연가로 시작한 시를 엘리자베스 시대의 허세 랩으로 점점 변모시켜 나가는 것이다. 셰익스피어는 소네트의 제한적인 형식을 천부적인 창의력을 과시하는 도구로 활용한다. 시는 바로 다음 구절에서부터 매력적인 모호함을 담아내기 시작한다.

나는 알았네, 아니 안다고 생각했네, 그대가
빚이 있는 시인이 쓴 메마른 시보다 훨씬 근사하다는 것을.

I found, or thought I found, you did exceed
The barren tender of a poet's debt;

여기서 셰익스피어는 의미가 여러 개인 단어를 배치해 언어에 내재된 모호성을 활용한다. 먼저 'tender'라는 단어는 '다정하다'는 뜻의 형용사일 수도 있고 '변제'라는 뜻의 명사일 수도 있다. 'debt(빚)'도 골치 아픈 문제다. 셰익스피어의 교묘한 전략 덕분에 우리는 이 '빚'을 시인이 갚아야 할 것으로 읽을 수도 있고, 혹은 받아야 될 것으로 읽을 수도 있다. 만약 시인이 빚을 졌다고 읽는다면, 이 구절은 시인이 그대의 아름다움을 시로 다 표현해내지 못한다는 의미로 해석할 수 있다. 이 얼마나 낭만적인가. 하지만 시인이 받아야 할 빚이 있다고 읽는다면(이때 그 '빚'은 시인이 쓴 시에 대한 보상을 의미한다), 시는 상실감을 내포하게 된다. 시인은 이 시를 바치는 대상의 친구가 아닌 단순한 피고용인으로 전락한다. 어느 쪽이 됐건 '아니 안다고 생각했네'라는 삽입 어구와 함께 '메마른'이라는 단어를 썼으니 씁쓸한 심상을 암시한다는 게 엠프슨의 설명이다. 둘의 관계에 문제가 생긴 것이다.

소네트가 끝을 향해 갈수록 두 해석의 간극은 점점 더 커진다.

나는 침묵을 지킴으로써 아름다움에 누를 끼치지 않았으니
생명을 불어넣겠다 하고 죽음을 불러온 저들과 다르도다.
For I impair not beauty being mute,
When others would give life and bring a tomb.

이 두 행에는 의문의 소지가 많다. 먼저 누구의 죽음인지가 불분명하다. 엠프슨은 셰익스피어의 죽음일 수도 있다고 설명하는데, 그렇다면 이 구절은 시인이 평생 헌신을 다하겠다는 뜻이 된다. 반대로 상대의 죽음일 수도 있다. 그렇게 해석하면 이 시는 사실상 칭송의 탈을 쓴 협박이다. 그대의 피상적인 아름다움을 파괴하지 않기 위해 침묵을 택하겠다지 않는가. 쓰기로 마음먹는다면 추악한 비밀을, 그 '아름다운 눈fair eyes' 뒤에 숨겨진 어두운 진실을 폭로하게 될 테니 말이다.

이 소네트의 모호함은 셰익스피어의 비범한 재능을 반영한다. 얄팍한 찬양의 소네트로 보이던 작품이 시의 잠재성을 입증하는 증거가 되었다. 엄격한 운율 체계를 따라야 하는 짧은 운문도 상반되는 두 가지 해석을 불러오는 오리 토끼가 될 수 있다. '로맨틱한 버전'에서 시인은 그대가 말로 표현할 수 없을 만큼 아름답기 때문에 적절한 소네트를 쓸 수 없다고 노래한다. 하지만 '분노 버전'에서는 깨어진 우정으로 착잡한 심정을 논한다. 한쪽 해석이 더 설득력 있게 느껴지더라도 독자는 다른 쪽 해석의 그늘을 완전히 벗어날 수 없다. 제임스 볼드윈은 『구원의 십자가The Cross of Redemtion』에서 이렇게 말했다. "이것이 그(셰익스피어)가 시인이라 불리는 이유다. 그의 책무는 인간의 수수께끼를 역설함으로써 모든 꼬리표를 타파하고 모든 싸움을 복잡하게 만드는 것이다. 이것이 그의 기쁨이자 주특기이며 삶이다."

엠프슨이 보기에 모호함은 단순히 지적 게임을 위한 것이 아닌 시적 감흥의 원천이다. 막스 플랑크 연구소의 과학자들이 최근에 실시한 연구 결과도 그의 주장을 뒷받침한다.[21] 피험자들을 fMRI 기기 안에 눕혀놓고 셰익스피어의 소네트, 파울 첼란의 「시편Psalm」, 릴케의 작품을 비롯해 수십 편의 시를 들려주자 그들의 온몸에 소름이 돋으면서 뇌에서 보상을 담당하는 영역으로 피가 쏠리는 현상을 확인할 수 있었다. 과학자들에 따르면 시라는 형식의 가장 중요한 측면 중 하나는 '완결 효과', 즉 '일정한 리듬과 주기를 추구하고 그것을 통해 앞으로 닥칠 일을 예견하고자 하는 뇌의 성향을 자극하는' 것이었다. 훌륭한 시는 무언가를 이해하려는 우리의 욕구를 자극하고는 모호함으로 그걸 뒤집어버린다. 완결을 거부하면서, 완결을 시도해보라고 우리를 유혹한다.✲ 이런 관점에서 보면 시는 작품에 내포된 불확실성을 통해 감정을 유발하는 전복적인 음악의 구조와 일맥상통한다.[22]

이번 연구로 밝혀진 놀라운 사실이 하나 더 있다. 시를 더 자주 읽으면 읽을수록 전율의 강도도 더 강해진다는 것이다. 익숙함은 대개 적응으로 이어지고, 그에 따른 자극은 점점 더 약해지기 마련이지만 훌륭한 시는 이런 덫에 걸리지 않는다. 독자는 읽으면 읽을수록 오히려 더 예민하고 예리하게 반응하게 되는데, 이유가 무엇일까. 하나의 가설을 제시하자면 운문의 수수께끼 같은 본질이 읽을수록 증폭된다는 것이다. 처음 파울 첼란의 「시편」을 보면 해석 가능하다고 생각할지 모른다. 쉬운 단어로 쓰인 이 시는 명확함과 모

✲ 도널드 홀의 표현에 따르면 의미심장한 시는 한가운데에 밀실이 있는 집과 같다. "이 방은 지식인의 해설을 기다리는 '숨겨진 의미'라기보다 말로 표현할 수 없는 것들이 모여 있는 곳이다."

호함의 경계에서 줄다리기를 한다. 하지만 다시 읽어보면 ("아무것도 아닌 / 것이던 우리, 것인 우리, 것일 우리 / 꽃으로, 피어날 것이다") 셰익스피어의 소네트처럼 이 작품 역시 오리 토끼라는 것을 알 수 있다. 정답은 하나가 아니다.

안티히어로 토니 소프라노의 마지막

모호함의 혜택은 문학에만 국한되지 않는다. 우리는 영상 콘텐츠의 황금기에 살고 있다. 난해한 인물, 복잡한 줄거리, 미스터리한 요소들로 이루어진 콘텐츠가 무궁무진하다. 이 황금기의 시작을 연 작품은 데이비드 체이스가 제작한 HBO의 86부작 드라마 〈소프라노스〉였다고 (전설처럼) 전해진다. (2022년 미국의 대중문화 매거진 《롤링 스톤》지는 역사상 최고의 TV 프로그램 100선을 꼽았는데, 1위가 〈소프라노스〉였다.) 이 드라마의 주인공은 어머니, 아내, 아이들과 함께 살아가는 한 가족의 가장이자 뉴저지주에 본거지를 둔 마피아 조직의 부두목 '토니 소프라노'다. 그는 복잡한 안티히어로다. 제작자 체이스는 이 드라마의 모든 요소에 미스터리를 배치하려 했다. 하나의 명확한 해석이 불가능해서 몇 번이고 다시 시청할 수 있도록 만들고자 한 것이다.

이 시리즈의 악명 높은 결말에도 이 전략은 어김없이 반영됐다. 드라마의 마지막 에피소드에서 토니는 어느 식당에 앉아 가족을 기다리고 있다. 시간도 때울 겸 주크박스를 구경하다 저니Journey의

'돈 스탑 빌리빙Don't Stop Believin''을 튼다. 노래가 시작되자 그의 아내가 뒤따라오는 아들과 함께 식당으로 들어온다. 이때 카메라는 식당 안의 몇몇 수상한 사람들을 길게 잡는다. 모자를 쓰고 커피를 마시는 남자, '멤버스 온니' 브랜드 재킷을 입고 바에 앉아 있는 음흉해 보이는 남자도 있다. 그러고 나서 짧은 몽타주가 이어진다. 주차장에 있는 메도 소프라노(토니의 딸)의 모습, 재킷을 입은 남자가 화장실에 들어가고, 테이블에 놓인 어니언링이 보인다. 식당 문이 다시 열리고 토니가 고개를 든다. 그 뒤 곧바로 암전.

무수한 시청자들은 이 갑작스러운 결말을 보고 집에 전기가 나간 줄 알았다. 그리고 그게 아니라는 걸 깨달은 순간부터 수많은 가설을 쏟아내기 시작했다. 어떤 사람들은 토니가 재킷 차림의 남자에게 살해당한 게 분명하다고 했다. 이 가설에 따르면 그 남자는 화장실에 들어가 거기 숨겨둔 권총을 가져온다. 마지막 장면인 갑작스러운 암전은 토니의 죽음, 그러니까 토니 어머니의 표현을 빌자면 '천하에 별 것 아닌 일'이 일어난 것을 의미했다. 또 다른 사람들은 토니가 죽지는 않았지만, 만성적인 공포에 시달리게 됐다는 걸 보여주는 결말이라고 해석했다. 이 가설에 따르면 식당에서 암살은 벌어지지 않지만, 토니가 모두를 의심하게 된다. 마지막 순간 우리에게도 전해지는 그 짓눌리는 긴장감이 그의 영원한 형벌이자 결말이다. 시청자들은 정답을 찾기 위해 과거의 에피소드를 뒤지고 장면을 분석하며 결말을 암시하는 부분이 있는지 찾았다. 저니의 노래 가사를 파헤쳤다. 체이스에게 토니가 정말 죽었느냐고 계속 물었다.

체이스는 답변을 거부했다. 아니, 정답은 없다고 계속 강조했다. 그는 공개적으로 이렇게 선언했다. "토니가 살았는지 죽었는지는 중요한 문제가 아닙니다. 정답을 찾겠다고 계속 애를 써봐야 헛수고예요. 〈소프라노스〉의 마지막 장면에서 제기된 질문에는 정답도 오답도 없습니다."[23] 80여 시간 동안 토니와 그의 친구들을 지켜봐온 시청자로서는 그가 어떻게 됐는지 궁금해 미칠 지경이었지만, 체이스는 우리를 미스터리 안에 그대로 가둬두는 편을 택했다.

평론가 앨런 세핀월은 〈소프라노스〉의 결말을 '슈뢰딩거의 고양이'로 알려진 에르빈 슈뢰딩거의 그 유명한 사고 실험에 비유했다.[24] 이 실험에서 고양이는 독극물이 든 병과 함께 종이상자 안에 갇혀 있다. 고양이가 살았을지 죽었을지는 상자를 열어보기 전까지 알 수 없다. 본다는 행위가 현실을 결정하는 것이다. 슈뢰딩거는 양자역학의 불확정성을 비판하기 위해 이런 사고 실험을 했지만, 토니 소프라노의 모호한 최후도 이와 비슷하다. 유일한 차이점이 있다면 그의 미스터리 상자는 영영 열 수 없다는 것이다.

폴 매카트니가 죽었다고?

일요일 오후. 디트로이트에 있는 WKNR-FM 방송국에서는 언제나처럼 시간이 더디게 흘러가고 있었다. 바가지 머리에 동그랗고 두꺼운 안경을 쓴 말 많은 음악 기획자 러스 깁은 틈틈이 청취자의 전화를 받아가며 프로그레시브와 개러지 록을 틀고 있었다. 깁은 파트타임 DJ인 동시에 공연장 '그랜드 볼룸'의 사장이었다. 댄스 홀을 개조한 그랜드 볼룸에서는 앨리스 쿠퍼, MC5, 스투지스 같은 지역 출신 밴드들이 공연을 하곤 했다. 깁은 비틀스의 신보 〈애비 로드〉에서 몇 곡을 소개한 후에 입실랜티에 산다는 청취자 톰의 전화를 받았다.

톰은 놀라운 소식을 전했다. 폴 매카트니가 죽었다는 것이다. 깁은 그럴 리 있느냐는 뜻에서 웃음을 터뜨렸다. 레넌과 매카트니의 근사한 신곡을 이제 막 들은 참인데 폴이 죽었다니. 깁이 말했다. "누가 죽었다는 얘기는 수시로 나오지만, 그냥 낭설이에요." 하지만 톰은 물러서지 않았다. "음반에 매카트니의 죽음을 암시하는 단서가 있어요. 〈레볼루션 넘버 나인〉을 거꾸로 틀어보세요."

깁은 호기심이 동했다. 이게 얼마나 어이없는 헛소문인지 입증하는 것도 재밌는 방송이 될 터였다. 그는 비틀스의 아홉 번째이자 더블 앨범, 일명 〈화이트 앨범〉을 집어 턴테이블에 올렸다.

"어느 부분을 틀면 되나요?" 깁이 물었다.

"맨 첫 부분이요. 계속 '넘버 나인…… 넘버 나인' 하는 부분을 틀어보세요."

깁은 홈을 찾아서 LP판을 조심스럽게 뒤로 돌리기 시작했다. 지직거리는 소음 사이로 유령 같은 목소리가 들렸는데, 이제는 숫자를 읊조리지 않았다. 깁의 귀에는 이렇게 들렸다. "나를 흥분시켜봐, 데드 맨…… 나를 흥분시켜봐, 데드 맨."

입실랜티에 사는 톰이 다시 말했다. 하울링 때문에 목소리가 뭉개졌다. "이제 들었죠, 러스 아저씨?"

"네, 확실히 들었어요."

깁은 폴 매카트니가 죽지 않았다는 걸 알았다. 하지만 그는 방송을 할 줄 알았다. 그 프로그램의 청취자는 피에로 분장을 한 앨리스 쿠퍼의 공연을 보려고 그랜드 볼룸을 찾는 10대 아이들이었고, 그들은 비틀스 멤버가 죽었다는 이 헛소리에 열광할 것이었다.

그의 짐작은 정확했다. 깁의 라디오 방송이 끝나갈 무렵 한 청소년이 1967년에 발매된 비틀스 앨범 〈매지컬 미스터리 투어Magical Mystery Tour〉를 품에 안고 방송국으로 달려왔다. 이후 『나를 흥분시켜 봐, 데드 맨』이라는 책에서 폴 매카트니 사망설을 상세히 소개했던 앤드루 리브에 따르면 주근깨투성이던 그 아이는 깁에게 '매카트니가 죽었다는 진짜 증거'를 알려줄 수 있다고 말했다. 〈스트로베리 필스 포에버Strawberry Fields Forever〉의 맨 마지막 몇 초를 느리게 돌리면 된다는 것이었다. 깁은 당장 음반을 틀었다.[25]

끽끽거리는 뒤틀린 소리와 휘몰아치는 기타 연주 사이로 존 레넌의 몽롱한 목소리가 들렸다. 처음에는 "크랜베리 소스" 아니면 "나는 정말 심심해I'm very bored."라고 하는 듯이 들렸다. 하지만 인내심을 갖고 열심히 귀를 기울이면 숨겨진 메시지를 들을 수 있었다. "내가 폴을 묻었어I buried Paul."[26]

깁의 라디오 방송은 순식간에 전국적인 뉴스가 되었다. 1969년 10월 14일, 깁이 방송 중에 〈레볼루션 넘버 나인〉을 거꾸로 튼 지 겨우 이틀이 지났을 때 미시건대학교 2학년이던 프레드 라부르는 《미시건 데일리》에 기고하려던 〈애비 로드〉 리뷰 대신 매카트니의 죽음을 시사하는 모든 단서를 상세하게 설명하는 기사를 쓰기로 결심했다(풍자의 의도였다 한들 아무도 그걸 농담으로 받아들이지 않았다). 라부르는 〈레볼루션 넘버 나인〉을 거꾸로 틀었을 때 나오는 암호와 〈스트로베리 필스 포에버〉에 실린 레넌의 섬뜩한 고백을 소개하고 여기에 시각적인 증거를 곁들였다. 〈매지컬 미스터리 투어〉 앨범에 첨부된 팸플릿 사진에서 다른 비틀스 멤버는 옷깃에 빨간 장미를 꽂은 반면 폴만 검은색 꽃을 꽂고 있었다. 〈애비 로드〉 앨범 표지는 폴의 장례 행렬이었다. 다른 비틀스 멤버는 신발을 신었는데 폴만 땅에 묻히려는 사람인 양 맨발이지 않은가. 그리고 폴은 오른손에 담배를 들고 있는데, 라부르의 지적에 따르면 "원래 폴은 왼손잡이"다. 좌측에 배경으로 보이는 폭스바겐 비틀의 번호판에 적힌 '28IF'는 매카트니가 살아 있다면(if) 28살이라는 뜻이었다.✲ 그리고 앨범에 수록된 노래 제목과 가사에도 단서가 있었다. 노래 제목인 〈문어의 정원Octopus's Garden〉은 영국 해군들이 해군 영웅이 묻힌 묘지를 부를 때 쓰는 은어다. '난 너를 원해I Want You, 그녀는 정말 끝내주지She's So Heavy'라는 가사는 시체가 된 폴을 땅속에서 끄집어내려고 낑낑대는 레넌을 표현한 것이다(heavy라는 단어에 '무거운'이라는 뜻도 있다는 걸 지적한 것—옮긴이).

라부르의 기고문은 하버드대학교의 《하버드 크림슨》을 비롯해

✲ 이 음모론에 열광하던 사람들은 나중에 〈서전트 페퍼스 론리 하츠 클럽 밴드〉 앨범 커버에서도 추가 단서를 발견했다. 피 묻은 운전용 장갑은 폴이 교통사고로 유명을 달리했음을 암시하는 증거였고, 매장에 앞서 축도라도 받는 듯 폴의 머리 위로 야자수가 넓게 펼쳐져 있다. 앨범을 거울에 비춰보면 드럼에 새겨진 '론리 하츠Lonely Hearts'라는 글자가 '11월 9일에 그는 죽는다11/9 he die'로 보였으니 매카트니가 사고를 당한 날이 11월 9일임이 틀림없었다.

여러 대학 교지에 실렸다. 앤드루 리브가 그의 저서에서 밝힌 것처럼 학생들은 지하신문에 폴의 사망과 관련한 제보를 받는다는 광고를 싣기 시작했다. 어느 광고 문구는 이렇게 시작했다. "폴이 죽었다는 걸 어떻게 알 수 있을까요? 여러분은 어떤 소문과 단서를 들으셨나요? 단서를 서로 교환하지 않으시렵니까?"27 수백 통의 편지가 도착했다. 증거는 여기저기에 난무했다. 바다코끼리를 뜻하는 walrus가 그리스어로는 '시체'라는 뜻인 거 알아요(〈매지컬 미스터리 투어〉 앨범에 수록된 〈아이 엠 더 월러스I Am the Walrus〉라는 곡을 말한다—옮긴이)? 〈블랙버드blackbird〉에 나오는 새소리가 뇌조 소리인 거 아나요? 다름 아닌 영국 전설에서 죽음을 상징하는 새? 이 곡에서 '나는 너무 지겨워'라는 가사가 나오는 직후 부분을 거꾸로 들으면 이런 말이 들립니다. "이봐, 폴은 죽었어, 그가 보고 싶어, 보고 싶어."

이 사망설은 치밀하다는 점에서 설득력이 있었다. 내용은 이런 식이었다. 1966년 11월 9일, 폴은 애비 로드 스튜디오에서 밤늦게까지 녹음을 한 뒤에 애마 애스턴 마틴을 타고 가다가 미끄러지는 바람에 전봇대를 들이받았다. 그는 현장에서 '공식 사망 선고Officially Pronounced Dead'를 받았다. 그가 〈서전트 페퍼스 론리 하츠 클럽 밴드〉 앨범 자켓 사진에서 O.P.D. 배지를 달고 있는 이유가 그 때문이다. 하지만 비틀스의 사업 가치가 워낙 어마어마하기 때문에 남은 세 명의 멤버는 폴 매카트니의 죽음을 비밀에 부치기로 하고 비밀스러운 표식이나 거꾸로 녹음한 구간에 상심한 마음을 담았다. 공개석상에 계속 나서야 할 테니 폴 닮은 꼴 선발대회 우승자를 대타로 채용했다. 존 레넌은 폴의 스타일로 〈헤이 주드〉와 〈렛 잇 비〉를 썼다. 린다 매카트니는 사실 다른 사람과 결혼했다.

물론 폴의 사망설은 파트타임 라디오 DJ와 장난꾸러기 대학생으로부터 시작된 어처구니없는 헛소문이었다.[✲] 그럼에도 불구하고 '폴이 죽었다'는 소문은 문화 현상이 되었다. 《라이프》 잡지에서는 폴의 스코틀랜드 농가에 기자를 파견하면서까지 폴의 사망설을 머리기사로 다뤘고, 변호사 F. 리 베일리는 특집 프로그램으로 '모의재판'을 열어 이 논란을 다뤘다. 수많은 라디오 방송사에서 토론을 벌이며 비틀스의 모든 앨범을 거꾸로 틀었고 주요 신문사에서는 어수룩한 청소년들의 발언을 인용하며 바이럴을 유도했다. 예를 들어 클리블랜드의 신문 《플레인 딜러》는 10대 소년 팻 로갈스키의 인터뷰를 실었다. "증거가 이렇게 많은데 우연의 일치일 수는 없잖아요. 저는 폴이 죽었다고 생각해요."[28]

훗날 매카트니는 《롤링 스톤》에 그가 적극적으로 나서서 부인하지 않은 이유를 설명했다. "주변에서 그러더군요. '폴, 어떻게 할 거야? 지금 미국에서는 난리가 났어. 네가 죽었다고.' 그래서 저는 이렇게 말했죠. '내버려 둬, 그렇게 생각하라고 해. 어쩌면 이보다 더 훌륭한 홍보도 없고 나도 죽지 않는 것 말고는 아무것도 할 필요가 없을 테니까.'"

'폴이 죽었다'는 헛소문이 바이러스처럼 번진 사건은 모호성 기피 성향의 어두운 측면을 드러낸다. 불확실성을 피하려는 인간의

✲ 폴 매카트니 사망설은 여러 면에서 오바마의 출생지를 부인하고 9.11 사건의 음모론에 빠져드는 사람들이 수천 만에 달하는 오늘날의 대량 허위 정보 시대를 향한 조기 경보였다.

성향이 보이니치 필사본 때처럼 완전한 오독으로 이어질 수 있다는 것을 보여준다. 1960년대 후반에 이르자 비틀스는 난해함의 대가가 되었다. 그들은 원래 교묘한 암시를 좋아했는데 멤버들이 THC와 LSD라는 마약을 하기 시작하면서 노래 가사는 전례 없이 실험적으로 변했다. 가사에서 여자와 섹스는 사라지고 '폴리틴 팸'과 '노란 잠수함'이 등장했다. 엉뚱하고 초현실적인 이 노래들은 차트를 휩쓸었다. 비틀스는 〈투모로 네버 노우스Tomorrow Never Knows〉에서 이렇게 노래했다. "생각의 스위치를 내리고 긴장 풀어, 흐름에 몸을 맡겨."

하지만 비틀스는 빈틈없는 아티스트였다. 그냥 헛소리를 늘어놓기는 쉽다. 반면 난해한 동시에 무언가를 암시하는 가사를 쓰기는 훨씬 어렵다. 우리는 〈더 풀 온 더 힐The Fool on the Hill〉이나 〈유 네버 기브 미 유어 머니You Never Give Me Your Money〉의 가사를 완전히 이해할 순 없어도 벅차오르는 감정을 느낄 수 있고, 그 감정의 정체를 알아내고 싶어 한다. 나중에 레넌은 이렇게 회상했다. "그 당시 나는 모호하게 가사를 썼어요. 밥 딜런처럼. 절대 직설적으로 쓰지 않고 대충 유추할 수 있는 뉘앙스만 풍겼죠."[29]

비틀스 곡 중 가장 난해하다는 〈아이 엠 더 월러스〉라는 곡을 예로 들어보자. 레넌은 그가 졸업한 고등학교에서 영어 수업 시간에 그의 노래 가사를 분석하고 있다는 재밌는 소식을 듣고 이 명곡을 만들었다. 이 노래는 LSD에 취해서 본 환상과 예전에 놀이터에서 부르던 동요에서 빌려온 이미지로 시작한다.

콘플레이크를 깔고 앉아 밴이 오길 기다리지
회사 이름이 찍힌 티셔츠, 빌어먹을 화요일
넌 아주 짓궂은 애야, 그렇게 울상을 짓다니

가사는 뒤로 갈수록 기괴해져서 '노란 반죽 커스터드'와 '에펠탑'까지 등장한다. 멜로디도 똑같이 난해하다. 도입부 멜로디는 지나가는 경찰차 사이렌 소리에서 영감을 받았다. 휘몰아치는 기타 연주가 끝나면 우렁찬 잡음과 라디오 연극 〈리어왕〉의 몇 토막이 이어지고 폴과 조지가 비명을 지르듯 코러스를 넣는다. 존이 반복해서 외친다. "내가 바로 에그맨이야. 내가 바로 바다코끼리야, 구 구 구줍." 어린 시절 친구 피트 쇼튼이 기억하기로 레넌은 밀가루 정어리와 에드거 앨런 포가 나오는 후반부의 가사를 쓴 뒤 특유의 냉소를 날렸다고 한다. "이게 무슨 뜻인지 알아내려고 그 인간들 머리 터지겠지."[30]

두말하면 잔소리지만 '그 인간들'은 이 곡이 싱글로 발표되자마자 머리 터지는 작업에 착수했다. 평론가들은 레넌이 루이스 캐럴의 시 「바다코끼리와 목수The Walrus and the Carpenter」에서 힌트를 얻은 게 아닌지 추측했다. 이 시에서 못된 바다코끼리는 굴들에게 친구인 척 다가가 그들을 먹어치운다. 사람들은 '초보 펭귄이 하레 크리슈나를 노래하고'라는 가사에 대해 고민하고(레넌이 나중에 밝힌 바에 따르면 '하나의 우상에 모든 믿음을 바치는' 사람들을 조롱한 거라고 한다), 어떤 맥락에서 에드거 앨런 포를 언급한 것인지 이해하려 했다(레넌은 나중에 앨범 표지에도 포의 얼굴을 실었다).[31] 그런데 대체

리어왕과 콘플레이크는 무슨 상관일까?

이쯤에서 분명히 짚고 넘어가자면, 이 노래는 셰익스피어의 소네트나 샐린저의 단편처럼 베일 듯 예리하게 모호하지 않다. 그보다는 엉망진창이고 자유롭다. 가사의 암시는 지도가 아닌 일종의 분위기로 기능한다. 이 노래의 모호함을 설명해달라는 요청을 받았을 때 레넌은 딱 잘라 말했다. "'나는 에그맨이야'라는 가사요? 그냥 '나는 푸딩 접시야'라고 했어도 상관없었을 거예요. 그건 그리 중요한 문제가 아니죠."[32] 그는 나중에 「바다코끼리와 목수」를 읽은 적이 없으며, 읽었다면 바다코끼리가 못된 놈이고 자본주의의 사악한 상징이라는 걸 알았을 거라고 말했다. 노래 제목을 '나는 목수'라고 할 걸 그랬다고도 덧붙였다("하지만 그럼 다른 노래가 됐을 거예요, 안 그런가요?"라고 너스레를 떠는 것도 잊지 않았다). 그는 가사에 나오는 리어왕에 대해서도 큰 의미를 부여하지 않았다. 어느 날 링고와 함께 스튜디오에서 작업하던 중 BBC에서 하는 연극 〈리어왕〉을 우연히 보게 되었고, 그 몽롱한 분위기가 마음에 들었을 뿐이었다. 그렇다면 '밀가루 정어리Semolina Pilchard'는 롤링스톤스 멤버를 약물 복용 죄로 감옥에 넣은 필처 경사Sergeant Pilcher를 암시한 게 맞았을까? 아니면 그냥 생선튀김을 장난스레 말한 것에 불과했을까?

레넌은 모든 구절의 숨은 의미를 찾으려 하는 청중을 향해 때로 냉소적인 반응을 보였다. 그는 비틀스의 전기를 쓴 작가 헌터 데이비스에게 이렇게 말했다. "우리는 사기꾼이에요. 우리는 우리가 사람들을 속이고 있다는 걸 알아요. 왜냐하면 사람들이 속고 싶어 하는 걸 알기 때문이죠. 사람들은 우리에게 그들을 마음껏 속일 자유를 허락했어요. 그래서 우린 이렇게 말하죠. 이걸 저기다 넣자, 사람들이 고민할 수 있게. 어떤 예술가든 이게 사기극이라는 걸 깨닫게 되면 전부 똑같이 할 거예요. 피카소도 그림에 아무거나 집어넣었을 걸요? 아마 지금쯤 하늘에서 80년째 우리를 내려다 보며 배꼽이 빠져라 웃고 있겠죠."✲

물론 이는 존 레넌의 과장 섞인 냉소였다. 존은 모호한 음악을 사랑했다. '너의 손을 잡고 싶어'라고 노래하던 보이밴드 비틀스는 알고 보니 뭔가를 암시하는 가사를 쓰는 데 놀라운 재주가 있었다. 헌터 데이비스는 레넌이 〈아이 엠 더 월러스〉를 만들던 작업 과정을 회상했다. 데이비스에 따르면 레넌은 멜로디를 만들며 즉흥적으로 가사를 붙였다. 존은 원래 "콘플레이크를 깔고 앉아서 사람man이 오길 기다리지"라고 불렀는데, 데이비스는 그걸 "밴van이 오길 기다리지"로 잘못 듣고 공책에 그렇게 적었다. 레넌은 그걸 더 마음에 들어 했다. 더 괴상하고 덜 뻔한 느낌이었다. 데이비스는 상상의 나래를 펼 수 있었다. "나사가 빠진, 제정신이 아니라고 불리는 사람이, 밴이 와서 자길 태워갈 거라는 얘기를 들으면 어떤 심정일까요. 존은 그 이미지를 좋아했어요."[33] 이렇게 해서 상투적인 비유가 될 뻔했던 노래가 정신병을 암시하는 훨씬 어두운 분위기의 곡으로 바

✲ 이언 맥도널드Ian MacDonald가 『머릿속의 혁명Revolution in the Head』에서 쓴 바에 따르면 레넌은 가사를 녹음할 때 실수를 저지르더라도 그냥 두기 시작했다. 예를 들어 〈You've Got to Hide Your Love Away〉를 녹음할 때도 레넌은 "2피트 커진 기분"을 "2피트 작아진 기분"이라고 잘못 불렀다. 녹음실 엔지니어가 수정하겠느냐고 묻자 레넌은 웃으며 이렇게 말했다. "그냥 둬요. 잘난 척하는 인간들이 좋아할 테니까."

뀌었다.

이는 평범함을 넘어서는 신의 한 수였다. 비틀스가 유례없는 성공 가도를 달리는 동안 존과 폴은 노래를 만들며 한결같이 좀 더 불가사의한 방향을 선택했다. '사람' 대신 '밴'을, '그의 품arms에 그대를 안고' 대신 '그의 안락의자armchair에 그대를 안고', 불후의 명곡 〈헤이 주드〉에서는 "네게 필요한 행동은 네 어깨 위에 있다the movement you need is on your shoulder"는 이상하고 감동적인 확언을 들려주었다. 비틀스는 말년에 발표한 명반에서 '무언가를 안다는 것에 대한 믿음은 과대평가되었다'라는 그들의 생각을 표현했다. 재미는 모르는 것에 있었다.

이 독창적인 접근은 눈부신 성과를 거두었다. 그러던 어느 날 입실랜티에 사는 톰이 〈화이트 앨범〉을 거꾸로 틀게 된다. 물론 비틀스는 여섯 번째 앨범인 〈러버 소울〉 작업을 하는 동안 이른바 백마스킹(소리나 메시지를 재생 반대 방향으로 녹음하는 것—옮긴이)을 가지고 실험을 하긴 했지만(약에 취한 레넌이 〈레인Rain〉을 거꾸로 듣고 그 묘한 사운드에 매료됐다), 음성 반전을 시도한 적은 없었다. 다른 건 둘째 치고 그건 너무나 성가시고 어려운 기법이었다(일단 가수가 거꾸로 노래 부르는 법을 익혀야 했다). 그럼에도 불구하고 인간의 언어 해석 능력은 때로 상상을 초월하기에, 비틀스의 곡을 거꾸로 틀고도 의미를 찾아낼 수 있다. 폴이 죽었다는 섬뜩한 음모론을 믿게 되기도 한다.

하지만 작품에 숨은 '정답' 혹은 '메시지'를 찾으려는 접근 방식은 작품에 내재한, 그 자체로 작품의 일부인 모호함을 삭제해 버린다.

작품을 풍성하고 입체적으로 만드는 여러 겹의 의미는 사라지고, 턴테이블을 뒤로 돌려 해독해야 하는 암호만이 남는다. 노래가 다양한 의미를 품는 게 아니라 죽음을 은폐했다는 고백이 된다. 오리토끼는 온데간데없고 그저 오리만 남는다.

그렇기에 폴 매카트니 사망설은 지나치게 과열되곤 하는 매스미디어와 사람들의 모호성 기피 성향 간의 관계를 경고하는 사건으로 지금도 거론된다. 입실랜티의 톰과 그 추종자들에게는 페이스북이나 레딧이 없었다. 기껏해야 라디오 방송사와 대학교 교지와 신문 광고가 전부였다. 그럼에도 그들은 이 뭔지 모를 가사의 의미를 해석해냈다고, 당신들도 이게 무슨 뜻인지 알 필요가 있다고 전 세계 사람들을 설득하기에 충분했다.

이런 식의 오독은 비극이다. 비틀스의 노래 가사에 담긴 진정한 의미는 정답은 하나가 아니며 여러 해석이 공존할 수 있다는 것이다. 심지어 존 레넌조차 에그맨이 뭔지, 그 아이들이 콘플레이크를 깔고 앉아서 밴을 기다리는 이유가 뭔지 설명할 수 없었다.

선명한 것이 분명 더 쉽다. 하지만 우리가 〈화이트 앨범〉과 J. D. 샐린저와 윌리엄 셰익스피어의 소네트를 계속 다시 듣고 읽는 이유는 신탁처럼 해석해야 하는 메시지 때문이 아니다. 그보다는 무궁무진한 가능성에서 오는 쾌감 때문이다. 작품 속의 진리는 살아 있고 계속 바뀌고 있다. 우리처럼.

예술은 거울이다.

콘텐츠의 무기가 되는
미스터리 설계도

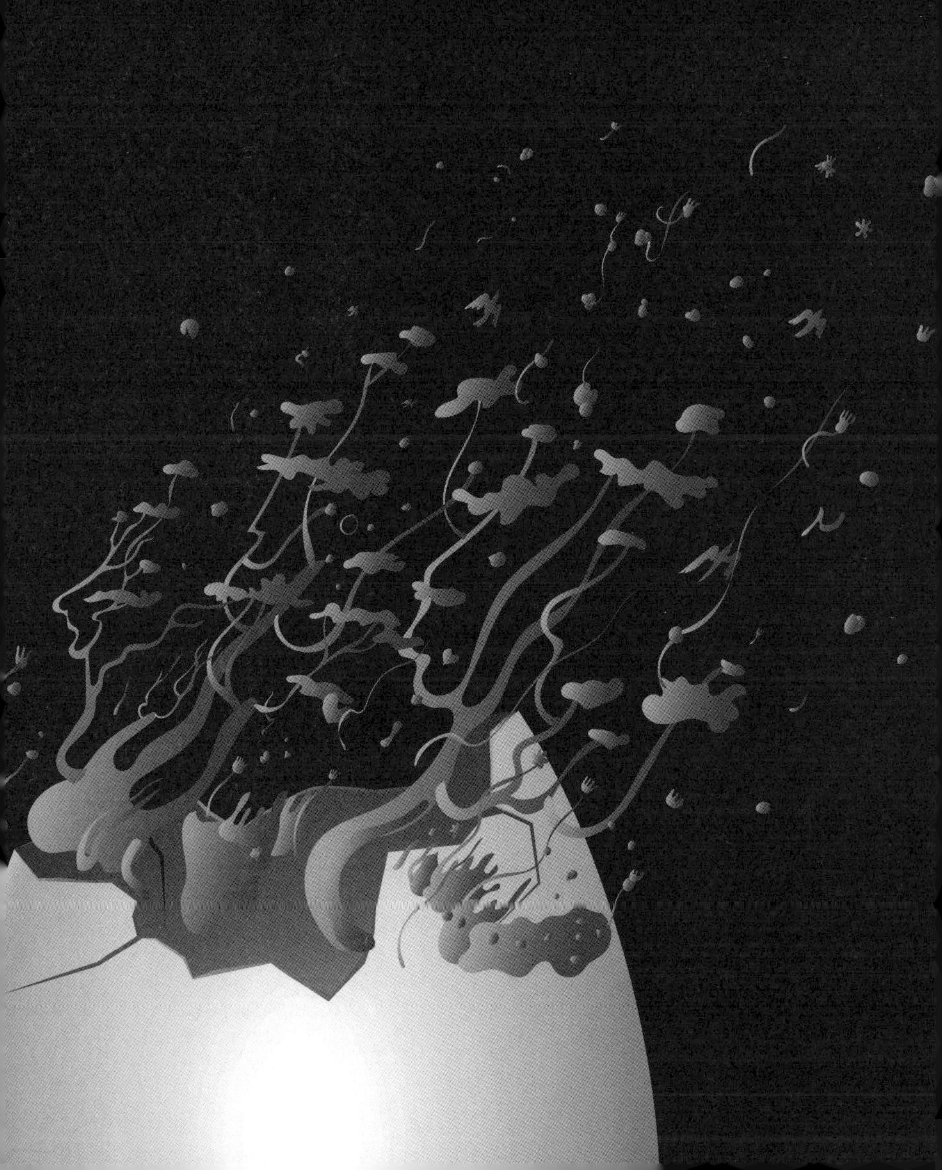

○

예술가는 무엇이든 당연하게 받아들일 수 없고
그래서도 안 된다.
모든 해답의 핵심으로 파고들어
해답이 감추고 있는 의문을 폭로해야 한다.

제임스 볼드윈, 「창작 과정에 대하여THE CREATIVE PROCESS」

한계 없는 게임

제임스 카스는 1940년대에 시카고 근교의 알링턴 하이츠에서 어린 시절을 보냈다. 동네 남자아이들은 공터에서 야구를 했다. 그는 이렇게 회상했다. "일어나서 아침을 먹을 때 창밖으로 공 때리는 소리가 들리면 나가고 싶어서 엉덩이가 들썩거렸죠." 그들은 삼진이나 볼넷 같은 야구의 기본 규칙은 따랐지만, 이닝은 물론 심지어 점수조차 따지지 않았다. 카스는 말했다. "우리는 종일 그렇게 놀았어요. 오는 애가 있는가 하면 가는 애가 있고, 모인 인원으로 대강 팀을 꾸렸죠. 자기 팀에 누가 있는지 같은 건 아무도 신경 쓰지 않았어요. 누가 이기는지에도 관심 없었고요. 그냥 계속 놀 수만 있으면 그만이었죠."[1] 저녁이 되면 부모님들이 공터로 와서 같이 핫도그를 먹었다.

40년 뒤 뉴욕대학교 종교학과 교수가 된 카스는 어린 시절 동네 야구가 얼마나 재미있었는지 기억을 떠올리곤 했다. 이때의 추억과 비트겐슈타인 정독*이 한데 어우러지면서 그는 게임의 본질을 분석한 책을 집필할 수 있었다. 세상에는 한계가 있는 게임과 한계가 없는 게임, 이렇게 두 종류의 게임이 존재한다는 것이 그의 깨달음의 핵심이었다.**

한계가 있는 게임은 흔히 볼 수 있다. 카스의 설명에 따르면 이건 규칙과 규정을 따라야 하고, 막판에 승자와 패자가 명확하게 결정되는 게임이다. 이런 게임이 한계가 있는 이유는 참가자들의 목표가 승리이기 때문이다. 그들은 반드시 점수를 기록한다. 18홀 골프, 모노폴리, 40야드 대시, '콜 오브 듀티'가 그렇다. 한계가 있는 게임에는 엄격한 규칙과(이걸 어기면 부정행위다) 명확한 승리의 요건이 있다. 요건을 충족시키면 게임은 끝난다.

* 카스는 이렇게 얘기했다. "비트겐슈타인의 『갈색 책』에 내 사고방식의 기반이 된 문장이 나와요. '어떤 단어의 의미는 거기에 부여된 정의가 아니라 그 단어가 불러오는 결과로 결정된다.' 상당히 인상적인 결론이었죠. 어떤 것의 의미가 그것이 불러오는 결과에 따라 결정된다면, 어떤 단어를 말할 때도 그것이 어떤 반응을 유도한 다음에서야, 그것이 어떤 식으로 전개되는지 확인한 다음에서야 그 단어의 의미를 알 수 있다는 거니까요." 이런 분석에 따르면 언어는 게임과 비슷하다.

** 카스의 난해하고 학술적인 초고는 350쪽이 넘었다. "때마침 파리에서 안식년을 보내게 돼서 그동안 마무리 작업을 했어요. 그런데 좋아하던 카페에 원고를 들고 갔다가 홀랑 잃어버렸죠. 눈앞이 캄캄하더군요." 낙담한 카스는 작업을 포기하려다 나중에 다시 시작하고 싶을 경우를 위해 잃어버린 원고의 요약본을 남겨놓기로 했다. "한 6주 만에 지금의 원고가 탄생됐어요. 그렇게 술술 써진 건 처음이었어요. 초고를 잃어버리길 잘했죠."

반면 한계가 없는 게임은 동네 야구에 가깝다. 이 게임의 유일한 목표는 플레이를 계속 유지하는 것이다. 한계가 있는 게임에는 정해진 규칙이 있지만, 한계가 없는 게임의 참가자들은 종종 그 규칙을 무시해가며 게임을 계속한다. 예컨대 동네 야구의 경우, 경쟁의 균형을 맞추기 위해 선수들이 서로 팀을 바꾸곤 했다. 플레이는 목적을 달성하기 위한 수단이 아니다. 수단인 동시에 목적이다.[2]

카스에 따르면 민주주의나 진화 과정도 한계가 없는 게임이다(선거는 끝이 없는 게임이며, 세상에 완벽한 종은 없기 때문이다). 그는 플레이 자체를 위해 임하는 게임이 가장 훌륭한 게임이며, 그 안에서 참가자들의 진가가 가장 크게 드러난다고 확신한다. 그는 기독교 신비주의를 연구하는 종교학자로서 한계 없는 게임의 신학적 의미에 특히 관심이 많다. "주요 종교들은 역사가 아주 길죠. 힌두교는 역사가 6000년이에요. 유대교는 4000년이고요. 두말하면 잔소리지만 각 종교는 한계가 **있는** 게임의 요소를 지니고 있어요. 논쟁에서 이기고 싶어 하는 사람, 광신도 조직을 결성하려는 사람, 모든 이치를 깨달았다고 주장하는 사람들 말이에요." 카스의 설명에 따르면 이들은 신과 한계가 있는 게임을 하고 있다.

하지만 한계가 있는 게임으로는 위대한 종교의 오랜 역사를 설명할 수 없다. "현자, 대가, 시대를 초월해 존경 받는 사람들은 경전을 다 깨우치면 이제 새로운 장이 시작됐을 뿐이라는 걸 알았죠. 이로써 논쟁은 계속되고, 그건 좋은 현상이에요. 유대교를 보세요. 유대인들은 막강한 군사나 제국을 소유한 적이 없어요. 심지어 수천 년 동안 뿔뿔이 흩어져 지냈죠. 하지만 그들에게는 랍비를 바삐 움직이게 하는 탈무드라는 경전이 있었어요. 그걸로 충분했죠." 우리는 해답을 찾기 위해 종교에 의지하지만, 종교의 명맥을 유지하는 건 무궁무진한 질문이다.

종교뿐만이 아니다. 카스는 셰익스피어와 〈서전트 페퍼스 론리 하츠 밴드 클럽〉 같은 위대한 예술이 세월을 이기는 이유도 그것이 한계 없는 게임이기 때문이라고 한다. "위대한 문학 작품은 답을 알려주지 않아요. 『햄릿』을 한번 읽고 나면 이해를 했다는 생각이 들다가도 다시 보면 새롭게 알게 되는 부분이 생겨요. 그래서 다시 읽는 거예요. 계속 게임을 하게 돼요." 경전의 텍스트는 의도가 분명하지 않다. 그 의미가 유동적이고 가변적이다. 이런 한계 없는 게임은 대단히 성가시게 느껴질 수 있다. 열 수도 없는 미스터리 상자 앞에서 뭐 하러 끙끙대야 할까? 끝까지 범인을 밝히지 않는 추리소설을 뭐 하러 읽어야 할까? 계율이 계속 바뀌는 종교를 왜 믿어야 할까?

하지만 카스도 지적했다시피 바로 그런 '끝없는 추구'에 쾌감이 있다. "성인에게 한계 없는 게임에 대해 설명하면 미심쩍어하는 표정을 지어요. 이기지 못할 게임을 하는 이유를 상상하지 못하는 거죠. 하지만 아이들을 보면 자기들만의 세상에서 자기들만의 규칙을 만들고 결승선이 없는 놀이를 할 때 제일 즐거워해요. 무제한적인 게임을 할 때 제일 행복해해요."

6장에서는 최고의 한계 없는 게임들을 살펴보고, 그 콘텐츠들의 전략을 살펴볼 것이다. 이 작품들은 어떻게 우리의 관심을 사로잡았을까? 어떻게 결코 이기지 못할 게임에 계속해서 참여하도록 만들었을까? 열쇠는 여러 미스터리 후크를 사용하고, 다양한 방식으로 복합적인 매력을 빚어내는 데 있었다.

블록버스터 게임의 시작

1998년 여름 제이슨 헬록은 할리우드 영화 제작사에서 콘텐츠 발굴자로 근무했다. 차세대 히트작을 찾느라 날마다 수많은 책과 시나리오를 탐독했고 그중 대다수를 불합격 처리했다. 그는 말했다. “후보작을 수없이 읽다 보니 아류는 한눈에 파악이 돼요. 거의 모든 작품이 모방작의 모방작이에요. 그리고 대체로 오리지널이 더 낫죠.”[3]

어느 날 영국의 어린이 소설이 가제본 상태로 제이슨의 손에 들어왔다. 입소문을 타고 있는, 조금 ‘반응이 있는’ 작품이라길래 읽어 보기로 했다. 표지가 깜찍하긴 했지만 그리 기대작으로 보이진 않았다. “제목에 현자라는 단어가 있었거든요. 딱 보기에 블록버스터는 아니었어요.” 하지만 그는 책을 집어 들었고 5페이지에서부터 넋을 잃었다. 3장이 끝났을 무렵에는 완전히 마음을 빼앗겼다. 제이슨은 몇 시간 만에 책을 다 읽은 뒤 좀처럼 쓴 적 없는 리뷰를 쓰기 시작했다. “경이롭고 폭발적인 상상력을 갖춘, 영화로서의 가능성의 충만한 독창적인 어린이 판타지다. 고전적인 동화의 매력과 눈이 번쩍 뜨일 만한 비주얼 요소를 동시에 갖추었고…… 이 모든 게 어우러져 눈을 뗄 수 없는 서사를 완성한다.”

제이슨의 상사는 리뷰를 읽고 그에게 전화를 걸었다. “저더러 진심이냐고 물으시더라고요. 저는 100퍼센트 진심이라고, 정말 엄청난 작품이라고 했어요. 그래서 그분은 상무님에게 책을 전달했죠. 상무님은 제목이 이상하다고 생각했대요. 하지만 제가 긍정적인 반응을 보이는 경우가 드물다는 걸 알기 때문에 점심 약속을 취소하고 그 책을 읽었다고 하더라고요." 책을 읽은 뒤엔 상무도 완전히 마음을 빼앗겼고, 그 길로 제작사 사장실을 찾아갔다. 그러고는 책상에 책을 쾅 내려놓으며 당장 판권을 사야 한다고 말했다. "사장님은 표지를 흘끗 쳐다보며 부제를 확인했어요. 그러고는 고개를 저으며 말했죠. '글쎄……마법 학교?'"

그 책은 바로 『해리 포터와 마법사의 돌』이었다(원래 영국판 제목은 『해리 포터와 현자의 돌』이었다). 제이슨과 다른 중역진이 사장의 마음을 돌리려 했지만, 그는 책이 아무리 훌륭해도 신인 판타지 작가의 첫 작품에 50만 달러를 요구하다니 너무 과한 게 아니냐고 되물었다.

안타깝게도 그의 판단은 철저히 빗나갔다. 영화 〈해리 포터와 마법사의 돌〉은 10억 달러가 넘는 수익을 거뒀고, 시리즈 총 수익은 70억 달러가 넘었다. 제이슨은 말했다. "그 영화사 사장님은 똑똑한 분이었지만 영화계 역사상 가장 어마어마한 시리즈 판권을 놓친 거예요. '마법 학교'가 별로라고 생각했기 때문에."

제이슨 핼록은 현재 파라마운트 영화사의 수석 스토리 분석가로서 블록버스터가 될 만한 플롯을 발굴하고 계약된 작품의 부족한 부분을 수정하는 일을 하고 있다. 나는 늦봄의 어느 날, 멜로즈 스트리트에 널찍하게 자리 잡은 영화사 건물에서 그를 만났다. 그는 나를 데리고 스튜디오를 구석구석 구경시켜주었다. 뉴욕 거리를 재현해놓은 야외 촬영장과 정교한 수중 신을 촬영할 수 있는 거대한 '블루 스카이 탱크' 등을 살펴봤다. 세트장을 직접 보니, 이곳에 얼마나 많은 카메라를 숨길 수 있는지, 우리가 얼마나 쉽게 영화의 트릭에 속아 넘어가는지 알 수 있었다. 예컨대 맨해튼의 도로 세트장에는 건물의 전면에만 페인트가 발려 있었고, 벽돌 안은 텅 비어 있었으며, 배경 벽 또한 번드르르한 그림이었다. "직접 보면 좀 허접하다 싶을지 몰라도 영화에서는 효과 만점이에요." 제이슨은 말했다. 소품 담당자들이 가짜 가구를 이리저리 옮겼다. 사운드 스테이지(촬영과 녹음을 동시에 할 수 있는 스튜디오)를 슬쩍 들여다보니 가상의 천국이 해체되고 있었다. 플라스틱 야자수가 트럭에 실렸다. 황금빛 모래는 삽으로 퍼서 손수레로 옮겨졌다. 외로운 초가지붕 오두막 하나만 구석에 남아 있었다.

영화에 관한 한 제이슨은 이 시대의 마지막 낭만주의자였다. 오랜 시간 영화업계에서 일해왔지만, 좋아하는 영화를 이야기할 때면 아직도 청년 같았다. 제이슨은 한껏 들뜬 목소리로 윌리엄 와일러 감독의 영화 〈우리 생애 최고의 해〉에서의 프레드릭 마치의 연기를 묘사했고("역사상 가장 훌륭한 취객 연기였을 거예요."), 인디아나 존스 시리즈의 서막을 알린 스티븐 스필버그 감독의 영화 〈레이더스〉의 코믹한 분위기에 대해서도 열광적으로 이야기를 이었다. 내가 그를 만난 건 전 세계를 덮친 팬데믹으로 영화관들이 문을 닫기 몇 달 전이었다. "영화표는 원래 팔기가 어려웠어요. 15달러를 내고 모르는 사람들과 어두컴컴한 공간에 두어 시간 앉아 있으라는 거잖아요. 요즘은 스마트폰에 없는 콘텐츠가 없으니 더 힘들어졌죠. 티켓값을 하려면 관객들의 마음을 아주 강렬하게 사로잡는 수밖에 없어요."

제이슨은 『해리 포터와 마법사의 돌』 도입부를 예로 들었다. "제가 그 책의 처음 몇 페이지만 읽고 왜 그토록 빠져들었는지 아세요? J. K. 롤링은 마법 학교에서 이야기를 시작하지 않아요. 오히려 아주 평범한 동네에서 시작하는데, 그 평범함 때문에 소설의 디테일한 설정들이 흥미롭게 강조된단 말이죠." 고양이가 지도를 읽을 줄 알고, 황갈색 부엉이가 주변을 날아다니며, 기다란 가운을 입은 노교수는 이름을 말할 수 없는 자를 운운한다. 이게 다 무슨 소린지 당최 알 수 없지만 궁금해진다. 이 사람들은 누구일까? 그들이 이 한적한 동네에는 어쩐 일로 찾아왔을까?

미스터리 박스의 등장이다. 조지 루카스 감독이 〈스타워즈〉에서 관객을 냅다 미지의 세계로 내동댕이쳤던 것처럼, J. K. 롤링도 설명을 생략하며 독자의 호기심을 자극한다.✲ "제 일은 픽션을 읽는 거예요. 그런데 세 페이지만 읽어도 앞으로 어떻게 전개될지 알 것 같은 책이나 시나리오가 많거든요. 하지만 『해리 포터』는 전혀 그렇지 않았어요. 계속 책장을 넘기게 되더라고요."

롤링이 미스터리 박스를 구성한 건 결코 우연이 아니었다. 그는

✲ 영화로도 엄청난 성공을 거둔 마블 시리즈 역시 유사한 전법을 쓴다. 서사의 미스터리는 거의 없고 항상 착한 사람들이 승리하는 것이 슈퍼히어로 장르의 특징이다. 즉 〈어벤저스: 엔드게임〉도 타노스의 승리로 끝날 리가 전혀 없었다. 줄거리가 빤한 닫힌 우주 안에 미스터리 박스를 효과적으로 설치해 관객들의 마음을 사로잡은 것이 마블의 위업이다.

인터뷰에서 탐정소설의 기본 구조에 따라 『해리 포터』 시리즈를 집필했다고 밝힌 바 있다. 롤링은 이렇게 말했다. "제 생각에 『해리 포터』는 변형된 추리물이에요." (롤링은 『해리 포터』 시리즈를 완결한 이후 다른 필명으로 성인을 위한 탐정소설을 출간했다.) 훌륭한 미스터리 추리물이 그렇듯 『해리 포터』 시리즈를 끌고 가는 강력한 동인은 '미지의 무언가'다. 그것은 마법사의 돌을 찾는 악당의 정체가 되기도 하고, 최후의 호크룩스가 숨겨진 곳이 되기도 한다. 롤링은 특정 용의자로 범인으로 몰고 가다가(범인은 스네이프인 게 분명해!) 애거사 크리스티도 울고 갈 반전을 선사한다(퀴럴이 죽음을 먹는 자였어! 해리가 최후의 호크룩스였어!). 나중에 되짚어보면 단서는 모두 공개되어 있었다. 우리가 알아차리지 못했을 뿐이다.

이 놀라운 반전은 '3인칭 제한적 전지적 시점'이라는 서술 방식 덕분에 가능한데, 이것 역시 롤링이 탐정소설에서 차용한 것이다. 롤링은 3인칭 시점으로 등장인물들을 소개하지만(『해리 포터』의 화자는 해리 포터가 아니다) 작중 화자는 등장인물들처럼 시야가 좁고 제한적이다. 덕분에 작가는 엉뚱한 용의자와 여타의 예측 오류로 독자를 속여 가며 미스터리를 이어나갈 수 있다. 독자들과 해리는 알고 있는 정보의 양이 비슷한데, 해리도 정보가 많지 않다.

이와 같은 미스터리 박스의 효력은 일시적이다. 결국 우리는 고양이가 미네르바 맥고나걸 교수이며 볼드모트가 퀴럴의 뒤통수에 숨어 있었다는 걸 알게 된다. 한 작품이 단순한 미스터리 박스에서 나아가 한계 없는 게임이 되려면, 마지막까지 풀리지 않는 미스터리가 필요하다. 여러 번을 읽어도 다 헤아릴 수 없는 모호함과 비밀이 남아 있어야 한다.

『해리 포터와 마법사의 돌』은 2장에서 첫 시작으로부터 10년 뒤로 점프한 뒤 새로운 미스터리로 발전해나가기 시작한다. 해리는 이제 부모님을 여의고 이모네 집 계단 아래의 어두컴컴한 방에서 찬밥 신세로 살아가는 10대 소년이다. 키가 작고 비쩍 마른 그는 부러진 안경다리를 테이프로 붙이고 다닌다. 제이슨은 이렇게 얘기했다. "어떻게 보면 해리는 지금까지 수백 번도 더 넘게 본 주인공이에요. 개구리 왕자죠. 롤링의 능력이 그렇게 출중하지 않았다면 재미없는 클리셰가 됐을 거예요. 하지만 디테일한 특징들이 그를 강렬한 캐릭터로 탄생시켰죠. 안경, 희한한 번개 모양 흉터, 뱀과 대화하는 능력." 이런 것들은 한 인물을 묘사하는 동시에 그의 상황을 알리는 상징적인 정보다. 우리는 이런 정보를 통해 해리뿐 아니라 그의 아슬아슬한 처지까지 언뜻 알아차릴 수 있다. 그는 마법의 존재조차 모르는 마법사계의 메시아다.

스토리가 전개되는 동안 해리 포터라는 인물은 점점 복잡해진다. 그는 영웅일지 모르지만, 볼드모트라는 악당과 묘한 연결고리가 있다. 해리도 그처럼 뱀의 말을 할 수 있고 그 둘의 지팡이는 쌍둥이다. 그들은 심지어 서로의 생각까지 읽을 수 있다. 그 결과 선과 악의 경계는 모호해진다. 롤링은 우리에게 판타지 장르의 전형적이고 평면적인 인물이 아닌 저마다 놀랍고 불분명한 부분이 있는 입체적인 캐릭터들을 펼쳐보인다.

호그와트에서 마법약을 가르치는 세베루스 스네이프만 해도 그렇다. 언뜻 보면 스네이프는 한 때 볼드모트의 수하였으며 해리의 확실한 숙적이다. 그는 그리핀도르 학생들을 모질게 대한다. 덤블도어를 살해한다. 해리의 도주 계획을 누설한다. 하지만 스네이프의 정체가 밝혀지고 나면 그가 죄를 저지른 은밀한 이유가 드러난다. 그의 비열한 행동은 진심인 것 같기도 하고, 볼드모트를 의식한 연기였던 것 같기도 하다. 이 부분은 끝까지 완벽하게 밝혀지지 않는다. 그 결과 스네이프라는 캐릭터는 소설을 여러 번 읽으면 읽을수록 더욱 흥미진진해진다.

제이슨이 말한 것처럼 여러 번 반복해서 감상할 수 있는 작품의 결정적인 특징은 **복잡한 캐릭터**다. 그는 인물들을 둘러싼 미스터리가 돋보인 대서사극의 또 다른 예로 〈대부〉 3부작을 들었다. "〈대부〉는 대단히 복잡하고 흥미진진한 인물들이 등장하는 작품이기 때문에 스무 번도 볼 수 있죠. 다시 볼 때마다 새로운 부분들이 눈에 들어오고요. 캐릭터들이 계속 변화하거든요."

〈대부〉 1편의 한 장면을 예로 들어보자. 마이클이 브롱크스의 유명한 이탈리아 음식점에서 솔로조와 매클러스키를 만나고 있다. 화장실에는 총을 숨겨두었다. 마이클은 그의 아버지를 살해하려 했던 솔로조와 매클러스키를 죽일 생각이다. 마이클은 도중에 화장실에 들어가 총을 꺼내고, 고가 전철이 요란한 소리와 함께 멈추어 서는 순간 그들의 바로 앞에서 총을 세 번 발사한다. 그러고는 경악한 표정으로 총을 떨어뜨리고 음식점 밖으로 달려나간다.

이 긴장감 넘치는 몇 분이 〈대부〉의 상징적인 장면인 이유는 마이클이 암흑의 세계로 건너가는 결정적인 순간일 뿐 아니라(데이비드 체이스는 〈소프라노스〉의 결말 부분에서 이 장면의 영향을 많이 받았다고 밝혔다) 볼 때마다 새로운 디테일이 드러나기 때문이다. 송아지 고기에 정신이 팔린 부패 경찰 매클러스키, 노골적으로 경멸하는 표정을 짓고 있는 솔로조, 불안한 티를 내지 않으려고 기를 쓰는 마이클. 이때 마이클과 솔로조는 이탈리아어로 대화를 나누는데, 감독 프랜시스 포드 코폴라는 이 장면에 자막을 제공하지 않았다. 〈대부〉 3부작을 비롯하여 〈지옥의 묵시록〉, 〈잉글리시 페이션트〉, 〈리플리〉 등 명작 영화의 편집 감독과 사운드 편집을 맡았던 월터 머치는 관객이 인물들의 디테일에 세심한 주의를 기울이게 되는 이유 중 하나로 바로 이 지점을 꼽았다. 머치는 작가 마이클 온다치와의 인터뷰에서 이렇게 말했다. "영어로 제작된 영화에서 두 주요 인물이 그렇게 길게 외국어로 대화하는데 번역을 하지 않다니, 요즘 기준으로도 아주 대담한 선택이에요. 그 결과 관객들은 말의 뉘앙스와 보디랭귀지에 더욱 세심하게 관심을 기울이고 장면을 아주 낯설게 인식하게 되죠."[4]

이 장면에는 음악이 흐르지 않는데, 이 또한 관객의 몰입도를 높이기 위한 장치다. "많은 영화가 운동선수가 스테로이드를 쓰듯 음악을 활용하죠. 그로 인해 강력해지고, 스피드도 얻을 수 있지만, 장기적으로 보면 해로워요."[5] 머치의 주장에 따르면 영화의 배경음악이 해가 되는 이유는 작품의 미스터리를 제거하는 역할을 할 때가 많기 때문이다. 음악에는 엄청난 암시적 힘이 있으므로, 우리는 어떤 장면에 흐르는 음악을 그 장면을 해석하는 프레임으로 삼는다. 영화의 배경음악은 그 장면을 보며 무서워하거나 행복해하라고, 불안해하거나 슬퍼하라고 지시하며 우리의 감정을 조종한다.

프랜시스 포드 코폴라는 이와 같은 감정의 지름길을 쓰지 않고 관객에게 주인공의 복잡한 면모를 직접 대면하게 했다. 정적이라는 사운드트랙으로 긴장감을 고조시켰다. 캐릭터가 어떤 행동을 할지 우리는 전혀 알 수 없다. 제이슨은 이렇게 말했다. "그 작품을 다시 볼 때마다 인물들에 대한 생각이 달라지더라고요. 그래서 대단해요. 모든 장면을 외울 정도지만 그래도 볼 때마다 새로워요."

『해리 포터』라는 한계가 없는 게임은 미스터리 박스와 강렬한 등장인물로 시작한다. 하지만 롤링은 거기서 멈추지 않고 모호한 해석을 유도하는 장치를 광범위하게 사용한다. 이야기를 이끌어나가는 동력이자 볼드모트가 해리의 부모님을 살해한 이유인 그 유명한 예언을 예로 들어보자. 롤링은 『맥베스』에서 이 예언의 영감을 얻었다. 맥베스는 마녀들로부터 "여자가 낳은 자는 그대를 쓰러뜨리지 못하리라"라는 예언을 듣는다. 이후 맥베스는 탐욕의 광기와 자기 파괴적인 자신감에 사로잡혀, 예언에 담긴 모호함을 간과한다. 그 결과 그는 제왕절개로 태어난 맥더프의 손에 최후를 맞이한다. 맥더프는 "달이 차기 전에 어머니의 배를 가르고 나온 사람"이었다. 롤링이 보기에 『맥베스』의 교훈은 예언이란 모호하기 짝이 없는 것이며, 문학 작품처럼 해석하기에 따라 의미가 달라진다는 것이었다.

『해리 포터』에서 예언을 들려주는 사람은 점술을 가르치는 (다소 못 미더운) 시빌 트릴로니 교수다. 그는 해리가 태어나기 몇 달 전에 이런 예언을 했다. "어둠의 왕을 물리칠 힘을 가질 자가 온다… 세 차례 그를 부인한 자들에게서, 일곱 번째 달이 저물 때 태어나리니… 어둠의 왕은 그 아이가 자신과 대등하다는 표적을 남길 것이나 그 아이는 어둠의 왕이 알지 못하는 능력을 지닌다… 한쪽이 살아 있으면 다른 쪽은 살 수 없으니 한쪽이 반드시 다른 쪽의 손에 죽어야 하리라."

볼드모트는 맥베스처럼 예언의 모호함을 간과하고 잘못 해석한다. 그 예언이 얼마 전 태어난 해리 포터에 관한 것이라 생각한 그는 아기를 죽이려 한다(그러다 결국 대신 해리의 부모님을 죽인다). 독자들은 6권에 이르러서야 이 예언이 사실은 전혀 예언이 아니었다는 것을 깨닫게 된다. 덤블도어의 설명을 들어보자.

"해리, 예언이 예언이 된 이유는 오직 볼드모트가 그걸 그대로 실행에 옮겼기 때문이라는 점을 절대 잊지 마라. 그 자가 너를 자신에게 가장 위협적인 존재로 지목했고 그랬기 때문에 네가 그에게 가장 위협이 되는 존재로 둔갑했다는 것을!"

롤링은 한 인터뷰에서 이 모호한 예언과 『맥베스』의 연관성에 관해 이렇게 밝혔다. "마녀들이 맥베스에게 미래의 일을 알려주자 그가 그걸 현실로 만들잖아요."[6] 이렇게 트릴로니의 예언은 해석에 대한 교훈이 된다. 롤링은 (덤블도어를 통해) 가장 흥미진진한 이야기는 쉽게 해독할 수 없는 글, 수수께끼가 담긴 글이라는 사실을 독자들에게 일깨운다. 히브리대학교에서 영문학을 가르치는 시라 월로스키 교수는 저서 『해리 포터의 수수께끼』에서 이렇게 말했다. "해리 포터 시리즈는 여러모로 전형적인 모험담의 패턴을 지니지만, 더 넓은 관점에서 보면 해리와 그 주변 인물들이 찾아 나서는 것은 비밀과 수수께끼다. 이런 의미에서 이 시리즈의 '임무'는 해석이라는 행위 그 자체다."[7]

시리즈 말미에 해리는 덤블도어에게 묻는다. "왜 그렇게 일을 어렵게 만드셨어요?" 청소년 소설에 미스터리 박스, 예측 오류, 불투명한 캐릭터, 모호함을 잔뜩 집어넣은 롤링에게도 똑같은 질문을 던질 수 있겠다. 두말하면 잔소리지만 그 이유는 모색하는 과정에 즐거움이 있기 때문이다. 재미와 지적 훈련을 책임지는 건 해답이 아닌 수수께끼다. 어쩌면 이것이 덤블도어의 가장 큰 가르침일지 모른다.

『해리 포터』 시리즈도 마찬가지다. 이 작품은 탄탄한 플롯을 갖춘 추리소설이다. 맨 처음 읽을 때는 미스터리 박스를 얼른 열고 싶은 마음에 책장을 휙휙 넘기게 된다. 하지만 이 시리즈의 진가는 복잡한 플롯에 국한되지 않는다. 우리는 결말을 알고 난 다음에도 덤블도어가 가르쳐준 대로 텍스트를 분석해가며 다시 읽고 싶은 충동을 느낀다.✲ 모든 인물이 우리의 생각보다 훨씬 더 복잡하고, 예언은 예언이 아니었음을 깨닫게 된다. 월로스키가 밝힌 것처럼 "우리는 무궁무진한 의미로 이루어진 세상 속에 살고 있고, 따라서 해석에도 끝이 없다는 것"[8]이 『해리 포터』의 핵심이다. 그래서 이 책은 절대 구태의연해지지 않는 미스터리로 가득한, 한계가 없는 게임으로 남는다. '마법 학교'를 다룬 책 치고는 나쁘지 않은 결말이다.

✲ 새로운 방식으로 게임을 이어나가려는 독자들이 워낙 많다보니 해리 포터 팬픽의 숫자도 거의 무한대에 가깝다.

걸작은 스포일러도 위협이 되지 않는다

어떤 콘텐츠가 한계 없는 게임인지 아닌지 간단히 알아보는 방법이 있다. 바로 스포일러 유출이다. 아홉 살짜리 열혈 독자에게 해리가 볼드모트를 무찌른다고 알려줘 보자. 그런다고 아이가 책을 덮을까? 극장에서 옆자리 관객에게 〈햄릿〉은 모두가 죽는 비극이라고 터뜨려보자. 그런다고 그 사람이 자리를 박차고 나갈까? 〈대부〉의 주인공 마이클이 결국 가업의 덫에서 벗어나지 못한다고 선포해보자. 그런다고 이 영화가 재미없어질까?

사실 스포일러는 전혀 중요하지 않다. 훌륭한 예술작품은 스포일러에 좌우되지 않고 관객이 정보에 얼마든지 노출되어도 상관없이 성립되는, 한계 없는 게임이다. 이것이 엔터테인먼트의 기본인 것을 우리는 자꾸 잊어버린다. 우리는 스포일러 경보가 쉴 새 없이 울리는 시대에 살고 있다. 혹은 사전 경고도 없이 스포일러를 남발하는 리뷰를 지뢰밭처럼 피해 다녀야 한다.[☼] 스포일러를 피해야 하는 이유는 간단하다. 앞으로 어떻게 될지 알면 이야기가 재미없어지기 때문이다. 마지막에 공개되는 비밀이 『해리 포터』의 재미를 좌우하기 때문이다.

☼ 철학 교수 리처드 그린Richard Greene은 스포일러의 역사에 관한 저서 『스포일러 경보!Spoiler Alert!』에서 '스포일러 경보'의 부상은 과학기술의 부상과 밀접한 연관이 있다고 주장한다. 최초의 '스포일러 경보'(기억의 저편에 묻힌 〈스타트렉〉 영화의 결말을 공개한다는 경고)는 1982년 유즈넷 뉴스그룹에서 등장했다. 하지만 그린도 밝혔다시피 "'스포일러 경보'라는 표현이 인터넷 전반에서 널리 쓰이기 시작한 것은 2000년 이후"였고, 인터넷의 확산과 속도 증가에 따라 점차 흔히 볼 수 있는 단어가 되었다.

하지만 우리의 생각을 완전히 뒤집는 연구 결과가 있다. 스포일러의 파괴력이 생각보다 미미하다는 과학적 증거가 나온 것이다. 《사이콜로지컬 사이언스》에 실린 연구 결과에서 조너선 레빗과 니컬러스 크리스텐펠드는 학부생 수백 명에게 열두 편의 서로 다른 단편소설을 보여주었다.[9] 단편소설의 장르는 아이러니한 반전이 있는 작품(예를 들면 체호프의 「내기」), 탐정소설(애거사 크리스티의 「체스 게임A Chess Problem」), 그리고 존 업다이크 같은 작가의 '문학적인 이야기' 이렇게 세 종류였다. A군의 피험자들은 각 작품을 스포일러 없이 원작 그대로 읽었다. B군의 피험자들은 마치 작가가 직접 나서기라도 한 것처럼 스포일러가 주도면밀하게 삽입된 버전을 읽었다. 마지막으로 C군의 피험자들은 서문에 스포일러가 공개된 버전을 읽었다.

그런데 충격적인 반전이 공개되었으니, 거의 모든 피험자가 장르를 불문하고 서문에 스포일러가 공개된 버전을 좀 더 재미있게 읽었다. 결말을 모르는 데 묘미가 있는 줄 알았건만, 이 새로운 연구 결과에 따르면 긴장감이 오히려 읽는 재미에 악영향을 미치는 것으로 밝혀졌다. 좋은 이야기를 더욱 훌륭한 이야기로 발전시키는 쉬운 방법은 처음부터 스포일러를 공개하는 거였다.

이 연구 결과를 접했을 때 나는 회의적이었다. 서스펜스가 느껴져야 몰입할 수 있지 않나? 스포일러에 대한 인간의 직감이 이 정도로 틀릴 수가 있나? 크리스텐펠드는 나처럼 회의적으로 반응하는 경우가 대부분이라고 했다. "우리 연구 결과를 들려주면 열에 아홉은 믿지 않아요. 자기가 이런저런 작품의 스포일러를 당했던 억울한 사연을 들려주면서 말이죠."

하지만 근대 이전의 독자들이라면 크리슨펠드의 스포일러 연구 결과가 놀랍지 않을 것이다. 그리스 비극에서부터 셰익스피어의 희극에 이르기까지 수천 년 동안 결말이 예견된 이야기들이 대중문화의 토대를 이뤘으니 말이다. 호메로스의 청중은 트로이 전쟁의 승자가 누군지 (그리고 아킬레우스가 어떤 최후를 맞이하는지) 알았고, 제인 오스틴의 독자들은 그의 작품이 결혼으로 끝난다는 사실을 추호도 의심하지 않았다. 조지 루카스도 스포일러를 두려워하지 않았다. 〈스타워즈: 새로운 희망〉이 개봉하기 1년 전, 그는 《뉴욕 타임스》와의 인터뷰에서 영화 말미에 데스 스타가 파괴될 거라고 직접 밝혔다.[10] 크리슨펠드는 이렇게 말했다. "장르 소설은 태생적으로 전개가 아주 뻔하죠. 하지만 셰익스피어가 『끝이 좋으면 다 좋아』에서 제목으로 내용을 미리 알려줬다고 투덜댄 사람이 있었을까요?"✲

스포일러가 이야기의 재미를 망치지 않는 이유는 뭘까? 크리슨펠드에 따르면 상상의 세계의 위용이 불확실한 결말보다 더 중요하기 때문이라고 한다. "가상의 이야기를 보거나 읽을 때 우리는 의식적으로 그 세계 안에 들어갑니다. 불신은 묻어두고 존재하지 않는 공간, 어쩌면 가능하지조차 않은 공간에 감정을 이입하기로 해

✲ 텍사스 A&M 대학교 센트럴 텍사스 캠퍼스의 앨런 레드먼 교수의 주장에 따르면 스포일러라는 개념 자체가 '순수한 또는 순결한 텍스트'가 존재한다는 근거 없는 믿음에서 비롯됐다고 한다. 우리는 성관계에 대한 구세대의 도덕적 발상을 영화에도 적용한다. 처음 이후에는 뭔가를 잃어버린 셈이라고 말이다.

요. 무슨 뜻인가 하면, 외계인이든 용이든 뭐든 믿기로 마음을 먹으면 앞으로 벌어질 일에 대해 안다고 해도 계속 몰입할 수 있다는 겁니다." 즉 우리가 가상의 세상 속으로 빠져드는 비상한 재주를 발휘할 때면 스포일러가 힘을 쓰지 못한다는 말이다. 우리의 상상력은 생각보다 훨씬 강력하다.

그렇다면 어떤 이야기가 스포일러 때문에 **더 재밌어지는** 이유는 뭘까? 한 가지 가설을 제시하자면, 스포일러를 알고 나면 작품 속의 더욱 중요한 미스터리로 관심을 돌릴 수 있기 때문일 수 있다. 코폴라가 〈대부〉에서 자막을 생략하여 인물들의 섬세한 연기에 더욱 집중할 수 있도록 했던 것처럼 말이다. 혹은 『해리 포터』의 경우를 보라. 스네이프의 정체를 알고 나면 우리는 그의 복잡한 동기를 자유롭게 생각해볼 수 있게 된다. 평면적이던 숙적이 입체적인 인물로 둔갑한다. 크리스텐펠드는 이렇게 말했다. "스포일러로 인해 작품이 더 흥미로워지는 이유는 다른 모든 것을 더 의식할 수 있게 되기 때문이죠. 다음에 어떤 일이 벌어질지에만 촉각을 곤두세우지 않으니까요. 그러면 그 외의 모든 것, 우리를 가상의 세계로 유혹하는 그 알쏭달쏭한 디테일의 재미를 느낄 여유가 생기죠."* 우리는 스포일러가 미스터리를 감소시킨다고 생각한다. 하지만 걸작의 경우는 그 반대다.

플롯은 한계가 있는 게임이다. 모든 이야기는 시작과 중간과 끝이 있다. 하지만 어떤 작가들은 그 제한적인 구조 안에서 무한함을 아우르는 방법을 찾는다. 몇 번을 다시 읽어도, 몇 번을 다시 보아도 답을 찾을 수 없는 질문을 제시한다. 제이슨 핼록은 말했다. "좋아하는 영화를 보고 또 보는 건 줄거리를 잊어버려서가 아니에요. 아직도 이해가 안 되는 부분이 있고, 다시 봐도 경탄을 자아내는 장면이 있기 때문이죠. 항상 뭔가를 놓치고 있는 것 같고, 내가 이해한 것보다 훨씬 많은 의미가 담겨 있는 것 같기 때문이에요."

정답 없음을 즐길 줄 아는 능력

1896년 헨리 제임스는 『양탄자의 무늬』라는 단편소설을 출간했다.[11] 이 작품은 언뜻 보면 단순한 탐문 소설 같다. 소설 속 이름 모를 화자는 휴 베레커 소설의 진정한 의미를, 작가가 '페르시안 양탄자의 복잡한 무늬'에 비유한 숨겨진 주제를 알아내기로 마음을 먹는다. 화자는 이 비밀을 파헤치느라 '미칠 것 같은 한 달'을 보내지만 어떤 소득도 얻지 못한다. 그때 비극이 닥친다. 베레커가 사망한 것이다. 그의 죽음과 함께 작품의 비밀까지 묻혀버렸고, 화자의 탐색은 실패로 끝난다. 양탄자 무늬의 의미는 끝까지 찾지 못한다.

✲ 영화 〈시민 케인〉은 전형적인 미스터리 박스와 함께 시작된다. 재계의 거물인 찰스 포스터 케인이 "로즈버드"라고 중얼거리며 마지막 숨을 거둔다. 이 영화를 처음 볼 때는 호기심이 우리를 인도한다. 로즈버드가 뭘까? 정답은 마지막 장면에서 공개된다. 로즈버드는 케인이 여덟 살 때 탔던 썰매 이름이었다. 이건 실망스러운 폭로다. 아무 기준 없이 떠오른 기억의 한 조각이지 않은가. 하지만 이것 역시 중요한 부분이다. 로즈버드가 중요하지 않다는 걸 알게 됐으니 영화를 다시 볼 때는 케인의 더 큰 미스터리에 대해 차분히 고민할 수밖에 없다. 그가 마지막에 내뱉은 말의 비밀은 알게 됐을지 몰라도, 주인공에 대해선 더욱 이해하기 어렵게 되었으니 말이다.

제임스는 작품 속 숨겨진 주제를 찾아내려 하는 독자들을 위해 이런 소설을 쓰지 않았을까? 야심만만한 화자는 소설의 비밀을 알 수 있길 갈망하지만, 비밀은 없다는 게 비밀이다. 그가 실패한 이유는 실마리를 찾을 수 없어서가 아니라 찾을 게 없어서였다. 문학은 한계가 없는 게임이기 때문이다.

미스터리를 **있는 그대로** 감상하지 못하는 건 흔한 실수이며 문학 평론가들만 그런 실수를 저지르는 것도 아니다. 미국 국가정보위원회 회장을 역임한 그레고리 트레버튼은 '퍼즐'과 '미스터리' 사이에 확실하게 선을 긋는다.[12] 그의 주장에 따르면, 냉전은 바로 '퍼즐'이라는 단어로 규정할 수 있었다. 미국의 첩보기관은 해결할 수 있는 문제의 정답을 모색했다. 소련이 보유한 핵탄두는 몇 개나 될까? 미사일은 어디 배치되어 있을까? 사정거리가 얼마나 될까? 이 퍼즐에는 정답이 있었고 그것이 핵심이었다. 이기기 위해서 그 암호를 찾아내기만 하면 된다.

하지만 모든 첩보 관련 사항에 정답이 있는 건 아니다. 테러리스트의 협박을 예로 들어보자. 트레버튼은 이렇게 주장한다. "테러리스트들은 우리의 취약한 면에 따라 그들의 형태를 바꾼다. 그들이 제기하는 협박의 유형은 상대에 따라 달라진다."[13] 9월 11일의 테러범은 정규 훈련을 받은 비행기 조종사나 항공 전문가가 아니었다. 그들은 미국 공항의 보안 검색 절차상의 허점을 간파했을 뿐이다. 트레버튼이 지적한 것처럼 테러리스트의 공격을 식별하는 것은 소련의 미사일 숫자를 파악하는 것과 전혀 다른 문제다. '알거나 아직 모르는 미래의 수많은 요소의 상호작용으로 인해' 정답이 달라지기 때문이다. 명확한 정답이 없으므로 이건 퍼즐이 아니라 미스터리다. 관건은 빠진 정보를 찾는 것이 아니라 불확실하고 모호한 사안에 대처하는 것이다.✲ 트레버튼에 따르면 미스터리는 "증거가 끝나는 지점에서 분석이 시작된다."[14]

하지만 안타깝게도 첩보 기관들은 종종 미스터리를 퍼즐로 바꾸려는 시도를 감행했다. 헨리 제임스 소설의 화자처럼 한계가 없는 게임 속에서 계속 확실한 해결책을 찾으려 든 것이다. 트레버튼은 그들이 이라크의 대량살상무기를 추적했던 작전을 예로 든다. 첩보 기관은 사담 후세인의 은닉처를 찾으려 애썼는데(이는 퍼즐을 푸는 방식이다), 사실 그보다 우선되어야 할 것은 후세인의 복잡한 심리를 파악하는 일이었다. 사담 후세인은 내란과 주변 지역의 위협 세력에 대한 두려움 때문에 있지도 않은 무기를 보유하고 있다고 떠벌리고 있었다. 이를 곧이곧대로 해석한 첩보 기관은 흐릿한 위성 사진을 근거로 자신만만한 결론을 도출했다. 소방차 사진을 보고 사담 후세인의 화학 무기가 잔뜩 실린 트럭으로 착각한 것이다.[15]

이런 오류를 피하려면 어떻게 해야 할까? 펜실베이니아대학교의 심리학 교수 필립 테틀록과 바버라 멜러스에 따르면 미래를 예측하는 능력을 극적으로 개선할 방법이 있다고 한다. 이들은 실험을 위해 다양한 사회적 사건의 결과를 예측하는 일을 맡길 유망한 '아마추어 예측가'를 선별했다. 피험자는 사회 각계각층을 망라했다. 컴퓨터 과목을 가르치는 선생님도 있었고 농무부 공무원, 수학 교

✲ 심리학 서적에서는 인식론적 불확실성(퍼즐)과 내재적 불확실성(미스터리)으로 구분한다.

수, 고군분투 중인 영화제작자도 있었다. 그들이 유망하다는 평가를 받은 이유는 '적극적으로 열린 사고를 지향하기' 때문이었다. 테틀록의 표현에 따르면 그들은 "자신의 소신을 지켜야 하는 보물이 아니라 검증받아야 하는 가설로 간주했다."[16]

테틀록과 멜러스는 이렇게 선발한 유망한 아마추어들과 예측 훈련을 시작했다. 연구자들은 이들에게 시리아 내전부터 미·중 무역 전쟁 가능성에 이르기까지 전 세계에서 벌어지는 다양한 사건의 전망을 예측하게 했고 이후 가장 흔한 인지 오류에 대해 간단하게 설명하는 등 그들의 예측에 대해 광범위한 피드백을 제공했다. 3년이 지나자 이 간단한 훈련은 놀라운 결과를 도출했다. 피험자들이 예견에 있어 전문가나 컴퓨터 알고리즘보다 더 일관적이고 우수한 성적을 거둔 것이다. 테틀록은 이 아마추어 피험자들을 "슈퍼 예측가"라고 표현했다. 슈퍼 예측가들은 숱한 대결에서 상대보다 35~65퍼센트 더 정확한 예측을 제시하며 어마어마한 승률을 기록했다. 심지어 기밀 정보를 제공받으면 CIA의 첩보 분석가까지 앞질렀다.[17]

슈퍼 예측가들은 어떻게 이렇듯 큰 성공을 거둘 수 있었을까? 테틀록과 멜러스는 그들의 '겸손한 태도'를 가장 큰 이유로 꼽는다. 그들은 자신이 무엇을 모르는지 안다. 자신의 믿음을 계속해서 점검하고 의견을 업데이트한다. 미래를 해석할 여지는 무궁무진하다는 걸 알기에 예측을 두고 토론을 벌일 때도 상대방의 의견을 경청하고 가능성을 가늠한다. 한계가 있는 퍼즐이 아닌, 한계가 없는 게임을 하듯 접근하여 훨씬 정확한 예측을 내놓는다.

제임스 카스는 한계 없는 게임이 우리의 실생활에도 도움이 된다고 이야기한다. 그는 나와 대화를 나누며 자신이 쓴 논문이 인지심리학자, 비즈니스 컨설턴트, 실리콘 밸리의 진보주의자들에게 인용되면서 다시금 주목받게 되었다며 기뻐했다. 그는 말했다. "세상을 한계가 있는 게임처럼 대하는 시각에는 단점이 있다는 인식이 점점 퍼지고 있는 것 같아요. 한계가 있는 게임을 할 때처럼 세상을 보면 극단적인 흑백 논리로 빠지게 되거든요. 그로 인해 일종의 지위 경쟁이 벌어지고 많은 사람이 불행해지죠."✲ 카스의 설명에 따르면 한계가 있는 게임을 통해 자존감을 구축하는 사람은 평생 실망하며 살 수밖에 없다. "아무리 돈을 벌어도, 아무리 승리를 거두어도 부족하거든요."

이것이 우리의 인생에 한계 없는 게임과 미스터리가 필요한 이유다. 한계 없는 게임엔 승자도 없고 패자도 없고 오로지 플레이어만 존재하므로 그 구조를 통해 경험 자체를 즐기며 현재를 사는 법을 배울 수 있다. 중요한 건 이기거나 문제를 해결하는 게 아니다. 겹겹이 싸인 베일에 감탄하며 미지의 세계를 즐기는 것이다. 다른 사람들과 함께하는 것이다. 카스는 말한다. "동네 야구를 생각해보세요. 우리는 점수에 신경 쓰지 않았어요. 그 어린 나이에도 진짜 재미가 뭔지 알았거든요. 이기는 게 아니라 게임 자체라는 걸."✲✲

탈무드가 됐건 『햄릿』이 됐건 『해리 포터』의 광활한 세계가 됐건 스포일러에 영향받지 않는 이야기에는 또 다른 교훈이 있다. 양

✲ SNS만 해도 그렇다. 사람들 간의 거리를 좁히는 도구가 아니라 '좋아요'와 팔로워와 리트윗 경쟁이 되었다.

탄자의 무늬가 없으니 해독을 시도하는 건 무의미할 것이다. 그러나 그렇다고 해서 그 안이 텅 비어 있는 건 아니다. 오히려 불가사의한 미스터리를 통해 삶에 대한 통찰을 배울 수 있다. 카스는 말한다. "학생들에게 고전을 가르치는 이유는 미지의 무언가를 맞닥뜨리는 법을 가르치기 위해서죠. 저한테 배운 걸 학생들이 기억하지 못해도 상관없어요. 제가 강조하는 건 문제를 대하는 자세예요. 미스터리를 인정하는가. 겸손을 유지하는가. 학생들에게 무지와 더불어 살아가는 법을 가르치는 것이 최고의 가르침이죠."

최고의 미스터리는 경외감을 유발한다

한계 없는 게임이 존재하는 이유가 뭘까? 쓸모가 있기 때문이다.

✲✲ 좋은 이야기는 끝이 없는 야구 경기와 같다. 함께 한 경험을 중심으로 우리를 연결한다. 신경과학자 유라 해슨은 일련의 실험을 통해 복잡한 서사에 몰두할 때 뇌에서 어떤 현상이 벌어지는지 관찰한 바 있다. 피험자들에게 히치콕 영화의 일부 장면, 래리 데이비드의 짧은 연극, 세르조 레오네의 서부극을 보여준 결과는 놀라웠다. 이야기가 시작되고 몇 초 만에 피험자들의 뇌가 동일한 패턴으로 움직이기 시작한 것이다. 해슨은 이 현상을 가리켜 '신경 유희'라고 표현했다. 그는 다섯 개의 메트로놈을 동원해 이 유희의 작동 방식을 설명했다. 처음에 메트로놈은 각기 다른 속도로 째깍거린다. 하지만 한 쌍의 진동 실린더 위에 올려놓으면 몇 초 만에 외부 진동에 맞춰 같은 박자로 왔다 갔다 하기 시작한다. 이야기의 역할도 이런 것이다. 해슨은 말했다. "우리는 사람들 간의 차이점을 부풀려서 강조하는 경우가 많죠. 하지만 훌륭한 이야기는 문화나 배경에 구애 받지 않고 모든 사람들에게 아주 근본적인 수준에서 같은 걸 느끼게 합니다."

한계 없는 게임을 하면 오만함을 떨칠 수 있다. 불확실에 대처하는 능력이 생긴다. 더 효과적으로 생각하는 법을 알게 된다. 통계학의 쓸모를 말할 때도 똑같은 논리를 적용할 수 있을 것이다(다만 문화예술은 통계적 설명으로 넘쳐나지는 않는다).

한계 없는 게임이 수천 년 동안 찬사를 누린 진정한 이유는 우리의 깊숙한 감정을 건드리기 때문이다. 게임을 통해 얻는 인지적 효과는 부수적인 혜택이다. 이길 방법을 찾지 못해도 계속 게임을 하는 이유는 거기에 수반되는 감정 때문이다.

그렇다면 한계 없는 게임은 어떤 감정들을 유발할까? 그중 가장 중요한 것이 경외감이다. 캘리포니아대학교 버클리 캠퍼스의 심리학과 교수 대커 켈트너는 과학적 관점에서 경외감을 연구해왔다. 그에 따르면 수없이 많은 상황이 경외감을 유발할 수 있다. "경외감에 사로잡혔던 때가 언제였는지 기억을 더듬으면 마야문명의 치첸이차 유적지나 파리의 생트 샤펠 성당이 떠오릅니다. 언젠가 셰 파니스 레스토랑에서 먹었던 대파 수프도 생각나고요."[18]

그가 말한 세 경험엔 딱히 공통점이 없어 보인다. 하지만 켈트너의 설명에 따르면 경외감을 주는 경험은 두 가지 기본적인 특징을 공유한다. "경외감의 첫 번째 특징은 압도적으로 다가온다는 거예요. 어마어마함이 탑재돼 있죠." 다층적인 텍스트, 요세미티 계곡의 풍경, 향이 유난히 깊은 비누. 이런 대상을 접하면 한계가 없는 느낌, 아무리 파헤쳐도 전부를 알 수는 없겠다는 느낌이 든다.

켈트너가 말하는 두 번째 특징은 "세상에 대한 우리의 이해를 뛰어 넘는다"는 것이다. 혼란스럽고 어리둥절하기 때문에 심리학에서 말하는 '조절' 과정을 거쳐야 한다. 기존의 발상과 기대치를 이 새로운 경험에 맞춰서 조정해야 한다. 어떻게 읽으면 좋을지 모르겠는 시. 설명할 시도조차 할 수 없는 마술 트릭. 어떻게 그렸는지 알 수 없는 그림, 어떻게 지었는지 알 수 없는 교회 건축물, 세 번째로 다시 보는데 눈물이 나는 이유를 알 수 없는 영화. **이보다 더 명백한 미스터리가 있을까.**

일상에서라면 이런 감정은 불편하고 심지어 무섭게 느껴질 수도 있다. 이 설명하기 어려운 느낌은 뭘까? 이토록 어마어마하게 다가오는 이유는 뭘까? 다른 동물들은 이럴 때 본능적으로 도망을 친다. 과도한 모호성과 예측 오류에서 벗어나려 한다. 하지만 인간은 다른 감정을 느낄 수 있다. 맥락과 내용이 우리의 마음을 제대로 관통한다면 두려움은 감탄으로 바뀔 수 있다. 떨림이 소름이 되고 공포는 경외로 바뀐다.[19]

최근 켈트너와 동료들은 경외감이 정신건강에 미치는 긍정적인 효과를 연구한 바 있다. 켈트너는 한 강연에서 이렇게 말했다. "첫 번째 효과는 사고방식, 즉 세상을 바라보는 시각이 바뀐다는 겁니다. 인간은 전두엽의 주요 부분들 덕분에 타인의 이익을 의식할 수 있죠. 저희가 발견한 바에 따르면 경외감을 잠깐 경험하는 것만으로도 이기심의 틀에서 벗어나 타인의 이익에 좀 더 관심을 기울일 수 있는 것으로 밝혀졌습니다."

뇌에서 벌어지는 이런 변화는 추적 관찰이 가능하다. 우리 뇌에는 자기 연출과 개인적인 목표에 관여하는 디폴트 모드 네트워크라는 영역이 있다. 켈트너가 내게 설명해준 바에 따르면 이 네트워크는 “이기적인 관점에서 정보를 처리할 때 활성화된다. 그러니까 자아의 기본값을 결정하는 신경 기질이다.”

그런데 미치오 노무라와 동료들의 연구 결과에 따르면 경외감은 이 이기적인 네트워크를 잠재운다.[20]* 피험자들에게 경외감을 유발하는 자연 풍경을 보여주자 디폴트 모드와 연관 있는 영역의 활동이 현저하게 줄었다. 하지만 뇌가 잠잠해지지는 않았다. 디폴트 모드의 활동은 줄었지만, 보상 처리에 관여하는 대상피질의 활동은 급증했다. 켈터는 얘기한다. “이는 곧 경외감을 느끼는 것만으로도… 뿌듯하고 기분이 좋고 즐거워질 수 있다는 겁니다.” 자아ego는 사라지고 온몸에 감탄이 번진다.

이기적인 자아가 해체되면 처신도 달라진다. 켈트너와 동료들은 어느 실험에서 학생들을 두 그룹으로 나눴다. 한 그룹의 학생들에게는 1분 동안 우뚝한 유칼립투스 나무숲을 올려다보게 했다. “거무스름한 초록색 빛이 후광처럼 비치는 가운데 껍질이 벗겨져 가는 오래된 나무를 올려다보고 있노라면 목덜미를 타고 소름이 돋을 것이다. 경외감을 느꼈다는 확실한 증거다.” 켈트너는 이렇게 기록했다. 한편 다른 그룹의 학생들에게는 숲의 정 반대편에 있는 과학관 정면을 바라보게 했다. 그런 다음 두 그룹 모두에게 흙바닥에 펜을 떨어뜨리며 넘어지는 사람을 맞닥뜨리게 했다. 넘어진 사람을 돕는 확률이 더 높았던 건 나무숲을 보며 경외감을 느꼈던 학생들이었다.

* 이 기본 모드를 잠재우는 또 다른 체험으로는 명상, 기도, 실로시빈과 같은 각종 환각제가 있다.

켈트너는 크레이그 앤더슨과 함께 화학적 관점에서 경외감을 분석하기 시작했다.[21] 그들이 알아낸 바에 따르면 D4 타입 도파민 수용체가 유전적으로 변형된 사람들은 그렇지 않은 사람보다 우주에 관한 단편 영화를 보았을 때 경외감을 느끼는 경우가 훨씬 높았다(유전자 변이로 도파민의 효과가 더욱 강력해졌기 때문으로 추정된다). 이들은 강에서 급류 타기를 하거나, 아니면 단순히 평범한 한 주를 보내는 동안에도 경외감을 느낄 가능성이 크다. 이는 먼 과거에 누구보다 먼 거리를 이동했던 인간에게 유전자 변이가 가장 활발하게 일어났으며, 따라서 D4변이가 탐험 정신과 연관이 있다는 연구 결과를 기반으로 한다.[22] 인간이 경외감을 느끼도록 진화한 데에는 기꺼이 광활한 미지의 세계로 뛰어들기 위해서 였을 수 있다. 새로운 공간을 맞닥뜨리면 우리는 두려워하는 대신 그 신비로움에 마음이 움직인다. 저 멀리 지평선이 손짓하는 듯 느낀다.

우리는 대부분 탐험가가 아니다. 경이로운 자연경관과 멀찌감치 떨어진 도시와 근교에서 생활한다. 따라서 일상에서 경외감을 느낄 수 있는 대상은 인간이 창조한 작품이 될 가능성이 크다. 전부를 이해할 순 없어도 경탄과 경이를 자아내는 예술을 경험하며 우리는 무한함을 느낄 수 있다. 이러한 작품은 우리의 먼 옛날 탐험 본능에 불을 지른다. 켈트너의 실험 결과에 따르면 경외감을 경험한 사람은 추상화에 훨씬 많은 관심을 보였다. 어려운 퍼즐에 좀 더 오랫동안 매달렸다. 새롭고 신기한 것에 더 열린 마음으로 관심을 가졌다.

이 실험 결과로 탁월한 예술과 경외감의 선순환 관계를 이해할 수 있다. 우리는 압도적인 미지의 것들로 구성된 콘텐츠를 접할 때 강렬하고 행복한 감정으로 충만해진다. 이런 감정은 작품을 계속 탐구하게 하는 원동력이 되고, 이것은 다시 더욱 커다란 경외감으로 이어진다.

게임은 이렇게 계속된다.

7장

인생의 무기가 되는 미스터리 솔루션

°

교육의 비결은 학생을 존중하는 데 있다.
학생이 무엇을 알아야 하고 무엇을 해야 하는지
결정할 사람은 교사가 아니다.
오로지 학생만이 그 비밀의 열쇠를 쥐고 있다.

랠프 월도 에머슨, 『교육』

어느 공립학교의 무모한 실험

나는 시카고에 도착해 노블 아카데미로 향했다. 골드 코스트의 근사한 상점가 한복판에는 호수가 있는데, 거기서부터 시작되는 널찍한 대로를 탔다. 길을 타고 달리다 보니 격자형 도로를 흉터처럼 사선으로 가로지르는 클라이번 가가 나왔다. 클라이번은 수십 년 동안 카브리니 그린의 북쪽 경계선 역할을 했다. 카브리니 그린은 도시 기능장애를 상징하는 악명 높은 공공 주택 개발지였다. 갱스터 '디시플스' 조직이 빨간색과 흰색의 고층 건물을 순찰하며 총을 쏘아대고 앞마당에서 마약을 팔았다.

그 건물들은 이제 사라졌다. 카브리니 그린 지구의 마지막 건물은 2011년에 철거됐다. 그 일대는 이제 저층 아파트와 조그만 패스트푸드 음식점과 스타벅스가 입점한 쇼핑몰이 있는 이른바 '신도

시'로 탈바꿈했다. 타깃 매장(대형 마트)이 새로 문을 열기는 했지만, 셔터가 닫혀 있거나 빛바랜 출입 금지 팻말이 달린 공장들도 있다. 아무것도 없는 풀밭 한가운데 자리를 잡고 포케와 콤부차를 파는 슈퍼마켓도 있다.

슈퍼마켓 맞은편에는 노블 아카데미가 있다. 조그만 벽돌 건물을 쓰고 있는 이곳은 원래 카브리니 그린 개발지에 있던 초등학교였다. 이후 리모델링을 하긴 했지만, 방탄 유리창과 묵직한 보안문, 검은색 창살에서 여전히 남아 있는 과거의 흔적이 느껴졌다.

이 아카데미는 가망 없어 보이는 한 실험에서 시작됐다. 2007년 어느 익명의 기부자가 시카고의 노블 네트워크 오브 차터 스쿨스의 1학년생들에게 뉴햄프셔 시골에 자리한 명문 학교 필립스 엑스터 아카데미에서 여름학기를 보낼 수 있도록 후원금을 지원했다. 필립스 엑스터의 교정은 우아하고 아름답기로 유명하다. 시카고 도심에서 건너간 학생들은 깔끔하게 손질된 잔디밭과 하얀 창틀을 보며 마치 외국에 온 듯한 기분을 느꼈을 것이다.

하지만 엑스터로 교환학생을 파견한 첫해는 대실패였다. 노블에서 온 학생들은 이틀 만에 시카고로 돌아가겠다고 했다. 그럼에도 엑스터 여름학교 책임자였던 이선 샤피로는 포기하지 않았다. 당시 노블 네트워크는 캠퍼스가 세 군데뿐이었지만(현재는 1만 2000명이 넘는 학생들이 17개 고등학교와 1개의 중학교에서 수업을 받고 있다) 졸업률과 시험 성적이 시카고 공립학교의 평균을 훌쩍 능가해 모범적인 자율형 공립학교 프로그램으로 인정 받고 있었다. 첫 시도는 실패로 돌아갔지만, 엑스터와 노블은 다시 시도해보기로 했다.

2008년 여름에 다시 노블 네트워크의 학생 12명이 엑스터를 방문했다. 이번에는 아무도 돌아가겠다고 하지 않았다.

이들의 경험은 장기적으로 영향을 미쳤다. 시카고에서 가을 학기가 시작됐을 때 노블 선생님들은 엑스터에 다녀온 아이들이 교실에서 의기양양해진 것을 느꼈다. 그 아이들은 손을 더 자주 들었고, 어려운 텍스트에 금세 위축되지 않았고, 그룹 토론 시간에 평정심을 유지했다.

전에 없던 이 자신감의 원인은 무엇이었을까? '하크니스 교수법'으로 알려진 엑스터의 교육철학 덕분이었을 수 있다. 1930년 에드워드 하크니스는 엑스터의 교육 방식을 개조하는 데 써달라며 580만 달러(요즘 화폐가치로 따지면 약 9900만 달러(약 1316억)에 해당한다)를 기부했다. 하크니스는 미국에서 가장 좋다고 손꼽히는 학교를 졸업했지만, 수업은 재미없고 실망스러웠으며 금세 지워져 버릴 정보로만 채워져 있었다. 그는 더 나은 길을 개척하고 싶었다.[1]

하크니스의 지원 덕분에 엑스터는 하크니스 교수법의 선구자가 되었다. 일반적인 학교에서는 교사가 수업을 진행한다. 그들이 자료를 분석하고 지식을 구축한다. 반면 하크니스 수업에서는 학생들이 이런 역할을 담당한다. 주어진 정보를 그냥 외우기만 하면 되는 것이 아니라 뭘 외워야 하는지부터 스스로 찾아야 한다. 하크니스 교수법 연수를 맡은 엑스터 인문학 협회 소속인 엑스터의 역사교사 메그 폴리는 이렇게 얘기한다. "하크니스 교수법이란 기본적으로 학생 중심이고 학생이 주도하는 토론법이라고 보면 돼요. 형태는 다양할 수 있지만, 어쨌든 어려운 문제를 해결하는 일은 학생들이 주도하고, 선생님은 옆에서 자극을 주거나, 돕거나, 올바른 방향으로 가고 있는지 체크만 합니다."

수동적인 수업에서 하크니스 교수법으로 전환하려면 완전히 새로운 커리큘럼이 필요하다. 전통적인 수업이 정답을 맞추는 데만 초점이 맞춰져 있었다면 하크니스 교수법은 활발하게 의견을 주고받을 수 있는 개방형 질문을 강조한다. 학생들은 정보가 아니라 문제를 전달받는다. 서로 반론을 제기하고 토론하며 미스터리를 스스로 파헤친다.

이 같은 혁신적인 교수법은 오랜 역사를 자랑한다. 19세기에 랠프 월도 에머슨은 교육을 주제로 쓴 글에서 '영혼을 파괴할 정도로 답답한' 미국의 학교 교육을 여러 번 개탄했다. 그는 이렇게 썼다. "나는 이 나라의 교육 시스템을 절망의 시스템이라고 부른다. 학생의 천재성과 타고난 미지의 가능성을 희생시키며 깔끔하고 안전한 획일성을 추구하는 것이 지금 학교의 행태다."[2] 에머슨은 학생에게 강압적 규칙 대신 독립성을 부여할 필요가 있다고 강조했다. 아이들은 독학할 때 학습 효과가 가장 높다는 것이다. "아이들은 때론 장난스럽게, 때론 진지하게, 나무라기도 하고 달래기도 하면서, 서로 어울리고 대화를 나눌 때 모두에게 큰 기쁨이 되는 에너지를 발산한다." 교사는 이런 '젊음의 에너지'를 훈계하고 억누를 게 아니라 잘 활용해야 한다는 것이 에머슨이 주장하는 바였다.

노블 아카데미는 에머슨의 철학을 그들의 시카고 공립학교에 도입하기로 했다. 여름학교 교환학생들의 획기적인 변화에서 용기를 얻었을 뿐 아니라, 사회 정의를 믿었기 때문이다. 노블의 행정부 관리자로서 초기에 엑스터와의 협력 관계를 주도한 파블로 시에라는 《아메리칸 스콜라》와의 인터뷰에서 이렇게 얘기했다. "우리 아이들도 엑스터 아이들과 같은 교육을 받을 수 있게 해주고 싶었어요."[3] 토론식 수업이 근사한 사립학교 학생들만 누리는 호사가 되면 안 된다는 말이었다.

노블 네트워크의 지도부가 하크니스 교수법을 들여오려 했던 데에는 다른 이유도 있었다. 노블 학생들의 시험 성적이 서서히 올라 정점을 찍더니, (그들이 '노블 고원'이라고 이름 붙인) 그 상태에서 더는 발전이 없었던 것이다. 2003년 학업 성취도 추적 검사 결과 노블 학생들의 ACT(대입 학력고사) 평균 점수는 17.3점이었다. 2011년에는 20.3점으로 껑충 뛰어서 시카고의 다른 공립학교 평균보다 3.1점 더 높아졌으나, 그때부터 정체 현상을 빚기 시작해 3년 뒤인 2014년까지 별다른 발전을 보이지 못했다.

시험 성적의 정체 현상은 그보다 더 실망스러운 사태의 전조였다. 노블을 졸업한 학생의 거의 90퍼센트가 4년제 대학에 입학했지만, 졸업한 비율은 겨우 40퍼센트밖에 되지 않았다. 그뿐 아니라 노블의 자체 조사 결과에 따르면 법조계나 의료계 같은 '고위 직업군'에 안착한 졸업생은 10퍼센트 미만이었다. 엑스터 학생들은 하크니스 교수법을 통해 이런 직업군에 안착할 준비를 했다. 노블 학생들도 그럴 수 있지 않을까?

엘리트 사립학교가 아닌 공립학교에서 하크니스 교수법을 시행하는 데에는 여러 어려움이 따랐다. 노블 네트워크 소속 학교들은 지원하는 학생을 (정원 내에서) 모두 수용하는 평준화 중고교이기 때문에 시카고 공립학교 시스템의 광범위한 문제점을 방증하는 학생들이 입학하는 경우가 많다. 1학년생 대다수는 평균보다 몇 학년 아래 수준이며, 공부 습관이 제대로 잡혀있지 않다. 85퍼센트는 저소득층 가정이며, 15퍼센트는 특별한 도움이 필요한 학생들이다. 에머슨은 셰익스피어와 천문학의 미스터리를 주제로 대화를 나누는 학생들을 상상했겠지만, 노블에 입학하는 학생들은 대부분 읽기와 산수조차 수월치 않다. 그런데 무슨 수로 서로를 가르칠 수 있을까?

그리고 학생 수의 문제도 있다. 엑스터는 한 반의 학생 수가 대개 열두 명 정도로, 하크니스 테이블에 둘러앉기에 알맞다. 효과적인 토론 수업을 위해서는 친밀한 분위기를 조성하는 것이 필수다. 반면 노블에서는 대부분 한 반의 학생 수가 서른 명에 육박한다. 소규모 그룹이 '젊음의 에너지'를 마음껏 내뿜으며 토론하는 것과 교사가 감당할 수 없을 만큼 많은 학생이 그렇게 하는 것은 차원이 다른 얘기다.

이 같은 난관에도 불구하고 노블 네트워크에서는 2009년에 열다섯 명의 우등생으로 구성된 두 그룹을 대상으로 하크니스 실험을 시작했다. 학교는 읽기 점수가 가장 높은 학생들을 대상으로 선정했는데, 이는 그 아이들이 하크니스 실험이 실패하더라도 유급할 가능성이 가장 낮기 때문이었다.

거의 모든 사람이 실패를 예상했건만, 뜻밖의 결과가 나타났다. 하크니스 실험을 시작한 지 한 학기 만에 서른 명 중 열세 명이 ACT 시험의 읽기 과목에서 우수한 성적을 거두었다. 같은 노블 캠퍼스에 다니는 동급생들보다는 읽기 점수가 30퍼센트 더 향상됐다. 실험이 워낙 눈부신 성과를 거두었기 때문에 노블은 다음 학기에 두 개의 정규반을 편성해 하크니스 교수법을 시도해보기로 했다. 이 반은 학생 수가 서른 명이 넘었으므로 별도의 하크니스 테이블을 세 개 더 마련해야 했다. 수업은 십 대 아이들의 조잘거림으로 귀가 따가울 지경이었다. 하지만 결과는 마찬가지였다. 이 학생들도 읽기 점수에서 눈부신 발전을 보였다.

노블 네트워크 지도부는 이처럼 고무적인 사전 결과를 근거 삼아 노블 아카데미를 신설하기로 결정을 내렸다. 노블 아카데미는 하크니스 실험 결과를 발전시키는 것을 목표로, 2014년 시카고 도심의 임시 부지에서 문을 열었다. 입학한 200명의 학생들은 대부분 다른 노블 캠퍼스의 대기자였다. 초대 교장은 로런 보로스였다. 그의 얘기를 들어보자. "첫해는 정말이지 험난했어요. 아이들을 곧바로 하크니스 테이블에 앉혔지만 잘 되질 않더라고요. 토론이 효과적으로 이루어지질 않았어요. 아직 제대로 된 문화가 자리 잡지 않았으니 그랬을 수밖에요. 아이들은 어떤 식으로 협력해야 할지 몰랐어요. 어떻게 질문해야 할지, 어떻게 남의 얘기를 들어야 할 지도요." 로런은 힘들었던 첫해의 기억을 떠올리며 잠깐 하던 말을 멈추었다. "듣는다는 게 참 어려운 일이죠."

권태의 해독제

로런 보로스는 카브리니 그린 지구에서 몇 블록 거리에 있는 노스 가 북쪽의 번듯한 지역에서 어린 시절을 보냈다. "그 도로가 경계선이었어요. 노스 가의 북쪽으로는 링컨 파크라는 괜찮은 동네가 있었죠. 노스 가의 남쪽으로 길을 건너면 카브리니 그린이었어요. 북쪽에서 어린 시절을 보낸 아이들은 남쪽으로 절대 건너가면 안 된다는 걸 알았어요."

로런은 시카고의 엘리트 사립학교를 거쳐 콜롬비아대학교에 진학했다. 의예과 과정을 밟고 있던 무렵 그는 뉴욕에서 큰 사고를 당했다. 그와 그의 단짝 친구를 태우고 가던 택시가 좌회전하던 차를 들이받은 것이다. 로런과 친구는 좌석에서 튕겨 나갔다. 다친 머리를 치료하느라 18바늘을 꿰매고 철침 12개를 박았다. 사고 현장에는 구급차가 2대 도착했다. 로런은 콜롬비아와 코넬대학교의 협력 병원인 어퍼 이스트 사이드의 뉴욕 프레스비테리언으로 이송됐다. 하지만 아프리카계 미국인이던 그의 친구는 브롱크스의 허름한 병원으로 이송됐다. 로런은 말했다. "불평등한 조치들이 우연이 아니라는 걸 깨닫는 순간이었어요. 당시 저는 의예과 과정을 밟고 있었지만 그런 불평등을 해소하는 일을 하고 싶었어요. 아이들이 잠재력을 발휘하는 데 그런 일들이 걸림돌이 된다는 걸 알게 되었으니까요."

졸업 후 로런은 티치 포 아메리카(미국 내 대학 졸업생들이 교원 자격증 소지 여부와 상관 없이 미국 각지의 교육 곤란 지역에서 학생들을 가르치는 프로그램을 운영하는 비영리단체—옮긴이)에 가입했다. 인디애나주 게리에 있는 중학교에 배정을 받고 시카고에서 새벽 여섯 시에 집을 나서 열다섯 시간 뒤에 퇴근하는 생활을 시작했다.

"저는 금세 뻔뻔해졌어요. 교실에 들어간 첫날 아이들이 저를 놀리듯 '바비(인형)'라고 부르길래 제가 그렇게 부르면 안 된다고 했거든요? 그랬더니 '알겠어요. 바비 선생님'이라고 하더군요."

일은 힘들었지만 로런은 천직을 찾은 느낌이었다. 그는 티치 포 아메리카에서 가르친 후 처음으로 부임한 노블 캠퍼스에서 9학년 학생들에게 대수학을 가르쳤다. 얼마 지나지 않아 교감으로 승진했고 2년 뒤에는 노블 아카데미를 설립했다.

내가 로런을 처음 만난 건 학기가 시작되고 한 달 정도 지난 9월 말, 어느 눈부시게 화창한 날이었다. 월요일 아침이었고 복도는 노블 교복을 입은 학생들로 북적거렸다. 교복은 까만색 구두에 카키색 바지, 짙은 남색 폴로 셔츠였다. 로런은 복도에서 학생들과 수없이 하이파이브를 하고, 수업에 나오지 않고 있는 신입생에 관해 교감 선생님과 긴급 대화를 나눈 다음에야 나를 교장실로 안내했다. 우리는 타원형 하크니 테이블 앞에 앉았고(하크니 테이블 진품은 1만 달러가 넘는다. 노블에 있는 진품 하크니 테이블은 이거 하나였다), 로런은 아침으로 먹을 초록색 스무디를 꺼냈다.

훌륭한 교육자에겐 자연스러운 카리스마가 있다. 왠지 모르지만 그들이 하는 얘기를 듣고 싶어진다. 길고 곱슬곱슬한 머리칼과 기운을 북돋는 미소와 경쾌한 에너지를 지닌 로런도 그런 카리스마의 소유자였다. 노블 아카데미 재학생은 450명이다. 로런은 그 아이들의 이름뿐 아니라 어떤 아이가 무슨 과목을 어려워하고, 어느 대학교에 진학하고 싶어 하며, 누가 얼마 전에 '라살'(노블에서는 방과 후에 남는 벌을 이렇게 부른다)을 받았는지까지 전부 파악하고 있었다. 로런은 숙제를 하지 않아서 방과 후에 남게 된 아이를 나무라지 않는다. 그저 오후를 같이 보내게 되어 기대가 된다고 말한다. 아이는 안도하며 미소를 짓는다.

노블 네트워크가 거둔 훌륭한 성과의 바탕이 되는 것은 다름 아닌 '핑계 금지 문화'다. 학교는 이 문화를 통해 학생들에게 자제심과 책임감을 함양하게 한다. 핑계 금지 문화의 방식에는 논란이 따르기도 하지만(1년 동안 13점 이상의 벌점을 받으면 140달러 상당의 '성격 계발' 수업을 들어야 한다) 노블 네트워크는 이견의 여지가 없는 성공을 거두었다. 2015년 브로드 재단은 노블 네트워크를 미국에서 가장 훌륭한 자율형 공립학교 시스템으로 선정했다. 로런은 이렇게 말했다. "모든 게 문화로부터 시작되죠. 무언갈 시작하기 위해선 그 전에 학생들에게 책임감을 불어넣어야 해요. 매일 저녁 숙제를 하고, 친구들을 존중하고, 수업에 집중하고, 이런 기본적인 것들을 가르쳐야 하죠. 이를 바탕으로 노블 네트워크의 문화는 성공을 거둘 수 있었어요."

하지만 한계에 부딪힌 ACT 점수와 낮은 대학 졸업률이 말해주었던 것처럼, 자제심을 강조하는 것만으로는 부족했다. 로런은 설명했다. "우리가 익숙한 정보를 처리하는 데 필요한 기술을 가르치는 건 정말 잘했어요. 하지만 점수가 한계에 부딪힌 걸 보면 알 수 있다시피 그걸로는 부족했죠. 낯선 정보를 처리하는 데 필요한 기술을 가르치지 않으면, 궁금해하는 법을 가르치지 않으면 아이들에게 몹쓸 짓을 저지르는 셈이에요."

노블 아카데미에서는 핑계 금지 문화를 하크니스 교수법과 결합하고 학생들에게 질문을 던짐으로써 호기심을 유발한다. 로런은 말했다. "실생활에서는 누가 정답을 챙겨주는 경우가 없잖아요. 문제가 생기면 스스로 혹은 친구들과 함께 해결해야죠." 로런은 하크니스 테이블 위에 손을 얹었다. "보통 직원들끼리 회의할 때 이런 테이블에서 하잖아요. 이사회도 그렇고. 대부분의 대학교 수업도 그렇고. 우리는 그때를 대비해 아이들을 준비시키는 거예요."

로런은 의자에 앉은 채 몸을 기울였다. 비밀을 공개하려는 사람처럼 목소리가 조용해졌다. "교육계에 종사하는 사람들은 엄정하다는 단어를 좋아하죠. 하지만 그게 무슨 뜻일까요? 사람들은 대개 '냉정하다'는 뜻으로 그 단어를 쓰죠. 그러니까 점수를 짜게 주면 엄정한 학교예요." 그녀는 환멸을 느끼는 표정으로 고개를 저었다. 그러고는 손가락을 펴 허공에 보이지 않는 선 두 개를 그었다. "두 개의 선으로 이루어진 그래프가 있다고 생각해봐요. 한쪽 선은 위험부담을, 다른 쪽 선은 모호성을 표시하죠. 그러니까 여기 이쪽은," 그녀는 좌측 아래의 사분면을 가리켰다. "위험부담도 낮고 모호성도 낮죠. 아이들에게 공식을 알려주고 닥치는 대로 문제만 풀게 하는 수학 수업이에요. 교사가 자기가 뭘 원하는지 정확하게 알기 때문에 모호성도 낮고 위험부담도 낮아요. 머릿속에 비현실적인 모범답안을 정해놓고 아이들을 그쪽으로 몰고 가죠."

로런은 이번에는 상상 속 그래프의 우측 위를 건드렸다. "우리의 목표 지점은 여기에요. 위험부담도 높고 모호성도 높은 곳. 우리에게 엄정함의 정의는 이거예요. 학생들에게 어렵고 복잡한 정보를 주고, 그 안에서 아이들이 자기만의 길을 찾고, 모험과 실수를 통해 배워나갈 거라고 믿는 거요." 이쯤 되면 이 학교의 커리큘럼이 자존감이나 발표 같은 소프트 스킬을 기르는 데도 도움이 될 거라는 생각이 든다. 하지만 로런은 노블 아카데미가 다른 공립학교와 똑같은 기준으로 평가를 받을 거라는 걸 알았다. 표준화된 시험 점수를 통해서 말이다. "우리 아이들도 그 게임에 참여해야 해요. 그래야 대학교에 원서라도 낼 수 있으니까요. 그 점수가 있어야 가능성으로 넘쳐나는 삶을 향해 나아갈 수 있으니까요."

대부분의 공립학교는 시험 맞춤 교육을 하며 가장 그럴싸한 정답을 학생들에게 반복 주입하는 식으로 표준화된 시험에 대처한다. 학생들은 오지선다형 시험을 연습하고 빡빡한 커리큘럼을 따른다. 이처럼 빤한 시험을 치르는데 뭐 하러 모호성에 연연할까. 호기심은 감당할 여유가 되지 않는 사치가 아닐까.

하지만 노블 아카데미는 더 나은 방법이 있다는 것을 몸소 보여준다. 그들의 커리큘럼은 시험 맞춤은커녕 정반대에 가깝지만, 시카고의 모든 공립학교를 통틀어 점수가 가장 크게 올랐다. 9학년과 11학년은 PSAT와 SAT 점수 기준으로 '학생 성장' 면에서 각각 98퍼센트와 97퍼센트를 기록했다.[4] 시카고의 비평준화 고교 중에서도 ACT 점수는 최상위권이고 대학 진학률도 91퍼센트가 넘는다.[5]

이처럼 놀라운 발전을 보일 수 있었던 것에 대해 로런은 미스터리의 효과를 이유로 든다. "아이들이 어려운 문제에 맞닥뜨렸을 때 자신감을 가질 수 있게 가르친다면, 정답을 모르는 상황을 받아들일 수 있게 가르친다면 시험에 필요한 결정적인 스킬을 알려주는 것과 똑같아요. 시험장에서 익숙하지 않은 문제를 접하면 아이들은 대개 겁에 질려서 얼어버리거든요. 어떻게 해결해야 할지 모르니까요. 하지만 우리 학생들은 모호함에 익숙하죠. 오히려 남들보다 적극적으로, 살짝 신나는 마음으로 그 문제부터 해결해보려고 달려들 거예요."

우리에게도 이런 훈련이 필요하다. 모호성과 불확실성은 대입 시험뿐 아니라 일상생활에서도 피할 수 없는 요소기 때문이다. "보통 고위 직업군의 일을 하면 전에는 본 적 없는 새로운 상황들을 계속 직면하게 되죠. 규정집 같은 건 없어요. 낯설고 때로는 살짝 겁이 나기도 하는 문제의 해결책을 알아내야 하죠."

노블 아카데미에서는 학생들에게 모르는 것에 대해 생각하는 법을 가르친다. 모호한 주제를 중심으로 커리큘럼을 구성해 모호함이 무섭거나 피해야 할 무언가가 아니라, 예상치 못했던 갖가지 대화를 끌어내는 계기가 될 수 있음을 보여준다. 우리를 계속 몰두하게 만드는 것, 그것은 미스터리다. 로런은 말했다. "우리는 아이들이 항상 앎의 경계선에 아슬아슬하게 서 있길 바라요. 아이들에게 스스로 발을 내디뎌 자신이 모르는 곳으로 건너갈 용기를 길러줄 수 있다면 시험 문제보다 훨씬 귀한 걸 가르치는 거라고 생각해요. 현재 상황이 어떻든, 무슨 일을 하든 점점 발전할 수 있는 법을 가르치는 거니까요."

로런은 대니라는 졸업반 학생의 이야기를 들려준다. "대니가 수학 SAT 모의고사를 봤는데 폭삭 망했더라고요. 수학을 정말 잘하는 아이라 제가 물었죠. '대니, 어떻게 된 거야?' 알고 보니 한 번도 본 적 없는 어려운 문제가 있길래 풀어내고야 말겠다고 달려들었다더군요. 결국 그 문제를 풀긴 했지만, 시간이 없어서 다른 쉬운 문제들을 놓쳤대요." 로런은 미소를 지었다. "내가 그런 괴물을 만든 거 있죠? 하지만 괴물이라면 감당할 수 있어요. 시험 보는 요령만 좀 가르치면 되니까. 종일 어렵고 모호한 주제를 스스로 해결하면서 생기는 자신감을 길러주는 게 훨씬 힘들죠."

나는 로런과 대화를 나눈 뒤 교정을 이리저리 거닐며 교실에서 하크니스 교수법을 참관했다. AP(대학 과목 선이수제—옮긴이) 환경과학 수업을 듣는 학생들이 다양한 동물을 영양단계별로 함께 분류하는 것을 지켜봤다. 아이들은 난관에 봉착해도 선생님을 찾지 않고 서로 물어보거나 검색을 했다. AP 행정 수업에서는 하크니스 그룹별로 미국 헌법을 한 줄씩 '해석'하고 있었다. 한 테이블에서는 정부가 노예무역을 금지할 수 없도록 방지하되 '노예'라는 단어를 쓰지 않은 1조 9항에 관해 토론하고 있었다. "그 단어를 쓰지 않은 걸 보면 노예제도를 부끄럽게 여겼다는 걸 알 수 있어." 한 아이가 이렇게 말했다. 다른 테이블에서는 최초의 헌법 제정자들이 반란이나 폭동에 가담한 사람에게 시민권을 부여하지 않고 계속 유예한 이유에 대해 궁금해했다. 미네르바라는 졸업반 학생이 이렇게 말했다. "그 사람들도 반군이었으면서 이제 와서 그런 짓을 저지른 사람에게는 시민권을 부여하지 않겠다는 거잖아. 권력을 잡으면 그렇게 되나 봐."

AP 미적분 수업에서는 아이들이 파스칼의 삼각형에 관한 서술형 문제를 풀고 있었다. 풀다가 막힌 아이들 몇 명이 도움을 청했지만, 선생님은 정답은커녕 쓸 만한 힌트조차 알려주지 않았다. 오히려 자기도 모르는 척했다. 로런은 이걸 가리켜 '천하무적이 아니라는 모범을 보이는 것'이라며 교사가 학생들에게 미스터리와 실험의 묘미를 알려주는 것이 중요하다고 강조했다. 로런은 말했다. "저는 수학을 가르칠 때면 어려운 문제를 내주면서 아이들에게 저도 못 풀겠으니, 같이 해결해보자고 해요. 그러면 결과뿐 아니라 과정까지 칭찬할 기회가 생기죠. 우리는 정답을 맞혔을 때 손가락을 튕기지 않아요." 노블에서는 서로 칭찬할 때 다 같이 손가락을 튕긴다. "어떻게 풀다 틀렸는지 기꺼이 공개할 때, 친구들 앞에서 한번 해보겠다고 할 때 손가락을 튕기죠."

이런 교수법의 효과엔 실증적인 증거가 있다.[6] 심리학에서는 이것을 '자기 설명 효과'라고 지칭한다. 시간이 더 오래 걸리고 중간에 틀리더라도 학생들에게 스스로 정답과 설명을 도출하게 할 때 이런 효과가 발생한다(이와 반대되는 개념은 교사가 학생들에게 문제를 제시할 뿐 아니라 푸는 방법까지 가르쳐주는 '강사 대본형' 교수법이다). 3~5학년 학생들을 대상으로 진행된 어느 자기 설명 효과 실험에서 교사는 수학 문제를 틀린 아이들에게 '다르게 문제를 풀 방법이 있을지' 한번 생각해보라고 했다.[7] 그래도 풀지 못하자 다른 아이의 오답을 보여주며 이게 왜 틀렸는지 설명해보라고 했다. 정답은 절대 가르쳐주지 않았다. 끙끙대며 고민하는 것도 수업의 일부였다. 최근에 69개의 실험을 메타 분석한 결과, 자기 설명은 대수학에서부터 독해에 이르기까지 광범위한 과목의 학습 효과를 향상하는 '매우 효과적인 개입'으로 밝혀졌다.[8]

자기 설명이 효과가 좋은 이유는 미스터리를 인정하게 되기 때문이다. 최근 하버드대학교의 물리학자들은 기초 물리학 수업을 듣는 학부생을 대상으로 교수법의 효과를 연구했다.[9] 통제 그룹에 속한 학생들은 일반적인 강의식 수업('무대 위의 학자' 교수법)을 통해 예로 제시된 문제를 어떤 식으로 풀면 되는지 똑똑히 들었다. 자기 설명 그룹에 속한 학생들은 똑같은 정보와 유인물을 받았지만, 삼삼오오 나뉜 팀원들과 함께 문제를 직접 풀어야 했다. 예상대로 자기 설명 그룹에 속한 학생들이 이후 실시한 테스트에서 훨씬 높은 점수를 받았다. 그들은 물리학을 더 잘 이해했다.

그런데 이 교육적 효과에는 반전이 있다. 자기 설명 그룹에 속한 학생들은 그들의 실력이 부족하다고 생각했다. 이런 불일치의 원인은 뭘까? 문제를 스스로 해결해야 했던 학생들은 자신의 지식이 얼마나 부족한지 뼈저리게 실감하는 반면, 능수능란한 강의를 들은 학생들은 자기 능력을 과대평가하는 착각에 빠질 수 있기 때문이었다. 자기 설명을 하다보면 대상을 더 깊이 이해하게 되고, 그렇게 갖게 된 더 넓은 시야를 통해 여전히 이해가 되지 않는 아리송한 개념이 있음을 깨닫게 된다. 그로써 훨씬 더 많이 배울 수 있는 것이다.

안타깝게도 미국의 전형적인 학교 수업은 가능한 쉽게 학습할 수 있는 방향으로 이루어지기 때문에 자기 설명의 기회는 최소한으로 축소된다. 1995년부터 전 세계 수학 및 과학 교수법을 주제로 데이터를 수집하는 TIMSS(수학·과학 성취도 추이 변화 국제 비교 연구)가 내린 결론에 따르면 그렇다. 1990년 후반에 일곱 개 나라의 교실 수백여 곳을 촬영한 결과, 미국에서는 수학 문제를 푸는 간단한 공식을 알려주거나 이른바 '풀이 위주'의 수업이 진행되는 것으로 밝혀졌다(로런이 '닥치는 대로 문제만 풀게 한다'고 일축한 방식이다). 이 데이터에 따르면 미국 중학교 2학년 수학 수업의 55퍼센트가 풀이 위주로 진행됐다. 36퍼센트는 교사가 추가 설명 없이 정답을 알려주었다. 학생들에게 자기 설명 비슷한 것을 하게 한 수업의 비율은 10퍼센트도 안 됐다.

수학 수업시간에 두 변의 길이가 같고, 두 변 사이의 각이 90도인 이등변 삼각형을 그리고 정의를 설명한다고 가정해보자. 미국에서는 교사가 그냥 삼각형을 그리고 만다. 아이들에게 간단히 정답을 가르쳐줄지도 모른다. "똑같은 두 변을 그리고 그 두 변을 직각으로 연결하면 돼."

그러나 이런 식의 수업은 장기적으로 봤을 때 배움의 기회를 최소한도로 축소한다. 최근에 이루어진 TIMSS의 연구 결과에 따르면 일본에서는 수학과 과학 성적이 세계적으로 손꼽히는 학생이 지속적으로 배출되고 있다(적수는 싱가포르, 대만, 한국뿐이다).[10] 이들이 앞서는 이유로 꼽을 수 있는 것이 수업 방식이다. TIMSS 연구 결과 일본의 수업 시간 중에서 닥치는 대로 문제만 풀거나 교사가 답을 설명하는 데 쓰인 시간은 3퍼센트가 안 됐다. 수업은 오히려 '연관성 파악' 위주였다. 예컨대 미국 교사들은 이등변 직각삼각형을 그린 반면, 일본 교사들은 삼각형의 공통적인 특징이나 피타고라스 정리의 뜻과 같은 더 기본적인 개념에 초점을 맞췄다.[11] 정답은커녕 풀이 방법도 가르쳐주지 않았고 문제를 내주며 직접 풀게 했다. 저널리스트이자 논픽션 작가인 데이비드 엡스타인과의 인터뷰에서 인지심리학자 네이크 코넬은 이렇게 말했다. "미국 고등학생들의 성적이 다른 나라 학생들에게 못 미치는 이유 중 하나는 수업을 너무 잘 따라가고 있기 때문이에요. 어려운 문제를 쉽게 푸는 법을 배우거든요."[12]✲

나중에 나는 어려운 수학 문제를 그냥 지나치지 못해서 SAT 모의고사를 망친 대니를 만났다. 대니는 제멋대로 꼬불거리는 더벅머리와 섬세한 얼굴, 사슴처럼 큰 눈을 지녔다. 나긋한 목소리에는 자기 생각을 밝히는 데 망설임이 없는 10대 특유의 자신감이 넘쳤다. 그는 대학을 졸업하면 밴드 담당 교사가 되고 싶다고 했다. 나는 대니에게 하크니스 교수법을 시작한 이후로 시험 성적이 급격히 오른 이유가 뭐라고 생각하느냐고 물었다. 그는 말했다. "시험 맞춤 교육을 하는 학교 수업은 재미없어요. 그냥 '이거 외워라, 저거 외워라'의 반복이죠. 하지만 여기서는 하나의 주제를 깊숙이 파고들고, 또 남들은 어떻게 생각하는지 들어야 해요. 할 일은 더 많아지지만 지루하지 않으니까 괜찮아요."

학생들과 대화를 나눠보니 '지루하지 않다'라는 말을 계속해서 들을 수 있었다. 아이들에겐 하크니스 교수법이 성공을 거둔 게 당

✲ SNS와도 일맥상통하는 부분이 있다. 미국에서 평범한 수업을 받는 학생들처럼 SNS를 활용하는 이들도 자신의 지식을 과대평가하는 오류에 빠지기 쉽다. 미국인의 40퍼센트 이상이 주로 페이스북에서 뉴스를 접한다. 페이스북이 이토록 인기 만점인 이유가 뭘까? 바로 뉴스 피드를 개별화해 모든 사용자에게 맞춤 콘텐츠를 제공하는 알고리즘 덕분이다. 알고리즘은 사람들에게 그들의 생각과 부응하는 콘텐츠를 제공하는 게 사람들의 관심을 유지하는 효과적 방법이라는 걸 알고 있다. 사람들은 자신과 같은 의견을 볼 때 안정감을 느끼고, 복잡하거나 반대되는 의견을 걸러냈을 때 SNS에서 더 많은 시간을 할애한다. 문제는 그로 인해 잘못된 생각을 믿게 되기도 한다는 것이다.

연한 결과였다. 위험부담이 높을수록, 모호성이 높을수록 수업은 더 재밌어졌다. 따라서 효과 만점이었다. 작가 데이비드 포스터 월리스는 이렇게 말했다. "권태로부터 해방되면 그야말로 이루지 못할 게 없다. 그것이야말로 현대 사회를 살아가는 비결이다."[13]

플로리다대학교의 에린 웨스트게이트 교수는 권태의 원인을 연구하는 데 학자 인생을 바친 심리학자다. 그가 내린 정의에 따르면 권태는 '의미 있는 활동에 충분히 관심을 기울이지 못하고 있거나 기울일 생각이 없음을 알리는'[14] 감정이다. 여기서 키워드는 '의미 있는'이다. 학교에서는 활동의 의미를 간과하는 경우가 비일비재하다. 성적이나 대학, 혹은 2차 방정식이 학생들에게 동기를 부여할 거라고 여긴다. 하지만 하크니스 교수법은 학생들에게 커리큘럼 안에서 각자 의미를 찾게 한다. 학생들이 대화를 주도하고 주제를 정한다. 대화의 말미를 장식하는 것은 대개 미스터리다. 가장 열띤 토론과 반론을 유도한 주제다. 우리에게 의미를 가르쳐주는 건 정답이 아닌 질문이다. **호기심은 권태의 해독제다.**

의학이나 공공 정책을 공부하고 싶다는 3학년생 글로리아는 노블 아카데미에서 자신이 겪은 변화를 이런 식으로 표현했다. "처음에는 이 학교가 싫었어요. '우리가 뭘 모르는지 그것만 줄기차게 얘기하고 배우는 게 아무것도 없잖아' 이런 생각이 들었거든요. 그런데 지나고 보니까 그게 제일 좋은 방법이더라고요. 책 내용이 뭔지 남한테 들으면 금세 잊어버려요. 하지만 책을 읽고 주제가 뭔지 직접 알아내고, 친구들은 어떻게 생각하는지 듣다 보면 주의를 기울이게 돼요." 글로리아는 치아 교정기를 반짝이며 웃음을 터뜨렸다.

"친구들이 가끔 진짜 말도 안 되는 얘기를 할 때도 있거든요. '진짜 나랑 같은 책 읽은 거 맞아? 어떻게 그렇게 생각할 수가 있어?' 이런 생각이 들 정도로요. 하지만 설명을 듣고 나면 내 생각을 다시 돌아보게 돼요."

하루 일과가 끝나고 학생들이 하교 준비를 하는 시점에 이르러서야 나는 아이들의 스웨트셔츠 등에 뭐라고 적혀 있는지 알아차렸다. 모든 교실에서 날마다 외치는 노블 아카데미의 교훈이었다. 모험하라. 두려움 없이. 부끄러움 없이.

무엇을 모르는지 아는 일의 힘

에이더 콘로이는 중학교 2학년 때 엑스터 전액 장학금을 제안받았다. 그녀는 시카고 북쪽 끝에 있는 로저스 파크의 공립학교에 다니고 있었고, 전학은 상당히 떨리는 일이었다. "저는 노블 아카데미 아이들과 거의 똑같은 환경에서 자랐어요. 그래서 엑스터는 마치 해리 포터 학교 비슷한 데라고 생각했어요. 주문을 배워서 마법사가 되는 그런 데요." 현실은 호락호락하지도, 낭만적이지도 않았다. 에이더는 처음에 너무 겁이 나서 수업시간에 입도 벙긋할 수 없었다. 몇 주 동안 밤마다 울며 잠이 들었다. "처음에는 하크니스 대화를 어떻게 나눠야 하는지조차 파악하기 어려웠어요. 시간이 걸렸죠. 하지만 적응하고 나자, 인생을 바꾼 경험이 됐어요."

에이더는 이제 노블 아카데미의 하크니스 담당 멘토다. 블라우스가 아니라 교복을 입고 있으면 학생으로 보일 정도로 앳된 얼굴과 환한 미소로 그는 학생들을 맞이한다. 에이더는 수업을 하기도 하지만, 주요 업무는 동료 교사들의 수업을 참관하며 조언과 피드백을 주는 일이다. "애들 앞에서 50분 동안 수업을 진행하는 데 익숙한 선생님에게 하크니스 수업은 엄청나게 낯설 수 있어요. 모든 주도권을 포기하는 것 같으니까요." 에이더는 웃음을 터뜨렸다. "실제로 모든 주도권을 포기하는 거긴 해요."

교사가 주도권을 포기하면 교실에서의 질문과 대화가 어떤 식으로 흘러갈지 알 수 없으니 수업 준비에 더 많은 시간을 할애해야 한다. 에이더는 이렇게 얘기한다. "대본이 없으니까요. 아이들에게 결말이 없는 큐 카드를 주어야 하니 광범위한 경우의 수를 대비해야 하죠. 토론이 예상대로 흘러가는 경우는 거의 없거든요."

따라서 에이더는 하크니스 교사들에게 교실 안의 이 같은 불확실성에 대처하는 학생들과의 새로운 소통법을 알려준다. 에이더는 어색한 침묵을 예로 든다. "가끔 학생들이 대화하다 말고 한참 동안 아무 말도 하지 않을 때가 있어요. 초보 하크니스 교사는 이럴 때 아무것도 진행되지 않는 줄 알고 반응을 보이며 개입하기 쉽죠. 하지만 아이들은 침묵을 편안하게 받아들일 수 있어야 해요. 가끔 생각을 정리하려면 그런 침묵이 필요하거든요. 그래서 전 그걸 어색한 침묵이 아니라 '충만한 멈춤'이라고 부르죠. 거기서 근사한 결과가 만들어지게 되니까요."

베키 웨슬스의 세계사 수업시간에는 충만한 멈춤이 시도 때도 없이 등장한다. 베키 역시 하크니스 멘토이며, 그의 교실 벽은 학생들을 위해 준비한 카드로 덮여 있다. 카드에는 이런 문장이 적혀 있다. "~에 대해 좀 더 덧붙이고 싶은데요." "~에 대해 다른 의견을 제시하고 싶은데요." "저는 ~에 동의하지 않는 부분이 있어요." 학생들은 제국의 장단점에 대해 논의 중이었고(카드에 로마의 정복 전쟁이 망라되어 있었다), 조심스럽게 반론을 제기하며 자기 생각을 말하고 있었다. 아이들은 자기와 다른 의견을 들을 때도 웃음을 잃지 않았다.

수업이 끝나갈 무렵 웨슬스 선생님은 학생들에게 지금까지의 토론을 되짚어보는 자기 성찰 시간을 갖자고 했다. 아이들은 고대 로마에 관한 토론을 멈추고 지금까지의 대화를 분석하기 시작했다. 로런은 노블 학생들에게 가장 큰 변화를 이끌어낸 요인 중 하나로 자기 성찰을 꼽았다. "이건 매우 고차원적인 순간이에요. 아이들이 스스로 학습의 책임을 진다는 의미이기 때문에 아주 중요한 순간이기도 하죠. 이 시간을 통해 훌륭한 토론을 만드는 건 교사나 내용이 아니라 자기들이라는 걸 깨닫게 되거든요."

세계사 수업의 자기 성찰 시간에서 한 학생은 자료 내 증거 활용이 부족했던 것 같다고 말했다. 다른 학생은 종교를 주제로 대화를 나누기가 어려웠다고 했다. 수업 내내 아무 말이 없었던 남학생은 후속 질문을 하지 않았던 게 아쉽다고 했다.

그들의 대화를 들으며 나는 아이들이 노블 아카데미의 가장 중요한 문화를 제대로 파악하고 있다고 생각했다. 그들은 배움이란 윗대로부터 전수하는 것이 아니라 하나의 과정이라는 걸 알고 있었다. 모든 교육은 대화를 매개로, 더 나은 질문을 함께 찾아 나가는 과정이었다. 따라서 학생들은 자신들의 대화를 평가했다. 노블 아카데미 학생들은 70분 뒤에 정답이 가득 적힌 공책을 안고 나오겠다는 생각으로 교실에 들어서지 않았다. 기존과 다른 방식으로 수학 문제를 풀고 헌법을 읽고 세상에 대해 고민할 수 있을거라 생각했다.

나는 에이더 콘로이에게 아카데미 학생들이 받은 우수한 성적에 놀랐느냐고 물었다. 그는 전형적인 공립학교의 한계를 강조하는 것으로 대답을 대신했다. "저는 하루에 74분씩, 읽기 실력이 초등학교 6학년 수준인 고등학교 입학생들을 가르쳐요. 1년 내내 빤한 독서 수업을 한다면 한 2년 정도 만회할 수 있겠죠. 교육자 대부분은 훌륭한 성과라고 할 거예요. 하지만 그런 수업으로는 아이들에게 배움을 향한 애정과 기쁨을 알려주지 못할 거라고 생각해요. '배움을 향한 애정과 기쁨'이라는 표현이 유치하게 들릴지 모르지만, 여기서 중요한 건 '변화'거든요. 하크니스 식으로 1년을 가르치면 아이들이 수업시간에 함께 읽고 싶은 글을 제게 보내기 시작해요. 저는 생각지 못했던 주제와 문제를 끄집어내요. 서로에게서 배워나가요. 그러니까 그 74분이 확장되는 거죠. 이제 아이들은 자기가 뭘 모르는지 좀 더 분명하게 알게 됐고, 그게 그 아이들의 가장 첨예한 관심사가 되니까요."

에이더가 묘사한 이것이 바로 지적 겸손이다. 지적 겸손은 우리가 새로운 정보를 접했을 때 어떤 식으로 배우고 반응하는지를 결정하는 성격상의 능력이다. 연구 결과에 따르면 지적 겸손 지수가 높은 사람들은 자신이 틀렸거나 잘 모를 때 쉽게 인정한다. 그런가

하면 자신의 기존 신조와 정면으로 대치되는 새로운 정보를 적극적으로 찾아 나선다.[15] 쉬운 확실함에 안주하기보다 미스터리가 주는 어려운 희열을 즐긴다.[16] "학교에서 '비판적인 사고'라고 부르는 것이 결국 지적 겸손이다. 즉 자기가 뭘 모르는지 아는 것이다." 펜실베이니아대학교의 심리학과 교수 앤젤라 덕워스는 이렇게 말했다.[17] 교육의 한계를 터득하는 것, 아이러니하게도 이것이 교육의 가장 중요한 가르침일지 모른다.

일리노이주의 그 어떤 커리큘럼과 시험에도 지적 겸손이라는 과목은 없다. 하지만 노블 아카데미의 교육에서는 이것이 중요한 부분이다. 여기 이 카브리니 그린의 경계, 벽토를 바른 상점가와 공터의 한복판에서 아이들은 미스터리를 발견하고 즐기는 법을 배우고 있다. 어려운 문제와 모호한 콘텐츠를 찾아 나서는 훈련을 하고 있다. 교사들은 설령 오답으로 이어지더라도 호기심을 칭찬한다. 에이더는 이렇게 말한다. "제가 가장 뿌듯할 때는 아이들이 수업을 마치고 교실 밖으로 나가는 순간에도 하크니스 테이블에서 토론한 내용에 대해 조잘거릴 때예요. 효과가 있다는 걸 보여주는 것이죠. 아이들이 생각하고 공부하는 걸 자기들의 일상에 적용하고 있다는 뜻이니까요. 배움이 교실에서만 그치는 게 아니라, 생활의 일부가 되었다는 뜻이니까요."

에필로그

미스터리와 더불어 살아가는 법

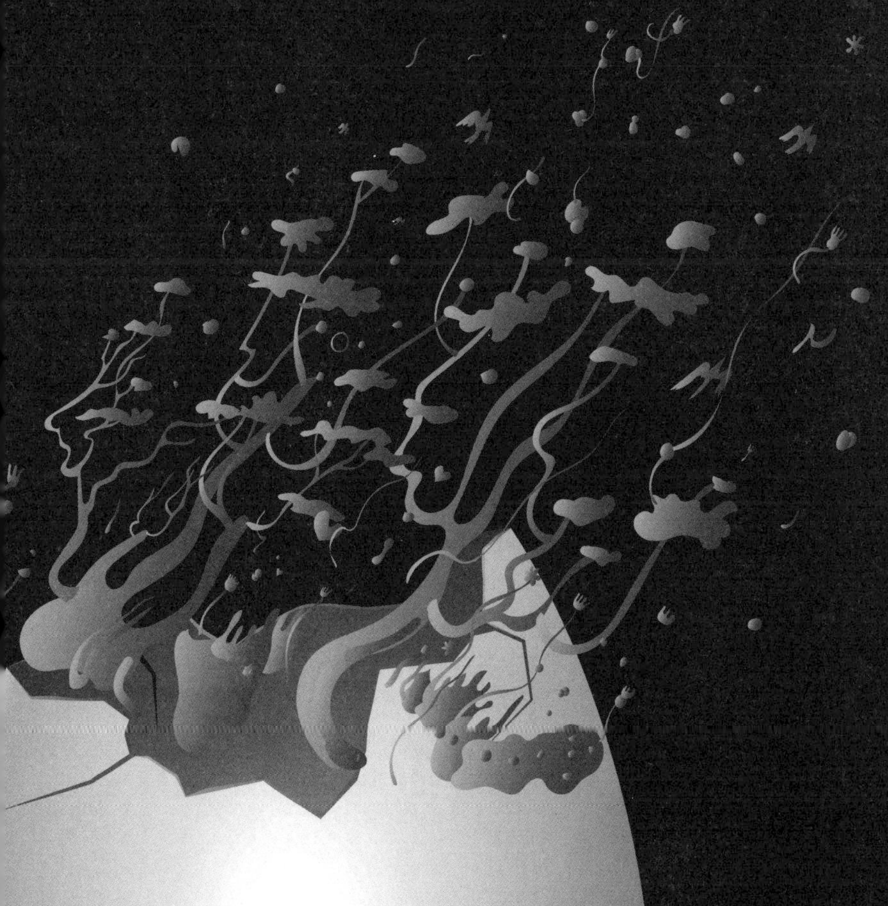

○

의구심은 지적 능력의 별명이다.

호르헤 루이스 보르헤스

다 알고 있다는 착각

포르셰 911이 정비소로 들어왔다. 시동이 꺼지지 않는 이상한 문제가 생겼다는 것이었다. 유로스펙 모터링의 공동 사장인 제프 호글랜드는 로스앤젤레스에서 손꼽히는 포르셰 전문가다. 이 값비싼 스포츠카의 기계적인 문제를 수천 건 이상 해결해온 그였지만, 이런 경우는 처음이었다. 제프는 이렇게 말했다. "열쇠를 빼도 엔진이 계속 돌아갔죠. 몇 번을 반복해도 마찬가지였어요."[1] 결국 제프는 공기를 차단해 엔진을 멈추는 수밖에 없었다. "맨손으로 공기 흡입구를 막았어요. 꼭 목 졸라 죽이는 것처럼."

이 포르셰에 생긴 문제는 치명적이었다. 시동이 꺼지지 않는 그 차량은 손쓸 방법이 없었다. 주인은 기름이 다 떨어질 때까지 시동을 켜놓고 있었다. 하지만 차량 자체에서는 문제의 조짐이 보이지 않았다. 경고등이나 에러 코드도 뜨지 않았고 삐 소리나 경보도 울리지 않았다. 제프는 말했다. "요즘 차량은 수십 개의 컴퓨터가 연료 주입부터 배기가스에 이르기까지 모든 걸 조정하거든요. 그래서 뭐든 정해진 기준에서 벗어나면, 예를 들어 엔진이 살짝 과열되기만 해도 조치를 하라는 경고등이 켜지죠."

그런데 이 포르셰에 내장된 컴퓨터는 문제를 전혀 감지하지 못했다. "엔진이 꺼지지 않는 경우의 에러 코드를 입력할 생각은 아무도 하지 않은 거예요. 미친 거죠."

실제로 만난 제프는 마치 영화에 나오는 정비기사 같았다. 회색 디키스 작업복에 거꾸로 쓴 야구모자, 목에 보이는 타투, 손과 뺨에 묻은 기름 자국까지. 내가 유로스펙 모터링으로 찾아갔을 때도 그는 오래된 포르셰 아래에서 녹이 슨 조인트를 돌리고 있었다. 나는 잠시 21세기의 차량 수리 기술을 둘러싼 아이러니를 감상하며 서 있었다. 정비소 한쪽에는 기름이 잔뜩 묻은 윤활제 튜브, 모양과 크기가 저마다 다른 스패너와 소켓, 무더기로 쌓인 차량 오일 같은 정비기사의 전형적인 도구가 있었다. 하지만 다른 쪽에서는 제프와 직원들이 벽에 줄줄이 달린 태블릿 PC를 통해(화면이 검은색 지문으로 지저분했다) 이 어마어마하게 정교한 기기의 숨겨진 내부를 탐색하고 있었다.

제프는 말했다. "전에는 모든 게 아날로그였죠. 액셀을 발로 누르면 구멍이 열리면서 엔진으로 연료가 분사되는 식 말이에요. 지금은 액셀을 밟고 발을 요만큼 움직이면", 제프는 손가락을 2~3센티미터쯤 벌렸다. "전자 센서가 컴퓨터에 조절판을 62퍼센트 열라고 알려요. 그럼 연료 분사기의 펄스가 1000분의 1.3초에서 1000분의 1.8초로 바뀌죠. 그러니까 운전자의 미세한 움직임이 컴퓨터를 거쳐 아주 정확하게 엔진으로 전달된다는 얘기에요." 제프는 마치 아날로그 시절이 그리운 듯 한숨을 쉬었다. "그 정확성 덕분에 성능은 훨씬 좋아졌을지 몰라도 고장 날 수 있는 부분이 많아지는 부작용이 생겼죠. 그중 어느 것 하나 저렴하지 않고요."

컴퓨터가 부상함에 따라 자동차 수리의 미스터리는 점차 사라졌다. 예전에는 정비기사가 셜록 홈스 같은 탐정 아니면 〈카 톡Car Talk〉(자동차와 자동차 정비를 주제로 삼았던 라디오 토크쇼—옮긴이)을 진행하는 톰과 레이 매글리오지였다. 손님은 정비소로 와서 명확하지 않은 불만을 늘어놓았다. 날이 추운 날 시동을 걸면 차에서 이상한 소리가 난다거나 천천히 좌회전하면 핸들이 떨린다는 식이었다. 그러면 이 원인 모를 증상을 해석해 진단을 내리고, 어느 금속과 고무가 망가져서 그런 문제가 발생하는지 알아내는 것이 정비기사의 일이었다.

하지만 오늘날의 자동차는 에러 코드와 기능 장애를 실시간으로 공유하며 스스로 진단을 내린다. 고장 난 회로, 핀트가 안 맞는 피스톤이 있으면 보고하고 몇 초마다 차체 온도를 측정한다. 제프는 이렇게 얘기했다. "항상 컴퓨터에서 시작해요. 차가 정비소에 들어오면 먼저 내장 컴퓨터에 접속해 뭐가 문제라고 뜨는지 확인하죠." 하지만 이 같은 컴퓨터 진단은 추리 과정의 끝이 아니라 시작일 뿐이다. 포르셰에 점화 코일과 관련된 평범한 문제가 발생했다고 치자. "아마추어 정비기사라면 에러 코드를 보고 그냥 점화 코일을 교체할 거예요." 제프의 말마따나 많은 정비기사들은 컴퓨터를 계시자로 간주한다. 어디가 문제인지 컴퓨터가 이미 알려주었으니 미스터리랄 게 없는 것이다.

하지만 훌륭한 정비기사라면 그런 평가의 한계를 알 것이다. 점화 코일 에러 코드가 뜨는 이유는 셀 수 없이 많다. 고장 난 컴퓨터가 허위 경보를 울린 것일 수도 있다. 코일과 센서를 연결하는 전선이 끊어진 것일 수도 있다. 제프는 말했다. "그래서 보닛을 열어봐야 하는 거예요. 먼저 코일부터 살핀 다음 그야말로 전선 뭉치를 쥐고 역추적을 시작하죠. 이 선은 차량 아래를 지나 손을 집어넣을 수 없는 조그만 틈을 뚫고 시트 아래를 통과해 반대편의 컴퓨터로 연결되거든요. 어디가 고장 났을지 모르니 여길 전부 살펴야 해요." 제프는 최근 출시된 포르셰의 배선도를 보여준다. 서로 겹쳐진 전선이 온 사방으로 연결되어 있어 미로보다도 복잡하다. 그는 덧붙였다. "차 안에는 몇 킬로미터의 구리선이 들어있어요. 몇 미터가 아니라 킬로미터요."

제프는 점화 코일에 연결된 전선의 신호를 체크한다. 주변 회로를 들여다본다. 전기 상의 문제라면 근본적인 원인을 찾아야 한다. 안에 쥐가 들어가서 갉아먹었나? 차체를 수리했나? 뭣 때문에 선이 끊겼을까? 그는 말했다. "이 일을 하려면 호기심이 많아야 해요. 원인을 찾아야 하니까요. 그렇지 않으면 컴퓨터에서 시키는 대로 하게 돼요. 그게 더 빠르고 덜 귀찮고 다른 손님도 있으니까요."

자동차 수리는 현대 사회의 축소판이다. 엔진 코일에 문제가 생기면 내장된 컴퓨터가 정비기사에게 재깍 알려주듯, 온갖 기기들이 상상할 수 있는 모든 문제에 즉각적인 해답을 제공한다. 정보의 시대에 모른다는 건 변명이 될 수 없다. 미스터리는 필수가 아닌 선택이다.

하지만 자동차 수리가 됐건 정치가 됐건 예술이 됐건 과학이 됐건 최고의 고수들은 이렇게 제시된 해답을 뛰어넘는 능력을 지닌다. 노벨상을 수상한 심리학자 대니얼 카너먼은 2012년 인터뷰에서 그가 'WYSIATI(당신이 보는 것이 세상의 전부What You See Is All There Is)'라고 명명한 사고의 오류에 대해 이렇게 설명했다. "사람들은 어떤 말이든 할 때 가장 그럴듯하게 포장해서 이야기하도록 설계되어 있습니다. 그러니까 'WYSIATI'는 자기가 아는 정보를 유일한 정보로 간주하는 성향을 말하죠. 사람들은 '뭐, 내가 모르는 것도 많으니까'라고 말하는 경우가 별로 없어요. 조금 아는 걸 가지고 어찌어찌 때우죠. 'WYSIATI'라는 개념은 인간의 사고에 아주 결정적인 역할을 합니다."[2]

디지털 시대는 WYSIATI로 인한 오류를 가중한다. 빛나는 화면은 모르는 게 없을 듯한 분위기를 풍기지만, 세상은 검색 엔진의 결과로 뜨는 첫 번째 페이지나 필터로 걸러진 페이스북 뉴스 피드보다 훨씬 복잡하다.

심리학자 배리 슈워츠는 기발한 실험을 통해 WYSIATI가 어떤 식으로 작동하는지 설명한 바 있다. 그는 학부생 115명에게 버튼과 전구로 구성된 논리 퍼즐을 나눠주었다. 보상을 받기 위해서 학생들은 맞는 버튼 2개를 4번씩 눌러야 했다. 버튼의 개수를 고려하면 가능한 정답은 모두 70개였고, 하나를 찾을 때마다 소액의 상금을 받을 수 있었다. 처음에 그룹은 아무 설명도 듣지 못했기 때문에 닥치는 대로 해보며 시행착오를 통해 배워나가야 했다.

여기서 WYSIATI는 이렇게 작동한다. 학생들은 하나의 정답을 찾아내 상금을 받고 난 뒤에는 더 이상 대안을 찾지 않았다. 상금을 받을 수 있는 좀 더 일반적인 규칙을 찾는 것도 포기했다. 과거에 들어맞았던 조합을 반복하며 같은 버튼을 누르고 또 눌렀다. 다른 가능성은 전혀 생각하지 못하고 내장된 컴퓨터가 시키는 대로만 하는 정비기사처럼 행동했다.

잠시 후 슈워츠는 실험을 반복하되 반전을 하나 넣었다. 이번에는 학생들에게 처음의 성공에 안주하지 말고 좀 더 일반적인 규칙과 패턴을 찾아보게 했다. 이 사소한 차이로 모든 게 달라졌다. 이제는 모든 학생이 좀 더 광범위한 패턴을 찾아냈다. 학생들은 맨 처음 받은 상금이 다가 아니라는 얘기를 듣고 WYSIATI의 착각에서 좀 더 자유로워지자 계속 질문을 던지며 진짜 정답을 찾았다. 미스터리를 인지하자 문제 해결 능력이 훨씬 향상됐다.[3]

포르셰 정비 전문가 제프의 경쟁우위도 바로 이것이다. 그는 자신이 뭘 모르는지 알기 때문에 WYSIATI의 저주로부터 비교적 자유롭다. 그는 이렇게 얘기한다. "저는 진짜 고집이 세요. 동업자는 항상 저더러 이쯤에서 그만하고 포기하라고 하지만 저는 문제가 뭔지 알아내야 직성이 풀려요." 그러고 나서 제프는 혼자 빙긋 웃는다. "어처구니없게 들리겠지만 이건 마치 LA 레이커스가 지고 있고, 경기는 겨우 2분 남았는데, 코비가 막 슛을 쏘기 시작할 때랑 비슷해요. 그 순수한 투지 말이에요. 코비는 지고 못 사는 사람이고 저도 지고는 못 살아요."

시동이 꺼지지 않는 포르셰 911이 그의 신경을 거스르는 이유가 바로 이 때문이었다. 제프는 그 차를 석 달째 살피는 중이었다. 비용을 청구할 수 없는 수많은 시간을 쏟아가며 문제와 연관 있는 부분을 모조리 체크했다. 점화 장치와 자동 변속기와 스타터를 들여다보았다. 하지만 모두 멀쩡했다. 제프는 정말이지 당황스러웠다. "점점 미치겠더라고요. 날마다 그 차를 쳐다보면 아직도 못 알아냈느냐며 저를 비웃는 것 같았어요."

서광이 비친 것은 연관성이 없어 보이는 전기 부품을 차례대로 살펴보기 시작했을 때였다. 브레이크 등이 깜빡이며 꺼지지 않고 가끔 컨버터블 지붕이 작동을 멈추는 증상을 발견한 것이다. "이게 엔진과 연관이 있을 거라고 생각할 만한 이유는 없어요. 컴퓨터가 거길 살펴보라고 할 일은 절대 없을 거예요. 정비 교본도 마찬가지고요. 하지만 그것 말고는 할 수 있는 게 없었기 때문에 한번 살펴보기로 했죠."

재미를 찾아내는 능력

엘렌 랭어는 마음챙김 연구로 유명한 마음의 과학자다. 그의 말에 따르면 인간은 어리석은 일들을 수없이 저지르는데, 이런 실수에는 대부분 공통으로 적용되는 이유가 있다. 인간이 생각하기를 싫어하기 때문이라는 것이다. 생각은 힘든 일이다. 생각 없이 지내는 편이 훨씬 쉽다. 랭어는 초창기에 발표한 논문에서 이렇게 썼다.

"사회심리학은 인간이 생각하며 산다는 것을 '사실'로 간주하는 이론들로 넘쳐난다." 그런 다음 평소 성격대로 배짱 좋게 그 이론들이 대부분 틀렸음을 주장했다.[4]

랭어는 학계에 많은 영향을 미친 일련의 연구를 진행하며 자신의 주장을 뒷받침했다.[5] 이제는 고전이 된 논문에 실린 한 실험에서는 피험자들에게 복권을 고르게 했다. 사람들은 모두 자기가 고른 복권이 실제보다 훨씬 높은 액수에 당첨될 거라고 생각했다. 어차피 확률 게임이었기에 선택에는 의미가 없었고 그들도 그렇다는 걸 알았다. 다만 그 부분에 대해 굳이 생각하지 않았을 따름이다. 또 다른 재미있는 실험도 있다. 연구진 두 사람이 대학교 도서관 복사기 앞에 서 있는 학생에게 다가가 그가 복사기에 동전을 넣으려고 할 때 우리가 먼저 써도 되느냐고 물었다. 만약 우리 인간이 생각이 있는 존재라면 정당한 이유가 있는 사람에게("제가 지금 좀 급해서요.") 양보할 가능성이 클 것이다. 하지만 실험 결과는 그렇지 않았다. 아무 이유나 대기만 하면, 심지어 전혀 의미 없는 말을 할지라도("제가 복사를 좀 해야 해서요.") 거의 전원이 굴복했다. 랭어의 주장에 따르면 이는 우리가 남의 말을 귀담아듣지 않아서가 아니라, 생각을 안 하기 때문이었다. 일상의 대부분이 '자동 운행 모드'로 돌아가기 때문이었다.[6] 그는 이렇게 말한다. "그냥 정신을 빼놓고 있는 거예요. 우리는 정신을 빼놓고 있다는 걸 모를 정도로 정신을 빼놓고 있을 때도 많아요."[7]

이 같은 '마음놓침'의 가장 기본적인 증상이자 사고의 오류를 일으키는 가장 큰 원인은 그것 말고는 아무것도 보이지 않을 만큼 떡

하니 자리를 잡은 미스터리를 도외시하는 것이다. 1960년대에 심리학자 존 옐럿은 스탠퍼드대학교 학생들에게 새로운 스타일의 지능 검사를 실시했다.[8] 그는 각 피험자를 방음이 되는 조그만 방으로 안내했다. 그 안에는 의자, 버튼 두 개가 놓인 테이블, 아폴로 사령선에 쓰였던 것과 같은 종류의 실베니아 전자 발광 디스플레이가 있었다.

그런 다음 옐럿은 어떤 실험인지 설명했다. 매번 두 가지 경우의 수가 존재했다. 디스플레이에 X 아니면 Y가 뜰 것이었다. 피험자는 어느 글자가 뜰지 예측하고 해당 버튼을 눌러야 했다. 이때 구사할 수 있는 전략은 크게 두 가지다. 첫 번째는 극대화 전략이다. 어떤 글자가 나오는지 몇 번 지켜보다가 빈도가 가장 높은 쪽을 계속 선택하는 것이다. 이 실험에서는 10번 중 8번은 Y가 나오도록 설정되어 있었다. 따라서 극대화 전략을 선택한 사람은 X 버튼은 건드리지도 않고 Y 버튼만 계속 누를 것이었다.

동물을 상대로 이 실험을 진행하면 모두 극대화 전략을 선택한다. 원숭이, 금붕어, 비둘기, 쥐 모두 가장 기본적이면서도 효과적인 이 전략을 구사한다. 패턴을 파헤치려고 고심하기보다 미스터리를 인정하고, 가장 높은 가능성을 선택한다.[9] 하지만 극대화 전략에 동참하지 않는 종이 하나 있으니 바로 인간이다. 인간은 이른바 '매칭 접근법'을 사용한다. 옐럿의 실험에서 학생들은 그들의 짐작을 실제 확률 평균과 '매치'해 10번 중 8번은 Y 버튼을, 나머지는 X 버튼을 눌렀다.

실험이 끝났을 때 옐럿은 학생들을 만나 전략에 관해 물었다. 대부분 패턴을 파악하기 위해 매칭 접근법을 썼다고 대답했다. 그냥 한쪽 버튼만 계속 누르는 것이 아니라 시스템의 비밀을 알아내려고 했던 것이다. 하지만 안타깝게도 그들의 영리한 해법은 착각이었다. 80퍼센트의 확률로 Y가 뜨긴 했지만, 글자의 배치는 전적으로 무작위였다. 피험자의 지나친 자신감은 성적에도 영향을 미쳐 답을 알아맞힌 확률은 겨우 68퍼센트였다. 설상가상으로 그들은 중간에 노선을 변경하지도 않았다. 화면에 뜨는 글자를 수백 번 본 뒤에도 실패로부터 교훈을 얻지 못했다. 『사회적 선택과 개인적 가치Social Choice and Individual Values』라는 책을 쓴 노벨경제학상 수상자 케네스 애로는 어느 문학 평론에서 이렇게 말한 적이 있다. "그 작품 속 인물들은 실수로부터 배울 기회가 충분했음에도 행동이 점진적으로 바람직하게 변하지 않는다. 그것이 그 작품의 탁월한 부분이다."[10] 정답 알아맞히기 게임에 관한 한 대개는 물고기의 성적이 우리보다 낫다.

인간이 글자 예측에 이렇게 약한 이유가 뭘까? 인간은 **무의식적으로 미스터리를 부인하기** 때문이다. 글자 예측을 퍼즐 대하듯 하기 때문이다. 랭어의 주장에 따르면 우리에게는 큼지막한 뇌가 있지만, 최대한 쓰지 않는 쪽으로 지낼 때가 많다고 한다. "알 수 없는 사실이 있다는 걸, 미스터리가 있다는 걸 인정하면 우리가 좌우할 수 있는 부분이 그만큼 적다는 걸 인정해야 하죠. 그러면 겁이 나잖아요. 그래서 실수를 반복하는 거예요. 마음놓침이 이런 식의 행동을 유발하죠."

랭어는 우리가 저지르는 정신적인 죄를 기록하는 데 만족하지 않았다. 그는 하버드대학교 심리학과 최초로 종신 여성 교수가 되었다. 이후 마음놓침의 해결책을 연구하는 데 더욱 몰두할 수 있었고, 그 해결책으로 마음챙김을 주장했다. 마음챙김의 상태일 때 우리는 "적극적으로 구별하고, 의미를 부여하고, 카테고리를 만든다."[11] 그러니까 주의를 기울인다는 뜻이다. 이는 가만히 앉아 교사가 나열하는 정보를 암기하는, 일반적인 교실에서의 주의 집중과는 다르다. 랭어가 말하는 마음챙김은 현실이 항상 유동적이라는 것을, 우리가 아는 것은 바깥세상의 아주 작은 일부에 불과하다는 것을 깨닫는 과정이다. 그는 말한다. "마음챙김의 핵심은 새로운 것들을 알아차리는 거예요. 뭔가를 알아차리면 현실을 자각하는 동시에 내가 생각보다 아는 게 많지 않다는 걸 다시금 깨닫게 됩니다. 인간은 자신의 태도와 사고방식이 일정하면 바깥세상도 그렇다고 착각하는 경향이 있어요. 하지만 세상은 고정되어 있지 않아요. 끊임없이 달라지죠." 마음챙김은 그 변화를 볼 수 있게 한다. 거기서 한 걸음 더 나아가 평범한 일상을 한계 없는 게임으로 바꾸고 도처에 존재하는 불확실한 것들을 즐거운 마음으로 받아들일 수 있게 한다.

그럼 어떻게 하면 좀 더 마음챙김을 실행할 수 있을까? 랭어에 따르면 요가나 초월 명상 같은 게 해답은 아니다. 그는 2010년 《하버드 매거진》과의 인터뷰에서 이렇게 말했다. "내가 아는 사람들은 40분은커녕 5분도 가만히 앉아 있지 못할 거예요."[12] 인터넷을 차단하거나 자격증을 소유한 마음챙김 전문 치료사를 찾아갈 필요도 없다. 대신 그는 자신의 무지를 인정하는 데서 출발하라고 권한다. 미스터리를 도외시하는 것이 마음놓침 때문에 생기는 문제라면 그

치료법은 미스터리를 인식하는 게 되어야 한다. 랭어는 이렇게 말한다. "저는 사람들에게 항상 이렇게 물어봐요. '1 더하기 1은 몇이죠?' 그럼 다들 당연히 2라고 대답하죠. 그럼 저는 1 더하기 1이 2가 아닐 때도 있지 않으냐고 해요. 예를 들어 눈 더미 위에 다른 눈 더미를 쌓아도 그건 하나잖아요. 껌도 2개를 합치면 하나가 되고요." 산수를 걸고넘어지려는 것이 아니다. 진실은 조건적이며 세상은 뜻밖의 사실로 가득하다는 것을 알려주려는 것이다. "마음을 놓친 상태일 때는 절대적인 것에 매달리게 되죠. 전에도 이랬으니까 앞으로도 계속 이럴 거라는 식으로요. 하지만 세상은 그렇게 돌아가지 않아요. 훨씬 미스터리하죠."

랭어는 앨리슨 파이퍼와 공동으로 진행한 연구에서 피험자들에게 새로운 물건을 보여주며 두 가지 방식으로 설명했다. 한쪽에는 단정적인 단서를 달았고("이건 반려견 장난감이에요") 다른 쪽에는 조건적인 단서를 줬다("이건 반려견 장난감일 수도 있어요"). 그런 다음 피험자들에게 그 물건으로 종이에 그려진 낙서를 지우게 하는 문제를 해결하게 했다. 차이는 분명했다. 조건부 단서를 들은 사람들만 반려견 장난감을 지우개로 활용할 방법을 창의적으로 고민했다.[13] 조건부 설명이 새로운 가능성의 여지를 풍겼기 때문에 피험자들이 훨씬 더 효과적으로 과제를 처리했던 것이다.

마음챙김은 현명한 사고법이나 생산력을 촉진하는 하나의 도구로 소개될 때도 많다. 하지만 랭어가 보기에 마음챙김의 핵심은 **'재미를 느끼는 것'**이다. "어릴 때 처음 하게 된 게임이 얼마나 재미있었는지 기억나시죠? 아니면 엘리베이터에 탄 어린아이를 보세요. 버튼에 손이 잘 닿지 않으니까 어쩌다 버튼을 누르게 되면 신나서 어쩔 줄 모르죠. 엘리베이터를 타서 그렇게 신나는 어른이 몇이나 될까요?" 즉 무엇이든 통달하면 재미가 없어진다. 그리고 통달해나가는 과정은 우리의 집중력을 요구한다. "저는 사람들에게 항상 이렇게 말해요. 가장 쉽게 마음챙김을 실현하는 방법은 완전히 몰입할 수 있는 새로운 활동을 하는 거라고요. 무언가에 완전히 몰입할 수 있는 이유는 잘 모르기 때문이에요. 아직 미스터리이기 때문이죠. 그리고 뭔가에 완전히 몰입했을 때, 그 느낌을 잊지 말고 항상 이런 느낌이라야 한다고 스스로 환기해야 해요. 우리에게 살아 있는 기분과 재미를 느끼게 하고 에너지를 불어넣는 건 **모르는 것들**이거든요."

랭어는 자신의 주장에 충실한 삶을 살고 있다. 그는 50살이 되었을 때 그림을 시작하기로 했다. 때는 비가 너무 많이 와서 테니스를 칠 수 없던 어느 여름날이었고, 랭어는 친구에게 전부터 그림을 한번 그려보고 싶었는데 지금 해보면 안 될 이유도 없지 않으냐고 자기도 모르게 얘기를 꺼내고 있었다. 랭어는 다양한 주제로 그림을 그린다. 반려견과 오래된 가구, 케이프 코드의 저녁놀, 웃기는 포즈를 취한 친구들을 그린다. 해묵은 판자에 그릴 때도 있고 동네 미술용품점에서 할인 가격에 산 넓은 캔버스에 그릴 때도 있다. 랭어는 현재 유명 화랑에 소속된 화가가 됐지만, 요즘도 그저 좋아서 그림을 그린다. 그리고 싶지 않으면 그리지 않는다. 창의적인 활동은 그가 조금 더 자신의 마음을 챙기며 세상을 마주할 수 있게 돕는다. 예술이 랭어의 과학을 뒷받침하는 격이다. "그림을 그려보아야 자신이 무엇을 어떻게 보고 있는지 제대로 파악할 수 있어요. 나무를 보며 나무가 초록색이라고 말할 수 있죠. 좋아요. 초록색이에요. 하지만 그걸 그리려면 정확하게 어떤 초록색인지를 알아야 하거든요. 그러다 보면 초록색이 계속 달라진다는 걸, 하늘에 뜬 태양이 움직이면 색도 변한다는 걸 알게 돼요. 나무를 그리려다 문득 세상에 확실한 건 아무것도 없고 모든 게 변한다는 생각을 하게 돼죠. 나무가 어떻게 생겼는지도 잘 모르겠고요."

랭어에게 훌륭한 그림은 훌륭한 삶의 축소판이다. 작품 그 자체가 아니라 그리는 과정이 말이다. 랭어는 붓과 물감을 들고 부담스러운 텅 빈 캔버스를 마주할 때 완벽을 기대하지 않는다. 완벽하면 재미없지 않겠는가. 그녀는 자신이 실수를 저지르고, 엉뚱한 데 물감을 칠하고, 그림이 자기가 그리려 한 것과 절대 같을 수 없다는 걸 안다. 랭어의 목표는 간단하다. 가능한 한 오랫동안 미술에 관심을 유지하는 것, 전에는 볼 수 없었던 것들을 보는 것이다. 랭어는 화가들을 대상으로 무슨 일이 있더라도 그림을 끝까지 완성하게 하는 실험을 한 적이 있다. 엉뚱한 데 선을 긋거나 색을 잘못 썼더라도 계속 작업을 진행해야 했다. 결과는 어땠을까? 그림을 본 사람들은 실수와 하자로 얼룩진 그 작품들을 무척이나 좋아했다. 랭어는 이렇게 말한다. "실수도 제대로만 하면 새롭고 아름다운 무언가를 내다보는 창문이 될 수 있어요. 어떤 계획을 그저 따라가는 게 아니라 현실 속에 발을 딛게 하거든요. 내가 지금 뭘 하고 있는지 제대로 들여다보게 하죠. 그리고 찬찬히 들여다보면, 내가 생각보다 모르는 게 많다는 걸 깨닫게 돼요. 따지고 보면 아는 게 별로 없다는 걸요. 바로 그 지점이 마음챙김의 출발점이에요."

창의력의 열쇠

제프의 첫차는 1500달러에 산 1963년 형 포드 란체로였다. 그런데 산 지 고작 2주 만에 차가 고장났다. 제프는 말했다. "문제는 그 차를 사느라 돈을 다 써버렸다는 거였어요. 연애도 해야 하고 할 일도 많았는데. 저는 15살이었고 차가 꼭 필요했어요!" 그래서 제프는 자동차 부품점에 가서 사장님을 붙잡고 아르바이트를 할 테니 부품을 몇 개만 달라고 했다(란체로에 필요한 부품은 연료 펌프와 라디에이터였다). 제프는 몇 달 동안 화장실과 바닥 청소를 한 후에 서비스 센터로 자리를 옮겨 오일을 교환하고 브레이크를 수리하는 일을 맡았다. 일은 재밌었고("알고 보니 내가 뭘 고치는 걸 좋아하더라고요") 월급이 손에 쥐어지자 그는 고등학교를 중퇴했다.

제프는 10년 동안 여러 정비소에서 꾸준히 경험을 쌓은 끝에 포르셰를 전문으로 다루는 자기 가게를 차리기로 마음먹었다. 그는 크레이그리스트에 조그맣게 광고를 싣고 첫 손님을 기다렸다. "한 달 동안 가만히 기다리면서 전전긍긍했죠. 내가 무슨 짓을 저지른 거지? 혼자 가게를 차리다니 엄청난 실수였던 게 아닐까?" 하지만 곧 손님을 받게 됐고, 제프가 못 고치는 차가 없다는 소문이 퍼졌다. 오래지 않아 딜러들조차 원인을 파악하지 못하는 차들이 그의 정비소에 맡겨졌다. 전국 각지에서 손님들이 찾아오기 시작했다.

이렇게 해서 이야기는 다시 시동이 꺼지지 않는 포르셰 911로 돌아온다. 처음 몇 주 동안 제프는 누가 봐도 뻔한 용의자를 모조리 체크했다. "그런 식으로 고장이 났을 때는 대개 점화 쪽을 의심하죠.

연료 펌프나 스타터나 뭐 그런 데를요." 하지만 모든 부품에 아무런 문제가 없었다. 시동은 여전히 꺼질 줄 몰랐다.

다른 정비기사 같으면 이쯤에서 포기했을 것이다. 그 차는 가망이 없었다. 하지만 제프는 아니었다. 엔진에서 문제점을 찾지 못했으니 다른 모든 곳을 들여다보았다. 그는 불안한 컨버터블 지붕부터 조사를 시작했다. 컨버터블 제어 장치를 찾아서 전선을 하나씩 따라가며 점검을 시작했다. 제프는 컨버터블 제어 장치가 엔진과 연결돼 있다는 것을 기억하고 있었다. 안전을 위한 조치였다. "어떤 멍청한 인간이 고속도로를 130킬로미터로 달리면서 지붕을 올리면 안 되잖아요. 그러니까 제한 시속을 넘으면 지붕이 작동하지 않게 설정돼 있죠."

컨버터블 제어 장치를 분해해보니 회로기판에 하얗게 부식된 부분이 있었다. "부식은 흔한 현상이지만 이 경우에는 두 개의 단자 사이의 부분이 부식되어 있었어요. 부식이 생기면 전기가 통할 수 있죠. 반도체니까요." 제프는 부식된 부분을 보고 문득 말도 안 되는 생각을 떠올렸다. 컨버터블 제어 장치에서 흘러나온 전기가 엔진으로 역공급되고 있을지 모른다는 생각이었다. "양이 많지는 않겠지만 어쩌면, 엔진 제어 장치를 계속 돌릴 만큼은 될지 모른다는 생각이었어요. 제어 장치가 계속 돌아가면 엔진도 계속 돌아갈 테고요."

제프는 가설을 검증하기 위해 컨버터블 제어 장치와 연결된 전선을 뽑아보기 시작했다. "모두 다섯 개의 플러그가 연결돼 있었거든요. 첫 번째 플러그를 뺐더니 브레이크 등이 꺼졌어요." 신기한 일이었다. 제프는 다른 플러그까지 하나씩 차례대로 빼보았다. 컨버터블 제어 장치에 연결된 마지막 플러그를 뽑았더니 엔진이 갑자기 조용해졌다. "엔진 꺼지는 소리를 듣고 그렇게 행복했던 적이 없었어요." 부식된 기판을 교체하자 엔진은 아주 멀쩡하게 돌아갔다. 이렇게 수리가 끝났다. 제프는 미소를 지으며 말했다. "3개월씩이나 걸렸을 뿐이죠."

제프가 보기에 시동이 꺼지지 않는 포르셰 911은 컴퓨터 진단의 한계를 입증하는 사건이었다. "컴퓨터는 그 회로로 전기가 누출되는 부분까지 신경 쓰도록 설정되지 않았어요. 심지어 차에 문제가 생겼다는 것조차 알아차리지 못했으니 해결책을 찾는 데 전혀 도움이 안 됐죠. 컴퓨터도 아는 건 알지만, 모르는 건 모르거든요." 선문답처럼 느껴지기도 하지만, 이는 정보 시대에 효과적으로 사고하는 방법에 관한 가장 기본적인 통찰이 담긴 발언이기도 하다. 강력한 기기를 활용하려면 그 한계와 맹점을 제대로 알고 있어야 한다. 기계는 자신의 단점을 모른다. 구글은 자신의 무지를 인정하는 법이 없고(어떤 검색어를 넣든 결과가 뜬다) 자동차 안에 들어 있는 마이크로칩은 좁은 반경 너머의 문제는 인식하지 못한다. 그런 기기들이 그대로 지나치는 미지의 영역을 잊지 않는 것이 우리가 할 일이다.

최근 한 연구에서는 GPS가 사람들이 세상을 인식하는 방식을 어떻게 바꾸어놓았는지 밝히기 위해 실험을 했다. 장소는 일본 도쿄 근교에 있는 인구 밀도가 높은 '카시와'라는 곳이었다. 피험자의 3분의 1은 사람의 안내에 따라 구불구불한 길을 따라 걸었다. 다른 3분의 1은 종이 지도를 참고했다. 나머지 3분의 1에게는 목적지를 입력한 GPS 기기를 주었다. 종이 지도를 참고하거나 사람의 안내를 받은 그룹은 길을 찾는 데 어려움이 없었지만, GPS를 받은 그룹은 목적지에 도착하기까지 우왕좌왕했다. 걷는 속도도 제일 느렸고 실수나 가다가 멈춘 횟수도 제일 많았다. 그뿐 아니라 실험 이후에 지나온 길을 지도로 그려보게 했을 때 GPS 그룹의 지도가 가장 부정확했다.[14]

이유가 뭘까? 즉각 해답을 알려주는 과학 기술은 우리에게 더 이상의 질문을 하지 않도록 유도할 때가 많다. 그럴 때 우리는 세상과 분리된다. 가는 길에 집중하지 않고 그냥 기계의 지시를 따른다. 어디로 가는지 모르면서도 알고 있다고 믿게 된다.

GPS를 쓰지 않는 것이 해결책은 아니다. 제프는 요즘도 정비소에서 컴퓨터의 힘을 빌린다. 다만 컴퓨터가 제시하는 신속한 해결책에 갇히지 않고 계속 알아차림과 마음챙김을 실행할 뿐이다. 컴퓨터가 인식하지 못한 부분은 뭐가 있을까? 어디가 고장 났을까? 허투루 넘겨버린 질문이 있다면 뭘까?

개발경제학자이자 에세이스트인 앨버트 허시먼은 '의구심'의 장점을 주제로 많은 저서를 남겼다. 그는 친한 친구이자 매형이었던 철학자, 에우제니오 콜로르니와 함께 햄릿이 틀렸다는 걸 증명해보기로 했다. 그는 햄릿으로 인해 의구심이 오명을 쓰게 됐다고 생각했다. 이 우울한 왕자가 의구심의 상징이 된 탓에 사람들은 의구심이라고 하면 햄릿의 우유부단함과 갈피를 잡지 못하는 독백을 연상하게 됐다는 것이다.[15]

하지만 이와 정반대로 허시먼이 의구심에서 찾은 감정은 해방감이었다. 우리는 의구심을 품을 때 세상을 다르게 볼 수 있는 자유가 생긴다. 새로운 관점과 해결책을 고민할 수 있게 된다. 확실하지 않아도 행동에 옮길 수 있게 된다.

허시먼은 의구심의 장점으로 창의력을 자주 예로 들었다. 그는 딸들에게 보낸 편지에서 이렇게 표현했다. "창의력을 발휘해야만 하는 상황을 맞닥뜨리는 것이 창의력 발휘의 비결이야. 다만 자기가 그런 상황을 맞닥뜨릴 줄 모를 때에만 가능한 얘기지."[16]

제프는 어떻게 해야 포르셰의 시동을 끌 수 있을지 전혀 몰랐다. 하지만 그는 의구심으로 머뭇거리지 않았다. 허시먼의 표현을 빌자면, 그는 햄릿이 틀렸다는 걸 입증할 방법을 찾은 것이다.

마음챙김은 언제든 쉽지 않은 일이지만 요즘보다 그런 태도가 더 필요한 때는 없다. 일상의 어려움에 대처하기 위해선 미스터리를 인정해야 한다. 의구심을 받아들여야 한다. 제프는 이렇게 말했다. "이 일을 잘하려면 비결은 딱 두 가지예요. 스스로 생각할 것, 관심을 쏟을 것."

생각지도 않게 그어진 성냥

교토에 있는 료안지 돌 정원✲은 언뜻 보면 그냥 돌무더기 같다. 이 정원의 기원이나 제작자는 알려지지 않았지만, 무로마치 시대가 저물어갈 즈음(약 1500년 무렵) 만들어졌다고 한다. 세월과 이끼의

✲ 유네스코 세계문화유산에 등재되었다.

흔적이 느껴지는 열다섯 개의 크고 작은 돌이 아름다운 자갈 위 잔디에 뜨문뜨문 놓여 있다. 하지만 우연히 그렇게 흩뿌려져 있는 건 아니다. 정원의 돌은 절묘하게 배치되어, 어느 각도에서 보든 열다섯 개 돌 가운데 열네 개 만이 보이도록 배치가 되어 있다. 정원을 한 바퀴 돌고, 까치발로 서서 고개를 길게 빼고 보더라도 모든 돌이 한 눈에 들어오진 않는다. 이 사찰 정원은 가장 단순한 공간에조차 미지의 영역이 있다는 사실을 일깨우는, 미묘한 미스터리 교본이다.

이것이 예술의 기본적인 기능이다. 예술은 우리에게 미스터리와 더불어 살아가는 법을 알려준다. 긴장감 넘치는 반전과 다층적인 세상, 불투명한 등장인물과 모호한 대사를 통해 예측 오류를 즐거이 받아들이도록 우리를 훈련한다. 확실한 증거를 찾는 일보다 의구심을 갖는 게 더 쓸모 있으며, 알아차림의 상태에 머무는 마음챙김이 더 즐겁다고 일깨운다. 우리는 기쁨의 근원이 과정에 있음을, 아는 것이 아니라 알아가려는 시도에 있음을 깨닫는다.

이러한 사고방식이 필요한 이유는 삶에서 미스터리를 피할 방법이 없기 때문이다. 미지의 영역은 우리의 삶에 없어서는 안 될 부분으로 남을 것이다. 우리는 완벽한 진실을 원하지만 사실 그런 건 없다. 가장 그럴듯한 이론은 부정당하고 사실은 변조되며, 결국 우리는 거의 모든 것에서 오류를 범한다. 이는 세월이 흘러도 변하지 않는 공공연한 비밀이다.

미국의 철학자 윌러드 밴 오먼 콰인Willard Van Orman Quine은 「경험론의 두 가지 신조Two Dogmas of Empiricism」라는 독창적인 논문에서 이를 제대로 요약했다. 콰인에 따르면 가장 기본적인 과학 원칙이 대부분 가장 미스터리하다. 중력을 예로 들어보자. 중력은 어린이들도 배우고 아는 기본적인 과학 원리지만, 중력이 있기에 만물이 아래로 떨어진다는 그 단순한 사실 속에는 심오한 미지의 영역이 남아 있다. 뉴턴이 중력을 설명한 지 거의 350년이 지났고 아인슈타인이 시공의 관점에서 중력의 개념을 재정립한 지 100여 년이 지났지만, 중력이 무엇으로 이루어졌고 어디에서 비롯되며 양자 역학과 어떤 식으로 호응하는지는 여전히 밝혀진 바가 없다.[✲] 중력의 힘이 어느 정도인지 측정은 할 수 있지만, 중력 자체는 오리무중이다. 우리가 아는 모든 것은 우리가 전혀 모르는 것들에 의지한다.

이런 한계에 대처하는 법을 배워나가는 것이 우리에게 필요한 요령일 것이다. 버지니아 울프의 소설 『등대로』에는 오랫동안 한 풍경만을 그리는 추상화가 릴리 브리스코가 등장한다. 그는 계속 바다를 다시 그리고 나무를 옮기고 그림자 색을 바꾼다. 그야말로 사람을 미치게 만드는 과정이다. 릴리는 캔버스라는 '어렵고 하얀 공간'에 대해 화를 내면 낼수록 점점 더 확신이 없어진다. 그러다 저 멀리 등대를 응시하던 와중에 릴리에게 돌파구가 찾아온다. 그는 삶 또한 예술작품과 같다는 사실을 문득 깨닫는다. 인생은 알 수 없는 것, 불완전한 것들로 가득하다. 삶과 예술의 목적은 이를 문제로 삼고 그것을 해결하는 것이 아니라, 여기에서 일말의 매력과 경외를

✲ 리처드 파인만은 이렇게 말했다. "중력이 뭘까? 뉴턴은 아무 가설도 세우지 않았다. 그는 중력의 역할을 발견한 데 만족했을 뿐 그 구조까지 파헤치지는 않았다. 이후로 어느 누구도 구조를 설명한 바 없다. 이토록 추상적이라는 것이 물리 법칙의 특징이다."[17]

끌어내는 것이다. 릴리는 바닷가를 그린 자신의 부족한 그림을 바라보며 현실로 돌아온다. 다만 조금 더 자기 관점에 의식을 가진 채로. 릴리는 생각한다. "위대한 깨달음은 아직 떠오르지 않았어. 어쩌면 영영 떠오르지 않을지 몰라. 대신 일상의 소소한 기적, 불빛, 어둠 속에서 생각지도 않게 타오른 성냥이 있지. 여기 이것도 그렇고."[18]

릴리의 몸부림은 창작의 몸부림이다. 창작을 시작할 때 우리에게 주어진 것은 백지뿐이다. 아는 건 아무것도 없다. 결말은 아직 쓰이지 않았다. 우리는 불확실성을 지우고 빈 공간을 지식과 지혜로 채우고 싶은 유혹, 마치 처음부터 다 알았던 척하고 싶은 유혹을 느낀다.

하지만 최고의 예술작품은 출발점을 절대 잊지 않는다. 어떤 미스터리에서 영감을 얻었는지 기억한다. 왜냐하면 그러한 미스터리가 창작자로 하여금 창작 과정에 계속 재미를 느끼게 하고, 관객의 귀한 시선을 붙드는 요인이 되기 때문이다. 우리는 모르는 것에 끌린다. 우리의 경외감은 거기서 시작된다.

미스터리한 것은 사라지지 않는다. 그것이 인류 문화의 놀라운 진실이다. 시간은 정답을 무너뜨린다. 우리의 확신을 갉아먹는다. 시간을 견디고도 살아남는 건 가늠할 도리가 없는 것들을 담아내고 차곡차곡 쌓여 있는 비밀로 우리를 유혹하는 이야기다. 그 안에는 우주의 미스터리가 생생히 살아 있다.

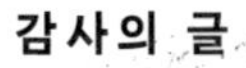

감사의 글

벤 로넌, 나의 환상적인 담당 편집자. 그는 내 아이디어의 틀을 잡아주었고, 내가 쓰고 싶은 책이 무엇인지 찾을 수 있게 도와주었다. 내게 기회를 내어준 은혜를 죽을 때까지 잊지 못할 것이다.

이 원고가 경이와 경외감을 주제로 횡설수설 끼적여놓은 수준에 불과했을 때부터, 앤드류 와일리와 레베카 네이절은 가이드를 자청했다. 모든 수정본을 읽고 귀한 충고를 아끼지 않았다.

카일 폴레타는 끊임없이 팩트 체크를 해주었다. 그렇게 꼼꼼하고 성실한 사람에게 이 책을 맡길 수 있어서 얼마나 다행이었는지 모른다. 만일 본문에 오류가 있다면 모두 나의 책임이다.

귀한 깨달음을 나누어준 훌륭한 분들, 교사, 과학자 들에게 이 자리를 빌려 감사의 마음을 전한다. 그들은 원고를 읽고 수정할 부분까지 체크해주었다. 지금은 세상을 떠난, 진득하고 생각이 깊던 제임스 카스에게 특별한 감사를 전하고 싶다. 그와 나눈 첫 번째 대화가 이 책의 한 꼭지로 이어졌다.

스티브 볼트는 원고 교열에 놀라운 능력을 발휘해주었다. 볼트와 이 책의 완주를 책임진 캐럴린 켈리에게 특별한 감사를 전하고 싶다.

슐로모와 스티브. 이들보다 더 훌륭한 동료는 있을 수 없다.

그리고 이 자리에서 소개하고 싶은 특별한 친구가 두 명 있다. 로버트 크룰위치는 오래전부터 이 분야에 관심을 보인 나를 응원해주었다. 그는 인간이 얼마나 경이로운 존재일 수 있는지 몸소 보여주는 친구다. 나는 '질문의 매력'을 주제로 책을 쓰는 것에 대해 불안했지만(사람들이 원하는 건 해답이지 않을까 생각했다), 어느 날 그와 함께 뉴욕을 한참 산책하며 미스터리에 관해 책을 써보겠다는 확신을 얻었다.

브루스 넬슨은 샌드위치를 같이 먹으며, 미스터리에 대해 늘어놓는 나의 이야기를 진득하게 들어주었다. 이 책의 가장 훌륭한 부분은 모두 그 친구 덕분이다. 또한 영감이 희미해질 때마다 그는 자신의 아름다운 작품으로 계속 영감을 불어 넣어주었다.

그리고 우리 가족. 부모님, 형제, 사촌들. 그들이 내 삶의 의미이자 살아가는 힘이다.

이 책은 내 인생의 다른 모든 것처럼 우리 아이들의 영향을 많이 받았다. 『해리 포터』의 해석, 라이언 토이스리뷰의 인기 비결, 셜록의 매력, 호기심의 변치 않는 재미. 이 모든 것을 나는 로즈, 아이작, 루이자에게 배웠다. 내일은 또 그 아이들에게 무엇을 배우게 될까.

그리고 사라… 어찌 말로 다 할 수 있을까. 당신은 날마다 날 더 나은 사람으로 살게 해. 언제까지나 곁에 있을게.

출처

프롤로그 우리는 알 수 없는 것에 끌린다

1 Jared Cade, *Agatha Christie and the Eleven Missing Days* (London: Peter Owen, 2011), 79.

2 Tina Jordan, "When the World's Most Famous Mystery Writer Vanished," *New York Times*, June 11, 2019, https://www.nytimes.com/2019/06/11/books/agatha-christie-vanished-11-days-1926.html.

3 Laura Thompson, *Agatha Christie: A Mysterious Life* (New York: Pegasus, 2013), 166.

4 Cade, *Agatha Christie and the Eleven*, 97.

5 Ibid., 81.

6 Ibid., 81–83.

7 Ibid., 99.

8 Ibid., 98.

9 Ibid., 103.

10 Thompson, *Agatha Christie*, 222.

11 "Mrs. Christie Found in a Yorkshire Spa," *New York Times*, December 15, 1926, https://timesmachine.nytimes.com/timesmachine/1926/12/15/98410135.html?pageNumber= 1.

12 Cade, *Agatha Christie and the Eleven*, 130

13 Thompson, *Agatha Christie*, 209.

14 Agatha Christie, *An Autobiography* (New York: William Morrow, 2012), 437.

15 Cade, *Agatha Christie and the Eleven*, 106.

16 Thompson, *Agatha Christie*, 202.

17 Christie, *Autobiography*, 358.

18 Edgar Allan Poe, "A Few Words on Secret Writing," *Graham's Magazine*, July 1841;and Jeffrey Meyers, *Edgar Allan Poe: His Life and Legacy* (Lanham, MD: Rowman & Littlefield, 1992), 122.

19 Kenneth Silverman, *Edgar A. Poe: Mournful and Never-Ending Remembrance* (New York: Harper Perennial, 1992), 172.

20 Ibid., 173.

21 Interview, September 26, 2019.

22 Wystan Hugh Auden, "The Guilty Vicarage," *Harper's Magazine*, May 1948.

23 Wolfram Schultz, "Dopamine Reward Prediction-Error Signalling: A Two-Component Response," *Nature Reviews Neuroscience* 17, no. 3 (2016): 183.

24 Scott Waddell, "Dopamine Reveals Neural Circuit Mechanisms of Fly Memory,"

Trends in Neurosciences 33, no. 10 (2010): 457–64; Wolfram Schultz and Anthony Dickinson, "Neuronal Coding of Prediction Errors," *Annual Review of Neuroscience* 23, no. 1 (2000): 473–500; and Wolfram Schultz, Leon Tremblay, and Jeffrey R. Hollerman, "Reward Prediction in Primate Basal Ganglia and Frontal Cortex," *Neuropharmacology* 37, no. 4–5 (1998): 421–29.

25 Clifford Geertz, *The Interpretation of Cultures* (New York: Basic Books, 1973), 5.

26 John Berman, Deborah Apton, and Victoria Thompson, "Stephen Sondheim: My 'West Side Story' Lyrics Are 'Embarrassing,'" ABCNews, December 8, 2010, https://abcnews.go.com/Entertainment/stephen-sondheim-west-side-story-lyrics-embarrassing/story?id= 12345243.

27 John Keats, *The Complete Poetical Works and Letters of John Keats* (New York: Houghton Mifflin, 1899), 277.

1장 미스터리 전략 1 예측 오류의 짜릿함 선사하기

1 Stefan Zweig, *Burning Secret* (London: Pushkin Collection, 2008), 52.

2 Madeline Berg, "How This 7-Year-Old Made $22 Million Playing with Toys," *Forbes*, December 3, 2018, https://www.forbes.com/sites/maddieberg/2018/12/03/how-this-seven-year-old-made-22-million-playing-with-toys-2/#3f11a21f4459.

3 J. J. Abrams, "The Mystery Box," filmed March 2007 at TED200, Monterey, CA, video, 17:50, https://www.ted.com/talks/jjabramsmysterybox?utm campaign=tedspread&utm medium=referral&utmsource=tedcomshare, accessed January 10, 2019.

4 Steve Jobs, keynote address, Macworld San Francisco, January 9, 2009, Moscone Center, San Francisco, CA, https://www.youtube.com /watch ?v= vN4U5FqrOdQ.

5 Leonard Mlodinow, *The Upright Thinkers* (New York: Vintage, 2016), 21–23; Ian Leslie, *Curious: The Desire to Know and Why Your Future Depends on It* (New York:Basic Books, 2014), 28; and Paul L. Harris, *Trusting What You're Told: How Children Learn from Others* (Cambridge, MA: Harvard University Press, 2012).

6 Michelle M. Chouinard, Paul L. Harris, and Michael P. Maratsos, "Children's Questions: A Mechanism for Cognitive Development," *Monographs of the Society for Research in Child Development* 72, no. 1 (2007): 1–129.

7 P. E. Shah et al., "Early Childhood Curiosity and Kindergarten Reading and Math Academic Achievement," *Pediatric Research*, 2018, https://doi.org/10.1038/s41390-018-0039-3.

8 Matthias J. Gruber, Bernard D. Gelman, and Charan Ranganath, "States of Curiosity Modulate Hippocampus-Dependent Learning via the Dopaminergic Circuit," *Neuron* 84, no. 2 (2014): 486–96.

9 Lynn Nadel and Morris Moscovitch, "Memory Consolidation, Retrograde Amnesia and the Hippocampal Complex," *Current Opinion in Neurobiology* 7, no. 2 (1997): 217–27.

10 George Loewenstein, "The Psychology of Curiosity: A Review and Reinterpretation," *Psychological Bulletin* 116, no. 1 (1994): 75.

11 "Electronic Gaming Device Utilizing a Random Number Generator for Selecting the Reel Stop Positions," United States Patent, US4448419A, May 15, 1984, https://patentimages.storage.googleapis.com/10/ac/5f/f72c55579aaabe/US4448419.pdf.

12 Ibid.

13 John Robison, "Casino Random Number Generators," *Casino City Times*, July 28, 2000.

14 Natasha Dow SchuÃàll, *Addiction by Design: Machine Gambling in Las Vegas* (Princeton, NJ: Princeton University Press, 2012), 91.

15 Schüll, *Addiction by Design.*

16 Luke Clark et al., "Gambling Near-Misses Enhance Motivation to Gamble and Recruit Win-Related Brain Circuitry," *Neuron* 61, no. 3 (2009): 481–90.

17 Dave Hickey, *Air Guitar* (New York: Art Issues Press, 1997), 23.

18 D. E. Berlyne, *Aesthetics and Psychobiology* (New York: Appleton-Century-Crofts, 1971).

19 D. E. Berlyne, "Novelty, Complexity, and Hedonic Value," P*erception & Psychophysics* 8, no. 5 (1970): 279–86.

20 Raymond Loewy, *Never Leave Well Enough Alone* (Baltimore, MD: Johns Hopkins University Press, 2002), 280.

21 "The Year in Sports Media Report: 2015," Nielsen, February 3, 2016, http:// www.nielsen.com/us/en/insights/reports/2016/the-year-in-sports-media-report-2015.html.

22 Pedro Dionisio, Carmo Leal, and Luiz Moutinho, "Fandom Affiliation and Tribal Behaviour: A Sports Marketing Application," *Qualitative Market Research* 11, no.1 (2008): 17–39; Marieke de Groot and Tom Robinson, "Sport Fan Attachment and the Psychological Continuum Model: A Case Study of an Australian Football League Fan," *Leisure /Loisir* 32, no. 1 (2008): 117–38; and Marco Iacoboni, Mirroring People: The *New Science of How We Connect with Others* (New York: Farrar, Straus and Giroux, 2009).

23 Nicholas Christenfeld, "What Makes a Good Sport?," *Nature* 383 (1996): 662.

24 Stanley Schachter et al., "Speech Disfluency and the Structure of Knowledge," *Journal of Personality and Social Psychology* 60, no. 3 (1991): 362–63.

25 Nicholas Christenfeld, "Choices from Identical Options," *Psychological Science* 6, no.1 (1995): 50–55.

26 Michael M. Roy and Nicholas J. S. Christenfeld, "Do Dogs Resemble Their Owners?," *Psychological Science* 15, no. 5 (2004): 361–63.

27 Christine R. Harris and Nicholas Christenfeld, "Can a Machine Tickle?," *Psychonomic Bulletin & Review* 6, no. 3 (1999): 504–10.

28 Nicholas Christenfeld, David P. Phillips, and Laura M. Glynn, "What's in a Name: Mortality and the Power of Symbols," *Journal of Psychosomatic Research* 47, no. 3 (1999): 241–54.

29 A. Clauset, M. Kogan, and S. Redner, "Safe Leads and Lead Changes in Competitive Team Sports," *Physical Review* E 91, no. 6 (2015): 062815.

30 "1892 NL Team Statistics," Baseball Reference, http://www.baseball-reference.com/leagues/NL/1892.shtml.

31 John Thorn, "Who Were the Fastest Pitchers?" *Our Game*, February 18, 2014, https://ourgame.mlblogs.com/who-were-the-fastest-pitchers-c453890d0516.

32 Leonard Koppett, *Koppett's Concise History of Major League Baseball* (New York: Carroll and Graf, 2004), 72–74.

33 Bill Deane, *Baseball Myths* (Lanham, MD: Scarecrow Press, 2012), 10.

34 Rodney J. Paul, Yoav Wachsman, and Andrew P. Weinbach, "The Role of Uncertainty of Outcome and Scoring in the Determination of Fan Satisfaction in the NFL," *Journal of Sports Economics* 12, no. 2 (2011): 213–21.

35 Interview, Studio City, December 28, 2017.

36 Coltan Scrivner et al., "Pandemic Practice: Horror Fans and Morbidly Curious Individuals Are More Psychologically Resilient during the COVID-19 Pandemic," *Personality and Individual Differences* 168, no.110397 (2020).

2장 미스터리 전략 2 상상력 증폭시키기

1 "Do Lotteries Do More Harm than Good?" *Chicago Booth Review*, January 30, 2020, https://review.chicagobooth.edu /economics /2020 /article /do-lotteries-do-more-harm-good.

2 Thank you to Mohan Srivastava for supplying the image of the lottery tickets.

3 Jonah Lehrer, "Cracking the Scratch Lottery Code," *Wired*, January 31, 2011, https://www.wired.com/2011/01/ff-lottery/.

4 A. H. Danek et al., "An fMRI Investigation of Expectation Violation in Magic Tricks," *Frontiers in Psychology* 6 (2015): 84–85.

5 Sian Beilock, "Why a Broken Heart Really Hurts," *Guardian*, September 13, 2015.

6 Anne-Marike Schiffer and Ricarda I. Schubotz, "Caudate Nucleus Signals for Breaches of Expectation in a Movement Observation Paradigm," *Frontiers in Human Neuroscience* 5 (2011): 38.

7 Jessica A. Grahn, John A. Parkinson, and Adrian M. Owen, "The Cognitive Functions of the Caudate Nucleus," *Progress in Neurobiology* 86, no. 3 (2008):141–55.

8 Gustav Kuhn, *Experiencing the Impossible: The Science of Magic* (Cambridge, MA: MIT Press, 2019), 19–20.

9 Karl Duncker, "On Problem-Solving," *Psychological Monographs* 58, no. 5 (1945):1–113.

10 Tim P. German and Margaret Anne Defeyter, "Immunity to Functional Fixedness in Young Children," *Psychonomic Bulletin & Review* 7, no. 4 (2000): 707–12.

11 Jim Steinmeyer, *Hiding the Elephant: How Magicians Invented the Impossible*, (New York: Random House, 2005).

12 Theodor Adorno, *Minima Moralia: Reflections on a Damaged Life* (New York: Verso, 2005), 222.

13 Stephen Kaplan, "Perception and Landscape: Conceptions and Misconceptions," USDA Forest Sevice, General Technical Report PSW-GTR-35 (Berkeley, CA: Pacific Southwest Forest Range Experiment Station, 1979), 241–8, https://www.fs.usda.gov/treesearch/pubs/27585.

14 Ross King, *Brunelleschi's Dome: How a Renaissance Genius Reinvented Architecture* (New York: Bloomsbury, 2000), 35–37.

15 John Berger, *Ways of Seeing* (London: Penguin UK, 1972), 16.

16 David Hockney, "Through the Looking Glass: David Hockney Explains How a Question about Some Ingres Drawings Led to a Whole New Theory of Western Art," *History Today*, November 2011.

17 Lawrence Weschler, *True to Life: Twenty-Five Years of Conversations with David Hockney* (Berkeley, CA: University of California Press, 2008), 117.

18 "Robert Hughes Quotes: On Caravaggio, Warhol, and Hirst," *Telegraph*, August 7, 2012, https://www.telegraph.co.uk/culture/art/art-news/9458192/Robert-Hughes-quotes-on-Caravaggio-Warhol-and-Hirst.html.

19 David Hockney, *Secret Knowledge: Rediscovering the Lost Techniques of the Old Masters* (New York: Viking Studio, 2006), 262.

20 Weschler, *True to Life*, 180.

21 Hockney, *Secret Knowledge*, 14.

22 D. H. Younger, "William Thomas Tutte: 14 May 1917–2 May 2002," *Biographical Memoirs of Fellows of the Royal Society* 58 (2012): 283–97.

23 Michael Smith, *The Secrets of Station X: How the Bletchley Park Codebreakers Helped Win the War* (London: Biteback, 2011), location 2067.

24 Roy Jenkins, *A Life at the Center: Memoirs of a Radical Reformer* (New York: Random House, 1991), 53.

25 Smith, *Secrets of Station X*, Chapter 10.

26 W. T. Tutte, "FISH and I," University of Waterloo, https://uwaterloo.ca/

combinatorics-and-optimization/sites/ca.combinatorics-and-optimization/files/uploads/files/corr98-39 .pdf.
27 Captain Jerry Roberts, *Lorenz: Breaking Hitler's Top Secret Code* (Cheltenham, UK: History Press, 2017), 78–79.
28 J. J. O'Connor and E. F. Robertson, "William Thomas Tutte," MacTutor, http://www-history.mcs.st-and.ac.uk/Biographies/Tutte.html.
29 Tutte, "FISH and I."
30 Roberts, *Lorenz*, 89.
31 Ibid., 134.
32 Ibid., 74.
33 Central Intelligence Agency, "The Enigma of Alan Turing," April 10, 2015, https://www.cia.gov/news-information/featured-story-archive/2015-featured-story-archive/the-enigma-of-alan-turing.html.
34 Richard Fletcher, "How Bill Tutte Won the War (Or at Least Helped to Shorten It by Two Years)," Bill Tutte Memorial Fund, Issue 1, May 2014, http://billtuttememorial.org.uk/wp-content/uploads/2014/05/How-Bill-Tutte-Won-the-War.pdf.
35 Lisa Grimm and Nicholas Spanola, "Influence of Need for Cognition and Cognitive Closure on Magic Perceptions," *Cognitive Science*, 2016; and Joshua Jay, "What Do Audiences Really Think?", Magic, September 2016.
36 Mike Weatherford, "Las Vegas has become 'Caveman' Central," *Las Vegas Review Journal*, May 16, 2003, https://www.reviewjournal.com/entertainment/entertainment-columns/mike -weatherford/las-vegas-has-become-caveman-central/.
37 Kuhn, *Experiencing the Impossible*, 9.
38 Jonah Lehrer, "Magic and the Brain: Teller Reveals the Neuroscience of Illusion," *Wired*, April 20, 2009, https://www.wired.com/2009/04/ff-neuroscienceofmagic/.

3장 미스터리 전략 3 규칙 깨부수기

1 Interview with Dan Myrick, January 10, 2018.
2 Emalie Marthe, "'They Wished I Was Dead': How 'The Blair Witch Project' Still Haunts Its Cast," *Vice*, September 14, 2016, https://broadly.vice.com/en_us/article/gyxxg3/they-wished-i-was-dead-how-the-blair-witch-project-still-haunts-its-cast.
3 Connor Diemand-Yauman, Daniel M. Oppenheimer, and Erikka B. Vaughan, "Fortune Favors the Bold (and the Italicized): Effects of Disfluency on Educational Outcomes," *Cognition* 118, no. 1 (2011): 111–15.
4 Shane Frederick, "Cognitive Reflection and Decision Making," *Journal of Economic Perspectives* 19, no. 4 (2005): 25–42.

5 Ferris Jabr, "Does Thinking Really Hard Burn More Calories?" *Scientific American*, July 18, 2012, https://www.scientificamerican.com/article/thinking-hard-calories/.

6 Adam Alter, *Drunk Tank Pink: And Other Unexpected Forces That Shape How We Think, Feel, and Behave* (New York: Penguin, 2014), 195.

7 Stanislas Dehaene, Reading in the Brain: *The New Science of How We Read* (New York: Penguin, 2009).

8 Stanislas Dehaene and Laurent Cohen, "The Unique Role of the Visual Word Form Area in Reading," *Trends in Cognitive Sciences* 15, no. 6 (2011): 254–62.

9 Laurent Cohen et al., "Reading Normal and Degraded Words: Contribution of the Dorsal and Ventral Visual Pathways," *Neuroimage* 40, no. 1 (2008): 353–66.

10 Viktor Shklovsky, "Art as Technique," 1917, in *Literary Theory: An Anthology*, ed. Julie Rivkin and Michael Ryan (New York: John Wiley & Sons, 2017), 8–15.

11 Jane Hirshfield, *Ten Windows* (New York: Knopf, 2015), 207.

12 Homer, *The Odyssey*, trans. Emily Wilson, (New York: W. W. Norton, 2018), 1–2.

13 Helen Vendler, *Dickinson: Selected Poems and Commentaries* (New York: Harvard University Press, 2010), 399.

14 Emily Dickinson, *Envelope Poems* (New York: New Directions Publishing, 2016).

15 Thank you to Harvard University Press for granting permission to reproduce the poem. Thomas H. Johnson, ed., *The Poems of Emily Dickinson* (Cambridge, MA: Harvard University Press, 1955).

16 R. Morris Jr., *Gertrude Stein Has Arrived: The Homecoming of a Literary Legend* (Baltimore, MD: Johns Hopkins University Press, 2019), 5; Joseph Bradshaw, "This Week in BAM History: Gertrude Stein's American Lectures," *BAM Blog*, November 8, 2011, https://blog.bam.org/2011/11/this-week-in-bam-history-gertrude.html.

17 "Miss Stein Speaks to Bewildered 500," *New York Times*, November 2, 1934, https://nyti.ms /2CbMQeK.

18 Leonard S. Marcus, *Margaret Wise Brown: Awakened by the Moon* (New York: HarperCollins, 1992), 41.

19 Anne Fernald, "In the Great Green Room: Margaret Wise Brown and Modernism," *Public Books*, November 17, 2015, https://www.publicbooks.org/in-the-great-green-room-margaret-wise-brown-and-modernism/.

20 Aimee Bender, "What Writers Can Learn from 'Goodnight Moon,'" *New York Times*, July 19, 2014, https://opinionator.blogs.nytimes.com/2014/07/19/what-writers-can-learn-from-good-night-moon.

21 Dan Kois, "How One Librarian Tried to Squash *Goodnight Moon*," Slate, January 13, 2020, https://slate.com/culture/2020/01/goodnight-moon-nypl-10-most-checked-out-books.html.

22 Bob Levenson, *Bill Bernbach's Book* (New York: Villard, 1987), xvi.

23 "William Bernbach," *AdAge*, March 29, 1999, http:// adage .com /article /special-report-the-advertising-century /william-bernbach /140180/; and Mark Hamilton, "The Ad That Changed Advertising: The Story Behind Volkswagen's Think Small Campaign," Medium, March 20, 2015, https://medium.com/theagency/the-ad-that-changed-advertising-18291a67488c.

24 Chip Bayers, "Bill Bernbach: Creative Revolutionary," *Adweek*, August 8, 2011, http://www.adweek.com/news/advertising-branding/bill-bernbach-creative-revolutionary-133901.

25 Levenson, *Bill Bernbach's Book*, 17.

26 Alfredo Marcantonio, David Abbott, and John O'Driscoll, *Remember Those Great Volkswagen Ads?* (London: Merrell, 2014), 11.

27 The Volkswagen Beetle image by Steven Verbruggen (@minorissues on Flickr) is licensed under Creative Commons.

28 Levenson, *Bill Bernbach's Book*, 25.

29 Ivan Hernandez and Jesse Lee Preston, "Disfluency Disrupts the Confirmation Bias," *Journal of Experimental Social Psychology* 49, no. 1 (2013): 178–82.

30 Levenson, *Bill Bernbach's Book*, 27.

31 Noah Callahan-Bever, "Kanye West: Project Runaway," *Complex*, January 2010, https://www.complex.com/music/kanye-west-interview-2010-cover-story.

32 Daniel Isenberg, "Emile Tells All: The Stories Behind His Classic Records," *Complex*, October 28, 2011, https://www.complex.com/music/2011/10/emile-tells-all-the-stories-behind-his-classicrecords/kanye-west-pusha-t-runaway.

33 Cole Cuchna, "Runaway by Kanye West (Part 1 & 2)," *Dissect*, October 2017, https://podcasts.apple.com/us/podcast/runaway-by-kanye-west-part-2/id1143845868?i=1000393935936.

34 Taylor Beck, "When the Beat Goes Off: Errors in Rhythm Flow Pattern, Physicists Find," *The Harvard Gazette*, July 19, 2012, https://news.harvard.edu/gazette/story/2012/07/when-the-beat-goes-off/.

35 Jon Caramanica, "Into the Wild with Kanye West," *New York Times*, June 25, 2018, https://www.nytimes.com/2018/06/25/arts/music/kanye-west-ye-interview.html.

36 Leonard B. Meyer, "Some Remarks on Value and Greatness in Music," *Journal of Aesthetics and Art Criticism* 17, no. 4 (1959): 486–500.

37 Leonard B. Meyer, *Emotion and Meaning in Music* (Chicago, IL: University of Chicago Press, 2008), 28.

38 Norbert Wiener, *The Human Use of Human Beings: Cybernetics and Society* (New York: Da Capo Press, 1988), 21.

39 Valorie N. Salimpoor et al., "Anatomically Distinct Dopamine Release during Anticipation and Experience of Peak Emotion to Music," *Nature Neuroscience* 14,

no.2 (2011): 257.
40 Yi-Fang Hsu et al., "Distinctive Representation of Mispredicted and Unpredicted Prediction Errors in Human Electroencephalography," *Journal of Neuroscience* 35, no. 43(2015): 14653–60.

4장 미스터리 전략 4 마성의 캐릭터

1 Stephen Greenblatt, *Will in the World: How Shakespeare Became Shakespeare* (New York: W. W. Norton, 2004), 293.
2 Harold Bloom and Brett Foster, eds., *Hamlet* (Langhorne, PA: Chelsea House, 2008), 41; and Harold Bloom, Hamlet: Poem *Unlimited* (New York: Riverhead, 2003).
3 Greenblatt, *Will in the World*, 294.
4 James Shapiro, *A Year in the Life of Shakespeare* (New York: HarperCollins, 2005), 285–86.
5 Greenblatt, *Will in the World*, 324.
6 Jack Miles, *God: A Biography* (New York: Knopf, 1995), 6.
7 Erich Auerbach, *Mimesis: The Representation of Reality in Western Thought*, trans. Willard R. Trask (Princeton, NJ: Princeton University Press, 1953), 11.
8 Thomas McDermott, *Filled with All the Fullness of God: An Introduction to Catholic Spirituality* (London: Bloomsbury, 2013), 15.
9 Donald Preziosi, ed., *The Art of Art History: A Critical Anthology*, Oxford History of Art (Oxford, UK: Oxford University Press, 2009), 22.
10 Giorgio Vasari, *The Lives of the Most Excellent Painters, Sculptors, and Architects* (New York: Random House, 2006), 227.
11 Ibid., 238
12 Margaret Livingstone, *Vision and Art* (New York: Harry Abrams, 2014), 73.
13 Scott McCloud, *Understanding Comics* (New York: HarperCollins, 1993), 66.
14 Richard Rorty, *Objectivity, Relativism, and Truth: Philosophical Papers*, 1 (Cambridge, UK: Cambridge University Press, 1991), 203.
15 Obrad Savić, ed., *The Politics of Human Rights* (New York: Verso, 1999), 67–83.
16 David Kidd and Emanuele Castano, "Different Stories: How Levels of Familiarity with Literary and Genre Fiction Relate to Mentalizing," *Psychology of Aesthetics, Creativity, and the Arts* 11, no. 4 (2017): 474.
17 David Comer Kidd and Emanuele Castano, "Reading Literary Fiction Improves Theory of Mind," *Science* 342, no. 6156 (2013): 377–80.
18 Edward Morgan Forster, *Aspects of the Novel* (New York: Penguin Classics, 2005).
19 "Penzler's Mystery Books on the Block," Tribeca Citizen, March 4, 2019, https://

tribecacitizen.com/2019/03/04/penzlers-mystery-books-on-the-block/.

20 Kidd and Castano, "Different Stories," 474.

21 Cecilia Heyes, *Cognitive Gadgets* (Cambridge, MA: Belknap Press, 2018), 168.

22 Walter Mischel et al., Introduction to Personality: *Toward an Integrative Science of the Person* (New York: Wiley, 2007), 37; and Jonah Lehrer, "Don't!: The Secret of Self-Control," *New Yorker*, May 18, 2009, https://www.newyorke.com /magazine /2009/05/18/dont-2.

23 Walter Mischel, *Personality and Assessment* (Abingdon, UK: Psychology Press, 2013).

24 Walter Mischel and Yuichi Shoda, "A Cognitive-Affective System Theory of Personality: Reconceptualizing Situations, Dispositions, Dynamics, and Invariance in Personality Structure," *Psychological Review* 102, no. 2 (1995): 246.

25 Todd Rose, *The End of Average* (New York: HarperCollins, 2015), 106.

26 Richard Rorty, *Contingency, Irony, and Solidarity* (Cambridge, UK: Cambridge University Press, 1989), xvi.

27 Ray Didinger, *The New Eagles Encyclopedia* (Philadelphia: Temple University Press, 2014), 7.

28 John Eisenberg, *The League* (New York: Basic Books, 2018), 118.

29 Ibid. 122.

30 Ira Boudway and Eben Novy-Williams, "The NFL's Very Profitable Existential Crisis," *Bloomberg Businessweek*, September 13, 2018, https://www.bloomberg.com/news/features/2018-09-13/nfl-makes-more-money-than-ever-and-things-have-never-been-worse.

31 Cade Massey and Richard H. Thaler, "The Loser's Curse: Decision Making and Market Efficiency in the National Football League Draft," *Management Science* 59, no. 7 (2013): 1479–95.

32 D. Koz et al., "Accuracy of Professional Sports Drafts in Predicting Career Potential," *Scandinavian Journal of Medicine & Science* in Sports 22, no. 4 (2012): e64–e69; Bobby Hubley, "Signing Bonuses & Subsequent Productivity: Predicting Success in the MLB Draft," Diss. 2012; Barry Staw and Ha Hoang, "Sunk Costs in the NBA: Why Draft Order Affects Playing Time and Survival in Professional Basketball," *Administrative Science Quarterly* (1995): 474–94; and Alexander Greene, "The Success of NBA Draft Picks: Can College Careers Predict NBA Winners?," *Culminating Projects in Applied Statistics* 4 (2015).

33 Sigmund Freud, *Sexuality and the Psychology of Love* (New York: Simon & Schuster, 1997), 48.

34 Uwe Hartmann, "Sigmund Freud and His Impact on Our Understanding of Male Sexual Dysfunction," *Journal of Sexual Medicine* 6, no. 8 (2009): 2332–39.

35 Henry Feldman et al., "Impotence and its Medical and Psychosocial Correlates: Results

of the Massachusetts Male Aging Study," *Journal of Urology* 151, no. 1 (1994): 54–61.

36 Anais Mialon et al., "Sexual Dysfunctions Among Young Men: Prevalence and Associated Factors," *Journal of Adolescent Health* 51, no. 1 (2012): 25–31.

37 Emily A. Impett et al., "Maintaining Sexual Desire in Intimate Relationships: The Importance of Approach Goals," *Journal of Personality and Social Psychology* 94, no.5 (2008): 808; and Eli J. Finkel, Jeffry A. Simpson, and Paul W. Eastwick, "The Psychology of Close Relationships: Fourteen Core Principles," *Annual Review of Psychology* 68 (2017): 383–411.

38 Stephen Mitchell, *Can Love Last?* (New York: W. W. Norton, 2002), 78–79.

39 Ibid., 192.

40 Arthur Aron et. al., "The Self-Expansion Model of Motivation and Cognition in Close Relationships," *Oxford Handbook of Close Relationships* (Oxford, UK: Oxford University Press, 2013), 95–96; Charlotte Reissman, Arthur Aron, and Merlynn R. Bergen, "Shared Activities and Marital Satisfaction: Causal Direction and Self-Expansion Versus Boredom," *Journal of Social and Personal Relationships* 10, no. 2 (1993): 243–54.

41 Amy Muise et al., "Broadening Your Horizons: Self-Expanding Activities Promote Desire and Satisfaction in Established Romantic Relationships," *Journal of Personality and Social Psychology* 116, no. 2 (2019): 237.

5장 미스터리 전략 5 모호하게 흥미롭게

1 Raymond Ed Clemens, *The Voynich Manuscript* (New Haven, CT: Yale University Press, 2016).

2 Josephine Livingstone, "The Unsolvable Mysteries of the Voynich Manuscript," *New Yorker*, November 30, 2016, https://www.newyorker.com/books/page-turner/the-unsolvable-mysteries-of-the-voynich-manuscript.

3 Lawrence Goldstone and Nancy Goldstone, *The Friar and the Cipher: Roger Bacon and the Unsolved Mystery of the Most Unusual Manuscript in the World* (New York: Doubleday, 2005), 8.

4 As cited in A. C. Grayling, *The History of Philosophy* (New York: Penguin Press, 2019), 158.

5 M. D'Imperio, *The Voynich Manuscript: An Elegant Enigma* (National Security Agency, 1978).

6 Knox College Office of Communications, "Knox Professor Reveals Unlikely Heroin War of Secret Coders," May 4, 2016, https://www.knox.edu/news/knox-college-professor-john-dooley-book-on-codebreakers.

7 Goldstone and Goldstone, *Friar and the Cipher*, 259.

8 Gordon Rugg and Gavin Taylor, "Hoaxing Statistical Features of the Voynich Manuscript," *Cryptologia* 41, no. 3 (2016): 1–22; and Andreas Schinner, "The Voynich Manuscript: Evidence of the Hoax Hypothesis," *Cryptologia* 31, no. 2 (2007): 95–107.

9 Daniel Ellsberg, "Risk, Ambiguity, and the Savage Axioms," *Quarterly Journal of Economics* 75, no. 4 (1961): 643–69.

10 Ming Hsu et al., "Neural Systems Responding to Degrees of Uncertainty in Human Decision-Making," Science 310, no. 5754 (2005): 1680–83; and Benedetto De Martino, Colin F. Camerer, and Ralph Adolphs, "Amygdala Damage Eliminates Monetary Loss Aversion," *Proceedings of the National Academy of Sciences* 107, no. 8 (2010): 3788–92.

11 Stephen G. Dimmock et al., "Ambiguity Aversion and Household Portfolio Choice Puzzles: Empirical Evidence," *Journal of Financial Economics* 119, no. 3 (2016): 559–77.

12 Uzi Segal and Alex Stein, "Ambiguity Aversion and the Criminal Process," *Notre Dame Law Review* 81 (2005): 1495.

13 Dominic Smith, "*Salinger's Nine Stories*: Fifty Years Later," *Antioch Review* 61, no. 4 (2003): 639–49, www.jstor.org/stable/4614550.

14 Yaara Yeshurun et al., "Same Story, Different Story: The Neural Representation of Interpretive Frameworks," *Psychological Science* 28, no. 3 (2017): 307–19.

15 Uri Hasson et al., "Intersubject Synchronization of Cortical Activity during Natural Vision," Science 303, no. 5664 (2004): 1634–40; Uri Hasson et al., "Brainto-Brain Coupling: A Mechanism for Creating and Sharing a Social World," *Trends in Cognitive Sciences* 16, no. 2 (2012): 114–21; and Uri Hasson et al., "Neurocinematics: The Neuroscience of Film," *Projections* 2, no. 1 (2008): 1–26.

16 Interview with Uri Hasson, December 6, 2018.

17 John J. Ross, *Reading Wittgenstein's* Philosophical Investigations: A Beginner's Guide (Washington, DC: Lexington Books, 2009), 146; and L. Wittgenstein, *Philosophical Investigations*, ed. J. Schulte, trans. P. M. S. Hacker (Hoboken, NJ: Wiley-Blackwell, 2009), 206.

18 William Empson, *Seven Types of Ambiguity* (New York: New Directions, 1966).

19 Ibid., 133.

20 Jay-Z, *Decoded* (New York: Random House, 2010), 26.

21 Eugen Wassiliwizky et al., "The Emotional Power of Poetry: Neural Circuitry, Psychophysiology, Compositional Principles," *Social Cognitive and Affective Neuroscience* 12, no. 8 (2017), 1229–40.

22 Benjamin P. Gold et al., "Musical Reward Prediction Errors Engage the Nucleus Accumbens and Motivate Learning," *Proceedings of the National Academy of Sciences* 116, no. 8 (2019): 3310–15.

23 Emily VanDerWerff, "David Chase Responds to Our Sopranos Piece," *Vox*, August 27, 2014, https://www.vox.com/2014/8/27/6076621/david-chase-responds-to-

our-sopranos-piece.

24 Matt Zoller Seitz and Alan Sepinwall, "Does Tony Live or Die at the End of *The Sopranos*?" *Vulture*, January 9, 2019, https://www.vulture.com/2019/01/the-sopranos-ending-does-tony-die.html.

25 Andru J. Reeve, *Turn Me On, Dead Man* (AuthorHouse Press, 2004), 12–13.

26 Donald A. Bird, Stephen C. Holder, and Diane Sears, "Walrus Is Greek for Corpse: Rumor and the Death of Paul McCartney," *Journal of Popular Culture* 10, no. 1 (1976): 110.

27 Reeve, *Turn Me On, Dead Man*, 35.

28 Ibid., 59.

29 Philippe Margotin and Jean-Michel Guesdon, *All the Songs: The Story behind Every Beatles Release* (New York: Black Dog & Leventhal, 2014), 428.

30 Ben Zimmer, "The Delights of Parsing the Beatles' Most Nonsensical Song," Atlantic, November 24, 2017, https://www.theatlantic.com/entertainment/archive/2017/11/i-am-the-walrus-50-years-later/546698/o.

31 David Sheff, *All We Are Saying: The Last Major Interview with John Lennon and Yoko Ono* (New York: St. Martin's Griffin, 2000), 184.

32 Zimmer, "Delights of Parsing."

33 Hunter Davies, ed., *The Beatles Lyrics* (New York: Little, Brown, 2014), 239.

6장 콘텐츠의 무기가 되는 미스터리 설계도

1 Interview with James Carse, September 26, 2018.

2 James Carse, *Finite and Infinite Games* (New York: Free Press, 2013), 9.

3 Interview with Jason Hallock, March 6, 2018.

4 Michael Ondaatje and Walter Murch, *The Conversations: Walter Murch and the Art of Editing Film* (New York: Knopf, 2002), 121.

5 Ibid., 122.

6 "New Interview with J.K. Rowling for Release of Dutch Edition of 'Deathly Hallows,'" TheLeakyCauldron.org, November 19, 2007, http://www.the-leaky-cauldron.org/2007/11/19/new-interview-with-j-k-rowling-for-release-of-dutch-edition-of-deathly-hallows/; and Wilma De Rek, *De Volkskrant*, November 19, 2007.

7 Shira Wolosky, *The Riddles of Harry Potter* (New York: Palgrave Macmillan, 2011), 2.

8 Wolosky, *Riddles of Harry Potter*, 2.

9 Jonathan D. Leavitt and Nicholas J. S. Christenfeld, "Story Spoilers Don't Spoil Stories," *Psychological Science* 22, no. 9 (2011): 1152–54.

10 Donald Goddard, "From American Graffiti to Outer Space," *New York Times*, September 12, 1976, https://www.nytimes.com/1976/09/12/archives/from-

american-graffiti-to-outer-space.html ?searchResultPosition= 2.

11 Henry James, *The Figure in the Carpet and Other Stories* (London: Penguin UK, 1986).

12 Gregory Treverton, *Intelligence for an Age of Terror* (New York: Cambridge University Press, 2009), 4–5; and Gregory Treverton, "Risks and Riddles," *Smithsonian*, June 2007.

13 Treverton, "Risks and Riddles."

14 Treverton, *Intelligence for an Age of Terror*, 3.

15 Rebecca Leung, "The Man Who Knew: Ex-Powell Aide Says Saddam-Weapons Threat Was Overstated," CBSNews, October 14, 2003, http://www.cbsnews.com/news/the-man-who-knew-14-10-2003/.

16 Philip Tetlock and Dan Gardner, *Superforecasting: The Art and Science of Prediction* (New York: Crown, 2015).

17 Philip Tetlock and Dan Gardner, "Who's Good at Forecasts?," *Economist*, November 18, 2013.

18 Dacher Keltner, "Why Awe Is Such an Important Emotion," filmed June 2016 at Greater Good Science Center, UC Berkeley, video, 29:41.

19 Joerg Fingerhut and Jesse J. Prinz, "Wonder, Appreciation, and the Value of Art," *Progress in Brain Research* 237 (2018): 107–28; and Dacher Keltner and Jonathan Haidt, "Approaching Awe, a Moral, Spiritual, and Aesthetic Emotion," *Cognition and Emotion* 17, no. 2 (2003): 297–314.

20 Ryota Takano and Michio Nomura, "Neural Representations of Awe: Distinguishing Common and Distinct Neural Mechanisms," *Emotion* (2020), PMID:32496077.

21 Craig Laurence Anderson, "The Relationship between the D4 Dopamine Receptor Gene (DRD4) and the Emotion of Awe" (PhD diss., University of California, Berkeley, 2016).

22 Chuansheng Chen et al., "Population Migration and the Variation of Dopamine D4 Receptor (DRD4) Allele Frequencies around the Globe," *Evolution and Human Behavior* 20, no. 5 (1999): 309–24; and Luke J. Matthews and Paul M. Butler, "Novelty-Seeking DRD4 Polymorphisms Are Associated with Human Migration Distance Out-of-Africa after Controlling for Neutral Population Gene Structure," *American Journal of Physical Anthropology* 145, no. 3 (2011): 382–89.

7장 인생의 무기가 되는 미스터리 솔루션

1 Guy Williams, "Harkness Learning: Principles of a Radical American Pedagogy," *Journal of Pedagogic Development* 4, no. 1 (2014).

2 Ralph Waldo Emerson, *The Portable Emerson* (New York: Penguin, 1977), 256.

3 Lincoln Caplan, "Chicago Hope," *American Scholar*, September 6, 2016, https://

theamericanscholar.org/chicago-hope/.
4 Chicago Public Schools, "Nobel – Academy HS," https://www.cps.edu/schools/schoolprofiles /400170.
5 Nobel Academy, "School History," https://nobleschools.org/nobleacademy/school-history/.
6 K. Bisra et al., "Inducing Self-Explanation: A Meta-Analysis," *Educational Psychology Review* 30, no. 3 (September 2018): 703–25.
7 Bethany Rittle-Johnson, "Promoting Transfer: Effects of Self-Explanation and Direct Instruction," *Child Development* 77, no. 1 (2006): 1–15.
8 K. Bisra, "Inducing Self-Explanation," 703–25.
9 Louis Deslauriers et al., "Measuring Actual Learning versus Feeling of Learning in Response to Being Actively Engaged in the Classroom," *Proceedings of the National Academy of Sciences* 116, no. 39 (2019): 19251–57.
10 I. V. S. Mullis et al., "TIMSS 2015 International Results in Mathematics," 2016, retrieved from Boston College, TIMSS & PIRLS International Study Center; and M. O. Martin et al., "TIMSS 2015 International Results in Science," 2016, retrieved from Boston College, TIMSS & PIRLS International Study Center.
11 James Hiebert, *Teaching Mathematics in Seven Countries: Results from the TIMSS 1999 Video Study* (Collingdale, PA: Diane Publishing, 2003), 100–105.
12 David Epstein, *Range* (New York: Riverhead Books, 2019), 103.
13 D. F. Wallace, *The Pale King* (New York: Little, Brown, 2011), 390.
14 Erin Westgate, "Why Boredom Is Interesting," *Current Directions in Psychological Science* 29, no. 1 (2019): 33–40,https://www.erinwestgate.com/uploads/7/6/4/1/7641726/westgate.2019.currentdirections.pdf.
15 Elizabeth J. Krumrei-Mancuso et al., "Links between Intellectual Humility and Acquiring Knowledge," *Journal of Positive Psychology*, 2019: 1–16; D. Whitcomb, H. Battaly, J. Baerh, and D. Howard-Snyder, "Intellectual Humility: Owning Our Limitations," *Philosophy and Phenomenological Research* 94, no. 3 (2017): 509–39; and T. Porter and K. Schumann, "Intellectual Humility and Openness to the Opposing View," *Self and Identity* 17 (2018): 139–62.
16 Mark R. Leary et al., "Cognitive and Interpersonal Features of Intellectual Humility," *Personality and Social Psychology* Bulletin 43, no. 6 (2017): 793–813.
17 Email from Angela Duckworth, March 10, 2019.

에필로그 미스터리와 더불어 살아가는 법

1 Interview with Jeff Haugland, December 4, 2018.
2 Lea Winerman, "A Machine for Jumping to Conclusions,'" *Monitor on Psychology*, February 2012, https://www.apa.org/monitor/2012/02/conclusions.

3 B. Schwartz, "Reinforcement-Induced Behavioral Stereotypy: How Not to Teach People to Discover Rules," *Journal of Experimental Psychology: General* 111, no. 1 (1982): 23–59.

4 Ellen J. Langer, Arthur Blank, and Benzion Chanowitz, "The Mindlessness of Ostensibly Thoughtful Action: The Role of 'Placebic' Information in Interpersonal Interaction," *Journal of Personality and Social Psychology* 36, no. 6 (1978): 635; and Ellen Langer, *On Becoming an Artist* (New York: Ballantine Books, 2005), xvii.

5 Ellen Langer, "The Illusion of Control," *Journal of Personality and Social Psychology* 32, no. 2 (1975): 311–28.

6 Ibid.

7 Interview with Ellen Langer, January 24, 2019.

8 John I. Yellott, "Probability Learning with Noncontingent Success," *Journal of Mathematical Psychology* 6, no. 3 (1969): 541–75.

9 Richard J. Herrnstein and Donald H. Loveland, "Maximizing and Matching on Concurrent Ratio Schedules," *Journal of the Experimental Analysis of Behavior* 24, no.1 (1975): 107–16; and George Wolford, Michael B. Miller, and Michael Gazzaniga, "The Left Hemisphere's Role in Hypothesis Formation," *Journal of Neuroscience* 20, no. 6 (2000): 1–4.

10 Kenneth J. Arrow, "Utilities, Attitudes, Choices: A Review Note," *Econometrica: Journal of the Econometric Society* 26, no. 1 (1958): 1–23.

11 Ellen J. Langer, Benzion Chanowitz, and Arthur Blank, "Mindlessness-Mindfulness in Perspective: A Reply to Valerie Folkes," *Journal of Personality and Social Psychology* 48, no. 3 (1965): 605–607.

12 Cara Feinberg, "The Mindfulness Chronicles: On 'The Psychology of Possibility,'" Harvard, September–October 2010, http://harvardmagazine.com/2010/09/the-mindfulness-chronicles?page=all.

13 Ellen J. Langer and Alison I. Piper, "The Prevention of Mindlessness," *Journal of Personality and Social Psychology* 53, no. 2 (1987): 280.

14 Toru Ishikawa et al., "Wayfinding with a GPS-Based Mobile Navigation System: A Comparison with Maps and Direct Experience," *Journal of Environmental Psychology* 28, no. 1 (2008): 74–82.

15 Jeremy Adelman, *Worldly Philosopher: The Odyssey of Albert O. Hirschman* (Princeton, NJ: Princeton University Press, 2013), 117.

16 Michele Alacevich, "Visualizing Uncertainties, or How Albert Hirschman and the World Bank Disagreed on Project Appraisal and What This Says about the End of 'High Development Theory,'" *Journal of the History of Economic Thought* 36, no. 2 (2014): 137–68.

17 Richard Feynman, *Six Easy Pieces*, (New York: Basic Books, 2004), 107.

18 Virginia Woolf, *To the Lighthouse* (San Diego, CA: Harcourt Brace Jovanovich, 1989), 161.

지은이 조나 레러 Jonah Lehrer

과학을 기반으로 인간과 예술을 탐구하는 작가이자 저널리스트. 컬럼비아대학교에서 신경과학을 전공했으며, 이후 로즈 장학생으로 선발되어 옥스퍼드대학교 대학원에서 20세기 문학과 철학을 공부했다. 노벨생리의학상 수상자인 에릭 캔들의 실험실에서 기억과 망각의 생물학적 과정과 인간의 뇌에 관해 연구하기도 했다. 스물여섯 살이라는 젊은 나이에 뇌과학을 바탕으로 예술가들의 작품과 창작의 비밀에 관해 분석한 책 『프루스트는 신경과학자였다』를 출간하며 학계 스타로 떠올랐다. 천부적인 글쓰기 재능과 탄탄한 과학적 저널리즘의 결합이라는 평을 받은 이 책은 올리버 색스, 하워드 가드너, 안토니오 다마지오 등 세계적 석학들의 찬사를 받았으며, 《뉴욕타임스》, 아마존 베스트셀러에 올랐다. 《뉴요커》, 《와이어드》, 《네이처》, 《워싱턴 포스트》, 《월스트리트 저널》 등의 매체에 기고했으며, 과학 매거진 《사이언티픽 아메리칸 마인드》에서 뇌과학에 관한 블로그를 운영했다. 그밖에 지은 책으로 『사랑을 지키는 법』, 『뇌는 어떻게 결정하는가』 등이 있다.

옮긴이 이은선

연세대학교에서 중어중문학을 공부하고, 같은 학교 국제대학원에서 동아시아학과를 졸업했다. 출판사 편집자, 저작권 담당자를 거쳐 전문 번역가로 활동 중이다. 옮긴 책으로 매들린 밀러의 『키르케』, 요 네스뵈의 『맥베스』, 스티븐 킹의 『페어리 테일』, 마거릿 애트우드의 『도둑 신부』, 프레드릭 배크만의 『베어타운』 등이 있다.

지루하면 죽는다

비밀이 많은 콘텐츠를 만들 것

펴낸날 **초판 1쇄** 2023년 12월 22일
초판 3쇄 2024년 1월 19일
지은이 조나 레러
옮긴이 이은선
펴낸이 이주애, 홍영완
편집장 최혜리
편집2팀 홍은비, 박효주, 문주영, 이정미
편집 양혜영, 장종철, 김하영, 강민우, 김혜원, 이소연
디자인 김주연, 기조숙, 박정원, 윤소정, 박소현
마케팅 김태윤
홍보 김철, 정혜인, 김준영, 김민준
해외기획 정미현
경영지원 박소현
펴낸곳 (주)윌북
출판등록 제 2006-000017호
주소 10881 경기도 파주시 광인사길 217
전화 031-955-3777
팩스 031-955-3778
홈페이지 willbookspub.com
블로그 blog.naver.com/willbooks
포스트 post.naver.com/willbooks
트위터 @onwillbooks
인스타그램 @willbooks_pub

ISBN 979-11-5581-667-7 (03800)

이 책의 본문은 '을유1945' 서체를 사용했습니다.

- 책값은 뒤표지에 있습니다.
- 잘못 만들어진 책은 구입하신 서점에서 바꿔드립니다